억경행운

한국사회학과 고대 한일관계사 연구에 몰두한 50년 학문인생을 회고하다

역경과 행운

최재석 지음

만권당

초판 머리말

이 회고록은 제1부, 제2부, 제3부, 제4부, 제5부로 나누어져 있다.

나는 지난 50년 간 한국사회사와 고대 한일관계사를 연구하였으나, 제1부에서는 지면 관계로 한국사에서의 씨족의 출현 시기와 한국가족사에서의 17세기의 변화, 백제왕이 사람을 일본에 파견하여 그곳을 경영한 사실을 다룬 6세기 백제-일본 관계와 일본 열도의 한국 고지명에 관한 논문을 전재하였다.

제2부에서는 기억에 남는 스승, 출판사 사장, 뛰어난 업적을 남긴 후배 교수, 학부와 대학원에서 내가 지도한 제자들, 누구보다도 종합적이고 뛰어난 연구시각을 가진 신문기자(논설위원), 소속은 다르지만 같은 목표를 향하여 매진하는 동지들에 대한 이야기를 소개했다. 학부와 대학원 시절 스승이었던 이상백 선생은 나에게 논문을 썼다고 곧 발표할 것이 아니라 적어도 1년 정도는 묵혀둔 후에 발표하는 것이 좋다고 가르쳐 주셨다. 출판사 일지사의 김성재 사장은 개인 출판사로는 처음으로 수지타산이 맞지 않는 계간 학술지인 『한국학보』를 여러 해 동안 간행하였으며, IMF 경제 위기가 닥쳐와 이 잡지의 속간이 어려워질 때

나의 논문 발표지가 없어질까 염려해주신 분이다. 참고로 나는 이 『한국학보』에 총 60편 정도의 논문을 발표한 바 있다.

제3부에서는 나의 석사학위에 얽힌 이야기, 학술조사차 일본과 제주도를 여러 번 방문한 이야기, 지금까지 세계에 퍼져 있는 왜곡된 고대 한일관계사를 바로잡고자 영국에서 책을 출간한 이야기 등을 소개하였다.

제4부에서는 한국말을 아는 스위스 출신의 영국의 한 대학교수가 나의 가족사 연구를 몽땅 표절하여 미국의 한 명문대학에서 책을 간행한 사실도 모르면서 오히려 나를 그 분야에서 무지하다고 헐뜯는 한국 학계의 이야기, 한국사를 일본사의 일부로 다루어서 일본에서 학위를 받은 사학자, 일본인들의 식민사관을 그대로 받아들이는 사학자, 국제학술회의에서 나의 연구발표를 헐뜯은 한 선배 교수의 이야기들을 소개하였다.

마지막으로 제5부에서는 지난 50년 동안 내가 겪은 역경과 고난에 대하여 예를 들어 이야기하였다. 그동안 내가 겪은 심적 고통을 되돌아보면, 학문하는 사람 가운데 나만큼 그러한 고통을 겪은 사람은 많지 않을 것으로 생각한다. 그러나 지금에 이르러서는 그러한 역경이나 고통에 대하여 감사한 마음을 갖게 되었다.

심적 고통을 받을 당시나 그 후에 그러한 고통을 상기할 때마다 나는 더욱 연구에 몰두하게 되었는데 이러한 고통이 없었더라면 그처럼 장기간의 지속적인 연구에 열중할 수 없었을 것이고 따라서 그 결과 나타난 연구 업적도 축적되지 않았을 것이다. 다행히도 나에게는 외부로부터 고통을 받으면 압력을 받은 공처럼 일단 우그러지다가 다시 원상 복귀함과 동시에 크게 튀어 오르는 성질이 있는 것 같다. 이리하여 나는 1959년부터 시작하여 50년 간 매년 평균 6편씩의 연구논문을 발표할 수 있었다. 그러므로 끊임없이 나에게 고통을 점지해준 조물주에게 감사드린다. 결혼 후 오늘날까지 50여 년 동안 가정생활을 팽개치고 '미쳐 돌아가는' 나를 인내심을 갖고 용케도 참아준 안사람 이춘계 교수에게 이 자리를 빌려 처음으로 감사하다는 마음을 전한다. 그리고 원고를 정리해준 고려대 대학원 사회학과 박사 과정을 수료한 이진희 양, 그리고 진명여고 교사인 지만수 군에게 고마움을 표하고자 한다. 본서의 끝에 나의 연구연보를 첨부해 두었다.

나는 이 책에서 진실을 남겨 놓고 싶어서 내가 겪은 일들을 그대로 기록하고자 한다. 이 책이 앞으로 좀 더 나은 학문적 풍토 조성에 이바지할 수 있다면 더는 바랄 것이 없겠다.

2011년 3월
최재석

개정판 머리말

2011년 3월에 간행한 초판본이 절판되었으므로 개정판을 간행하기로 했다. 개정판은 초판본과는 구성을 달리하여 한국사회학 연구 이야기, 고대 한일관계사 연구 이야기, 기억에 남는 사람들, 내가 겪은 학계의 부조리, 그리고 못다 한 이야기 등 6개의 장으로 재구성했다.

내가 겪어온 적지 않은 시련이나 구한말의 비극을 상기할 때마다 나는 개인도 집단도 사회도 그리고 국가도 위기에 대처하는 힘을 평소부터 기를 때 비로소 거기에 대처하는 힘이 강해진다고 믿고 있다.

나는 그 비교 결과를 지금으로서는 짐작할 수 없으나 발표된 연구논문의 질이나 수량에 있어서 이웃 나라 학자들에 지지 않으려고 50여 년 간 노력해 왔다. 그 결과 일본의 고대 역사서인『일본서기(日本書紀)』의 내용 분석에 의하여 고대 일본은 백제왕이 파견한 각종 백제관리들의 통치를 받은 백제의 영토임을 확인하였으며 또한 한국사회사와 고대 한일관계사 연구에 몰두하여 도합 319편의 연구논문을 발표하였다. 독자 여러분의 편의를 위하여 내가 규명하여 찾아낸 중요한 몇 가지 사실을 머리말에서 제시하고자 한다.

A. 한국사회사 분야

1. 신라왕실의 왕위계승자는 성(姓)과는 무관하며 또 반드시 전 왕이 아니라 왕의 아들, 딸, 손, 사위, 외손의 5종의 친족원이었다(영국왕실의 왕위계승은 여기서 사위가 제외된다).

2. 그러나 일본사학자들은 위의 사실을 이해하지 못하고『삼국사기』초기 기록은 전설 또는 조작이라고 주장해 왔다.

3. 조선중기까지 장기간의 서류부가혼(婿留婦家婚)으로 그 시기까지는 아들, 딸(사위) 간의 차별이 없었다.

4. 다량의 분재기(分財記)에 따르면 한국은 대체로 17세기 중기까지 자녀균분상속(子女均分相續)을 하였다.

5. 문화류씨 족보에 의하여 한국은 예상보다 늦게 19세기 중엽에 이르러 전국적 규모로 동성동본의 조직체 씨족(氏族)이 형성되었음을 알게 되었다.

B. 고대 한일관계사 분야

1. 일본 고대 사서인『일본서기』에 의하면 적어도 6세기에 일본(야마토왜)은 백제왕(무령황제)이 파견한 백제관리가 통치하는 백제의 식민지였다.

2. 그러나 일본 고대사학자들 약 30명 거의 모두가 고대 한일관계사를 왜곡하고 반대로 고대 일본이 한국을 통치하였다고 왜곡 주장하였다.

3. 1971년 공주에서 발견된 무령왕릉 '지석'에 의하여 일본을 통치한 무령왕은 왕이 아니라 황제였음을 알 수 있다[왕의 죽음은 훙(薨)이고 황제의 죽음은 붕(崩)이다].

4. 일본의 쇼소인(正倉院)에 소장된 약 8,000점의 문화재는 대부분

신라의 것이다.

5. 일본은 메이지 시대(1868~1911) 이전부터 한국 침략의 야망을 품고 가야를 허위의 지명인 임나(任那)라고 하였다. '임나'라는 지명은 어느 역사서에도 없고 일본 정부가 만들어낸 허구의 지명이다.

6. 조선 항해 수준이 극도로 낮은(『일본서기』에 이 사실이 기록되어 있음) 일본은 6세기에는 백제의 직할 영토였고 백제 멸망 후 727년 이전은 신라 한 나라에 복속되었으며 727년 이후부터 10세기까지는 신라와 발해 두 나라에 복속되었다.

7. 고대 한일관계사를 전 세계에 알리기 위하여 영문판 『Ancient Korea-Japan Relations and the Nihonshoki』를 2011년 영국 바드웰 출판사에서 자비출판하였다.

끝으로 개정판 출간을 주선해주신 한가람역사문화연구소의 이덕일 소장과 어려운 여건에도 불구하고 출판해주신 만권당 사장님께 감사 말씀을 드린다.

2015년 3월
최재석

차례

VI. 그리고, 못다 한 이야기

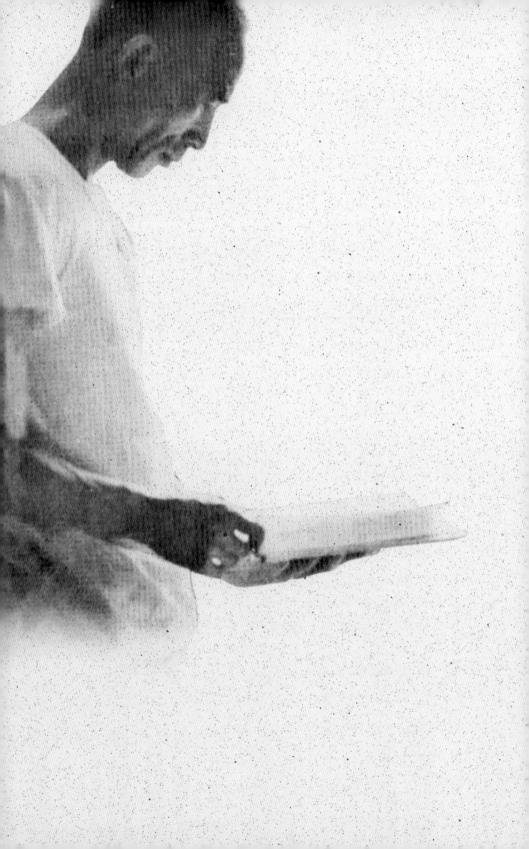

I

한국사회학 연구 50년 이야기

1955년, 광복 후 최초로 현지조사로 학위논문을 쓰다

서울대 대학원 학위제도에는 당시 구제(舊制)와 신제가 있었다. 구제는 과정을 밟지 않는 제도로 주로 학위 없는 교수에게 학위를 수여하는 제도였으며, 신제는 입학시험을 치르고 입학한 후 과정을 밟는 제도였다. 신제에는 석·박사 두 과정이 있었는데 석사과정은 대학원이 설치된 해부터 개설되었지만 박사과정은 1963년부터 개설되었는데 입학도 학위취득도 제1호는 중앙대 명예교수인 김영모 씨로 알고 있다.

당시 서울대 도서관은 한국전쟁 후 얼마 지나지 않은 탓인지는 모르나 신간 외국도서는 거의 눈에 띄지 않았다. 사회학 관계 도서는 대학의 중앙도서관에서 빌려다 조교가 상주하는 학과 연구실에 비치하고 있었다. 1930년대까지의 도서가 대부분이었고 그 이후의 도서는 거의 없었던 것으로 기억하고 있다.

그런데 석사학위를 하는 학생 대부분은 이론연구가 유행이었다. 지금은 어떤지 모르지만 당시의 이론연구는 서양의 사회학자를 소개하는 것이 전부였다. 때마침 나는 한국인으로 도쿄대 사회학과를 졸업하고 명륜전문대(지금의 성균관대)에서 사회학 강의를 한 신진균 씨의 장서인 퇴니스(Tönnies)의 『공동사회와 이익사회(Gemeinschaft und Gesellschaft)』를 우연히도 당시 내가 자주 찾던 청계천의 한 고서점에서 비싼 값을 내고 산 바가 있으므로 퇴니스의 『공동사회와 이익사회』에 대하여 연구할까 생각을 잠시 한 일도 있었다.

그러나 한국이나 일본에서의 사회학 이론 연구는 결국 서구 사회학자의 논저를 소개하는 것에 불과하다는 데에 생각이 미치자 한국사회에 대한 현지조사를 통해 미숙하나마 거기서 어떤 결론을 도출하는 작업을 해보고자 하는 생각을 하게 되었다. 마침 지도교수였던 이상백 선생님이 충남 계룡산의 '원시종교'를 조사연구해 보면 어떻겠냐고 말씀하셨다. 선생님은 당시 계룡산의 '신도안(新都內)'의 종교를 한국의 '원시종교'로 의식하고 계셨던 것 같다.

결국, 나는 계룡산 남쪽 기슭에 있는 신도안의 신앙이나 종교를 조사하게 되었는데, 이 조사는 해방 후 사회학을 공부하는 학도가 논문 작성을 위하여 조사한 최초의 현지조사이다. 그런데 앞에서 언급한 바와 같이 그때까지 한국의 사회학 분야에서 현지조사를 통한 논문이나 저서가 간행된 일이 한 번도 없었으니 조사를 시작한다고 하더라도 그 계획은 어떻게 짜야 하며 실제 조사는 구체적으로 어떻게 실시해야 하며 그리고 조사 결과는 어떻게 논문으로 끌고 갈 것인지 막막하였다. 그러나 나는 마침내 1955년 8월과 같은 해 9~10월에 2차에 걸쳐 조사하고 그 결과를 논문으로 만들었다.

거기에는 종교집단의 분류, 신앙대상과 의례, 신앙내용과 유형, 집단관계, 신앙쇠퇴에 영향을 주는 요인 등이 포함되어 있지만 여기서는 그러한 학문적인 내용보다 재미있는 몇 가지 양상에 대하여 이야기하는 것이 좋을 것 같다.

신도내의 대다수 주민은 새로운 수도가 '신도내'(신도안)에 이루어진다는『정감록(鄭鑑錄)』의 예언을 믿고 이주하였을 뿐, 이주 후의 생활에 대한 구체적인 계획이나 대책도 없이 '신도내'로 이주하였으므로 이주후의 그들의 생활은 일반 농촌의 농민에 비하여도 매우 빈곤하였으며, 전국 각지에서 인구가 유입하기 전의 '신도내'는 한촌(寒村)에 지나지 않았으나 1955년 현재 그곳의 인구는 14개 마을에 걸쳐 1,100가구 가까이 되었다.

1914~1915년, 1934~1937년, 1939~1940년, 1942~1952년 시기, 즉 정치적·사회적 격동기에 인구 이입의 파고(波高)가 높았는데, 이는 정치적·사회적 변동기에『정감록』이 강하게 기능을 한다는 것을 보여주는 것이라 하겠다. 또 '신도내'에는 상제교(上帝敎)를 위시하여 6개의 종교가 존재하지만 상제교를 제외한 5개의 종교는 각각 10가구 미만의 영세한 것이었다.

신도내 이주자 중 충남·황해·전남·경북 출신이 제일 많았는데 이는 이러한 도(道)의 주민이 다른 도 주민보다 정감록 신앙과 같은 민간신앙에 더 강한 관심이 있다는 것을 나타내는 것이 아닌가 한다.

그리고 끝으로 본인 이후에 본인처럼 현지조사에 따라 학위논문을 발표한 사례가 있었는지는 알 수 없으나 본인 이전에는 그러한 예는 없었다.

한국사에서 씨족의 출현 시기

나는 한국사회사에 관한 논저(논문집)와 고대 한일관계사에 관한 논저(논문집)를 각각 12권, 11권씩 간행한 바 있다. 여기서는 지면 관계도 있고 해서, 전자에 속하는 논문인 「한국사에서의 씨족의 출현 시기에 대하여」와 「한국가족사에서의 17세기의 변화」 등 두 편의 논문 내용을 간략하게 소개하고자 한다. 여기에 소개한 논문 두 편은 한국사회사의 핵심 분야라고 할 수 있을 것 같다.

한국의 사학자들을 위시하여 적지 않은 사람들이 아직도 근거의 제시 없이 신라시대부터 씨족, 예를 들어 박씨족(朴氏族), 석씨족(昔氏族), 김씨족(金氏族)이 존재하였다고 주장하고 있다. 그러나 실제로 신라의 왕위는 사위로 계승된 일이 8사례, 외손에게 계승된 일이 5사례, 딸에게 계승된 일이 3사례나 된다. 바꾸어 말하면 신라의 왕위는 아들·딸·친손·외손·사위의 5종의 친족원에게만 계승되었다.

당시 동성동본 집단인 씨족이 존재했다면 왕위는 아들에게 계승되었을 것이고, 아들이 없었다면 입양하여 그 입양아에게 왕위가 계승되었을 것이다. 그러나 그러한 일은 일어나지 않고 딸, 사위, 친손, 외손 등에 계승되었다. 다시 말하면 신라시대에 씨족이 존재했다면 왕위가 박씨(1~3대) → 석씨(4대) → 박씨(5~8대) → 석씨(9~12대) → 김씨(13대) → 석씨(14~16대) → 김씨(17~52대) → 박씨(53~55대) → 김씨(56대)로 계승될 수 없다.

동성동본 집단인 씨족이 언제 출현하였는지는 결혼 형태, 재산상속, 입양 등 세 가지 측면에서 살펴보는 것이 좋을 것이다.

먼저 결혼 형태부터 살펴보자. 한국은 장기간의 서류부가(婿留婦家) 전통이 계속되어 왔으므로 사위(외손)도 아들(친손)과 똑같은 대접을 받아왔다. 그러므로 이러한 시기에 사위(외손)는 제외하고 아들(친손)만의 집단이 구성될 수는 없다. 조선중기 이후에 이르러 서류부가 기간이 단축되고 딸과 외손에 대한 차별이 심화되었을 때 비로소 아들(친손)만의 집단이 생겨났다고 보아야 할 것이다.

이러한 현상은 족보에 수록된 자손 범위의 변화에도 나타난다. 지금까지 간행된 족보를 모두 보관하고 있는 문화류씨(文化柳氏)의 경우, 1562년 족보는 10권이었으나 다음에 찍은 1689년 족보는 5권으로 줄어들었다. 이것은 1562년 족보에는 외손도 친손과 똑같이 수록하였으므로 10권이었으나 1689년 족보에서는 외손이 모두 제외되었으므로 5권으로 줄어든 것이다. 다시 말하면 1562년에서 127년이 지났음에도 1689년의 족보가 오히려 10권에서 5권으로 줄어들었는데, 이것은 127년 동안에 증가한 친손보다 제외된 외손이 월등하게 많았다는 것을 의미한다. 이런 현상은 1562년과 1689년 사이의 어느 시기에 처음으로 외손이 차별을 받기 시작했다는 것을 의미한다.

또 동성동본 집단인 씨족이 존재하려면 경제적 뒷받침이 전제되어야 한다. 그런데 조선중기 이전에는 재산이 아들과 딸 사이에 균분 상속되었으므로 씨족 존립을 뒷받침해주는 경제적 기반이 없다고 하겠다. 조선 중기 이후 딸에게는 재산을 상속하지 않거나 상속하더라도 극히 적은 재산을 상속하기 시작했을 때 비로소 아들만의 집단인 씨족의 경제적 토대를 가질 수 있으므로 이 시기에 비로소 아들만의 집단인 씨족이 생겨날 수 있다.

또 씨족이 존속하려면 무엇보다도 충원(充員)이 이루어져야 한다. 입대가 없는 곳에 부대가 존속할 수 없듯이 동성동본 자의 입양(入養)이 없는 곳에 동성동본 집단이 형성·존립할 수 없다. 『국조방목(國朝榜目)』에 따르면 1500년을 전후한 시기에 입양 현상이 처음으로 나타나기 시작하다가 1600년대 중엽에 일반화된 것으로 나타난다. 이런 점에서도 한국 동성동본의 씨족은 1600년대 중기에 출현하였다고 보는 것이 타당할 것이다. 증언하거니와 동성동본 자의 입양이 없는 시기에는 동성동본 집단이 생겨날 수 없다. 그리고 한국 역사상 이러한 입양은 17세기 중엽에 이르러서야 일반화된 것이다.

한국가족사의 획기적인 변화는 17세기에 있었다

지금까지 법제가 아닌 실제의 한국가족과 친족을 중심으로 살펴본 바로는 대체로 17세기 이전까지는 점진적인 변화의 시기였으나 조선중엽(17세기)에 이르러 한국의 가족과 친족이 획기적으로 변화하였음을 알 수 있다. 우리가 지금 전통적인 한국가족의 특성이라고 생각하는 것은 모두 이 시기를 기점으로 형성되어 산업화 이전까지 지속한 것을 의미한다.

가족이나 친족 구조에 커다란 영향을 주는 혼인 거주 규칙에 있어서 고려시대까지는 서류부가의 기간이 길었으나 조선전기를 지나 후기에 이를수록 기간이 단축되었다. 이와 함께 가족에 포함되는 구성원의 범위도 변화하게 되어 고려시대에는 결혼한 딸과 사위와 외손을 포함하는 가족이 이상적인 가족이었으나, 조선후기에는 장자와 장자부(長子婦), 장손과 장손부(長孫婦)와 같이 생활하는 직계가족이 이상적인 가족이 되었다. 또 재산상속을 보면 17세기 이전까지는 아들과 딸(사위) 구별 없이 균분하였으나 이 시기 이후부터 차별이 생겨 아들우대, 장남우대 경향으로 기울어졌다. 제사의 윤행(輪行) 내지 분할(分割)에서 장자봉사의 방향으로 상속된 것도 이 시기의 변화다.

이 시기는 양자제도의 성격이 크게 변화하는 시기이기도 하다. 17세기 중엽까지는 양자를 결정할 때 남편 쪽의 친족과 같게 처 쪽의 친족도 그 결정에 참여하였으나 점차 처족의 참여는 제거되고 남편 쪽 친족의 결정만으로 양자 결정이 이루어졌다. 또한 친생남아(親生男兒)가 없을 때도 근친으로부터 양자를 얻지 못하면 입양하지 않았으나 17세기를 전환점으로 이 시기 이후 시간의 경과와 더불어 원친자에게서라도 반드시 양자를 입양하는 양자의 보편화가 이루어지게 되었다.

족보의 성격이 자손보(子孫譜)에서 외손을 제거하며, 또한 외손만 성(姓)을 일일이 기재하는 등 동성동본 자손과 이성 자손을 차별하여 기록하는 부계친의 4계보로 바뀌는 때도 이 시기이다. 이러한 가족제도의 급격한 변화와 밀접한 관련이 있는 것이 부계혈연집단인 이른바 씨족의 형성이라고 생각한다. 즉 한국의 씨족 형성은 서류부가 기간이 단축되는 것 등과 더불어 생각해야 한다. 서류부가 기간이 길 때는 불가능했던 아들·딸, 장·차남의 차대가 서류부가 기간의 단축과 더불어 가능해졌고, 또한 족보의 자녀 기재 순위가 출생순에서 선남후녀로 변해갔고, 재산상속은 남자 우대·장자 우대로, 제사상속은 자녀 간의 윤행이나 분할제의 지향에서 장자단독봉사제로 변해갔다.

특히 양자제의 보편화는 씨족의 형성·조직과 표리일체의 관계에 있다. 이러한 입양 없이는 씨족집단의 영속화를 기대할 수 없기 때문이다. 그리고 부계혈연집단 형성의 하나의 지표는 가족보다 넓은 범위에서의 항렬자 사용의 제도화라고 할 수 있을 것이다. 항렬자 사용 자체가 부계친의 집단 또는 조직화를 의미하기 때문이다.

다시 말하면 고려는 물론 조선초기까지도 불교식 상제(喪祭)가 지배적이었고, 16세기까지도 아들이 없으면 여식(서·외손)이 봉사를 담당하였으며, 또한 부계혈연집단인 씨족의 충원인 동성동본의 양자도 거의 전적으로 행해지지 않았으니 15세기까지는 부계조상 제사를 위한 자·친손만의 집단인 씨족은 고사하고 그것이 형성될 수 있는 사회적 기반조차 결여되어 있다고 하겠다.

그러면 이러한 가족·친족제의 변화가 어찌하여 주로 17세기, 즉 조선중기에 변화하였는가를 살펴보자. 이러한 문제는 더 많은 연구자에 의하여 여러 측면에서 고찰되어야 하겠지만 필자의 견해는 다음과 같다. 먼저 생각할 수 있는 것은 유교의 종법사상(宗法思想)이 일반 민중의 생활에까지 보급된 시기가 17세기가 아니겠는가 하는 점이다. 두 번째는, 조선중기 이후의 격화된 정치집단 내의 갈등에 대처하는 방법으로 부계친 내지는 남자 중심의 친족집단 조직화의 필요성 때문일 것으로 보인다. 세 번째는, 임진왜란 이후의 경제적 궁핍을 극복하기 위하여 무엇보다도 사회집단을 조직화해야 했기 때문이다. 자녀균분상속보다는 장자우대상속이, 부계·모계에의 거의 같은 관심보다는 부계 위주의 친족의 조직화가, 그리고 가계의 단절보다는 양자에 의한 자손의 번성과 조상 유지(遺志)의 실천 등이 어떤 시기에는 훨씬 능률적으로 경제발전을 도모할 수 있기 때문이다. 네 번째는, 신분제 붕괴에 대처하여 양반계급의 신분과 지위를 유지하고자 부계 중심의 친족집단이 조직화된 것이 아닌가 한다.

문화류씨 족보는 문화재로 지정해야 한다

대략 17세기 중엽까지는 아들 딸 간의 재산균분상속이었고 그 후부터는 아들 중심, 장남 위주의 재산상속이었다면, 족보에도 그러한 아들 딸 간의 관계가 반드시 나타날 것이라는 생각이 들어 족보 탐방에 나서기로 하였다. 그런데 이러한 차이를 살펴보려면 반드시 구보(舊譜)와 신보(新譜)를 모두 참조해야 한다. 바꾸어 말하면 구보라 해도 최근에 발간한 족보 바로 전에 발간한 구보뿐만 아니라 창간 족보부터 현재의 신보까지 모두 참조해야 이 문제를 풀 수 있다. 그렇게 하려면 조선초기에 간행된 족보부터 최근에 간행한 족보까지 모두 살펴야 한다.

그런데 내가 조사해 보니 조선초기에 간행된 족보부터 20세기에 간행된 족보까지 모두 갖춘 가문은 문화류씨(文化柳氏)뿐이었다. 대개의 가문은 신보가 간행되면 구보는 소홀히 하는 경향이 있다. 문화류씨도 종친회 사무실에 지금까지 간행한 족보를 모두 소장하고 있는 것이 아니라 여러 지방에 산재하는 종친들이 구보 한두 종류만 소장하고 있었다. 예를 들면 1562년에 간행된 족보(가정보)는 안동의 진성이씨(眞城李氏)의 한 사람이 소장하고 있었고, 1698년과 1740년에 간행된 족보는 전남 영암군의 한 종친이, 그리고 1803년에 간행된 족보는 미국 하버드 대학 도서관이 소장하고 있었다. 그리고 1864년에 간행된 한 족보는 충남 당진군 고대면 당진포리의 한 종친이, 1926년에 간행된 족보는 국립도서관이 보관하고 있었다.

문화류씨 족보 조사 가운데 가장 기억에 남는 것은 1562년에 간행된 '가정보'를 찾으러 안동까지 갔던 일이다. 고려대 영문학과 김치규(김종길) 교수의 주선으로 '가정보'에 관한 정보를 아는 사람을 알게 되었다. 그래서 사진을 찍을 줄 아는 신문방송학과 학생(이름을 기억하지 못하는 것이 안타깝다)을 대동하여 경북 안동시로 갔었는데 그 정보를 아는 사람의 근무지는 영주시였으므로 영주로 갔다. 그런데 그분의 거주지가 안동이었으므로 다시 안동으로 가서 그 족보 보관처인 시골인 예안으로 버스를 타고 떠났다.

가정보를 보관하고 있는 분은 진성이씨 이퇴계 선생의 후손으로 처음에는 난감해하였다. 몇 년 전 대구시에 있는 효성여자대학의 모 교수가 국문과 학생들을 가득 실은 버스를 타고 와서 안동시에 풀어놓아

집집이 방문하여 내방가사(內房歌辭)를 수집하였는데 대구로 가져가서 복사하고 되돌려준다는 약속을 어기고 반환하지 않은 내방가사가 적지 않았다는 이야기를 들려주면서 달갑지 않게 보여준 '가정보'를 본 기억이 난다.

기사보(己巳譜, 1689)와 갑자보(甲子譜) 두 종의 족보를 소유하고 있을 것이라는 문화류씨 대동보소(大同譜所)의 류재호 씨 정보에 의하여 혼자서 1978년 부슬비와 몹시 부는 바람을 안고 5월의 어느 날 당진군 고대면 당진포리 소재 류영열 씨 댁을 찾을 때의 고생도 잊을 수가 없다. 촌락에 도착하고도 넓은 영역의 여러 구릉에 취락이 몇 집씩 산재해 있어 류씨 집을 찾는 데 고생을 많이 했다. 바람과 비 때문에 들판에 사람이 거의 없었기 때문이다.

지금 남아 있는 문화류씨 족보의 수보(修譜) 연대를 제시하면 다음과 같다.

문화류씨 수보 연대

보명(譜名)	발간연대	권수	소장지
영락보(永樂譜)	조선 세종 5년(1423)	1	황해도 구월산
가정보(嘉靖譜)	조선 명종 17년(1562)	10	안동 진성이씨 모동족원(某同族員)
기사보(己巳譜)	조선 숙종 15년(1689)	5	전남 영암군
경신보(庚申譜)	조선 영조 16년(1740)	10	전남 영암군
정사보(丁巳譜)	조선 순조 3년(1803)	27	하버드 옌칭 도서관
갑자보(甲子譜)	조선 고종 원년(1864)	37	충남 당진군 고대면
병인보(丙寅譜)	1926년	53	국립도서관

아들 딸 사이의 균분상속이 아들 중심, 장남 위주의 상속으로 바뀌었다면 족보에도 그러한 경향이 나타날 것이라는 나의 가설은 족보를 통해 사실로 확인되었다. 왼쪽 표에 나타난 것처럼 1562년 족보는 10권인데 1689년에 간행된 족보는 5권이다. 상식적으로 말하면 1562년부터 127년이 지난 1689년에 간행된 족보라면 10권보다 훨씬 많은 권수라야만 한다.

그런데 1689년에 간행된 족보는 5권에 불과하다. 내용을 살펴본즉 1562년의 족보(가정보)는 아들의 아들의 아들의 예와 같이 친손 17대손을 기록한 것처럼 외손도 딸의 딸의 딸의 예와 같이 외손 17대손도 기록하였던 것을, 1689년에 이르러 외손은 모두 제외하였으니(사위만 기록) 10권의 가정보가 5권으로 줄어들게 된 것이다. 재산상속의 변화와 족보 기재 방식의 변화가 상응하는 것임을 알 수 있다. 재산상속에서 딸이 차별 대우를 받는 시기의 족보에서는 외손이 제외된 것이다.

족보의 기록 형식에서 아들 딸, 친손 외손 간의 평등에서 아들 딸, 친손 외손 간의 차등으로 바뀌는 과정을 잘 보여주는 문화류씨의 가정보(1592)와 가사보(1689)는 문화재로 지정될 가치가 충분히 있다고 생각한다. 내가 조사한 우리나라의 다른 씨족의 족보 가운데 위의 두 시기의 특징을 갖춘 족보는 아직껏 보지 못하였다.

일본 오키나와(옛 류큐왕국)의 한국문화 탐사

1966년부터 1967년까지 1년 간 하버드대학에 있는 동안 우연히도 오키나와(옛 류큐왕국)에 '문중(門中)'이라는 친족 조직이 있는 것을 알게 되었다. 그때까지 '문중'이라는 용어는 우리나라에만 있는 것으로 알고 있었는데 오키나와에도 있다는 것을 알게 되어 한편으로는 놀랍고 한 편으로는 신기하게 생각되어 기회가 있으면 그곳을 답사할 생각을 하게 되었다. 그래서 이 오키나와 조사는 1968년 12월 26일부터 1969년 1월 18일까지 약 3주에 걸쳐 실시하게 되었다. 당시 오키나와는 미 군정 하에 있었으므로 '입국비자'를 서울에 있는 미 대사관에서 받았다. 과거 조선왕조(고려 말부터 조선왕조 초까지)와 류큐(琉球)왕조 간에 사절 왕래가 빈번히 있었다는 것은 이미 알려진 사실이지만 우리 문화와 류큐문화의 비교라든가 우리 문화가 류큐에 어떠한 영향을 주었는가에 대해서는 구체적으로 언급된 것이 거의 없어서 나의 조사가 그러한 연구의 시발점이 되었으면 하는 생각을 했던 기억이 난다.

나는 그곳에서 고려 도자기 기술을 그곳에 처음으로 전파한 장헌공(張獻恭)의 자손으로 구성된 '장씨일육문중(長氏一六門中)'이 존재하는 것을 확인하게 되었다. 물론 이들은 일본어를 쓰고 있었으며 대대로 나하(那覇) 시에 거주하였고 당시 두드러지게 나타난 문중만도 6개가 존재하고 있었다. 그 6개 문중의 대표 역할을 담당하고 있는 사람은 사키마 레이진(崎間麗進) 씨였는데 그 집에 초청된 일도 있었다. 장씨 즉 사키마(崎間) 문중의 족보는 2차대전 전까지도 있었는데 2차대전 와중에 소실되었다고 한다. 그러나 사키마 씨는 골호(骨壺), 즉 뼈항아리 등에 넣어 대체적인 장씨 가보(家譜)는 보존할 수 있었다며 그것을 나에게 보여주기까지 하였다. 장씨 문중의 중심인물인 장헌공의 묘지는 나하 시에 자리잡고 있었다.

문중묘의 제사는 먼 조상의 묘제로부터 시작하는데 이것은 우리나라의 것과 같다. 대종가(大宗家)에 안치된 신당의 제사는 문중 성원이 같은 시각에 같게 제사하는 것이 아니라 성원이 보통 가족 단위로 적당한 시각에 마음대로 제사를 지낸다. 추석날의 불단 제사는 자기와 가까운 문중(小門中)의 종가의 제사에서 시작하여 먼 문중(大門中)의 종가의 제사 순서로 실시하지만, 가족 단위로 마음대로 종가의 불단을 참배하는 일은 신당의 제사 방식과 같다. 우리나라에서는 추석에 4대조, 3대조 순으로 큰집 제사부터 먼저 행하고 자기의 부조의 제사는 나중에 행하는 것이 상례이다. 또 우리나라에서는 문중 성원이 같은 시간에 일제히 지내는 점이 류큐의 그것과 다르다.

이와 같은 우리나라 문중과 류큐 문중의 공통적인 성격과는 달리 류큐에는 동일 문중 내에서 통혼(通婚)하는 문중도 있고, 또 경제적 활동을 중시하고 비혈연자의 가입을 인정하며, 구성 단위가 개인이 아니라 가(家)인 문중도 류큐에는 존재한다. 이상의 성격으로 보아 이들 문중은 일본의 도조쿠(同族)와 유사하다. 아마도 근래의 일본 문화의 영향을 다분히 받은 것이리라.

류큐의 부계 혈연집단인 이른바 문추(Munchu)와 우리나라의 과거로부터 어느 지역에나 존재하는 문중(Munchung)은 한자로 '門中'이라고 쓴다. 이 친족용어는 중국이나 일본에는 없다. 또 그것이 의미하는 내용도 우리나라나 류큐가 다 같이 수평적으로 종가(宗家)를 중심으로 하며 조령(祖靈)에 대한 공동의 제사를 하는 남계적 혈연집단(patrilineal descent group)이며, 수직적으로는 개시자(開始者)라고 생각되는 조상으로부터 남계 계보(patrilineal genealogy)로 이어진 친족집단이라는 점에서 동일하다.

이 밖에 류큐에서는 모(母)를 amma, ama, nma 등으로 호칭하는 지역이 있고, 우리나라에서도 많이들 모(母)를 amma, umma 등으로 호칭하며, 또 류큐에서는 조부(祖父)에 대해 abuzi라 칭하는데 우리나라에서도 부(父)에 대해 abuzi 또는 abozi 등의 호칭을 사용한다. 이와 같은 양국의 친족 호칭의 동일이나 유사성은 양국의 문화적 관련을 제외하고는 생각할 수 없을 것이다.

과거 류큐왕국이 조선문화의 도입을 희구하여 유교·불교와 도자기 기술 등을 도입하였고, 또 양 왕국이 밀접한 우호관계를 오랫동안 유지하며 상호 왕래하였다면 조선인의 생활양식도 당연히 류큐에 전파되었을 것이다. 특히 당시 류큐에 많은 조선인이 거주하고 있었다는 점을 생각해보면 이 사정은 더욱 명백해질 것이다. 임진왜란 때 조선서 포로로 잡혀가 일본(규슈)에 재류(在留)한 조선인은 그들이 주위의 일본인으로부터 존경받고 적어도 2~3대까지는 한국어를 사용하고 한복을 입었다는 사실, 또 임진왜란 때 포로로 잡혀갔던 조선인이 일본 거주지(薩南)에서 옥산묘(玉山廟)를 설립하여 조신(祖神) 단군을 제사의 대상으로 삼고 매년 10월 14일에 행하는 제사는 완전히 한국식으로 한국 전래의 신무(神舞) 및 학구무용(鶴龜舞踊)을 행하며 한국어로 노래한 사실 등은 류큐에 거주한 한국인의 생활 관습이 류큐인에게 전파되었을 가능성을 보여주는 사례다.

이와 같은 일본에서의 한국인의 한국 관습의 고수는 일본 메이지(明治) 시대 초까지도 계속되었다. 포로로 잡혀간 조선인들이 수백 년 동안이나 류큐보다 문화가 앞섰다고 자처했던 일본 내에서도 이러했을진대 일본보다 조선의 문화를 더욱 수입하려고 더욱 노력했던 류큐에서 류큐왕조의 특별대우를 받는 조선인이 집단적으로 거주하였다면 당연히 조선인의 생활관습이 류큐인이나 류큐왕조의 관심의 대상이 되었을 것이다.

이와 같은 여러 가지 점에 유의한다면 조선으로부터 문화적 영향이나 또 류큐에 거주한 조선인으로부터 조선인의 생활 관습이 류큐인 사이에 수용 전파되었으리라는 것이 쉽게 이해될 것이다. 당시 류큐에 있던 조선인은 상당수에 달했으며, 왕도(王都) 수리(首里)의 교외에 류큐왕국의 보호를 받아 하나의 촌락을 형성한 것만도 1백여 호나 되었다.

당시 류큐국왕은 류큐문화에 공헌하지 못하고 단순히 표착한 조선인에 대해서까지도 이를 매수하여 궁내에 두어 후대하였으며 일부는 귀국하게 하였으나 이들 중에는 류큐에 정착하여 자손을 류큐인과 결혼시키고 부유한 생활을 한 사람도 많았다.

또 조선왕조 선조 때(1574년 정월)에 조선에 온 4척의 류큐 선박에는 상부(上副)를 위시하여 22인의 조선인이 있었던 사실만 보아도 류큐왕의 조선인에 대한 후대가 어느 정도였는지 알 수 있고, 또 이것으로 미루어 당시 상당수 조선인이 류큐에 거주하고 있었음을 알 수 있다.

조선의 생활양식이 류큐에 도입된 것으로 생각되는 것 중 대표적인 예는 여자의 의복이다. 류큐왕조 시대 여자의 의복은 우리나라 고유의 여자 의복과 거의 비슷하다. 류큐왕조 시대의 류큐 여인의 의복은 현재 류큐박물관에 보장되어 있다. 여자의 의복은 백의(白衣)로 되어 있고 형태도 유사하다.

이 의복이 언제 어떻게 류큐에 도입되었는지는 현재로서는 단정하기 어려우나 반드시 조선·류큐 양 왕국의 정식 국교 개시 이후라고 할 수는 없을 것이다. 이미 말한 바와 같이 정식 국교 이전에도 조선인의 내왕이 있었으므로 국교 개시 이전에 도입되었을 가능성도 존재한다. 국교 이후라면 조선에서 직접 도입했다고 볼 수 있으나, 한편 류큐 측이 조선에 송환한 조선인 가운데 여자도 포함되어 있었음에 주목한다면 송환되지 않고 류큐에 잔류한 조선인의 영향으로 전파되었다고 볼 수도 있다. 여하튼 이미 말한 두 나라의 역사적 관계와 문화 전파의 관점에 비추어 보아 조선의 여자 의복이 전파되었음을 추정할 수 있다.

그 밖에 새끼(繩)를 치고 자연을 숭배하는 것, 침을 뱉고 청불(清祓, exorcise)하는 풍습, 결발(結髮) 모습이 우리나라와 유사하고, 비녀가 우리나라의 것과 닮았을 뿐만 아니라, 언어의 감탄사가 우리나라의 그것과 대단히 유사한 점에도 조선문화의 류큐 전파를 생각할 수 있을 것이다. 특히 류큐어의 음운이 일본어보다 한국어에 가깝다는 것은 조선문화의 류큐 도입을 생각하지 않고는 도저히 이해가 가지 않는 사실이다. 고려토기나 조선토기뿐만 아니라 신라시대의 토기도 류큐에서 발견되는 사실로 미루어 보아(김원룡 교수), 이미 그때부터 한국문화가 이곳에 영향을 준 것으로 생각된다.

제주도의 사후혼에 대하여

나는 1975년부터 1976년까지 현지조사를 통해 제주도의 가족 또는 친족을 조사 연구한 일이 있는데, 조사 연구 결과는 1979년 『제주도의 친족조직』(일지사)이라는 저서로 간행하였다. 이때의 조사 과정에서 제주도는 육지와는 다른, 매우 특이한 사후혼(死後婚)이 존재한다는 것을 알게 되었다. 이 제도는 죽은 자를 혼인시키는 제도인데 다음과 같이 그 보고서의 일부를 제시한다.

제주도에서 죽은 사람의 혼인은 사혼(死婚), 사후혼인(死後婚姻), 사후결혼(死後結婚), 죽은혼사, 죽은혼서, 사망혼서 등 여러 가지 호칭으로 불리고 있다. 사후혼이 행해지는 지역도 제주도 전역에 걸쳐 있으며 내가 조사한 지역도 10개 시(市)·면(面)에 달한다. 육지의 사혼이 극히 일부 지역에 한정되어 아주 드물게 행해진다고 한다면 제주도에서는 보편적으로 예나 지금이나 행해진다고 할 수 있을 것이다.

제주도에서 사혼을 하는 사람의 결혼여부의 신분을 보면 미혼자, 즉 총각과 처녀에만 한정되지 않고 기혼자도 사혼을 한다.

제주도에서는 육지와는 달리 15, 16세 이상 나이로 사망하면 남자든 여자든 관계없이 부모가 제사를 지낸다. 제물은 부모가 담당하지만 제관은 사망자의 아랫사람인 남동생이 되는 것이 상례이다. 그러나 이러한 제사는 오랫동안 계속되지 않고 보통 부모 대(代)나 남자형제 대에서 끝나며 앞으로 공식적으로 제사를 지낼 사람이 나타날 때까지의 임시적·비공식적 제사에 지나지 않는다. 이 공식적인 제사를 지내기 위한 제도가 사혼이며 이것에 뒤따른 것이 양자제도(養子制度)이다. 사혼을 하고 입양을 하여 정식으로 사혼자의 제사를 지낼 사람이 나타나면 부모와 형제는 제사를 지내지 않게 된다.

이러한 사정은 총각과 처녀에만 적용되는 것이 아니고 결혼한 바 있는 남자나 여자에도 적용된다. 일반적으로 제주도에서 양자를 하는 데는 두 가지 범주가 있다. 하나는 사혼을 하고 양자를 하는 경우이고, 다른 하나는 양자만 하는 경우이다. 후자는 한 부부가 양자를 할 때까지 이혼하지 않았을 때이다. 이 경우는 부부 가운데 한 사람이 사망하였거나 또는 두 사람이 모두 사망하였거나 관계없다. 이것은 다시 생전양자와 사후양자로 나누어진다. 양자를 하는 데는 생사에 관계없이 양부모가 모두 존재해야 한다고 그들은 의식하고 있는 것이다. 곧바로 양자를 할 수 없는 자가 우선 밟아야 하는 과정이 사혼이다. 즉, 제사를 지낼 양자를 얻고자 양부모를 갖추는 예식이 사혼인 것이다.

15, 16세 이상의 총각·처녀가 죽은 경우나 이혼하여 친정에 돌아가 살다가 죽은 이혼녀도 모두 사혼을 하고 양자를 하는 것은 이 때문이다. 따라서 15, 16세 이상의 나이로 죽은 총각·처녀나 아들 없이 이혼하고 사망한 이혼 남녀는 조만간 사혼을 하게 되는 잠재적인 사혼자라고 생각할 수 있을 것이다.

또 제주도 사람은 제사를 지내주는 사람이 없는 귀신을 '무적귀신(無籍鬼神)'이라 하며 가장 불행한 귀신이라 여긴다. 이 무적귀신은 갈 곳이 없어 떠돌아다녀야 하는 것으로 의식하고 있으므로 어떻게 해서든지 달래야 한다고 그들은 생각하고 있다.

사혼을 몇 가지 관점에서 분류해 보면 다음과 같다. 우선 신랑 신부가 사망한 경우와 한쪽(남자)은 사망하였는데 다른 쪽(여자)은 생존해 있는 경우이다. 거의 전부는 신랑 신부가 모두 사망한 경우의 사혼이다. 사망자와 생존자의 혼인은 특이한 예라 하겠다.

총각과 처녀, 총각과 이혼녀, 기혼 남자와 처녀, 기혼 남자와 기혼녀 간의 사혼을 살펴보면 조사된 사례 내에서는 총각과 처녀 간의 사혼이 가장 많다. 이것은 죽은 사람 중에서 총각과 처녀가 제일 많기 때문이며 별다른 이유가 있는 것은 아니다. 사망한 기혼 남자나 기혼 여자(이혼녀, 사별녀) 중에 사혼할 수 있는 조건을 갖춘 수는 더욱 줄어든다. 숫자상으로 사혼 상대자가 대단히 한정되어 있기 때문에 기혼자와 미혼자 간의 사혼이 행해지는 것이다.

또 사혼은 대체로 당사자의 부모가 마련하는 것이나 희소한 예로 자식이 부(父)의 사혼을 주선한 사례도 존재한다.

사망의 원인은 사혼에 영향을 미치지 않는다. 즉 당사자가 병사하였든 사고사를 하였든 또한 전사를 하였든 관계없이 사혼을 한다.

또 사혼부부의 관계를 보면 한 사례를 제외하고는 모두 두 사람이 생전에 전혀 모르는 사이였다. 약혼한 사이라든가 서로 사랑하는 사이에 사혼이 이루어졌다 하더라도 이것은 우연한 일이며 그들만이 사혼을 하는 것은 아니다. 대부분 가족원이나 친족원 또는 친지를 통하여 중매에 의하여 사혼이 행해지고 있다.

육지에서는 연령에 관계없이 기혼자만 양자를 할 수 있는 데 비하여 제주도에서는 15세 이상이면 미혼자라도(물론 사혼을 하고) 양자를 할 수 있다. 즉 육지에서는 혼인하였는가 아니하였는가의 결혼 여부가 양자를 할 수 있는가 못하는가를 결정하는 중요한 기준이 되지만, 제주도에서는 혼인과는 무관하고 연령이 그것을 결정하는 기준이 된다. 이렇게 볼 때 육지에서는 혼인에 어떤 가치를 부여하지만, 제주도에서는 연령에 가치를 부여한다고 생각할 수 있다.

사망과 사혼과의 시간과 거리, 즉 사망하고 난 후 몇 년 만에 사혼을 하는가를 살펴보면 다음과 같다.

사후혼이 행해지는 시기

	사망 직후	1개월	2개월	3개월	4개월	1년	2년	3년
남자	1		1	1		1	3	5
여자	2	1			1	3	3	3
	4년	5년	11~15년	16~20년	21~25년	26~30년	31~35년	계
남자		4		4		2		22
여자	2	2	2	1		1	1	22

대체로 사후 1~5년 사이에 가장 많이 사혼을 하고 있다. 사후 26~30년 또는 그 이상 시일이 지나 사혼을 하는 사람도 있다. 상대자를 구하기 힘들어서 오랜 시일이 경과한 후에 사혼을 한 것이다.

또 사혼 당사자의 사망 당시의 남녀의 연령 차이를 조사하였더니 18사례 가운데 남자연상형이 7사례, 동갑이 4사례, 여자연상형이 7사례였다. 여자연상형 가운데 9세 이상, 10세 이상도 포함되어 있었는데 이것은 산 사람의 혼인에서 행해지는 것처럼 남자연상, 또는 남자동갑 아니면 적어도 연령의 차이가 많이 나지 않는 연상여자를 찾기 어려운 데 기인한다.

산 사람의 혼인에는 제주도는 육지와 달리 대부분 신랑과 신부가 동일부락 내지 인접부락민이다. 그러나 사혼에 있어서는 산 사람의 혼인과는 판이하다. 동일부락민끼리 사혼한 사례는 조사한 22사례 가운데 1사례에 불과하였다. 혼인권이 확대되어 제주도 전역으로 확산되어 있었다. 이것은 이미 말한 바와 같이 사혼 상대자가 적어서 찾아내기 어렵기 때문이다. 때로는 혼인권이 일본까지 확대되었는데, 이것은 도내에서 구할 수 없을 때 일본 거주 제주도민 속에서 찾기 때문이다. 사혼상대자의 거주지가 어디든 관계 없는 것이다.

사혼의 중매인을 보면 대체로 가족, 친족, 인척, 친지, 이웃사람 등인데 이것은 산 사람의 혼인에서 중매인의 성격과 다를 바 없다.

혼인 예식은 대단히 다양하여 한마디로 요약하기는 곤란하지만 대체로 다음과 같은 범주로 분류할 수 있다.

A. 양가의 대표(부모)의 약속만으로 사혼이 성립되는 경우인데, 이런 경우는 조사할 때에 한 사례가 발견되었다.

B. 사혼의 의식만을 행하고 남녀의 묘지는 그대로 두는 사례이다. 그런데 이 의식도 각양각색이라 어떤 집은 절(寺)에서 또 어떤 집은 여자 집에서 또 어떤 집은 남자 집의 두 집에서 또 어떤 집은 묘지에서 의식을 행한다. 의식 일자에서도 서로 다르다. 어떤 집은 설날에, 또 어떤 집은 남자의 기제사(忌祭祀)날에, 어떤 집은 택일하여 식을 거행한다. 의식의 내용도 거의 가문마다 다르다. 하나 흥미 있는 것은 최근에 올수록 의식도 산 사람의 혼인에 있어서처럼 주례를 등장시켜 신식예식으로 변하고 있다는 사실이다.

C. 사혼의 의식과 이묘(移墓)의 두 가지 과정을 다 밟는 가문도 있
   다. 사혼식을 끝낸 후 이묘를 하는 것과 같이 두 가지 의식을 따
   로따로 행하는 집도 있지만, 어떤 집은 이묘 과정에서 사후예식을
   포함해 양자를 동시에 거행하는 가문도 있다.

그런데 이묘의 범주도 몇 가지로 구분할 수 있다. 즉 여자의 묘를 파
서 남자의 묘 옆에 이장하여, 말하자면 쌍묘를 만드는 경우와 여자의
묘를 파서 남자의 묘와 쌍묘를 하지 않고 남자의 촌락에 이묘하는 경
우도 있다. 이 모두 특별한 이유가 있어서라기보다 당시 사정에 따라
결정하는 듯하였다. 이묘도 사혼의식 후 곧 행하는 집도 있지만 어떤
집은 몇 달 후 또는 몇 년 후에 이묘를 하는 것을 보면, 이묘가 사혼
의 필요조건은 아닌 것 같다.

두 남녀가 모두 사망한 경우 매장 전에 사혼을 하면 장례를 같이 하
게 되고, 3년상 전에 사혼한 경우에는 여자의 혼백상자를 남자 집으로
가져가서 그곳에서 대소상(大小喪)과 제사를 같이 지내게 된다.

사혼의 목적의 하나가 공식적으로 오랫동안 제사를 지내줄 양자를
얻는 데 있다 하더라도 현실적으로 보면 사혼 21사례 가운데 입양을
시킨 사례는 13사례이고, 아직 입양을 시키지 못한 사례는 8사례나 된
다. 이 8사례의 내용을 다시 살펴보면 입양할 수 있는 적당한 사람이
없는데도 여전히 입양을 기대하고 있는 집이 거의 전부이다. 그중에는
전혀 입양의 희망이 없는데도 사혼을 시킨 집도 여러 집 있다. 이렇게
볼 때 입양이 사혼의 유일한 목적은 아닌 것 같다. 이것은 장자나 외아
들뿐만 아니라 차, 3남의 사혼이 많은 것에서도 알 수 있다.

조사 전체 사례에서 알 수 있는 것은 사혼은 이미 언급한 바와 같이
무적귀신의 고혼(孤魂)을 달래는 데 그 목적이 있다. 그뿐만 아니라 소

목지서(昭穆之序)의 원리에 입각한 양자를 하는 데도 필요한 제도이다. 자(子) 없는 양손자는 할 수 없으므로 양손자의 부를 만들고자 사혼시키는 것은 이 때문이다.

사혼 양자는 대체로 질(姪 : 형이나 동생의 아들)에 집중되어 있으며 이러한 사혼 양자는 친족조직 내에서, 생전양자나 사후양자가 똑같은 지위를 차지하여 친족집단의 구성분자를 구성한다.

사후혼으로 맺어진 남자, 여자 양가의 관계를 살펴보아도 보통의 혼인(산 사람의 혼인)으로 맺어진 남자, 여자 양가의 관계와 다른 것이 없다. 그들 양가는 보통 혼인의 사돈처럼 서로 사돈이라 호칭하고, 결혼이나 장례가 있으면 서로 왕래하여 축하하고 조문하여 사돈으로서의 예를 깍듯이 갖춘다. 그러나 양자(입양하는 경우)가, 사혼한 여자가 낳은 자식이 아니어서 양자와 양모(사혼녀)의 친정가족과의 관계는 오래가지 못하고 그 친밀도는 떨어진다고 하겠다.

끝으로 사혼과 호적처리와의 관계는 다음과 같다. 종래에는 총각이나 처녀가 15, 16세 이후에 사망하면 특히 장남의 경우에는 사혼이 성립될 때까지 사망신고를 하지 않은 채 두었다. 사혼이 성립되고 입양이 결정되면 그때서야 산 사람처럼 혼인신고와 입양수속을 마치고 다시 사망신고를 하였다. 그러나 근래에 와서는 몇 해 기다려도 사혼 상대방을 찾을 수 없으면 사망신고를 하게 되고 특히 국민개병제도(國民皆兵制度) 실시 이후로는 병역의무 해당 연령인 20세 전에 사망신고를 한다. 그런데 사망신고 후에 사혼하면 호적은 정정할 수 없으므로 족보에만 혼인과 입양 사실을 기재한다.

묘지명, 족보, 분재기의 재발견

내가 정식 사료로 채택하여 논문으로 발표할 때까지는 고려시대 사람의 무덤의 주인공의 가족 상황을 기록한 묘지명(墓誌銘), 조선시대의 족보(族譜), 형제자매간에 재산을 나눈 기록인 '분재기'(分財記) 등은 중요한 사료로 인식되지 않았다.

고려시대의 구체적인 혼인이나 가족제도의 연구는 '묘지명'에 의해서만이 가능하고, 조선시대의 자녀 간의 재산 상속은 '분재기'에 의해서만이 가능하다. 또 동성동본 자의 조직체인 씨족의 형성 시기는 '족보'에 의해서만이 가능하고, 동성자의 입양률(入養率)을 10년 단위로 측정하는 것은 '국조방목'(國朝榜目)과 '계후등록'(繼後謄錄)에 의해서만이 가능하다는 것이 입증되었다.

좀 더 구체적으로 말하면 고려시대의 혼인 형태, 가족 형태, 친족호칭, 동성자(同姓者) 입양, 음직(蔭職) 계승 등의 연구는 『고려사』나 『고려사절요』로는 불가능하고 오로지 '묘지명'에 의해서만이 가능하다. 또 조선시대의 재산상속 연구는 『조선왕조실록』이나 그 밖의 역사적 사료에 의해서는 불가능하고 오직 '분재기'(分財記)의 분석에 의해서만 가능하다. 나는 전국에서 약 100통 가까이 되는 '분재기'를 수집하여 조선시대의 재산상속제도를 연구했다. 참깨를 주워 모아 참기름을 짜는 것에 비유할 수 있겠다. 상당한 시간이 지난 후, 300~400통의 '분재기'가 나와 어떤 연구자가 그것을 조사분석하였더니 내가 행한 조사결과와 같은 결론이 나왔다는 소식을 들었다.

족보는 항렬자(行列字) 사용의 범위와 동성자의 조직체인 씨족의 형성 시기를 파악할 수 있는 유일의 사료이며 『국조방목』과 『계후등록』은 조선시대의 동성자의 입양과 입양률을 측정할 수 있는 유일한 사료다.

다시 말하면『조선왕조실록』에 의해서는 그 시대의 구체적인 재산상속, 씨족의 형성시기, 동성자의 입양 등은 파악할 수 없고 오로지 각각 분재기, 족보,『국조방목』,『계후등록』의 분석에 의해서만이 가능하다. 그리고 조선시대 500년의 변화를 막연하게 조선전기, 조선후기 식이 아니라 구체적으로 10년 또는 그 이하의 단위로 나누어서 그 변화과정을 관찰할 수 있는 사료는『국조방목』,『계후등록』뿐이다.

참깨를 한 알 한 알 주워서 참기름 짠 격의 논고 이야기

지금까지 써 온 백 수십 편의 한국사회사 관계 논문 가운데 제일 정이 많이 가는 논문은 조선시대 상속에 관한 논고가 아닌가 한다.

1970년 전후 시기로 기억한다. 당시 사람들은 자기들의 할아버지나 아버지한테서 들은 이야기로 말미암아 먼 옛날부터 아들과 딸에게 차등상속을 하는 것으로 믿고 있었다. 또한, 조선시대 초기의『경국대전』의 자녀 간의 균분상속 규정은 당시 현실을 반영한 것이 아니라는 것이 당시까지의 가족 연구자들의 인식이었다.

그러나 나는『경국대전』규정이 역사적 사실을 반영한다고 믿었고, 어떻게 해서든지 조선시대의 자녀균분상속제를 증명할 길이 없을까 생각하게 되었다. 결국 분재기(分財記)에 주목했는데 이 분재기를 어떻게 다수 수집하는가가 문제였다. 결국, 그때까지 나온 각종 기록이나 서적, 예를 들면 서울대 도서관의 고문서,『이조(李朝)의 재산상속법』,『조선제사상속법 서설』,『잡고(雜攷)』,『조선사집진(朝鮮史集眞)』, 국립도서관의『고문서』등에 수록된 분재기를 참조하였다.

또 다음과 같은 이름 있는 가문의 종갓집을 찾아가서 그들이 소장하고 있는 분재기를 필사하기도 하였다.

① 경북 월성군 양동리의 손씨
② 전남 장성군 매화동의 변씨
③ 전남 나주군 화정리의 나씨
④ 전남 광산군 도산리의 나씨
⑤ 경북 영일군 오덕동의 이씨
⑥ 고려대 사학과 학생 이 군(안동 출신)
⑦ 서울 성북구 수유동의 김씨
⑧ 서울 동대문구 창신동의 김씨
⑨ 건국대 박물관 소장의 이율곡 분재기

이렇게 하여 모은 분재기는 약 120통이었으나 독자, 무남독녀의 것을 제외하니 활용할 수 있는 것은 82통이었다. 참기름 짜는 것에 비유한다면 가마니 속에 가득 차 있는 참깨로 기름을 짠 것이 아니라 길바닥이나 밭에 떨어져 있는 참깨를 한 알 한 알 주워 모아 기름을 짠 셈이다. 그러나 한 알 한 알의 참깨를 주워서 짠 격인 분재기를 통해 연구한 논문인 조선시대 상속제도의 연구에 가장 정이 많이 간다. 내가 발표한 3백 수십 편의 논문 가운데 이 논문을 제외한 나머지 논문은 가마니에 든 참깨로 기름을 짠 격이다.

조선중기까지 자녀균분상속이었다는 이 논고의 내용이 2002년에 발간된 고등학교 국사 교과서에 반영된 것을 보고 정말 보람을 느꼈다.

장기간의 연구 결과 몇 가지

신라왕실의 왕위계승

신라의 왕위계승은 왕의 아들·딸·사위, 친손·외손의 5종류의 친족에 계승된다. 참고로 영국의 왕위계승은 여기서 사위가 제외된다. 일본인들은 신라의 왕위계승은 전설 또는 조작이라고 주장해왔다.

부부생활의 장소

한국은 조선중기까지 사위가 장대(長大)할 때까지 처가에서 생활을 하였다. 즉 서류부가혼(婿留婦家婚)이었다. 그래서 지금도 그 전통으로 신혼여행을 갔다 오면 처가에서 하룻밤을 지낸다.

재산상속

한국은 조선중기인 17세기 중엽까지 자녀균분상속을 하였다.

동성동본자의 조직체인 씨족의 형성 시기

한국의 동성동본 조직체인 씨족(氏族)은 1700년 전후에 형성된 것으로 보인다. 이것은 문화류씨 족보에 의하여 알 수 있다.

선행연구에 관한 문헌목록의 작성과 발표는 왜 중요한가

어떤 분야에 관하여 논문을 쓰려면 먼저 그때까지 해당 분야에 관해서 어떤 연구가 이루어졌는지 알아야 한다. 어떤 연구가 이루어졌는지 알려면 무엇보다 먼저 그 분야 연구에 관한 문헌목록이 작성되어야

연도	제목 및 게재지	비고
1964	한국사회학관계 문헌목록(1945~1964), 『한국사회학』 1	
1966	한국가족관계 문헌목록(1900~1965), 『한국가족연구』(민중서관)	1966년 이후 조사되지 않음
	한국사회학관계 문헌목록(1964~1965), 『한국사회학』 2	
1970	한국사회학 문헌목록(1966.1.1~1969.12.31), 『한국사회학) 5	1970년 이후 조사되지 않음
1975	한국농촌관계 문헌목록 (1900~1973), 『한국농촌사회연구』 (일지사)	1974년 이후 조사되지 않음
1979	제주도사회 조직관계 문헌목록 (1945~1978), 『제주도의 친족조직』 (일지사)	1979년 이후 조사되지 않음
1984	이능화(李能和)선생 저작 문헌목록, 『한국문화인류학』 16	
1987	고구려 오부관계 문헌목록(1894~1984), 『한국고대사회사연구』 (일지사)	1985년 이후 조사되지 않음
	신라의 육촌·육부관계 문헌목록 (1927~1981), 『한국고대사회사연구』 (일지사)	1982년 이후 조사되지 않음
	신라의 골품관계 문헌목록 (1922~1986), 『한국고대사회사연구』 (일지사)	1987년 이후 조사되지 않음
1987	신라의 화랑관계 문헌목록 (1928~1986), 『한국고대사회사연구』 (일지사)	1987년 이후 조사되지 않음

위 목록의 후속 목록은 조사된 바 없고, 단지 제주도 친족관계 문헌목록은 이창기 교수에 의하여 1990년까지 조사된 바 있다.

한다. 작성된 문헌목록을 읽으면 어떤 분야는 연구되었고 또 어떤 분야는 전혀 연구가 되지 않았으며 또 어떤 분야는 연구되었다 하더라도 충분치 않다는 것을 알게 된다.

　우리는 여기서 전혀 연구되지 않은 분야와 연구가 이루어졌다 하더라도 불충분한 분야에 대하여 연구를 하면 되는 것이다. 선행연구를 하지 않으면 논문을 쓸 수 없는 이유가 바로 여기에 있다. 선행연구는, 구체적으로는 선행연구에 관한 문헌목록 작성부터 시작된다. 외국에서 학위를 따고 귀국한 사람 가운데 연구논문을 쓰지 못하는 사람이 있는 것은 바로 연구의 첫발인 선행연구에 관한 문헌목록을 알지 못하기 때문인 것이다. 선행연구에 관한 문헌목록 작성은 장기간 지속적으로 해야 되는 것이다. 한국에서는 과문인 탓인지 모르나 사회학 분야에서는 본인 이외에 문헌목록을 작성하여 발표한 사람은 없는 것으로 알고 있다. 지금 참고로 본인이 작성하여 발표한 문헌목록은 다음과 같다.

앞의 목록에 나타나 있는 바와 같이 예를 들어 한국사회학 관계 문헌목록은 1970년부터 현재(2014년)까지 44년 간의 것은 조사된 바 없다. 원칙적으로 해당 학회가 이 일을 해야 하겠지만 그렇지 못한 것이 현실로, 개인이 해야 할 것이다. 국회에서 광범위하게 거의 모든 분야의 문헌목록을 작성하고 있는 줄 알고 있으나 아무래도 한 분야의 연구자가 미쳐서(?) 작성하는 목록보다는 누락된 문헌이 많을 것으로 생각한다. 그리고 예를 들어 한국사회학에 관하여 논문을 쓰려면 내가 제시한 목록에 의하여 문헌을 찾아 읽고 내가 발표하지 못한 시기 즉 1970년부터 현재(2014년)까지 44년 간의 것은 자신이 찾아내어 이것을 일일이 찾아 읽어야만 논문 작성이 가능한 것이다.

같은 내용의 논저를 국문·영문 두 종으로 발표한 이유

지금까지 나는 약 3백 수십여 편의 논문을 발표하였지만 그 가운데 같은 내용의 것을 국문과 영문 두 종으로 발표한 논문이 4편, 저서로 발표한 것 한 권 등 모두 5건에 이른다. 국문은 국내용이고 영문은 진

국영문 논문 및 저서 목록

구분	번호	(A) 국문	(B) 영문
논문	①	「Dietrich Seckel의 불교 미술론 비판: 고대 한일관계를 중심으로」, 『아세아연구』 46-4, 2003.	"A Criticism of the History Ancient Korea-Japan Relations As Described in Dietrich Seckel's *The Art of Buddhism*", 『박물관지』 13, 강원대학, 2006.
	②	「M. Deuchler의 한국사회사연구 비판: 선행연구와 관련하여」, 『사회와 역사』 67, 2005.	"A Criticism of M. Deuchler's The Confucian Transformation of Korea with Reference to Preceding Studies", *The Review of Korea Studies*, Vol. 8 No. 4, 2005.
	③	「John W. Hall의 『일본사』에 나타난 고대 한일관계사 비판」, 『고대 한일관계사연구 비판』, 서울: 경인문화사, 2010.	"A Criticism of John Whitney Hall's Study on Ancient Korea-Japan Relations", *International Journal of Korean History*, Vol. 13, 2009.
	④	「Edwin O. Reishauer의 고대한일 관계사서술 비판」, 『고대한일관계사연구 비판』, 서울: 경인문화사, 2010.	"A Criticism of Edwin O. Reishauer's Pronouncements on Ancient Korea-Japan Relations", *International Journal of Koran History*, Vol. 16, No. 1, 2011.
저서	⑤	『고대 한일관계와 일본서기』, 서울: 일지사, 2001.	Ancient Korea-Japan Relations and the Nihonshoki, Oxford: The Bardwell Press, 2011.

실의 정보를 세계에 알리기 위해서이다. 위 표의 A는 국문, B는 영문으로 발표한 논저이다.

①은 독일 불교미술학자 제켈(Seckel)을 비판한 것인데 세계의 불교 미술사학자들의 편견을 바로잡고자 쓴 것이다.

②는 도이힐러(Deuchler)의 영문저서를 비판한 것인데, 이 책은 미국 하버드대학 출판부에서 간행한 것으로 필자의 저서 『한국가족제도사연구』와 논문을 그대로 베껴서 영역한 것이다. 필자가 하버드에 이 사실

을 알려 필자의 비판문 게재를 요청하였으나 거절하므로 불가불 한국 내의 영문잡지에 이 글을 실어 전 세계에 알리기로 하였다.

③은 일본사 전공의 미국인 사학자 홀(Hall)의 저서 『일본사』에 담겨 있는 왜곡된 고대 한일관계사를 비판한 것이다. 미국인 사학자들을 계몽시키려고 논문도 발표한 것이다.

④는 미국의 유명한 사학자 라이샤워(Reishauer)의 저서 『일본인(The Japanese)』에 담겨 있는 잘못된 고대 한일관계사를 비판한 것이다. 전 세계에 퍼져 있는 그의 잘못된 역사인식을 지적하고 올바른 고대 한일관계사를 세계에 알리고자 논문을 발표한 것이다.

또한 전 세계가 장기간에 걸친 일본사학자들의 고대 한일관계사 왜곡을 받아들여 고대 한국이 일본의 식민지였다고 인식하고 있음을 알게 되어 이를 바로잡기 위하여(고대 일본이 한국의 식민지였다) 영문으로 된 책을 나로서는 거금을 들여 자비로 영국에서 간행하였다(이 책의 자비 출판에 대한 사정은 92쪽 참조).

1966년 하버드 때부터의 숙원을 45년 만에 이루다

나는 1966년에 객원교수로 하버드대학에서 1년 간 지낸 적이 있다. 그때 하버드도서관에서 중국이나 일본에 관한 영문 연구 도서는 많은데 비해 한국에 관한 영문 연구 도서는 단 한 권도 없는 것을 보고 큰 충격을 받아 1년 뒤 귀국하면 곧 내가 전공하고 있는 분야에 대한 연구에 몰두하여, 될 수 있으면 빨리 그 성과를 영역하여 영문저서로 간행할 것을 다짐하였다.

그러나 이 책의 권말에 실린 나의 「연구연보」에도 나타나 있는 바와 같이 내가 연구해야 할 분야가 너무나 많아 한국어이긴 하지만 이미 연구된 분야의 한 부분을 안일하게 한 권의 영문저서로 만드는 작업에 착수할 엄두가 나지 않았다. 아니 연구 논문을 발표하는 일로, 그 영문저서를 간행하는 일조차 잊었다고 하는 것이 적합한 표현일지 모르겠다. 나는 한국사회사 분야와 고대 한일관계사 분야의 두 분야에 대한 연구에 몰두하여 2010년까지 모두 3백 수십여 편의 논문을 작성하여 발표하고 이들 논문을 모아 몇 권의 저서로 묶어 출판하는 데 집중하였기 때문이다.

최근에는 그동안 저서화하지 못한 논문들을 모아 몇 권의 저서로 묶어 출판했고, 이 일이 어느 정도 마무리된 2010년 말에 이르러서야 비로소 1966년 하버드 때의 숙원을 실천에 옮겨야 하겠다는 생각을 하게 되었다. 이리하여 나는 2010년 말에 가까운 어느 달에 한국의 가족과 친족에 관한 영문저서인『Social Structure of Korea(한국의 사회구조)』원고를 출판사에 줄 수 있었다.

이로써 1966년 미국서 품었던 영문으로 된 한국 연구서 간행의 꿈을 45년 후인 2011년에 실현하게 되었다. 그리고 영국서 간행한『Ancient Korea-Japan Relations and the Nihonshoki(고대 한일관계와 일본서기)』까지 포함하면 두 권의 한국 관련 영문저서를 간행한 셈이다.

Ⅱ

고대 한일관계사 연구 50년 이야기

고대 한일관계사를 연구하게 된 이유

1959년부터 한국가족제도사 내지 한국사회사를 연구하던 사람이 왜 1989년부터 연구 방향을 고대 한일관계사로 돌렸는지 궁금하게 생각하고 있는 사람들이 있을 것 같아 약간 설명하려 한다.

나는 고대 한일관계사 연구에 착수하기 이전인 1985년 전후 시기부터 일본인들이 주로 행한 우리나라 고대사 연구(?)를 살펴보았다. 쓰다 소키치(津田左右吉), 마에마 교사쿠(前間恭作), 오타 아키라(太田亮), 이마니시 류(今西龍), 미시나 쇼에이(三品彰英), 이케우치 히로시(池內宏), 스에마쓰 야스카즈(末松保和), 이노우에 히데오(井上秀雄) 등의 논저였다. 말하자면 내가 집필하려고 하는 고대사회사 연구의 선행 작업으로 그때까지 행해진 한국 고대사회사의 연구 결과를 살펴본 것이다.

그 결과 한국 고대사회사를 연구하기 시작한 사람도, 그 연구를 계속한 사람도 모두 일본 사람들이며 우리나라 사람은 단 한 명도 없다는 것을 알고는 대단히 놀랐다. 이들은 한결같이 『삼국사기』 초기 기록은 조작되었다"라고 주장하고 있었는데 심한 경우는 신라 법흥왕 (541~539) 이전 기록은 조작되었으며, 고구려에 있어서는 「고구려본기」 전체 기사가 조작되었다고 주장하는 사람도 있었다.

일본인들이 주장한 실제 내용에 들어가 보니 더욱 놀라웠다. 일본이 조작한 신화의 인물인 스사노오노미코토(須佐之男命)가 신라의 왕이었으며 따라서 신라는 일본이 통치하는 속국이었다고 주장한다. 또 신라 화랑은 삼한시대에 대만의 원주민으로부터 전파되었으며 후기에는 반국가적, 반사회적 기능을 한 민간 하천민의 무당의 음속(淫俗)으로 타락하였다고 주장하기도 하였다.

사정이 이렇다보니 일본인들의 일본고대사 연구에서는 과연 어떠한 주장을 하는 것인지 알아보지 않을 수 없었다. 여기서도 일본인들은 한결같이 한국고대사 연구에서 주장하는 것과 거의 같은 또는 그 이상의 왜곡 주장을 하고 있음을 알게 되었다. 그 일례를 들면 오른쪽 표와 같다.

결국, 일본인들은 한국 고대사회사 연구에서나 일본고대사 연구에서나 한국고대사의 기본서인 『삼국사기』는 조작되었으며 고대 한국은 일본의 식민지였다는 주장을 되풀이하고 있음을 알게 되었다. 이러한 일본인들의 주장이 사실인지 확인하고자 고대 한일관계사 연구의 장도(長途)에 오르게 된 것이다.

연구 결과 일본(야마토왜)은 시작 초기부터 백제가 경영하는 직할 영토였음이 일본 고대사의 기본서인 『일본서기』에 기록되어 있음을 알게 되었다. 이로써 일본 고대사학자들이 한결같이 『삼국사기』 초기 기록은 조작되었다고 주장함과 동시에 고대 한국은 일본의 식민지였다고 주장하는 이유를 파악하게 된 것이다. 일본인 사학자들은 이러한 『일본서기』의 내용을 은폐하고자 그 반대의 주장을 하고 있음을 알게 되

일본 사람들이 조작되었다고 주장하는 시대

비판자	신라	백제	고구려
나카 미치요	흘해왕(16대) 이전	계왕(12대) 이전	태조대왕(6대) 이전
쓰다 소키치	실성왕(18대)까지	계왕(12대) 이전	태조대왕(6대) 이전
오타 아키라	자비왕(20대)까지	근초고왕(13대) 이전	
이마니시 류	내물왕(17대) 이전 또는 진흥왕(24대) 이전 또는 진덕(28대) 이전	근초고왕(13대) 이전	고구려본기 전체기사
미시나 쇼에이	지증왕(22대) 이전	계왕(12대) 이전	고국원왕(16대)까지
이케우치 히로시	내물왕(17대) 이전		태조대왕(6대) 이전 또는 산상왕(10대) 이전
스에마쓰 야스카즈	내물왕(17대) 이전 또는 법흥왕(23대) 이전	근초고왕(13대) 이전	
이노우에 히데오	내물왕(17대) 이전	계왕(12대) 이전	태조대왕(6대) 이전

었다. 여기서 최상의 방어는 공격이라는 전술이 생각나는데, 일본인들은 이 방법을 택한 것이다.

나는 1985년에 이미 이병도(서울대), 이기백(서강대), 이기동(동국대) 등의 한국 고대사학자들이 일본인 사학자들의 주장을 그대로 받아들여 『삼국사기』 초기 기록은 조작되었다고 주장하는 것을 비판한 일이 있는데 이 가운데 이병도, 이기백 씨는 회답하지 않고 세상을 떠났고, 이기동 씨는 생존해 있으면서도 아직까지 가타부타 회답을 주지 않고 있다.

일본사학자들의 한일관계론

시대	한일관계	목적	이유
진구황후 시대	삼한정벌	노예 획득	–
5세기 말~6세기	대륙진출 종료	–	–
진구황후 시대	삼한정벌	–	–
1세기 이래	조선은 일본의 식민지	식민지 확보	–
4세기 후반	일본의 식민지	식민지 확보	일본 열도 통일의 여력
3세기부터	조선 남반부 진출	–	–
4세기부터	왜군이 조선에서 활약	–	–
369년	조선 남부에 왜의 출병 및 왜군 세력 부식	–	백제의 출병 요청
4세기 후반	조선에 왜군 출병	–	–
366년	조선반도 진출	–	통일의 결과
4세기~5세기 초	조선 출병	철의 확보	강대한 왕권 일본 통일
4세기~5세기 초	조선 깊숙이 진군	남조선 지배, 백제의 관인, 기술자 초래	–
4세기~5세기 초	조선 출병	조선의 선진기술, 노동력 확보	–
사이메이 시대	조선 경영	–	–
4세기~5세기	대규모의 조선반도 군사 경영	–	–
4세기 후반	조선경영	귀화인 초치	–
히미코(卑彌呼) 시대	남조선 확보에 집착	철 자원 확보	–
4세기 말	과감한 조선 진출	–	–
백촌강 전투 이전	조선은 일본의 발판	–	–

출처 : 『일본고대사연구비판』, 1990, p. 205.

조선총독부가 펴낸 『조선의 국명에서 유래한 명사고』

한국을 식민 지배한 일제의 조선총독부는 한국 지배가 천년만년 갈 줄 알았는지 일본의 패망 즉 광복(1945) 불과 5년 전인 1940년에 일본 열도에 있는 모든 지명과 신사명, 사찰명과 성씨(姓氏)명 뿐만 아니라 동물명, 식물명, 가무(歌舞)・음악명, 기물(器物)명 등에 이르기까지 모두 한국에서 유래되었다는 것을 기록한 『조선의 국명에서 유래한 명사고-내선일체 회고자료(朝鮮の国名に因める名詞考：內鮮一體懷古資料)』라는 책자를 발간했다.

이는 일본의 모든 문물제도가 한국에서 유래되었다고 말해도 한국 사람들은 일본이 한국의 식민지라는 사실을 알아채지 못하고 단지 한・일 두 민족이 '친밀하다' '유사하다' 내지 '동일하다'라고만 생각할 것으로 의식하여 이런 명칭의 책자를 발간한 것으로 보인다. 그렇지 않고서는 도저히 이런 책자는 발간할 수 없기 때문이다. 다시 말하면 한국 사람들을 저능아 취급한 데서 그런 책자를 발간한 것이 아닌가 한다. 책자의 명칭만 보아도 호주가 영국의 식민지였던 것처럼 일본은 한국의 식민지임을 알 수 있는 것이다.

영국인이 신천지 북미대륙이나 호주에 집단이주하여 그곳을 개척할 때 그들이 사는 지역을 영국 지명으로 명명한 것처럼, 한국의 고대국가(백제・신라・고구려・가야)의 국민이 신천지인 일본 열도에 집단이주하여 그곳을 개척했을 때도 한국 지명을 따서 명명하였다. 이제 우리는 한민족이 신천지 일본으로 건너가 그곳에서 개척생활을 하면서 그곳의 지명을 한국의 국명(백제・신라・고구려・가야 등)으로 한 것을 알아보고자 한다. 이러한 지명은 개척 당시에 붙인 것도 있고, 그 유래는 개척 시에서 소급되지만 명명 자체는 후세에 이루어진 것도 있을 것이다.

한국 국명을 본뜬 지역이 있는 일본 지역(國名)

국명	백제	고구려	신라	가라·가야
세쓰(攝津)(효고兵庫·오사카大阪)	O	O		O
가와치(河内)(오사카)	O	O	O	O
이즈미(和泉)(오사카)	O			O
야마토(大和)(나라奈良)	O			O
오우미(近江)(시가滋賀)	O			O
히고(肥後)(구마모토熊本)	O		O	
고즈케(上野)(군마群馬)	O			O
무사시(武藏)(도쿄東京·사이타마埼玉·가나가와神奈川)		O	O	O
하리마(播磨)(효고)			O	O
단고(丹後)(교토京都)			O	
무쓰(陸奧)(아오모리青森·이와테岩手·미야기宮城·후쿠시마福島)			O	O
에치젠(越前)(후쿠이福井)			O	
엣추(越中)(도야마富山)			O	
노토(能登)(이시카와石川)			O	
가가(加賀)(이시카와)			O	
비젠(備前)(오카야마岡山)			O	
리쿠젠(陸前)(미야기宮城)			O	
아키(安藝)(히로시마廣島)			O	
지쿠고(筑後)(후쿠오카福岡)			O	
이세(伊勢)(미에三重)			O	O
야마시로(山城)(교토)		O	O	O
단바(丹波)(교토·효고)		O		O
사가미(相模)(가나가와)		O		O

가이(甲斐)(야마나시山梨)		○		
호우키(伯耆)(돗토리鳥取)		○		○
지쿠젠(筑前)(후쿠오카)		○		○
이와미(石見)(시마네島根)				○
도토미(遠江)(시즈오카靜岡)				○
시나노(信濃)(나가노長野)				○
시모후사(下總)(이바라키茨城·지바千葉)				○
부젠(豊前)(후쿠오카·오이타大分)				○
히젠(肥前)(사가佐賀)				○
쓰시마(對馬)(나가사키長崎)				○
휴가(日向)(미야자키宮崎)				○
사쓰마(薩摩)(가고시마鹿兒島)				○
오스미(大隅)(미야자키)				○
빙고(備後)(히로시마)				○
빗추(備中)(오카야마)				○
사누키(讚岐)(가가와香川)				○
다지마(但馬)(효고)				○
미노(美濃)(기후岐阜)				○
오와리(尾張)(아이치愛知)				○
가즈사(上總)(지바)				○
이와시로(岩代)(후쿠시마)				○
리쿠추(陸中)(이와테)				○
시모쓰케(下野)(도치기栃木)				○
와카사(若狹)(후쿠이)				○

일본 열도를 뒤덮은 한국 고지명. 출처: 중추원조사과 엮음, 『朝鮮の国名に因める名詞考』, 조선총독부 중추원, 1940(쇼와 15년).

물론 한국 국명(백제·신라·고구려·가야)의 지명이 없이 한민족이 집단적으로 거주한 지역도 많으며, 이미 그 지명이 자연적 또는 고의로 소멸한 것도 많을 것이다. 그리고 신사·불사명이 한국명으로 되어 있거나 불사·신사의 주신이 한국인으로 되어 있는 것도 적지 않다. 그러나 여기서는 지명이 한국 국명으로 된 지역만을 살펴본다.

58~59쪽은 한국 국명을 본뜬 지명이 있는 일본의 지역을 편의상 표로 제시한 것이다.

표에서 우리는 일본의 나라(奈良)·오사카(大阪) 지역에는 백제 지명이 많고, 가야 지명은 일본 전역에 퍼져 있음을 알 수 있다. 백제라는 지명이 나라와 오사카 지역에 집중되어 있다는 것은 백제가 야마토왜(大和倭)를 건설하고 지배한 역사적 사실을 반영한 것이고, 가야 지명이 일본 전역에 퍼져 있는 것은 가야국 사람이 일찍부터 일본 전역에 이주한 역사적 사실을 반영한 것이라 하겠다.

그리고 일본의 지명은 비단 마을(村), 향(鄕), 군(郡), 현(縣), 읍(邑), 정(町)뿐만 아니라 다리(橋), 절(寺), 역(驛), 목(牧), 산(山), 도선장(渡船場), 고개(峠), 내(川), 들판(原), 갯벌(浦), 큰거리(庄), 저수지(池), 물가(濱), 섬(島), 선착장(泊), 항구(港) 등의 이름까지도 고대 한국의 이름을 붙였던 것이다.

일본 고대사학자들의 왜곡된 역사 서술

내가 집필한 3백여 편의 논문 가운데 절반가량은 한국사회사에 관한 것이고 나머지 절반가량은 고대 한일관계사에 관한 것들이다(연보 참조). 후자에 속한 논문에는 구로이타 가쓰미(黑板勝美), 쓰다 소키치(津

田左右吉), 오타 아키라(太田亮), 이케우치 히로시(池內宏), 스에마쓰 야스카즈(末松保和), 스즈키 야스타미(鈴木靖民) 등을 위시하여 30명 전후의 거의 모든 일본고대사학자들을 비판한 논문이 포함되어 있다. 나는 1985년부터 2010년 사이에 24회에 걸쳐 일본 고대사학자들을 비판한 논고를 발표하였지만 광범하게 역사 왜곡을 자행한 스에마쓰 야스카즈, 미시나 쇼에이(三品彰英), 에가미 나미오(江上波夫), 다무라 엔초(田村圓澄) 등 4인에 대하여는 각각 두 번씩 비판하였다.

이들은 한결같이 자신들의 주장에 방해되는 『삼국사기』 초기 기록은 조작되었다고 주장하거나 『삼국사기』 기록이 조작되었다는 전제 하에 고대 한국이 일본의 식민지였다고 주장했다. 그래서 나는 일본 고대사학자들은 그들의 역사 왜곡을 좀처럼 거둬들이지 않을 것이라고 생각하고 있다.

일본의 역사서인 『일본서기』에 등재된 다음과 같은 역사적 기록, 즉 고대 일본은 백제왕이 파견한 백제 관리가 경영했다는 기록, 일본 열도의 지명이 한국의 지명으로 되어 있는 기록, 일본의 조선·항해술이 유치하여 신라의 도움으로 한반도와 중국에 내왕한 기록, 당시 일왕의 권위와 권력이 같은 지역에 거주하는 한 호족보다도 뒤떨어진다는 기록 등은 어찌하고 일본 고대사학자들은 고대 한국이 일본의 식민지였다는 등의 허무맹랑한 역사 왜곡을 하는지 모르겠다. 사실을 기록한 그러한 기록들은 지금에 와서 말살한다고 말살될 수 없다. 그러한 기록들이 엄연히 존재하는데도 일본 고대사학자들은 어떻게 고대 한국이 일본의 식민지였다고 주장하며, 또한 일본의 문화는 한국의 것이 아니라 한국을 거친 중국의 문화라고 강변하는지 모를 일이다.

일본 고대사학자들이 구체적으로 어떻게 고대 한일관계를 왜곡하였는지를 보여주고자 본인의 26편의 논문을 다음에 제시해 둔다.

1985, 『『삼국사기』 초기 기록은 과연 조작된 것인가?」, 『한국학보』 38 (津田左右吉, 前田恭作, 太田亮, 今西龍, 三品彰英, 池內宏, 末松保和, 井上秀雄 비판)

1986, 「스에마쓰 야스카즈(末松保和)의 신라 상고사론 비판」, 『한국학보』 43

1987, 「미시나 쇼에이(三品彰英)의 한국고대사회·신화론 비판」, 『민족문화연구』 20

1987, 「이마니시 류(今西龍)의 한국고대사론 비판」, 『한국학보』 46

1988, 「스에마쓰 야스카즈(末松保和)의 일본상대사론 비판」, 『한국학보』 53

1988, 「이케우치 히로시(池內宏)의 일본상고사론 비판」, 『인문논집』 33

1989, 「오타 아키라(太田亮)의 일본고대사론 비판」, 『일본학』 8·9 합집

1990, 「쓰다 소키치(津田左右吉)의 일본고대사론 비판」, 『민족문화연구』 23

1990, 「구로이타 가쓰미(黑板勝美)의 일본고대사론 비판」, 『정신문화연구』 38

1990, 「사카모토 다로(坂本太郎) 외 3인의 『일본서기』 비판」, 『한국전통문화연구』 6

1990, 「오늘날의 일본고대사연구비판: 에가미 나미오(江上波夫) 외 13인의 일본고대사연구를 중심으로」, 『한국학보』 60

1990, 「히라노 구니오(平野邦雄)의 일본고대정치과정연구 비판」, 『일본고대사연구비판』

1991, 「한국내 일본연구지에서의 한국고대사 서술: 일인(日人)의 경우」, 「박성수교수화갑기념논총」

1991, 「에가미 나미오(江上波夫)의 기마민족설 비판」, 『학술문화교류세미

나논문집』1

1992, 「미마나(任那) 왜곡사 비판–지난 150년간의 대표적 일본사학자들의 지명왜곡 비정(比定)을 중심으로」, 『거레문화』6

1992, 「6국사와 일본사학자들의 논리의 허구성」, 『한국전통문화연구』8

1993, 「스즈키 야스타미(鈴木靖民)의 통일신라 · 발해와 일본과의 관계연구 비판」, 『정신문화연구』50

1993, 「미시나 쇼에이(三品彰英)의 『일본서기』연구 비판–『일본서기 조선관계기사 고증(日本書紀朝鮮關係記事考證)(상)』을 중심으로」, 『동방학지』77 · 78 · 79 합집

1996, 「다무라 엔초(田村圓澄)의 고대한일불교관계사연구 비판」, 『민족문화』19

1996, 「고대 한일불상관계 연구비판: 마쓰바라(松原三郎)·모리(毛利久)의 주장을 중심으로」, 『한국학보』85

1999, 「스즈키 히데오(鈴木英夫)의 고대한일관계사연구 비판」, 『백제연구』29

2002, 「스즈키 야스타미(鈴木靖民))의 고대한일관계사연구 비판」, 『민족문화』25

2003, 「1892년의 하야시 다이스케(林泰輔)의 『조선사』 비판: 고대한일관계사를 중심으로」, 『선사와 고대』18

2003, 「이노우에 히데오(井上秀雄)의 고대한일관계사연구 비판」, 『민족문화』26

2007, 「1880년의 일본참모본부의 『황조병사(皇朝兵史)』 비판:고대한일관계를 중심으로」, 『민족문화연구』46

2010, 「다무라 엔초(田村圓澄)의 고대한일관계사 연구 비판」, 『민족문화』(국민대) 35

한·일 고교 국사 교과서의 고대 한일관계사 서술 비교

다음 글은 국사 교과서가 아직 국정이던 시절에 쓴 글이다. 2015년 3월 현재 우리 국사 교과서는 중고교 과정 모두 검인정 교과서로 바뀌었다. 그러나 검인정 교과서 역시 고대 한일관계사 관련 내용은 크게 변화가 없는 것으로 알고 있다. 고대 한일관계사 관련하여 제대로 된 교과서 서술을 다시 한 번 촉구하는 마음으로 이 글을 싣는다.

고교 국사 교과서는 일본에서는 검인정 교과서이므로 여러 종류의 교과서가 출판되어 있지만 한국에서는 국정교과서이므로 한 종류밖에 없다.

먼저 일본 교과서부터 살펴보기로 한다. 일본 교과서로는 무작위로 도쿄대학 명예교수인 비토 마사히데(尾藤正英) 외 7인이 저술한 『신선일본사B(新選日本史B)』(2003년 도쿄서적 간행)를 택하여 이 교과서가 고대 한일관계사를 어떻게 서술하고 있는지 살펴보기로 한다. 이 교과서는 되풀이하여 고대 일본이 한반도에 진출하여 식민지로 삼았다고 서술한 것이 우선 주목된다. 내용은 다음과 같다.

A1 4세기 중엽 왜(倭)가 철이나 뛰어난 기술을 구하려고 조선반도에 진출하였다(p. 21).

A2 4세기 후반 백제는 야마토 정권(일본)과 동맹하여 고구려에 대항하려고 하였다(p. 21).

A3 고구려의 광개토왕 비문에 의하면 야마토 정권은 군대를 조선반도에 보내 고구려와 싸웠다(p. 21).

A4 이때 야마토 정권은 가야(伽耶)의 미마나(任那)와 맺고 조선반도

남부에 세력을 펼쳤다(p. 21).

A₅ 5세기 초부터 약 1세기 동안 야마토 정권은 중국의 남조(송나라 등)에 조공하였는데 (중략) 이것은 중국 황제의 권위를 배경으로 조선의 여러 나라에 대한 정치적 입장을 유리하게 하려는 것이었다(p. 21~22).

A₆ 야마토 정권은 조선반도에 진출함으로써 대륙의 선진 문화를 받아들여 군사적으로나 경제적으로나 크나큰 힘을 가지게 되었다(p. 22).

A₇ 5세기 전반에 오사카 평야에 만들어진 거대한 곤다야마 고분(譽田山古墳 : 오진천황릉)이나 다이센 고분(大仙古墳 : 닌토쿠천황릉)은 야마토 정권의 권력과 권위의 크기를 잘 나타내고 있다(p. 22).

A₈ 5세기에는 야마토 정권은 조선이나 중국에서 일본 열도로 이주해 온 도래인(귀화인)을 많이 영입하였다(p. 23).

A₉ 야마토 정권은 조선반도에 병사를 보내 가야 제국과의 결합을 유지하려고 하였다(p. 26).

위에 열거한 『신선일본사B』가 주장하는 고대 한일관계사 내용은 하나의 예외도 없이 사실이 아니고 모두 허구이다. 좀 더 구체적으로 말하면 다음과 같다.

① 일본(왜)이 한반도에 진출(군대 파견)했다는 주장도 허구이며 그 증거도 없다. 일본은 조선·항해술이 유치하여 『일본서기』 사이메이(齊明) 3년조에 나타나 있는 바와 같이 한반도에 내왕할 수 없었는데 어떻게 한반도에 군대를 진출시킬 수 있겠는가?

② 오진천황릉(傳應神陵), 닌토쿠천황릉(傳仁德陵)은 야마토 정권(일

본)의 권력의 크기를 나타내는 것이라고 주장하나 이 두 고분에서 나온 부장품은 모두 한국 고분의 출토품과 일치하거나 유사하다.

③ 5세기에 중국인이 (집단적으로) 야마토왜에 이주했다고 주장하나 그러한 증거는 아무 곳에도 없다. 한국인들만이 여러 번 집단적으로 일본에 진출한 사실을 물타기 위하여 이러한 허구의 주장을 한 것이다.

④ 한국(조선)에서 일본으로 귀화한 이주민을 일본이 영입하였다고 주장하고 있으나, 한국에서 일본으로 이주한 사람들은 일본으로 '귀화'한 사람들이 아니라 주로 일본을 '경영'하기 위하여 한국 왕이 파견한 사람들이다. 문자도 없으며 남녀 모두 얼굴에 문신을 하는 미개 지역에 문명인인 한국인이 진출하는 것이 어떻게 귀화가 되는가? 서구인들이 신대륙인 미국에 진출한 것이 귀화인가, 라고 반문하고 싶다.

⑤ 가야와 미마나(伽耶)를 동일 국가로 봄과 동시에 일본이 이들 국가와 함께 한반도에 일본의 세력을 펼쳤다고 주장하고 있으나 어느 주장도 허구이며 근거가 없다. 가야와 미마나는 동일국이 아니며 일본이 가야나 미마나와 동맹을 맺은 일도 없으며 또한 일본이 이들 나라와 한반도에서 세력을 펼친 일도 없다.

⑥ 아직 해석의 통일을 보지 못한 광개토왕 비문을 일본 군대의 한반도 진출의 근거로 삼고 있으나 일본의 유치한 조선·항해 수준의 시각(앞의 ① 참조)에서도 광개토왕 비문의 해석은 자의적이고 잘못이다.

⑦ 중국 황제의 권위를 빌려 한국을 지배하기 위하여 일본이 중국에 조공을 하였다고 주장한다. 다시 말하여 일본이 한국을 지배하기 위하여 중국에 조공하였다고 주장하니 분반(噴飯)할 일이다. 초등학교 저학년 정도의 아동들이라면 이러한 동화 같은 주장을 받아들일 것이다. 중국 파견 일본 사절은 모두 신라 배를 얻어 탔으며, 중국에 간 일본

사신은 고구려 사신이나 백제 사신보다 낮은 대접을 받았다고 중국 기록은 적고 있다. 중국 파견 일본 대사의 비서가 시장에 물건을 구매하러 갔다가 중국 관헌에 체포된 사례도 있으며 또 중국 파견 일본 승려 엔닌(圓仁)의 중국 체류는 전적으로 재당 신라 조계와 신라인들의 도움에 의해서만 가능하였다.

일본의 교과서 집필자들은 백제왕이 백제 관리들을 일본에 파견하여 그곳을 경영하였다는 그들만의 역사서인 『일본서기』의 내용에 대하

백제가 일본(야마토왜)에서 징집한 군대·인부와 징수한 물품(『일본서기』)

연대		물품							
		말	배	보리 종자	활	화살	인부	군대	병기
A	512년 (무령왕 12; 게이타이 6)	40필							
B	546년 (성왕 24; 긴메이 7)	70여 필	10척						
C	548년 (성왕 26; 긴메이 9)						370인		
D	550년 (성왕 28; 긴메이 11)					30구			
E	551년 (성왕 29; 긴메이 12)			1천 석					
F	553년 (성왕 31; 긴메이 14)	2필	2척		50장	50구			
G	554년 (성왕 32; 긴메이 15)	100필	40척					1천 명	
H	556년 (위덕왕 3; 긴메이 17)	많이							많이

여는 조금도 언급하지 않으면서 그들이 멋대로 조작한 이야기만을 교과서에 게재하고 있다고 말할 수 있겠다.

부수적인 이야기이지만 백제의 3왕(무령왕·성왕·위덕왕), 특히 성왕은 백제가 통치한 일본에서 많은 사람을 징집함과 동시에 많은 물자를 징수하여 백제로 가져왔다. 말하자면 식민지에서 얻은 과실을 가져온 셈이다. 그 한 예를 제시하면 다음과 같다.

앞의 표 가운데 C는 백제왕이 548년 일본에서 370인을 징집하여 백제의 성[득이신성(得爾辛城)]을 축조한 기사이고, G는 554년 1월에 백제왕이 1,000명의 일본군대를 징집했다는 기사이다. 백제는 554년 7월과 10월에 각각 신라와 고구려와 전쟁을 하였으므로 이보다 수 개월 전인 같은 해인 554년 1월에 백제가 경영하던 식민지 일본에서 1,000명의 군대를 징집한 것이다. 1,000명의 군대는 당시로는 규모가 매우 큰 군대라 할 수 있겠다. 당시 일본은 조선·항해술이 유치하였으니 백제가 여러 척의 백제 선박을 보내 이 1,000명의 일본인 군대를 백제로 싣고 와서 신라나 고구려와의 전쟁에 동원했음이 틀림없을 것이다. 다시 말하면 백제는 신라와 고구려와 전쟁을 하려고 백제 본국의 군대뿐만 아니라 백제가 경영하던 일본에서도 1,000명이나 되는 많은 인원의 군대를 징집하여 이들을 백제 선박에 싣고 온 것이다.

그러면 한국의 고교 국사 교과서는 고대 한일관계를 어떻게 서술하고 있는지 다음에 알아보자.

B₁ 가야는 3세기 무렵에 풍부한 철의 생산과 해상교통을 이용하여 낙랑과 왜(倭)의 규슈 지방을 연결하는 중계무역이 발달하였다(p. 48).

B₂ 백제는 4세기에 (중략) 일본의 규슈 지방까지 진출하는 등 활발한

대외활동을 벌였다(p. 49).

B₃ (고구려는) 신라와 왜·가야 사이의 세력 경쟁에 개입하여 신라에 침입한 왜를 격퇴함으로써 한반도 남부에까지 영향력을 끼쳤다(p. 50).

B₄ 성왕은 일본에 불교를 전하기도 하였다(p. 51).

B₅ 백제 멸망 이후 (중략) 복신과 흑치상지·도침 등은 왕자 풍(豊)을 왕으로 추대하고 주류성과 임존성을 거점으로 군사를 일으켰다. 이들은 200여 성을 회복하고 (중략) 4년 간 저항하였으나 나당연합군에 의하여 부흥운동은 좌절되었다. 이때 왜의 수군이 백제부흥군을 지원하기 위하여 백강 입구까지 왔으나 패하여 쫓겨갔다 (p. 54).

위에 적은 고교 국사 교과서의 고대 한일관계사 내용은 한국의 사서인 『삼국사기』에도 일본의 사서인 『일본서기』에도 보이지 않는 내용이다. 이해의 편의를 위해 정리하면 다음과 같이 될 것이다.

① 가야는 3세기 무렵에 낙랑·왜(倭)의 규슈 지방과 중계무역을 하였다.

② 백제는 4세기에 일본 규슈 지방까지 진출하였다.

③ 고구려는 신라·왜·가야의 세력 경쟁에 개입하였다.

④ 성왕은 일본에 불교를 전하였다.

⑤ 백제부흥운동이 좌절되자 왜의 수군이 백제 부흥군을 지원했다.

위의 내용을 차례로 살펴보자.

① 3세기 무렵에 가야가 낙랑, 왜의 규슈 지방과 중계무역을 하였다는 기록은 어느 사서에도 없다.

③ 4세기에 백제가 일본 규슈 지방까지 진출했다는 기록은 아무 데도 없다.

③ 고구려가 신라·왜·가야의 세력 경쟁에 개입했다는 증거도 없다. 신라·왜·가야가 세력 경쟁을 했다면 이 경쟁은 한반도에서 했을 텐데 그런 증거는 없다.

④ 성왕이 일본에 불교를 전파하였다고만 주장하나 이런 표현만으로는 당시의 백제와 일본의 관계를 파악할 수 없다. 성왕(523~554)과 성왕의 부왕(父王)인 무령왕(501~523), 성왕의 자왕(子王)인 위덕왕(554~598)은 일본을 경영한 왕들이다. 즉 무령왕은 백제의 왕자와 오경박사를 일본에 파견하여 일본을 경영하였으며, 성왕은 무령왕보다 더 대규모의 각종 전문인으로 구성된 경영팀을 일본에 파견하였으며 부왕인 무령왕보다 더 많은 물자를 일본에서 징수하여 백제로 가져왔다. 위덕왕은 부왕인 성왕의 대일정책을 더욱 계승 발전시켜 백제관리, 승려, 조사공(造寺工), 조불공(造佛工) 등을 파견하여 여러 곳에 백제 사찰과 불상을 조성하여 일본을 경영하였다. 그 가운데서도 588년부터 596년까지 8년에 걸쳐 조성한 법흥사(아스카데라)가 대표적인 사찰이라고 하겠다. 따라서 교과서는 성왕의 치적 가운데 극히 일부분만 언급할 것이 아니라 위에 언급한 바와 같이 무령왕·성왕·위덕왕 등 3왕의 치적 전부에 대하여 서술했어야 마땅하다.

⑤ 또 교과서는 백제부흥운동이 좌절되자 왜의 수군이 백제부흥군을 지원하였다고 주장하나 이런 서술은 역사적 사실 파악을 어렵게 할 뿐이다. 단지 왜의 수군이 백제를 도운 이유, 바꾸어 말

오고 목재도 가져왔으니 일본에서 생산되는 그 밖의 많은 물품도 가져왔을 것이다.

백제의 오경박사 등을 파견하여 일본을 경영한 무령왕의 뒤를 이어 백제왕에 오른 성왕은 부왕인 무령왕보다 일층 일본 경영에 정력을 경주하였다.

백제 성왕(523~553)은 552년[성왕 30, 긴메이(欽明) 13] 10월에 달솔(백제 제1의 관위)의 관위를 가진 관인을 일본에 파견하여 불교 포교를 지시하고 이를 실행에 옮겼다. 성왕은 일본에 최초로 불교를 포교하였을 뿐만 아니라 부왕인 무령왕보다 훨씬 다양하고 많은 물자를 일본에서 징수하였다. 이에 관한 기사를 『일본서기』에서 예시하면 다음과 같다.

546년(성왕 24;긴메이 7)	일본에서 양마 70필, 선박 10척 징발
548년(성왕 26;긴메이 9)	일본에서 인부 370명을 징발하여 백제성(득이신성) 구축
550년(성왕 28;긴메이 11)	일본에서 화살(矢) 30구(1,500본) 징수
551년(성왕 29;긴메이 12)	일본에서 보리 종자 1,000석 징수
553년(성왕 31;긴메이 14)	일본에서 양마 2필, 선박 2척, 활 50장, 화살(箭) 50구(2,500본) 징수
554년(성왕 32;긴메이 15)	일본 군대 1,000명, 말 100필, 선박 40척 징발
556년(위덕왕 3;긴메이 17)	백제왕자. 일본에서 많은 병기와 양마(良馬)를 징수

성왕의 대일 불교정책을 더욱 계승 발전시킨 위덕왕은 백제의 관리, 승려, 조사공, 조불공 등을 파견하여 여러 곳에 사찰과 불상을 조성하고 이를 경영하였는데, 그 가운데서도 588년부터 596년까지 8년에 걸쳐 조영한 법흥사(아스카데라)가 가장 대표적인 사찰이라 할 수 있다. 위덕왕이 일본의 젠신니(善信尼)를 불러서 교육해 다시 파견하였으며,

호류지 유메도노의 구세관음상.

백제승을 파견하여 법흥사에 입주시킴과 동시에 부왕인 성왕을 위해 유메도노(夢殿) 관음(觀音)을 조성하였다는 『성예초(聖譽鈔)』의 내용은 위와 같은 사실들을 반영한 것이라고 볼 수 있겠다.

위덕왕의 조부인 무령왕이 오경박사 등을 파견하여 일본을 경영하고 부왕인 성왕이 일본에 승려들을 파견하여 백제불교의 포교에 힘을 기울인 데 대해 위덕왕은 조사공, 와박사, 불탑 노반 주조 기술자, 조불공, 화공 등 사찰과 불상 제작 전문기술자를 파견하여 일본에서 사찰과 불상을 제작하였으므로 설사 호류지 유메도노(夢殿)의 구세관음상(그림 참조)을 위덕왕이 제작했다는 기록이 없다고 하더라도 그 불상은 무령왕이나 성왕 시대에 제작한 것이 아니라 위덕왕 때의 제작일 수밖에 없다는 것을 알게 된다.

이러한 6세기 한일관계는 7세기에도 계속된다. 예를 들면 『일본서기』 사이메이 6년(660) 12월 24일조에는 일본의 왕(천황)이 백제의 복신(福信)의 지시에 따라 멀리 규슈의 쓰쿠시(筑紫)까지 행차하여 백제구원군을 보내려고 여러 가지 병기를 준비했다고 기록하고 있으며, 중국의 사서인 『당서』 백제조에는 일본 군대(倭人·倭兵)를 백제왕 부여풍의 군대(扶餘豊之衆·豊衆)라고 기록하고 있다. 또 『삼국사기』 의자왕 20년조에는 백제왕 풍(豊)이 전쟁에 패하여 도망가자 백제왕자인 충승과 충지가 일본군대를 통솔하여 일본군대와 함께 항복하였다고 적고 있다. 이처럼 일본사서(『일본서기』), 중국사서(『당서』), 한국사서(『삼국사기』) 등 3국의 사서가 한결같이 7세기에도 6세기와 마찬가지로 일본이 한국(백제)의 지배 아래에 있었다고 적고 있다.

무령왕이 아니라 무령대왕이라 부르자

1971년 공주 무령왕릉에서 '백제사마왕연육십이세오월병술삭칠일임진붕도(百濟斯麻王年六十二歲五月丙戌朔七日壬辰崩到)'라는 지석(誌石)이 발견되었다. 무령왕릉에서 출토된 이 묘지명과 환두대도(環頭大刀)의 정치적 의미는 아무리 강조해도 지나치지 않다. 그러나 발견부터 지금까지 약 40년이라는 세월이 흘렀지만 그 정치적 의미를 살핀 사람은 한 사람도 없는 것 같다.

알려진 바와 같이 왕이나 왕자의 죽음은 훙(薨)이라 표현하고 천자나 대왕의 죽음은 붕(崩)이라 표현한다. 그런데 지석에 나타나 있는 바와 같이 백제 무령왕의 죽음은 '훙'이 아니라 '붕'으로 표현하고 있다. 다

죽음을 '훙(薨)'이 아니라 '붕(崩)'
으로 표시한 무령왕의 지석.

시 말하면 무령왕은 단지 소국의 왕이 아니라 대왕이거나 대국의 왕이
었던 것이다. 무령왕의 죽음을 훙이 아니라 붕으로 표현한 것은 당시
백제가 중국의 영향을 받지 않았음을 의미하고 일본에 대하여는 정치
적 지배력을 발휘한 대왕이었음을 나타낸다. 무령왕의 죽음을 '붕'으로
표현한 지석과 함께 발견된 '환두대도'는 무령왕의 강력한 영토 확장의
의지를 상징한다고 할 수 있을 것이다.

실제로 무령왕은 513년부터 516년 사이에 백제장군과 오경박사 등을
파견하여 일본을 지배하고 경영함과 동시에 그 일본 땅에서 말 40필을
징발해 갔는데, 이 사실은 『일본서기』에 기록되어 있다. 그리고 무령왕
이 세상을 떠난 후에 일본에서만 자라는 나무 목재를 백제로 가져와서
무령왕의 관(棺)을 만들었다.

이후 무령대왕의 아들인 성왕도, 손자인 위덕왕도 각각 부왕이며 조
부왕인 무령왕의 뜻을 받들어 일본 경영에 노력하였다. 즉 성왕은 부
왕인 무령왕보다도 대규모의 각종 전문인으로 구성된 일본경영팀을 여
러 번 파견하여 일본을 경영하였으며 위덕왕은 백제 관리, 사찰 건립

기술자[造寺工], 불상조상 기술자[造佛工] 등을 파견하여 여러 곳에 사찰과 불상을 조성하고 일본 불교를 경영하였다(상세한 내용은 『한국학보』 109집의 최재석의 「6세기 백제에 의한 야마토왜 경영과 법륭사 몽전의 관음상」 참조).

무령왕은 중국의 영향을 받지 않은 천자로서, 일본에 장군과 정치 기술자를 파견하여 일본을 지배하고 경영한 위대한 왕이었으니, 무령대 왕(Muryung the Great)이라 칭하여야 마땅할 것이다.

일본은 664년부터 672년까지 8년 간 당나라의 지배도 받았다

6세기에 일본은 백제의 통치를 받았지만 664년부터 672년까지 8년 간은 당나라의 지배를 받았다. 660년 백제의 의자왕이 항복하자 당나 라는 그해에 웅진(熊津)에 도독부(都督府)를 설치하여 백제의 고토(故 土)를 통치하였으며, 663년 백강구(白江口) 전쟁에서 백제왕의 군대인 일본군이 패하자 당은 또 664년에 백제가 통치하던 일본으로 건너가 일본의 관문인 쓰쿠시(筑紫)에 도독부를 설치하였으며 672년 5월 쓰 쿠시도독부(筑紫都督府)가 철수할 때까지 8년 간 6회에 걸쳐 매회 약 2,000명으로 구성된 대내부를 파견하여 일본을 통치하였다.

이들의 일본 체류 기간은 매회 대략 5~6개월 정도였다. 당나라는 백 제에 주둔하던 당의 총사령관으로 하여금 백제와 백제의 땅인 일본을 통치하게 하였으므로 당의 백제주둔 총사령관은 백제는 웅진도독부, 일본은 쓰쿠시도독부를 거점으로 하여 양 지역을 관리하고 경영하였 던 것이다.

그러나 『일본서기』는 당의 백제주둔 총사령관이 일본을 통치하려고 일본에 파견한 당의 사인(使人)을 식민지 사람이 종주국에 조공하러 온 사람으로 표현하고 있으며 또한 이들 당의 사인들이 일본에 파견될 때마다 일본으로부터 받아간 막대한 양의 전쟁배상물자를 종주국인 일본의 왕이 일본의 속국인 당에 하사한 물건인 것처럼 표현하고 있다. 심지어 『일본서기』는 일본에 파견한 백제주둔 총사령관[백제진장(百濟鎭將)]의 사인들이 일본 왕이 죽었다는 소식을 듣고 모두 상복을 입고, 일본 왕이 있는 곳을 향해 세 번 절하고 곡을 했다고 왜곡하고 있다.

백제 본토와 일본 양 지역 모두 백제주둔 당나라 총사령관의 통치하에 들어갔고, 당나라 총사령관은 양 지역에 백제인을 내세워 통치하였다. 『일본서기』가 앞에서 지적한 바와 같이 일본을 통치한 백제주둔 당나라 사령관의 역할을 왜곡하고 있는 것처럼 일본 학자들도 당나라의 도독부의 역할을 전적으로 왜곡하고 있다.

즉 당나라가 쓰쿠시에 설치한 쓰쿠시도독부를 일본(야마토왜)의 쓰쿠시장군(筑紫將軍)의 집무소, 대재부(大宰府)의 일시적 명칭, 쓰쿠시대재부(筑紫大宰府)의 중국식 모방 명칭, 백제진장(百濟鎭將)의 요구를 받아들인 제도의 명칭 등 여러 가지로 해석하며 당나라가 쓰쿠시에 도독부를 설치한 역사적 사실을 인정하지 않으려고 하고 있다.

'도독부'는 중국에서만 사용되는 행정기구의 명칭이다. 백제주둔 당나라 총사령관은 백제에는 웅진에 도독부를 설치하여 백제를 통치하였으며, 일본에는 쓰쿠시에 도독부를 설치하여 일본을 통치한 것이다. 일본이 백제 땅이므로 백제가 패망하자 백제의 지배층이 모두 일본으로 피신했으며 또한 당나라는 백제와 마찬가지로 일본에도 똑같이 도독부를 설치하여 백제·일본 양 지역을 통치한 것이다.

일본의 아스카데라, 호류지 탐사

서울대 건축공학과 교수였던 윤장섭 교수가 일본이 호류지(法隆寺)를 수리하려고 우리나라 목수를 데리고 가서 그 절을 수리시킨 후에도 계속 그 인접 마을에 영주시켰다고 나에게 한 말을 아직도 기억하고 있다. 일본이 우리나라 목수를 데려갔다는 것은 일본인 기술자로는 호류지를 수리할 수 없다는 뜻이다. 더 근원적으로는 호류지는 일본인이 아니라 우리나라 사람이 건립하였다는 뜻이다. 그렇지 않아도 조만간 일본 나라(奈良) 지방을 찾으려 하던 참이었는데 윤장섭 교수의 말을 듣고 바로 나라 행을 결정하고 백제왕이 사람을 보내 세운 법흥사(아스카데라)부터 찾기로 하였다.

일본의 역사서인 『일본서기』에는 577년에 백제왕(위덕왕)이 스님, 비구니, 불상 만드는 기술자, 사찰 만드는 기술자 등을 일본의 나니와(오늘날 오사카)에 보냈으며, 그로부터 11년 후인 588년에도 백제왕이 백제관리, 승려, 불탑주조기술자, 기와제작자, 불화기술자 등으로 구성된 사찰 건설팀을 일본에 파견하여 절(법흥사)를 건립하였다고 기술되어 있다. 백제왕이 일본을 경영하던 시대에 건립한 사찰이기 때문에 그 후 일본은 사찰명을 아스카데라(飛鳥寺)로 바꾸었다. 그러나 돌보지 않아 지금은 거의 퇴락하였으며 방문객도 얼마 되지 않았다.

아스카데라를 찾은 후에는 호류지(法隆寺)를 찾았다. 호류지에는 비불(祕佛)인 관음상(觀音像)이 소장되어 있다. 이것은 백제의 위덕왕(威德王, 554~597)이 부왕인 성왕(聖王, 523~553)을 추모하고자 기술자를 일본에 파견하여 조성한 것으로 일반에는 공개되지 않는다. 그런데 마침 호류지를 찾았을 때 그곳에서 나온 책자에 그 관음상이 천연색으로 나와 있는 것을 보고 매우 기뻐했던 기억이 지금도 생생하다.

호류지는 670년 4월 30일 새벽에 불이 나 한 채도 남지 않고 불타버렸다고 『일본서기』는 전하고 있다. 그러나 창건법륭사지(創建法隆寺趾)의 발굴조사가 행해지기까지는 일본학계는 『일본서기』 기사를 믿으려 하지 않았다. 『일본서기』는 워낙 조작·윤색된 부분이 많은 데다 호류지의 역사를 더 길게 잡으려는 일본인들의 속셈에서 비롯된 것으로 생각된다.

호류지의 현 가람이 창건 당시의 것 그대로인지 또는 670년[천지(天智) 9]의 화재 후 재건된 것인지 하는 이른바 호류지 재건·비재건 문제에 관한 논쟁은 오랫동안 계속되어 세인의 관심을 끌었지만, 1939년(쇼와 14) 12월 7일에서 22일까지의 와카구사가람(若草伽藍; 創建法隆寺) 사지의 발굴조사 결과로 재건론이 인정을 받게 되었다. 발굴 결과, 와카구사가람 터에 불에 탄 흔적이 있을 뿐만 아니라, 회랑 내에 금당과 탑이 가로로 서 있는 현 호류지 서원가람의 배치형식과는 달리 중문(中門)과 탑과 금당이 회랑 내에 남북으로 한 줄로 서 있는 이른바 사천왕사식(四天王寺式) 가람 배치의 흔적이 발견되었다. 더구나 이 가람의 정축선(正軸線)이 약 20도 서쪽으로 향해 현재의 서원(西院)가람(재건법륭사)과는 약 17도 어긋나는 것이 판명됨으로써 670년의 법륭사 소실은 확정적인 사실이 되고 현재의 서원가람은 그 후에 재건된 것으로 판정되어 법륭사의 재건·비재건 문제는 결말이 나게 되었다.

자존심 강한 일본인을 여지없이 부끄럽게 만드는 것이 고대 한일관계에 관한 역사적 사실이다. 일본이 침략하여 식민지로 만들었던 바로 그 한국이 고대에 일본을 개척하고 일본을 경영한 나라라는 사실을 알게 되었을 때, 일본이 취한 태도는 한국의 존재를 깎아내리고 한일 간의 역사를 조작하는 것이었다. 한국이 일본을 개척하고 그곳을 식민지로 삼은 것이 아니라 일본은 고대부터 독립국이었으며 반대로 일본이 고대부터 한국을 식민지로 삼았으며 또한 그러한 물적 증거가 있다고 우겨댔다. 터키가 자기 나라에 남아 있는 유적과 유물이 고대 로마제국의 것이라고 인정하는 것과는 판이한 태도다.

한국이 일본을 경영할 때 한국인이 그곳에 가서 만든 물품은 모두 한국 제작품이다. 그러나 일본은 호류지 유메도노 관음상도 일본이 만들었고 교토의 고류지(廣隆寺)에 소장된 불상인 반가사유상도 일본이 제작한 것이라고 우긴다. 쇼소인(正倉院)에 소장되어 있는 8세기 유물 8,000여 점도 일본이 제작한 것이라고 우기는 일본 사람도 있다. 일본은 허구의 인물인 쇼토쿠 태자(聖德太子)가 호류지를 건립하였다고 하며, 1993년에는 세계문화유산의 하나로 신청하여 인정을 받았다.

일본의 헤이조쿄는 중국 것을 도입하여 조영한 것인가?

2010년은 헤이조쿄(平城京) 천도(710) 1,300년이 되는 해이다. 그래서 일본은 여러 해 전부터 잔치 분위기이다. 나는 일본 나라(奈良)의 아스카데라(飛鳥寺)와 호류지(法隆寺) 답사와 쇼소인(正倉院) 소장품 전시를 보려고 여러 해 동안 나라를 찾았다. 그런데 그때마다 나라 전철역 바로 근처에서 일본의 헤이조쿄가 중국의 제도를 도입하여 조영하였다는 내용의 전시물을 본 기억이 지금도 난다. 사실이 그러한지 아닌지 살펴보고자 한다. 편의상 호류지 재건, 도다이지(東大寺) 조영 등의 사찰 조영과 헤이조쿄 바로 전의 왕경인 후지와라쿄(藤原京)의 조영 등을 살펴본 다음 헤이조쿄 조영에 대해 살펴보고자 한다.

84쪽 표에 나타나 있는 바와 같이 호류지 재건도, 도다이지 조영도 그 공사가 끝난 후에 각각 1회씩 일본의 사인을 중국에 파견하였으니

사인 교환으로 본 7~8세기 한일관계와 중일관계

일본의 각종제도	일본 파견 신라사인	신라 파견 일본사인	중국 파견 일본사인
호류지 재건 (680~690년대)	679.10~680.6 680.11~681.8 681.10~682.2 683.11~684.3 685.11~686.5 687.9~688.2 689.4~689.7 690.9~690.12 692.11~ 693.2~ 695.3~ 697.10~698.2	681.7~681.9 684.4~685.5 687.正~689.正 693.3~ 695.9~	702.6~704.7
도다이지 조영 (743~752)	742.2~ 743.3~	740.4~740.10	725.윤3~754.4
후지와라쿄 조영 (690~694)	689.4~689.7 690.9~690.12 692.11~ 693.2~	687.1~689.正 693.3~	
헤이조쿄 조영 (708~710)	700.11~ 703.正~703.5 705.10~706.正 709.3~709.6 714.11~715.3	700.5~700.10 703.10~704.8 (신라왕에 진상) 704.10~705.5 706.11~707.5 712.10~713.8 718.5~719.2	702.6~704.7

비고: 참고로 창건 호류지는 백제 목수가 건립하였다[이토 주타(伊東忠太), 『일본건축연구(日本建築の硏究)』상, 1942, pp. 220~221].

이 공사는 중국과는 관련이 없음을 알 수 있다. 다음 왕경 후지와라쿄 조영은 조영 전도 조영 후도 사인을 중국에서 파견한 일이 없으니 이 또한 중국과 관련이 없다.

마지막으로 헤이조쿄 조영에 대해 살펴보자. 헤이조쿄 조영 전후 시기에 신라는 일본에 5회에 걸쳐 사인을 파견하였다. 그런데 헤이조쿄 조영 시기와 관련이 없는 시기인 702~704년에 단 한 차례 일본이 중국에 사인을 파견하였으니 헤이조쿄 조영은 신라와는 관련이 있으나 중국과는 관련이 없음이 분명하다고 하겠다.

중국에 간 일본 사절은 중국 시장에 가서 자유로이 물건을 구매할 수 있는 자유도 중국 관헌으로부터 부여받지 못했을 뿐만 아니라 실제로 일본 사인이 중국에서 얻은 지식은 중국 황제의 이름과 연령, 황태자의 이름 정도였다(최재석, 『고대한국과 일본열도』, 2000, p. 354; p. 347). 이러한 사정을 고려하면 설사 일본 사인이 중국에 파견되었다 하더라도 중국 문물을 일본으로 가져올 수 없는 것은 당연하다. 또 헤이조쿄 조영 이전 시기에 행해진 호류지 재건도, 도다이지 조영도, 후지와라쿄 조영도 중국의 영향을 받을 수 없었는데 돌연히 헤이조쿄 조영만은 중국의 영향을 받았다고 주장한다면 이 또한 궤변이라 할 수밖에 없을 것이다.

헤이조쿄 조영 전인 703년에 일본 국왕의 신라를 방문한 일본 사인을 통해 신라 왕에게 귀한 선물을 증정하였는데 『속일본기』는 다음과 같이 기술하고 있다.

다이호(大宝) 3년(703) 9월 22일. 종5위하(從五位下) 하다 히로다리(波多廣足)를 대사로 임명하였다.
동년 10월 25일. 천황은 신라 파견 사인 하다 히로다리와 누카다 히도다리(額田人足)에 금(衾) 1령과(領) 의복 1벌을 주었다. 또 (이들을 통하여) 비단(錦) 2필과 시(絁) 40필을 신라왕에게 선물하였다.

이 기사는 일본왕이 신라왕에게 헤이조쿄 조영을 잘 보아달라는 뜻을 담아 선물을 증정한 기사로 볼 수밖에 없을 것이다.

우리 역사상 가장 위대한 왕은 신라 문무대왕이다

나는 우리 역사상 대외 관계 특히 대중(對中) 관계와 대일(對日) 관계에서 가장 뛰어난 업적을 남긴 왕이 신라 문무대왕(재위 661~681)이라고 생각한다. 신라 무열왕(재위 654~660)이 한반도를 통일한 왕이라면, 그의 아들 문무왕은 일본을 복속시킨 동시에 당의 세력을 한반도에서 몰아낸 왕이다.

백제가 나당 연합군에 항복한 지 3년 후인 문무왕 3년(663)에 백제는 그때까지 백제가 경영하고 있던 야마토왜(일본)와 합심하여 충청도 백강구(白江口)에서 나당 연합군에 항거하였으나 크게 패하고 말았다. 신라는 일본에 진출하려고 하였으나 그때까지 고구려가 건재하므로 우선 고구려를 멸망시키는 데 힘을 기울이지 않으면 아니 되었다. 이리하여 마침내 고구려의 항복을 받자마자 같은 해인 문무왕 8년(668)에 문무대왕은 급찬 김동엄(級湌 金東嚴)을 일본으로 파견하여 일본으로부터 복속과 전쟁 배상으로 받은 물품인 견 50필, 면 500근, 가죽 1,000근을 일본 사신인 지모리노오미마로(道守臣麻呂)로 하여금 지참하게 하여 신라 배에 동승시켜 신라 관리 김동엄과 함께 신라에 오게 하였다.

알다시피 9세기까지도 일본은 조선·항해 수준이 유치하여 신라의 도움 없이는 중국은 물론이려니와 한반도에도 내왕할 수 없었다. 3년 후인 문무왕 11년(671) 12월에 일본은 문무대왕에게 견 50필, 시(絁) 50필, 면 1,000근, 가죽 100매를 바쳤으며, 다시 5년 후인 문무왕 16년(676)에는 문무대왕이 일본에 파견한 사찬 김청평(沙湌 金淸平)으로부터 국정을 지도받았다. 이렇게 신라 문무대왕이 시작한 일본에 대한 신라의 국정지도는 정착되어 685년(신문왕 5년), 687년(동 7년), 695년(효소왕 4년), 709년(성덕왕 8년), 714년(동 13년)에도 신라 국왕이 신라 사람들(관리들)을 일본에 파견하여 일본의 정치를 지도하였다.

다른 한편으로 문무대왕은 한반도 지배의 야욕을 품은 당나라 군대를 육·해전에서 여러 번 대파하여 압록강 너머로 축출하고 한반도를 장악하였다. 그런데 문무대왕이 취한 방법은 약소국의 왕으로서는 그야말로 절묘하였다. 즉 문무대왕은 한편으로는 당나라에 사죄의 사신을 보내면서 다른 한편으로는 당나라 군대와 싸워 여러 번 대승하여 그 군대를 한반도에서 축출하였다. 먼저 당시의 정치적 상황을 알아본 다음 문무대왕의 업적을 살펴보기로 하자.

661년 6월부터 681년 7월까지 재위한 문무대왕의 대당(對唐) 정책과 대일(對日) 정책을 파악하려면 먼저 반드시 당의 극동 정책, 즉 대한반도 정책과 대일 정책을 살펴보아야 할 것이다. 문무대왕의 대외 정책은 극동을 당의 지배 하에 두려는 당의 극동 정책과 불가분의 관계에 있기 때문이다.

당의 한반도에 대한 야욕이나 정책은 몇 가지 점에 뚜렷이 나타나 있다. 당은 이미 648년[진덕왕 2년, 정관(貞觀) 22] 김춘추(훗날 무열왕)가 중국을 방문했을 때 백제, 고구려 양국을 평정하면 평양 이남과 백제 땅은 모두 신라에 주고 국토는 탐하지 않는다고 당태종이 약속하여 놓고도 660년 백제 의자왕이 나당 연합군에 항복하자 재빨리 백제 땅에 당의 행정기구인 도독부(都督府)를 설치하여 당태종이 648년에 했던 약속을 이행하지 않았다. 또 당은 신라가 백제를 병합하지 못하도록 방해하였다. 즉 문무왕 3년(663) 백제의 임존성이 함락되기도 전에 당은 신라에 대해 백제와 화친을 맺으라고 지시하였으며, 다음 해인 문무왕 4년(664)에는 660년에 당으로 압송되었던 백제태자 부여융을 귀환시켜 웅진도독으로 임명하여 신라의 대표 김인문과 웅진에서 화친의 맹세를 하도록 하였으며, 다음 해인 문무왕 5년(665) 8월에는 다시 문무왕과 웅진도독 부여융이 취리산(就利山)에서 화친의 맹세를 하게 하였다. 그뿐 아니라 당은 신라와 백제 양국의 경계선을 인정하여 신라가 백제의 땅을 침공 병합하지 못하도록 하였다. 그리고 문무왕 10년(670) 7월에는 669년 당에 파견된 신라의 사신을 통해 백제의 옛 땅을 백제에 주라고 지시하였다.

당이 신라에 가한 일련의 압력은 백제의 옛 땅이 대부분 부여융의 통치 하에 들어가야 한다는 것을 뜻하며, 이는 곧 백제가 신라에 귀속되는 것이 아니라 당의 직할령에 들어간다는 것을 나타내는 것이다. 당이 백제인을 앞에 내세워 이전에 백제가 통치했던 영토를 당의 직할령으로 삼으려는 정책은 비단 백제뿐만 아니라 백제가 통치했던 일본에도 적용되었다. 이보다 앞서 문무왕 3년(663) 3월에 당은 신라를 '계림대도독부'라 하고 문무왕을 '계림주대도독'으로 삼아 신라까지도 당의 속방으로 삼는다는 뜻을 분명히 밝혔다.

당의 극동 영유에 대한 저의는 백제, 탐라, 일본(야마토왜)에 대해서뿐만 아니라 고구려의 옛 땅에 대해서도 나타났다. 당은 고구려가 항복한 해인 문무왕 8년(668), 고구려 땅에 안동도호부와 9개의 도독부를 설치하였으며 다음 해인 문무왕 9년(669)에는 평양 공략에 공이 많은 신라의 병사를 당나라 왕경(王京)에 불러다 공이 없다고 질책하기도 하였으며, 문무왕 10년(670)에는 신라의 사신 두 사람 가운데 한 사람은 백제의 옛 땅을 돌려주라는 당의 지시문을 전달하고자 돌려보냈지만 나머지 한 사람은 억류하여 결국 옥사케 하였다. 이러한 일련의 당의 요구가 신라에 받아들여지지 않자 당은 문무왕 10년(670)부터 시작하여 671년, 672년, 673년, 675년, 676년에 당병과 당의 예속 하에 있던 말갈병, 거란병을 보내 한반도를 침공하려 하였다.

백제의 의자왕이 항복한 지 2개월 후인 660년 9월 백제 땅 웅진에 당의 행정 부서인 도독부가 설치되는 것을 보고 문무대왕(당시에는 태자였다)은 당이 신라에 구원병을 파견한 저의를 간파하였다.

문무왕은 660년 웅진도독부 설치를 보고서 663년 백강구 전쟁까지 우선 백제 땅에 존재하는 반신라 세력의 소탕에 역점을 두었다. 『삼국사기』에 의하면 661년(문무왕 원년) 9월 문무대왕은 군사를 보내 옹산성(大德·鷄足山城)을 포위하여 수천 명의 목을 베고 항복을 받았으며, 같은 해 역시 우술성(雨述城, 대덕군)을 공격하여 백제병사 1,000명의 목을 베고 백제의 달솔(達率) 조복(助服)과 은솔(波伽) 파가(波伽)의 항복을 받았다. 다음 해인 문무왕 2년(662) 8월에는 백제의 잔당이 내사지성(內斯只城·儒城)에서 악행을 저지르므로 장군(將軍)들을 보내 토파(討破)하였으며, 문무왕 3년(663)에는 백제의 거열성(居列城), 거물성(居勿城), 사평성(沙平城), 덕안성(德安城) 등을 연달아 공격하여 수많은 적의 목을 베고 항복을 받았다.

백제의 주력부대는 신라에 의해 격멸되었으며 백제 정벌 과정에서의 당군의 공적은 무시해도 무방할 정도였다. 그럼에도 660년 백제에 웅진도독부를 설치한 이후로 당은 앞에서 언급한 바와 같이 백제 땅을 지배하고 영유하였다. 그러나 문무왕은 고구려 평정까지는 당으로부터의 이 모든 굴욕적인 요구를 모두 인내로 받아들였다.

문무대왕이 신라의 존재는 안중에도 없는 듯한 당의 대신라정책과 자신에 대한 개인적인 모욕을 모두 받아들이고 감수한 시기는 대체로 고구려 멸망까지의 시기뿐이었다. 그러나 이 시기 이후부터는 강약(强弱) 양면 작전으로 당나라에 대처해 나갔다. 한편에서는 당의 요구를 수용하면서 다른 한편에서는 당의 군대를 격멸하는 대책을 강력히 밀고 나갔다. 즉 문무왕은 당에 대한 이른바 사죄사(謝罪使) 파견과 당에 대한 공격이라는 상반된 두 가지 정책을 동시에 추진해 나갔다.

문무왕 9년(669)에 사신을 당에 파견하여 백제의 옛 땅과 유민을 차지한 데 대해 사죄를 하였지만, 다음 해인 670년(문무왕 10)에는 사찬(沙湌) 설오유(薛烏儒)로 하여금 고구려 유민과 손을 잡고 대군(大軍)을 압록강 너머까지 진군시켜 오골성(烏骨城)에서 당의 예속 하에 있던 말갈병을 대파하였다. 그리고 다시 그 다음 해인 671년(문무왕 11)에는, 곧 언급하겠지만, 당과의 치열한 전쟁을 통해 백제의 옛 땅을 거의 전부 당의 수중으로부터 탈환하였다. 이렇게 백제 땅을 전부 차지한 다음 해인 문무왕 12년(672) 9월에 문무왕은 사신을 당에 파견하여 백제 땅에 출병할 수밖에 없었던 사유를 설명하고 사죄하였으며, 다시 그로부터 3년 후인 문무왕 15년(675)에 당이 이근행(李謹行)을 시켜 신라를 공략하게 하므로 문무왕은 또 사신을 당에 파견하고 사죄하여 도합 세 차례에 걸쳐 사죄사(謝罪使)를 당에 파견하였다.

문무왕이 660년 자기 말굽 아래 꿇어앉아 항복하고 그 해에 당으로 압송되었던 부여풍이 다시 풀려나 귀국하여 웅진도독으로 임명되자 그를 백제의 대표로 인정하여 백제와 신라와의 경계선을 책정하고 그 경계선을 침범하지 않겠다는 맹세를 한 것은 당의 강요에 의한 것이었지만, 사죄사(謝罪使)를 세 번이나 당나라에 파견한 것은 문무왕 자신의 결정에 의한 것이었다. 문무왕이 사죄사 파견으로 문제를 끝냈다면 논의의 여지가 없겠지만 사죄사 파견과 동시에 옛 고구려 땅과 백제 땅의 영유를 위해 당과 치열한 전쟁을 벌였다고 하면 이는 당나라에 대한 양면작전으로 볼 수 있을 것이다. 이것은 약소국이 강대국에 대해 취할 수 있는 가장 절묘한 작전으로 볼 수 있겠다. 사실 문무대왕은 문무왕 10년(670)과 11년(671)에 두 번씩이나 신라와 백제의 국경선을 다시 확정하라는 당 고종의 지시의 부당함을 전달하는 사신을 파견한 일이 있었다.

앞에서 언급한 바와 같이 669년(문무왕 9) 사죄사를 당에 파견하였지만 문무왕은 670년 압록강까지 대군을 진군시켜 당의 군대와 말갈의 군대를 공격하여 이들이 한반도로 침범하지 못하도록 붙들어 두고 나서, 곧이어 백제의 옛 땅을 탈환해 군대를 투입하여 백제 옛 땅의 완전 영유와 한반도에서의 당 세력의 축출에 박차를 가하였다. 이 과정에서 문무대왕은 태자 때 했던 것처럼 친히 온 전선을 누비고 다니면서 전두에서 지휘하였다. 이리하여 문무왕 10년(670) 1년 동안만도 백제의 82개 성을 공격하여 취하고 적 9,000명을 베었으며, 다음 해인 문무왕 11년(671) 6월에는 드디어 석성(충남 임천)에서 당병(唐兵)과 전투를 벌여 당병 5,300명의 목을 베고 백제의 장군 2명과 당의 과의(果毅) 6명을 사로잡는 전과를 올렸다.

같은 해 671년 8월 무렵에 문무대왕은 소부리주(所夫里州 : 부여)를 설치하고 아찬진왕(阿湌眞王)을 도독으로 임명하였으니 이때 백제의 옛 땅 대부분은 신라의 수중에 들어온 셈이 된다.

671년(문무왕 11)부터 676년(문무왕 16)까지 문무대왕은 한반도에 잔류한 당의 군대를 축출하는 데 더욱 주력하였다. 즉 문무왕 11년 10월에는 당의 운송선 70여 척을 격파하고 낭장(郎將) 감이대후(甘耳大候)와 그 밖의 군사 100여 명을 사로잡았으며, 다음 해인 문무왕 12년

(672) 8월에는 고구려병과 합심하여 당병(唐兵)과 싸워 당장(唐將) 고간(高侃) 등은 도망갔지만 수천 명의 당 병사의 목을 베는 전과를 올렸다. 문무왕 13년(673) 9월에는 북변(北邊)을 침범한 당·말갈·거란 연합군과 싸워 9전 9승 하였으며 675년, 즉 문무왕 15년에는 당병의 크고작은 18회의 싸움에서 모두 승리하여 적병 6,047명의 목을 베었다.

그리고 676년(문무왕 16) 11월에는 사찬(沙湌) 시득(施得)이 병선(兵船)을 거느리고 가서 설인귀(薛仁貴)와 기벌포(伎伐浦 : 장항)에서 싸워 크고 작은 22회의 싸움에서 모두 이기고 적병 4,000여 명의 목을 베었다. 이리하여 당은 결국 안동도호부를 요동(遼東)으로 철수하였는데, 전후 상황으로 보아 철수했다는 표현보다는 축출당했다는 표현이 적절할 것이다. 이렇게 하여 당은 한반도에 대한 영향력을 완전히 상실하고 문무대왕은 명실공히 한반도 통일의 위업을 달성한 왕이 된 것이다.

야욕을 품은 당나라 군대를 한반도에서 축출하고 한반도 통일의 위업을 달성함과 동시에 일본에 신라 관리들을 파견하여 일본의 정치를 지도한 왕은 한국 역사상 문무대왕이 유일하다. 서울에 충무공 동상이 건립되어 있으나 문무대왕 동상은 없다. 신라 문무대왕(661~680)은 동상을 건립할 만한 자격을 충분히 갖춘 대왕이라고 생각한다. 문무대왕의 위대한 공적은 중·고교의 역사책에 당연히 나올 만한데 아직도 그런 징조가 보이지 않아 안타깝다.

영국서 자비로 『고대 한일관계와 일본서기』를 출판하다

나의 숙원이었던 영문판 『고대 한일관계와 일본서기(Ancient Korea -Japan Relations and the Nihonshoki)』가 2011년 3월에 영국 바드웰

출판사에서 출판되었다. 이 책이 출간되면 여한이 없겠다고 오래전부터 생각했던 터에, 경제적으로 부담은 있었지만 책이 간행되어 그동안의 숙원이 이루어지니 마음이 편안하고 흐뭇하다. 우여곡절을 겪으며 출간된 이 저서에 대하여는 이야기를 좀 해두는 것이 좋을 성싶다.

나는 영문판에서 다음과 같은 역사적 사실을 분명히 기술하였다.

첫째, 일본은 7세기 말까지 조선·항해술이 미숙하여 한국인의 도움이 없으면 중국은커녕 한반도에도 내왕할 수 없었으며, 둘째 당시 일본의 강역은 지금의 오사카·나라 지역 정도여서 독립국을 유지하기에도 협소하며, 셋째 당시의 일본 왕의 권력이나 권위는 같은 지역에 거주하는 호족의 그것보다도 훨씬 뒤떨어져 있었고, 넷째 일본 열도의 각 지명은, 호주의 각 지명이 영국에서 유래한 것처럼, 백제·고(구)려·신라·가야라는 이름으로 뒤덮여 있었다는 것을 밝혔다. 그리고 마지막으로 일본의 역사서인 『일본서기』에 근거하여 고대 일본은 한국(백제)이 경영하는 지역이었다는 내용을 담았다. 그리고 가야와 미마나(任那)가 동일국이라는 증거는 아무 데도 없다는 것을 일본의 역사서인 『일본서기』에 근거해서 제시하였다.

나는 한국사회사에 관한 논저를 발표한 후 지난 20여 년에 걸쳐 고대 한일관계에 관한 논문 140여 편과 저서 10여 권을 저술하였다. 그러나 보통 전공이 2개 이상 되는 서구와는 달리 한국은 하나만을 고집하는 탓인지 고대 일본이 한국(백제)이 경영하는 땅이라는 나의 연구에 대하여 국내의 한국사학계는 관심조차 보이지 않아 나의 연구 결과를 영역하여 외국에서 출판하기로 마음먹었다.

이보다 먼저 일본에서는 일찍이 '일본참모본부'가 1880년에 『황조병사(皇朝兵史)』, 개인으로는 1892년에 하야시 다이스케(林泰輔)가 『조선사』를 간행한 때부터 고대 한국은 일본의 식민지였다는 터무니없는 주장을 한 이후 구로이타 가쓰미, 쓰다 소키치, 스에마쓰 야스카즈, 이마니시 류를 비롯한 일본 고대사학자 전부(약 30명)가 고대 한일관계사를 왜곡하였으며, 서구 학자인 미국의 페놀로사(E. F. Fenollosa), 홀(John Whitney Hall), 라이샤워(Edwin O. Reishauer), 독일의 불교미술사학자 제켈(Dietrich Seckel) 등도 일본 학자들의 역사 왜곡에 영향을 받아 고대 한국이 일본의 식민지라는 내용의 역사책을 저술하고 있음을 확인하게 되었다.

결국 전 세계가 고대 한일관계사를 왜곡하고 있음을 알게 되었으며 이를 바로잡으려면 아무래도 영문으로 된 저서를 영국이나 미국에서 간행하지 않으면 아니 되겠다는 생각을 하게 된 것이다. 그래서 주로 일본 사료(『일본서기』)에 따라 고대 한국이 일본의 식민지가 아니라 오히려 반대로 고대 일본이 한국의 식민지였음을 세계 학계에 알리고자 한 것이다.

마침 한 제자가 영국의 출판사를 소개하였고, 나는 여기서 영문판 『고대 한일관계와 일본서기』를 출판하기로 마음먹었다. 그런데 출판비 2천만 원을 부담하는 조건이었다. 출판을 주선한 제자는 국제교류재단(Korea Foundation)의 해외출판 보조비지원 사업이 해외 출판사의 한국 관련서 출판에 미화 1만 달러를 지원한다는 것을 알고, 출판비 선불금으로 내가 1천만 원을 내서 출판 작업을 시작하고 나머지 1천만 원은 국제교류재단의 출판 보조비를 신청해 보자고 제안하였다.

나는 본 저서의 역사적 의의를 잘 설명하면 충분히 출판보조비를 받을 것으로 예상하였다. 출판사 측에서도 성실하게 신청서를 작성하여 제출한 것으로 안다. 그런데 결과는 그렇지 않았다. 2009년 6월 초에 경쟁자가 많았고, 내 책은 탈락했다는 소식을 들었다. 국제교류재단의 어떤 심사위원들이 어떤 기준에 따라 심사하였는지는 알 수 없으나 섭

섭한 마음을 금할 수 없었다. 결국은 나머지 출판비 1천만 원도 나의 호주머니에서 충당하기로 하였다. 지원에서 결말이 나기까지 시간이 소비되어 책 간행도 결국 3년 가까이 지연되었다.

영국에서 출판한 이번 저서뿐만 아니라 나는 이전에도 거의 전부 외부의 도움 없이 자비로 저서를 출판하고 각종 사회조사도 하였다. 또 한국가족사를 중심으로 한 한국사회사 관계 논문 160여 편과 고대 한일관계사 관계 논문 140여 편도 모두 자비로 연구했다. 저서 가운데 비용이 가장 많이 든 것은 1996년에 간행한 『정창원 소장품과 통일신라』(일지사)이다. 이 책은 일본 나라의 쇼소인(正倉院)에 소장된 8세기 미술품 8,000여 점 가운데 많은 물품이 신라제라는 것을 밝힌 저서이다. 일본인들은 쇼소인 소장품 전부가 일본에서 제작하였다고 주장하는 실정이었다. 나는 이것을 바로잡고자 여러 차례 나라 지방을 자비로 현지조사하였다. 시장성이 없는 책이었고, 책의 성격상 많은 도판이 들어가기 때문에 제작비가 많이 들어가는 것을 고려하여 책을 출판할 때는 출판사에 출판비 조로 700만 원을 주었다. 나로서는 적지 않은 돈인 1천만 원 가까운 금액을 지출하여 여러 번 일본 현지를 답사하고 출판비를 내가 부담하여 저서도 간행한 것이다.

약 2주간 일본 오키나와(옛 류큐왕국)의 한국문화를 현지조사할 때도 자비로 비용을 충당하였으며, 20회가 넘는 한국농촌 조사도 나의 봉급 일부를 할애하여 한 조사이다. 조사연구비를 외부기관에 신청해도 반드시 나온다는 보장도 없을 뿐만 아니라, 그 연구비를 믿었다가는 조사연구가 언제 착수될지도 모르기 때문에 마음 편하게 내 돈을 들여 연구한 것이다. 외부 연구비를 기다렸다가는 연차적으로 계획하고 있는 조사연구를 할 수가 없어서 30대부터 마음 편하게 자비로 연구하기로 마음을 굳힌 것이다. 이것이 나의 습관(연구 전통)이 된 셈이다. 그렇게 보니 이번 연구 저서도 그런 범주에 속하게 되었다.

영국에서 출판한 책을 통하여, 고대 한국이 일본(야마토왜)의 식민지였다는 주장은 근거 없는 허구이며, 고대 한국이 일본의 식민지가 아니라 일본이 고대 한국(백제)이 경영하는 식민지였다는 사실을 세계에 알릴 수 있다면 나로서는 큰돈인 2천만 원을 투척하여도 하나도 아깝지 않다는 생각이 든다.

이 책의 간행으로 1985년부터 시작한 20여 년에 걸친 나의 고대 한일관계사 연구의 진군은 일단 멈추게 되었다. 그동안 나는 고대 한일관계사에 관하여 140여 편의 논문과 10여 권의 저서를 간행하였지만 영국에서 간행한 이 책을 마지막으로 나의 행군이 멈추게 된 것이다. 그렇다면, 왜 거금의 돈을 들여 영국에서 책을 간행했는가? 여기에 대하여 좀 더 이야기해 두는 것이 좋을 것으로 생각한다.

나의 고대 한일관계사 연구는 거의 100퍼센트 일본사료에 따라 진행되었지만 초기 수백 년 간의 일본은 한국(백제)이 사람을 파견하여 경영한 땅이었다고 『일본서기』는 기록하고 있다. 그런데 이 사실이 지금까지 한 번도 세상에 알려지지 않았다는 것은 놀라운 일이다. 그러나 일본은 19세기 중엽에 한국보다 한 발 앞서 개화하여 앞서 간 서구 문물을 받아들이고, 한국의 내정과 외교를 장악할 수 있는 토대를 마련한 한일협약을 맺은 1904년부터 1945년까지 한국을 지배하였으며 다른 한편으로는 고대 일본이 한국의 식민지였다는 사실이 일본의 역사서인 『일본서기』에 명기되어 있음에도 이와 반대로 고대 한국이 일본의 식민지였다고 주장하여 세계가 이것을 받아들이게 하였다.

최근 양심적인 사학자 이시와타리 신이치로 같은 사람이 나타나 일본국왕이 백제에서 건너왔다는 내용의 저서 등 일련의 저서를 발표하고 있으나 이것으로 왜곡된 역사가 시정된다고는 생각지 않는다. 종래의 왜곡된 한일관계사의 인식을 바로잡으려면 아무래도 역사적 사실을 영문으로 저술한 저서를 영국이나 미국에서 간행하지 않으면 아니 되겠다는 생각에 미치게 되어 영국에서 책을 간행하게 된 것이다.

영국에서 간행된 나의 책으로 말미암아 종래의 고대 한일관계사 왜곡이 하루아침에 시정되지는 않겠지만 적어도 시정의 계기는 마련될 것으로 생각한다. 왜냐하면, 종래의 역사 왜곡은 모두 증거의 제시가 없는 주장뿐인 데 반해 나는 다음과 같이 역사적 증거를 제시하였기 때문이다.

즉 일본사료에 근거하여 일본 열도의 모든 고대 지명은 한국에서 유래하였으며, 당시의 일본은 조선·항해 수준이 유치하여 한국의 협조 없이는 중국은 물론이려니와 한반도에도 자유로이 왕래할 수 없었으며, 또 일본의 국왕의 권력은 지방의 호족의 그것보다도 약했고, 또한 당시의 일본의 강역은 협소하여 이웃 나라(백제)의 지배를 받을 수 있을지언정 자력으로 국가를 꾸려나가기에는 너무나 협소하다는 것을 지적하였기 때문에 세계 학계가 올바른 고대 한일관계사를 받아들이는 것은 시간문제라고 생각한다.

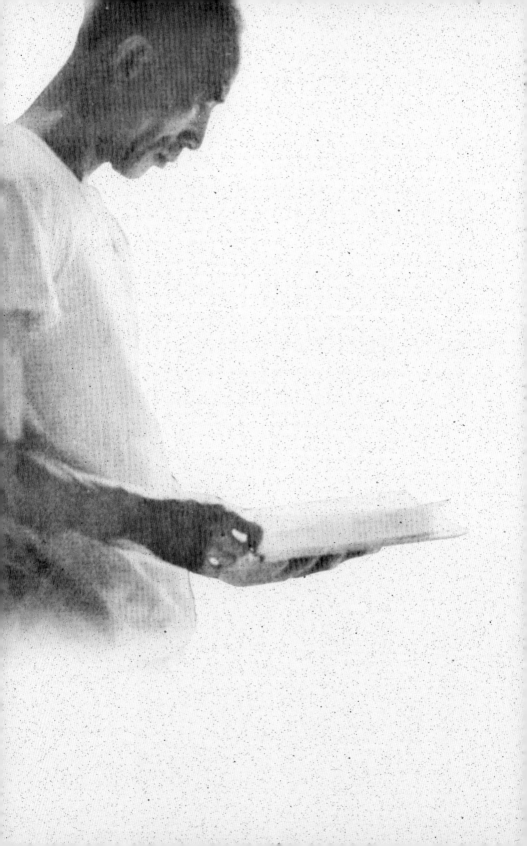

III

기억 속의 사람, 사람들

서울대의 이상백 선생

　최초로 한국에 사회학과를 설치한 이상백 선생님에 대해서는 이미 김필동 교수의 「학창시절」, 「생애와 사회학 사상」, 「근대주의」, 「사회사 연구」 등 4편의 논문에 상세하게 논급되어 있으므로 여기서는 이상백 선생님과 나와의 관계에 대해 말해보려 한다.

　이 선생님은 1953년 『문리대학보』 2호에 「저널리즘과 아카데미즘」이 라는 논고를 발표하셨는데, 나는 1979년 『한국사회학』 13집에 「1980년 대 한국사회학의 발전을 위하여: 1960~70년대의 사회학 연구태도의 반 성」이라는 논문을 발표하였다. 거기서 나는 1980년대에 한국사회학을 발전시키려면 저널리즘보다 아카데미즘에 치중해야 한다고 주장하였다. 이렇게 되면 이상백 선생님의 주장을 계승 발전시켰다고 말할 수 있을 것이다. 지금 당시의 논고를 제시하면 다음과 같다.

　이미 1953년에 이상백은 '아카데미즘'과 '저널리즘'에 대하여 다음과 같이 말한 적이 있다. 즉 그는 "전 국민, 전 계급에게 정신적 영양을 제공하는 만능적 영양소인 '저널리즘'이 우리의 역사적 사회에 공헌함이 크고 그 사명을 다하도록 하기 위하여 '아카데미즘'의 협력과 협조가 필요할 것이요, 또 이 양자의 협력과 연결은 '이데올로기'의 하부구조인 역사적 사회의 발전을 위하여 중대한 의의가 있는 것이다"라고 하였는데 이러한 논지는 오늘날에도 원칙적으로는 적용될 것이다. 그러나 나는 한국의 사회학처럼 연구 업적이 축적되지 못하고, 따라서 그 학문의 학풍과 전통이 확고히 수립되지 못한 단계에서는 저널리즘보다 아카데미즘이 우위에 서야 한다고 생각한다. 두말할 나위도 없이 저널리즘이 아카데미즘보다 우위에 서고 그 기풍이 오랫동안 지속된다면 아카데미즘의 확립은 어려워질 뿐만 아니라 저널리즘에도 공헌하기 어렵기 때문이다.

대학원(석사과정)에서 사회학의 연구대상을 횡적인 현재적 측면에서가 아니라 종적인 역사적 측면에서 바라보는 시각은 이상백 선생님의 영향을 받은 것이다. 나의 『한국가족연구』(1966), '지주 소작 관계', '반상(班常) 관계와 그 변동'을 다룬 『한국농촌사회연구』(1975), 『제주도의 친족조직』(1979), 『한국가족제도사연구』(1983) 그리고 『한국사회사의 탐구』(2009) 등은 한국 사회를 종적인 역사적 측면에서 고찰한 것이다.

이상백 선생님은 자주 휴강을 하셨다. 어떤 학기는 몇 주 강의를 하시고 종강을 하는 일도 있었다. 다른 교수님 같으면 불평이 쏟아질 텐데 웬일인지 이상백 선생님에 대하여는 불평하는 학생이 없었다. 자주 휴강을 하는 교수에 대해 학생들이 불평하지 않는 것은 처음 보았다. 이상백 선생님의 학점은 매우 짜서 학생들이 대개 C학점을 받는다는 얘기가 돌았다. '공부를 잘하면 얼마나 잘할 것이고 못하면 얼마나

1956년 6월 서울대 대학원 석사학위 취
득 당시 이상백 선생(맨 앞)을 모시고.

못할 것인가라고 이상백 선생님이 생각하고 계신다는 풍문이 나돌기도
하였다. 그런데 얼마 동안은 학점표를 조교에게 맡기고 조교가 답안지
를 채점한다는 소문도 나돌았으나 사실 여부는 확인된 바가 없다.

서울대 박물관장에 재임할 때에는 주로 관장실에 계셨는데 그 방 주
위 벽에 12간지 그림들이 붙어 있던 것이 지금도 기억난다. 대학원 재
학 시절에 점심 때는 명동의 메밀국수 집에 자주 가셨는데 따라가서
메밀국수를 먹은 기억이 난다. 메밀국수를 처음 먹었는데 국수가 작은
발에 담겨 있던 것이 인상적이었다.

1955년 만 52세 되는 해에 혼인하셨는데 강의를 끝내고 오후에 혼례
식을 올렸다. 주례는 대한체육회장인 이기붕 씨가 맡았다는 이야기가
들려왔다. 만 63세 되는 해에 서울대 부속병원에서 작고하셨는데 작고

전에 몇 번 병실을 찾은 일이 있었다. 갈 때마다 부인은 창가에 서 계시고 제자들이 수발을 들고 있었던 기억이 난다. 언제나 미소를 지으며 인자하셨던 선생님의 모습이 지금도 때때로 떠오른다.

이상백 선생님께서 하신 말씀 가운데 아직도 생생하게 기억나는 것은 연구 논문에 관한 것이었다. 연구 논문 집필이 끝났다고 곧 발표할 것이 아니라 1년쯤 가지고 있다가 발표하라는 말씀이다. 그 1년 동안 적지 않은 수정이 이루어짐과 동시에 새로운 시각에서의 추가가 이루어진다고 나는 생각하였다. 나중에 경험해보니 아주 지당한 말씀이셨다. 그러나 그 말씀을 실천하기는 상당히 어려웠다.

이상백 선생님을 떠올리니 생각나는 일화가 있다. 한국전쟁으로 대학이 부산으로 피난 가 있을 때의 일이다. 1953년 부산에서 학부를 졸업하고 곧 대학원 석사 과정에 입학한 직후 이상백 선생님을 뵈었더니 학과 조교를 맡아달라고 하셨으나 나는 정중히 거절하였다. 맡을 생각이 전혀 없는 것은 아니었지만 피난 전의 지난일이 상기되어 거절한 것이다. 동기생인 고○○ 등이 학부 때부터 이상백 선생님 주위를 맴돌았던 일을 상기하였기 때문이다.

1950년대로 기억한다. 이상백 선생님은 서울대 박물관장이었으므로 오전에는 거의 언제나 박물관장실에 계셨다. 그 시절 내가 어쩌다가 선생님 방을 방문하면 어디 있었는지 고○○ 등이 나타나 나보고 '왜 왔느냐'고 묻곤 했는데, 그때 나에게는 이 물음이 이상백 선생님 근처에 오지 말라는 뜻으로 들렸다. 고○○는 나와 동기지만 김○○는 1952년부터 1956년까지 학부에 재학하였으니 나의 대학원 시절(1953~1956)과 3년 간 겹친다. 그러나 내가 1955년부터는 중동고교 교사로 근무하였으니 실제로는 1953년부터 1954년까지 2년 간 겹치는 셈이 된다. 그들은 거의 매일같이 학교에 나와 있는 것처럼 보였으며 내가 한 학기에 한두 번 정도 선생님을 찾아도 그런 질문을 하곤 하였다. 후에 이 두 사람은 학과 조교가 되었으며 상당한 시일이 지난 후에 두 사람 모두 사회학과 전임이 되었다.

1959년 무렵에 나는 숙명여대 문리과 대학의 사회학 과목 시간강사로 가게 되었는데, 이는 전적으로 『한국가족제도연구』를 저술한 바 있는 김두헌 선생님이 숙명여대 총장으로 계셨기 때문이다(몇 년 뒤 나는 김두헌 선생님이 초대 회장을 지낸 한국가족연구회의 창립 간사가 되어 선생님을 도운 일이 있다). 그런데 하루는 고○○와 수년 후배인 김○○ 두 사람이 불쑥 찾아와 숙대는 고 씨가 먼저 점을 찍었으니 숙대를 포기하라는 것이었다. 고 씨가 나에게 용건이 있다면 남남도 아니고 동기생이므로 당연히 혼자 찾아왔어야 한다. 그런데 고 씨가 후배인 김 씨를 데리고 찾아온 것이 도저히 이해되지 않았다. 또 나에게 숙대를 포기하라는 말을 꺼낸다면 고 씨의 문제이니 자신이 하는 것이 마땅하거늘 함께 온 후배인 김 씨가 나에게 숙대를 포기하라고 한 것도 도리에 어긋난다. 김 씨가 나에게 숙대 강의를 포기하라고 한 것이 고 씨가 시켜서 한 짓인지, 아니면 김 씨가 자발적으로 한 것인지는 알 수 없다. 여하튼 나는 두 사람의 뜻밖의 방문에 솔직히 일종의 압박감마저 느꼈다. 서울대 아닌 다른 대학의 시간강사 자리도 자신들이 차지하겠다는 심산이 여실히 나타나 있다고 하겠다.

나는 동기와 후배, 두 사람의 뜻밖의 내방에 기분이 착잡했다. 그러나 이것이 나에게는 그 후의 연구논문 발표의 크나큰 자극제가 되었다. 논문 발표(질과 양)로 승부하겠다는 결의를 다지는 계기가 되었던 것이다. 이리하여 1955년부터 중앙대 전임으로 가게 된 1963년 3월까지 약 7년 간의 중동고교 교사 시절에 쓴 7편의 논문을 『아세아연구』(2편) 『학술원논문집』 『진단학보』 『이대한국문화연구원논총』 『민족학연구』(일본) 등에 발표하였다.

그런데 중앙대는 전혀 예기치 않게, 그야말로 우연히 전임이 되었다. 추천이나 안면, 또는 소개에 의하지 않고 전임이 된 것이다. 독일에서 한국가족에 관해 학위 논문을 쓸 때 나의 한국가족에 관한 논문을 참조했다는 생면부지의, 그리고 나보다 연소한 중앙대 신임총장(임성희 씨)이 중앙대로 오라고 하였으니 이것이 어찌 우연이 아니겠는가? 고교 교사 시절에 나는 대학에 갈 수 없으리라 단정짓고 고교 교사로 일생을 보내지만 발표한 논문의 질과 수에는 한국의 누구에게도 지지 않는 사람(인문·사회과학 분야)이 되겠다고 마음속으로 다짐하였는데, 우연히도, 정말 우연히도 중앙대의 전임이 된 것이다. 그로부터 3년 후엔 고려대로 오게 되었지만 2010년 현재 총 3백 수십 편의 논문을 발표하여 이것들을 20여 권 정도의 저서에 수록하였다. 그리고 아이러니컬하게도 1994년에는 그들이 접근을 막은 이상백 선생님이 중심이 되어 조직한 한국사회학회의 제1회 학술상 수상자가 되었다.

일지사 김성재 사장

김성재 사장은 다음과 같이 여러 측면에서 평가되어 왔다.

① 일지사에서 간행한 『한국학보』는 매호 적자를 감수하며 출판했다.
② 『한국학보』는 민간 출판사가 학문과 대중을 잇는 교량 구실을 하였다.
③ 일지사 사장의 방은 출판사 사장실이라기보다는 학자의 서재를 연상케 한다. 사방 벽면에 책이 가득하다.

④ 일지사는 상업주의를 배제하였다.

⑤ 일지사 김성재 사장은 마지막까지 교정지를 놓지 않았다.

⑥ 수지타산도 맞지 않는 한국학 출판에 주력하였다.

⑦ 외환위기 때 그토록 주변에서 폐간을 권유해도 『한국학보』를 지속 출판했다.

⑧ 한국학 연구자에게 논문 발표의 기회를 제공하였다.

⑨ 일지사는 우리나라 학술 출판의 최고 명가가 되었다.

그러나 나는 이런 시각과는 다른 시각에서 김성재 사장을 바라보고자 한다.

일본 고대사학자들은 거의 전부 『삼국사기』 초기 기록은 조작되었거나 전설이라고 주장한다. 이런 주장은 고대 한국이 일본(야마토왜)의 식민지였음을 주장하기 위한 일본 사학자들의 사전 포석임을 알아차리지 못한 우리나라 고대사학자들(이병도, 이기백, 이기동 등)은 이 일본인들의 주장을 받아들임과 동시에 한 술 더 떠서 그들의 주장을 '근대적 학문적 비판' '엄격한 비판' '철저한 비판' '문헌고증학의 연구 방법에 근거하였다' '근대사학의 방법으로 한국 고대사를 연구하였다' 등등 높게 평가하였다. 나는 이것은 강도에게 훈장을 주는 것과 같은 태도라고 생각한다.

나는 1985년 「삼국사기 초기 기록은 과연 조작되었는가」라는 역사 관련 논문을 써서 『한국사연구』나 『진단학보』 같은 역사관계 학술지에 게재하려고 하였으나 그때까지도, 아니 그 후로도 이병도, 이기백, 이기동 등이 우리나라 고대사학계는 물론, 사학계까지도 지배하고 있는 처지였고 또한 앞에서 언급했듯이 이들이 일본인들의 왜곡된 역사관을 '근대적 학문적 비판' '문헌고증학의 연구 방법'이라고 높게 평가하는 상황이었으므로 나 같은 무명 사회학도의, 그것도 그들의 주장과 정반대되는 논문을 실어줄 리 만무하였다. 바로 이때 일지사 김성재 사장이 이 사정을 알고 1985년 『한국학보』 38호에 「삼국사기 초기 기록은 과연 조작되었는가」를 게재해 주어 그 논문이 햇빛을 보게 되었다. 이런 일이 없었다면 우리 사학계는 아직도 신라사가 내물왕(356~401)부터 시작된다고 하고 있을 것이다.

이병도, 이기백, 이기동 사단이 『삼국사기』 초기 기록이 조작이라고 그렇게도 고집하였지만, 그들의 주장은 일본인들의 역사 왜곡을 답습한 것임이 판명되어 중·고교 교과서에 신라의 역사는 내물왕이 아니라 박혁거세(B.C. 57~A.D. 3)에서 시작되었다고 다시 등재되었다. 이러한 전환의 기폭제가 나였다고 한다면, 한국사학계의 무언의 압력을 무릅쓰고 나에게 발표의 장을 제공해준 김성재 사장이 일등공신이라고 말할 수 있을 것이다.

일본의 고대미술사는 고대 한일관계사를 도외시하고는 서술할 수 없다. 서기 400년 전후부터 10세기 초까지 일본은 백제가 통치하거나 신라와 발해에 복속된 시대였다. 일본 고대사학자 이시와타리 신이치로(石渡信一郎, 1926~)도 일본의 오진(應神)천황은 백제에서 도래하였다는 책을 저술하고 있다. 따라서 한국과의 관계를 도외시한 일본 고대미술사는 허구이다. 지금까지 나온 일본 고대미술사는 전부 그런 미술사였다. 그러한 일본 고대미술사를 비판하고 한국과의 관련 하에 미술사를 다시 써야 한다는 것이 나의 생각이다. 나는 이미 고대 한일관계사에 관한 7권의 저서를 출판한 바 있으므로 이를 근거로 기존 일본 고대미술사를 비판하고 「일본 고대미술사의 시대구분과 한국」이라는 논고를 써서 한국 미술사학회에 제출하였으나 어이없게도 거절당하였다(나중에 독촉하여 원고는 돌려받았다). 이 논고는 김성재 사장이 『한국학보』

1999년 10월 27일, 간행물윤리상 수상식에서 김성재 사장(오른쪽)과 함께.

89호(1997)에 실어주었는데 이것도 학회가 제대로 하지 못한 학문적 활동을 김 사장이 대신한 것이다.

22년 간 논문 4,300편을 발표한 『한국학보』가 IMF 한파로 폐간 위기에 처했을 때 "『한국학보』를 유일한 발표 매체로 삼고 90년대 들어서 정력적으로 고대 한일관계사 분야 논문을 기고한 최재석 고려대 명예교수의 발표 마당을 빼앗는 것 같아 특히 미안한 마음이 든다."라고 한 김 사장의 술회(1998년 1월 27일자 「조선일보」)에 남다른 고마움을 느낀다. 발표하지 못한 원고를 많이 가진 나의 사정을 김 사장은 알고 있었던 것이다.

『한국학보』 38호에 실린 나의 논문에 이의를 제기하는 사람은 아직도 나타나지 않고 있지만, 김성재 사장은 또 이를 통하여 한국학계에서 할 수 없는 논쟁의 장을 제공했다고 할 수 있다. 김성재 사장은 나의 논문을 『한국학보』에 게재하여 학계에서는 기대할 수 없는 논쟁이 일어나기를 희망했을지 모른다. 그러므로『한국학보』에 논문을 게재하여 학문 발전에 필요한 논쟁을 유도하게 한 공로도 김성재 사장에게 돌아가야 할 것이다. 김 사장은 결국 나의 학문을 이해해주고 전부 45편의 논문을『한국학보』에 게재해주었다.

일지사, 하면 생각나는 것은 김성재 사장과 김유진 편집부장이다. 회사의 관리와 기획을 김 사장이 담당하였다면 그 밖의 편집에 관한 일은 모두 김유진 부장이 담당하였다. 일지사에서 나온 수많은 학술 서적과 창간부터 종간(119호)까지의『한국학보』를 편집하고 교정하는 일은 모두 김 부장 몫이었다. 특히 1년에 네 번씩 나오는『한국학보』를 30년 간 하루도 착오 없이 간행해낸 것은 김 부장이 아니고서는 불가능하였을 것이다.

중앙대의 김영모 교수

이상백 선생 생존 시에 김영모 교수보다 선배인 김채윤 교수에게 조선시대의 계급을 연구해보라고 하였으나 김채윤 교수가 이행하지 않아 그 일이 김영모 교수에게 돌아간 것으로 기억한다. 김영모 교수는 초기에는 이상백 선생의 뜻에 따라 조선시대의 계급 특히 조선 지배층, 한말 지배층, 한국 지배층 등 계급과 계층 연구에 착수하여 사회학 분야(특히 신분, 계층 또는 계급 분야)에서 선구적인 역할을 하였다.

김영모 교수는 지난 50여 년 간 사회학과 사회복지학에 관한 서구 이론을 소개, 비판하면서 우리 실정에 맞는 한국사회학과 한국사회복지학을 정립하는 데 노력하였다. 그동안 저서 33권, 공저와 편저 23권, 연구논문 150편, 연구보고서 36권, 역서 2권, 사회평론 156편 등 대단

한 연구 성과를 이루었다.

김영모 교수의 대표적인 업적은 조선시대 이후 현재까지 우리나라 권력 지배층의 형성과 이동에 관한 것이다. 그의 대표적인 연구저서를 출판 순이 아니라 대상 시기의 순서대로 열거하면 다음과 같다. 즉,『조선지배층연구』(일조각, 1978),『한말지배층연구』(서울대 한국문화연구소, 1972),『한국권력지배층연구』(고헌, 2009) 등 실로 권력지배층 연구 5부작이라 할 수 있다. 이 밖에도 신분, 계층, 계급에 관한 연구가 다수 있고, 황무지였던 초창기 사회복지학의 학문 정립과 정책개발에도 개척적인 역할을 하였다.

여기서는 지면 관계로 조선시대 지배층 연구에 대해서만 언급하고자한다. 조선시대 지배층 연구는 조선전기의 삼의정(368명), 이조판서(693명), 과거 합격자(소과 2,376명, 문과 14,994명, 무과 400명, 잡과 2,962명) 등의 출신 배경을 분석하고, 조선말기(고종~순종)의 권력지배층(당상관 981명), 19세기 문·무과 합격자(각각 535명과 2,088명), 한말 관료(3,208명) 등의 출신 배경도 분석하였다.

중요한 내용은 다음과 같다.

첫째, 조선시대의 삼의정과 이조판서의 출신 배경을 보면 그들의 충원 요인은 대부분 문과 합격자이고(각각 86.4%와 87.0%), 그 다음은 무과 합격자(각각 2.2%와 2.9%) 및 문음(각각 5.8%와 1.6%)이다. 조선시대 관료지배층이 되려면 과거(특히 문과)에 합격한 음자제들이라야 하고, 이들은 신분내혼제에 따라 권력공동체를 형성하고 있었다.

둘째, 조선시대 권력지배층의 핵심 충원요인인 과거 합격자(소과, 문과, 잡과)의 출신 배경을 알기 위해 소과 합격자(생원, 진사)는『사마방목』을, 문과 합격자의 전수조사는『국조방목』을, 표본조사는『문무과방목(또는『용호방목』)』을 이용하여 통계적 분석을 하였다. 그 결과 과거 합격자의 전직은 문과의 경우 조관자가 전체의 43.3%이고, 생·진사는 23.2%이며, 무과의 경우 조관자가 45.6%이다. 과거 합격자의 친족 배경은 과거의 종류와 각 시기에 따라 약간씩 차이가 있으나 명문 씨족이 대부분 차지하였다(전주이씨, 안동김씨, 풍양조씨, 남양홍씨, 파평윤씨, 청주한씨, 여흥민씨 등). 조선시대 과거는 정기시보다 부정기시가 4배가 되었고, 따라서 서울 출신이 6할 이상 합격하였다.

셋째, 조선말기 당상관의 충원요인은 문과 출신이 전체의 60.7%이고, 그 다음은 무과 출신(13.6%)이며, 나머지는 문음(8.4%), 잡과(1.5%) 출신이다. 그리고 당상관의 6할 이상이 음자제이고 15.7%는 미상인데, 이들은 잡직 또는 신교육 출신이다. 이것을 보면 과거와는 달리 새로운 지배층(무관이나 중인 역관 출신)이 등장하고 있다.

조선 말기 관료지배층의 충원 요인과 출신 배경은 과거보다 통상, 민란, 갑오개혁 등 기능적 필연성으로 약간의 차이가 있으나 약 9할이 구지배층이다. 조선시대 당상관이 되려면 제도상으로 입관한 지 17.3년 이상 지나야 하고 문과 합격자의 평균 연령이 32.3세이므로 적어도 50세가 되어야 가능한데, 이들의 65.5%가 50세 이전에 당상관이 되었다. 따라서 조선말기에는 지배층 충원의 비제도적인 요인, 즉 혈연, 가문, 지역성과 같은 귀속적·권력적 요인이 크게 작용하고 있다.

넷째, 19세기 문무과 합격자의 신분 배경은 조선전기에 비하여 낮은 편이고 새로운 지배층이 등장하고 있다. 문과 합격자 부친의 46.1%가 유관자(당상관 16.4%, 당하관 6.9%, 참상관 12.5%, 참하관 2.7%)이고 무관 유품자는 9.3%이며, 나머지는 생원, 진사 등이다. 무과 합격자의 부친의 29.8%가 유관자(당상관 6.9%, 당하관 11.6%, 참상관 9.5%, 참하관 1.8%)이고 무관 유품자는 17.5%로서 과거보다 신분이 매우 낮은 편이다. 그런데 문과 합격자의 4.7%가 무품이고, 무과는 38.3%가 문품이다. 여기에서 문반의 무반화 및 문반의 무반화 현상이 세대 간 사회이동에서 나타난다. 그 밖에도 19세기에는 문무과 합격자의 씨족 배경이 아직도 조선시대의 명문 씨족이 많으나 무과 합격자를 두 번째로 많이 배출시킨 김해김씨와 같은 신흥 씨족들이 등장하고 있다.

다섯째, 한말 관료는 대부분 1903년과 1907년에 입관하였는데, 그들의 충원 요인은 갑오개혁으로 문벌과 반상의 귀천에 관계없이 인재를 선용하고 문무존비의 차별을 없애게 하려고 관료임용의 새로운 인사제도와 교육제도가 시행되었기 때문에, 이전 시기와는 판이하다. 과거 또는 각종 시험에 합격한 관료는 전체의 15.3%에 불과하고, 신제교육을 받은 자가 44.9%이며 나머지는 추천에 의하여 입관하였다. 한말 관료의 씨족 배경은 종전의 10대 명문 씨족은 약 15%를 차지하고, 나머지는 신흥 씨족(김해김씨, 경주김씨, 밀양박씨, 평산신씨, 해주오씨, 경주이씨 등)이 많이 등장한다. 한말 관료의 출신 지역은 서울 출신이 전체의 63.2%이고, 그 다음은 경기(6.3%), 평남(4.5%), 평북(3.7%) 등이며 나머지 지방은 각각 2% 미만이다. 이것은 새로운 지방민의 진출을 보여준다. 이처럼 한말 관료는 소수의 관료지배층은 여전히 과거에 의존했지만 다수의 하급관료는 신교육과 추천으로 입관하였다.

김영모 교수는 이러한 실증적 연구를 통하여 지배층 형성과 이동의 새로운 사실(특성)을 많이 발견하였을 뿐만 아니라, 기존 이론을 수정하거나(예컨대 지배층 이동의 개방론에 대한 폐쇄론, 노비의 종모법에 대한 종모종부법 등), 새로운 견해, 예컨대 중인의 성장(양반화), 문반의 무관화, 문무반 출신 서얼의 중인화(무관 및 잡직), 신분구조의 역계층화 등을 주장하였다.

서울대 인류학과의 전경수 교수

나는 1969년 9월부터 한 학기 동안 서울대 고고인류학과에서 강의를 한 일이 있는데 그때 3학년 학생이었던 전경수 교수를 만났다. 뛰어난 풍채를 보고 장차 큰 업적을 쌓을 것이라는 짐작이 들었다. 이렇게 해서 그 후 오늘날까지 빈번하지는 않지만 가끔 만나거나 전화로 이야기를 나눈다. 2008년 말 현재 전경수 교수는 역서, 공저를 포함하여 34권의 저서와 169편의 논문을 발표하였다. 나는 전 교수의 저서 가운데 1999년에 간행된 『한국 인류학 백년』을 가장 노작이라고 생각한다. 나는 구한말부터 1975년까지의 약 70년 간의 한국사회학의 발전 과정을 정리한 경험이 있는데 전경수 교수는 이보다 30년이 더 긴 100년 간 한국의 인류학을 정리한 것이다. 학문에 대한 남다른 열정이 없었다면 이러한 노작은 나올 수 없다. 그 일에 미쳐버리지 않고는 할 수 없는 일이다. 나의 좁은 안목일지는 모르나 나에게 한국의 인문사회과학자 가운데 공부하는 3인방을 꼽아보라고 하면 나는 서슴지 않고 신용하, 김영모, 전경수 세 사람을 들 것이다. 전경수 교수의 연구 업적은 다음과 같이 정리될 수 있을 것이다.

대학원에서 생태인류학을 전공하였고, 문화와 환경 간의 관계와 환경 문제에 관한 인류학적 관심이 주 전공이다. 『똥이 자원이다』(통나무, 1992), 『환경친화의 인류학』(일조각, 1997) 등이 그의 주 전공에 해당하는 저서들이다. 후자는 중국에서 『환경인류친화(環境人類親和)』(귀주인민출판사, 2007)라는 제목으로 번역 출간되었다.

인류학이란 학문의 기본 개념인 문화와 그 이론에 대하여 정리한 『문화의 이해』(일지사, 1994), 인류학을 처음 대하는 학생들을 위한 입문에 해당하는 『인류학과의 만남』(서울대 출판부, 1994), 문화이론에 입각한다양한 사회적 장르에 대한 인류학적 해석집인『문화시대의 문화학』(일지사, 2000)을 발간하였다.

문화인류학의 이론에 입각한 한국사회와 문화에 대한 연구서는『한국문화론』(일지사, 1994~1995) 4책으로 발간되었는데, 각각 '상고편', '전통편', '현대편', '해외편'을 갖추고 있다. 해외동포를 대상으로 한 인류학적 연구의 결실로는『브라질의 한국이민』(서울대 출판부, 1991),『세계의 한민족:중남미』(통일원, 1996),『세계의 한민족:중동, 아프리카』(통일원, 1996),『까자흐스딴의 고려인』(편저, 서울대 출판부, 2002) 등이 있다.

인류학자로서 일본과 베트남 및 제주도에 관한 현지연구 결실로는『베트남일기』(통나무, 1993),『통일사회의 재편과정』(공저, 서울대 출판부, 1995),『숲과 물과 문화의 마을』(공저, 서울대 출판부, 1997),『제주농어촌의 지역개발』(공저, 서울대 출판부, 1999) 등이 있다. 어촌 지역에 대한 관심의 결과로 만들어낸 민속지로서『한국의 낙도 민속지』(공저, 집문당, 1992),『한국어촌의 저발전과 적응』(편저, 집문당, 1992) 등이 있다.

인류학적인 현지연구의 과정에서 빚어지는 지역연구에 대한 지침으로서『지역연구, 어떻게 하나』(서울대 출판부, 1999)가 나와 있고, 한국의 박물관에 대한 회고와 전망을 위한 저서로『한국 박물관의 어제와 내일』(일지사, 2005), 그리고 최근 사회문제가 되고 있는 '다문화가정'을 중심으로 한 연구의 결과로『혼혈에서 다문화로』(공저, 일지사, 2008)가 있다.

전경수 교수는 1994년 이후 연구사에 관심을 두고 한국 인류학사를 정리하여『한국 인류학 백년』(일지사, 1999)을 출간하였으며, 이 저서는 일본어로 번역되어『한국 인류학 백년(韓國人類學の百年)』(후쿄샤, 2004)으로 출판되었다. 이후 식민지 시대와 전쟁기의 인류학에 관한 관심으로 확장하여 현재는 일본 인류학사를 의욕적으로 정리하는 중이다.

문화이론과 생태 및 환경인류학에 주된 관심을 두고 학습을 한 전경수 교수는 주제별로 새로운 분야의 인류학을 개척하는 데 힘을 기울여 왔다. 그 결과로 나타난 것이 '한국문화론', '박물관인류학', '관광인류학', '해외동포의 인류학', '제주도연구', '베트남연구', '오키나와연구', '백살의 문화인류학' 등이며, 현재 정리 중인 '일본인류학사'에 담길 식민주의와 전쟁 문제를 제기하는 결실도 기대된다.

경원대 일문학과의 세키네 히데유키 교수

세키네 히데유키(關根英行) 교수를 처음 만난 것은 2000년, 내 연구실로 사용하던 잠실의 한 오피스텔이었다. 시기는 언제인지 잘 기억이 나지 않지만 그때 찍은 사진의 옷차림으로 보아 가을이었던 것 같다. 그 며칠 전, 세키네 교수는 내 학설에 의존해서 박사논문을 썼다며 그 논문을 나에게 보냈으며 나는 당시 세키네 교수가 재직하고 있던 부산 동의대에 전화를 걸어 후일 내 연구실에서 만날 약속을 했었다.

박사논문을 본 나는 어째서 이런 논문을 쓰게 되었는지 궁금했다. 서울대에 제출한 「한국인과 일본인 에토스의 연원에 관한 연구: B.C. 3세기~A.D. 7세기의 자연관·신관·인간관」은 한국과 일본의 기층문화의 공통점을 탐구하는 내용으로, 두 지역의 문화적 동질성의 근거로 고대 한국인의 일본 열도 이주를 들고 있는데, 나의 고대 한일관계사 연구를 이론적 근거로 채용하고 있다. 주로 일본에서 연구되어 온 문화인류학이나 민속학의 다양한 성과를 나름의 시각으로 정리하고 있었다. 지금까지 한국과 일본에서 개별적으로 고찰되어 온 민족문화를 하나의 시야로 포괄적으로 복원하려는 의욕 넘치는 논문이었다.

주지하는 바와 같이 고대 일본 지배층의 정체가 고대 한국인이었다는 나의 지론은, 일본 학계는 물론 우리 학계에서도 받아들여지지 않고 있다. 그런데 이러한 견해를 토대로 한 박사논문이 통과되었다는 사실 자체도 그렇지만, 그것이 일본인의 손에 의해 쓰였다는 사실에 놀라지 않을 수 없었다.

직접 만나 이야기를 들어보니 의문이 풀렸다. 그는 원래 역사 전공자가 아니었으며 박사논문을 제출한 학과 역시 사학과가 아니라 국민윤리교육과였다. 그는 원래 일본에서 교육학을 전공하여 윤리·도덕교육을 연구하러 한국에 온 사람이었는데 지도교수의 권유로 이러한 연구에 착수하게 되었다고 한다. 윤리교육 전공자인 그분은 한국인의 민족정신에 관심이 있었으며 일본인의 그것과 비교를 통해서 알고 싶었던 모양이다. 그것을 일본인 제자에게 시킨 결과가 세키네 교수의 박사논문이었던 것이다.

따라서 세키네 교수 자신은 물론 지도교수와 논문을 통과시킨 학과도 인습적인 일본 사학계의 패러다임에서 완전히 자유로운 위치에 있었던 셈이다. 그렇다 해도 어떻게 그가 전혀 안면이 없는 나의 견해를 수용할 수 있었을까? 학계에서 외면당하는 나의 견해를 수용하기는 쉽지 않았을 것이다.

그에 의하면, 논문을 쓰던 과정에서 서울대 서점에서 우연히 나의 저서 『백제의 야마토왜와 일본화 과정』이 눈에 띄었다고 한다. 몇 개 되지 않는 글에서 하고 싶은 말을 다 하는 것을 읽고, 저자가 대학자 아니면 광신도 중 하나가 틀림없을 것이라며 흥미를 느꼈다고 한다. 일본에도 기발한 견해를 피력한 재야 학자들이 많지만 다행히 그는 나의 사회학적인 접근이 마음에 들었던 모양이다.

그런데 사실 그는 나의 학설을 백지 상태로 받아들인 것은 아니었다. 나보다 먼저 서울대 경제학과의 홍원탁 교수의 견해를 알고 있었다. 홍 교수도 나처럼 부전공으로 고대 한일관계사에 관심이 있었는데, 일본 고대국가의 정체를 백제 왕족으로 본 점에서 나의 견해와 일맥상통하다. 듣고 보니 세키네 교수의 지도교수는 홍 교수와 고등학교 동창이며 이런 연유로 세키네 교수와 홍 교수의 만남이 이루어졌다고 한다. 그런 과정에서 지도교수의 지시가 있었는지는 모르겠지만, 비록 오랫동안 고대 한일관계사를 공부하지 않았더라도 이러한 형태나마 기존 학설에 얽매이지 않는 일본인 연구자가 있게 된 것을 천만다행이라고 생각한다.

그는 박사논문을 쓰다가 나에 대해 궁금증이 일어 찾아보고 싶은 마음이 있었다고 한다. 그러나 한편으로는, 내 책의 곳곳에서 통렬한 비판 문구를 보고 내가 완고한 반일론자일지 모른다는 생각에 연락할 엄두를 내지 못했다고 한다. 그래도 도리상 논문을 드려야 하지 않겠느냐는 생각으로 논문을 쓰고 몇 달 지나 고려대 사회학과에 연락처를 문의했다는 것이다. 세키네 교수와 처음 만나 이런 여러 가지 이야기를 나누고 내가 자주 찾는 식당에서 설렁탕을 대접하고 보냈다.

그 후 언젠가 세키네 교수는 고대 한일관계에 관한 나의 책 7권을 들고 일본 도쿄의 여러 출판사를 찾아가서 자신이 이 책들을 일본어로 번역할 테니 출판을 하면 어떻겠냐고 타진하였더니 10개 출판사 모두 출판사로서는 탐이 나는 책이지만 출판되면 일본 우익단체의 테러 위험이 있기 때문에 할 수 없다고 하더라는 말을 나에게 들려주었다. 이 정도로 세키네 교수는 고대 한일관계의 진실을 밝히는 데도 관심이 있는 것으로 보였다.

그런데 이 과정에서 재미있는 일이 있었다. 예전에 일본의 모 출판사가 나의 논문을 실으면서 원고료를 주지 않았던 일이 있었는데, 그것을 세키네 교수에게 무심코 말한 적이 있었다. 그는 그 출판사에 의뢰 편지를 쓰는 김에 원고료 건을 살짝 덧붙여 적었다. 그랬더니 깜짝 놀란 그 출판사는 번역 건을 처리하고 미납 원고료를 지급하였다. 신용을 잃지 않으려고 노력하는 담당자의 모습이 인상적이었다. 역사 문제에는 진실성을 보여주지 않아도 상거래에서만큼은 성실성을 보여주는 일본인의 단면을 볼 수 있었다. 그 공로는 전적으로 세키네 교수에게 있다면서 전리품의 반을 제공하였더니 뜻밖에 생긴 돈이라면서 기뻐하였다.

그는 학문적 자극을 더 많이 받을 수 있는 서울에 올라가고 싶다며 교수 초빙에 응모하려고 나에게 여러 차례 추천서를 의뢰했지만 나의 추천서는 효능을 발휘하지 못하였다. 한국인을 대상으로 한 모집에 외국인이 응모해봐야 가망성이 별로 없는 것은 나도 알고 있었던 것 같다. 그러더니 2006년 가을, 우리 집에서 가장 가까운 경원대(현 가천대 글로벌캠퍼스)로 직장을 옮기게 되었다는 소식을 들었다. 한국에 일본인 교수는 많지만 한국인과 같은 대우인 전임교수는 극히 드물다고 한다. 이미 언론을 통해서 이길여 여사의 역량은 알고 있었지만 교수채용 전략을 통해 그분의 안목 수준을 새삼 실감했다.

세키네 교수는 현재 박사논문의 연장선상에서 한국과 일본의 문화적, 인종적 계통 연구에 관한 연구를 진행하고 있는데 주로 다음 두 가지 연구로 분류되는 것 같다.

하나는 그동안 한국인과 일본인의 계통연구에서 부정적인 패러다임이 형성된 요인을 학문분야별로 지식사회학적으로 분석하는 일이다. 문헌사학, 고고학, 문화인류학, 민속학 등은 이구동성으로 두 민족의 직접적인 계통관계를 부정하는 전제 아래 연구를 진행해 왔다. 연구 방법을 달리하고 여러 분야가 2차대전을 분기점으로 비슷하게 전환한 모습에서 학설에 미친 사회적, 역사적, 심리적인 맥락을 살펴볼 필요가 있다고 한다. 그래야만 현재의 고대 한일관계 연구를 객관적으로 볼 수 있다는 것이다.

또 하나는 지금까지 중단된 과거의 계통연구를 계승·발전시키는 연구이다. 현재 한국과 일본의 문화 전파에 관한 연구는 찾아보기 어렵지만 이러한 연구는 결코 남김없이 완료된 것이 아니라 사조 변화에 따라 중단되었을 뿐이라고 하며, 그 하나의 시도로서 그는 현재 사후 관념의 유사성과 그 전파를 고찰하고 있다.

이처럼 한국인과 일본인의 계통 문제는 한국과 일본의 역사상의 문제 중에서 가장 어렵고도 민감한 주제임이 틀림없다. 그동안 나는 그 역사적인 측면을 파고들었는데 그는 문화적인 측면을 재구성해 나갈 것이다. 현재 이러한 주제에 관심이 있는 사람이 없는 것은 아니지만 그가 일본인으로서 한국 학계에서 활동하고 있는 의미는 크다고 생각한다. 그리고 그러한 뜻을 같이하는 세키네 교수와 인연을 맺게 되어 뿌듯하고 그의 연구 성과가 좋은 결실을 보기를 기대한다.

일본의 획기적인 사학자 이시와타리 신이치로 씨

거의 모든 일본 고대사학자들(30여 명 정도)이 지난 100년 동안 『삼국사기』 초기 기록은 조작되었으며 고대 한국은 일본의 식민지였다고 주장해 온 데 반하여, 유독 일본의 재야 사학자인 이시와타리 신이치로(石渡信一郎)만은 4~5세기부터 고대 한국 사람들이 일본으로 건너와서 일본 고대국가를 건설하였고 일본 천황은 백제에서 건너왔으며, 일본의 실력자인 소가 우마코(蘇我馬子)는 일본의 실질적인 천황이었다고 갈파하였다(아래 표 참조). 진실로 그는 지난 100년 동안 다른 일본인 사학자들이 감히 하지 못한 획기적인 큰일을 해낸 용기 있는 역사학자라 할 수 있겠다.

일본의 초대 왕인 오진천황이 백제에서 건너온 백제인이라는 저서와 일본 지명의 어원은 한국에서 유래하였다는 저서, 그리고 일본 사학자들이 한결같이 주장해 온 쇼토쿠태자는 존재하지 않는 조작된 인물이라는 저서가 우선 눈에 띈다. 백 수십 년 간의 일본사학의 전통을 깨고 어떻게 이시와타리 같은 인물이 출현하였는지 놀라울 따름이다.

이시와타리 신이치로 저작 목록

	저서	발행연도	출판사
1	『오진릉의 피장자는 누구인가(應神陵の被葬者はだれか)』	1990	상이치쇼보 (三一書房)
2	『소가 우마코는 천황이었다(蘇我馬子は天皇だった)』	1991	〃
3	『일본서기의 비밀(日本書紀の秘密)』	1992	〃
4	『쇼토쿠태자는 존재하지 않았다(聖德太子はいなかった)』	1992	〃
5	『일본고대국가와 부락의 기원(日本古代国家と部落の起源)』	1994	〃
6	『고대 에조와 천황가(古代蝦夷と天皇家)』	1994	〃
7	『소가왕조와 덴무천황(蘇我王朝と天武天皇)』	1996	〃
8	『와카 다케루 대왕의 비밀(ワカタケル大王の秘密)』	1997	〃
9	『야마토 다케루 전설과 일본고대국가(ヤマトタケル伝説と日本古代国家)』	1998	〃
10	『일본지명의 어원(日本地名の語源)』	1999	〃
11	『소가 대왕가와 아스카(蘇我大王家と飛鳥)』	2001	〃
12	『백제에서 건너온 오진천황(百濟から渡来した應神天皇)』	2001	〃

그러나 이시와타리가 일본에서 '왕따' 당하는 사정은 상상하기 어렵지 않다. 그는 대학 강단에 서 보지도 못하였고 시종 고등학교에서 근무하였다. 또 그의 저서들은 어느 저서도 저술 당시에는 발표하지 못하고 모아두었다가 모두 정년 후인 그의 나이 64세부터 간행하였다. 이는 그가 불이익 때문에 정년퇴임 전에는 저서를 간행할 수 없었음을 의미한다.

이시와타리와 나는 무슨 기연(奇緣)인지는 모르나 나이도 동갑이고 다 같이 고대 한일관계사 연구에 종사하고 있고 그 결과 얻은 고대 한일관계사에 대한 견해도 큰 차이가 없다. 차이가 있다면 한 사람은 저서에 각주를 붙인 데 반하여 다른 한 사람은 그것을 붙이지 않았고, 또 한 사람은 먼저 논문으로 발표하고 그것을 저서화(논문집)한 데 반하여 다른 한 사람은 처음부터 저서로 간행한 정도의 차이뿐이다.

그리고 내가 고대 한일관계사 연구에 종사하여 고대 일본이 한국의 식민지였다는 저서를 간행한 이후로 한국의 고대사학계에서 한 사람이 두 전공을 할 수 없다는 이유로 '왕따'를 당한 것처럼 이시와타리도 내 책의 내용과 유사한 저서를 낸 탓으로 일본사학계에서 왕따를 당하는 것까지 같다고 하겠다. 끝으로 사족일지는 모르나 그가 나보다 몇 년 늦게 저서를 출판했으니 망정이지 만일 나의 논저가 그의 저서보다 몇 달이라도 늦게 나왔더라면 나의 입장이 어찌 되었겠는가? 생각만 해도 아찔해진다.

제자들1 – 한국봉사회 이사장 김종길 군

장수는 용감하고 날쌘 부하를 얻는 것이 가장 큰 기쁨인 것처럼 교육자는 유능한 제자를 얻어 훌륭한 인물로 키우는 것만큼 보람된 일이 없을 것이다. 나 또한 30여 년 간 강단을 지키면서 수많은 제자들을 가르쳤고 그들이 지금 사회 각 분야에서 사회 발전을 위해 이바지하고 있는 모습을 보면서 생의 보람을 느낀다. 사업을 해서 크게 성공한 제자가 있는가 하면 공직에 나아가 국민의 공복으로 봉사하는 제자도 있고, 교육계에서 후세의 교육에 헌신하는 제자도 많다. 모두가 성실하게 열심히 살아가는 모습을 바라보는 것만으로도 나에겐 크나큰 기쁨이요 보람이지만 바쁜 일과 속에서도 잊지 않고 틈틈이 시간을 내어 안부 전화를 주거나 가끔 찾아와 옛날을 회고하는 시간이라도 가지게 되면 더없이 고맙고 흐뭇하다.

이 모든 제자들이 모두가 소중하고 사랑스럽지만 그중에서도 학자의 길을 택해서 나의 학문을 이어가고자 하는 제자들에게는 더욱 더 깊은 관심과 애정이 쏠리지 않을 수 없다. 나의 학문이 나에게서 끝나지 않고 후세에 계승되고 더욱 승화되기를 기원하는 간절한 소망이 이들을 통해서 성취될 수 있다는 희망을 읽을 수 있기 때문이다.

많은 제자 중에 특히 기억에 남는 몇몇 제자들에 대한 기억을 더듬어 본다. 제자 5명 중 김종길 군은 고려대에 오기 전 3년 간 근무했던 중앙대 사회사업학과(현 사회복지학과) 제자이고, 이창기 군 등 4명은 고려대 사회학과 출신 제자이다.

김종길 군은 현재 사회복지법인 한국봉사회 이사장으로 정부 지원을 받아 우리나라 최초로 북부종합사회복지관을 건립하였으며, 사회복지사협회 이사와 사회복지관협회 초대 회장을 거치며 우리나라 사회복지 정책 방향과 지역사회복지관의 모델을 제시하였으며, 사회복지 선두주자로서 사회복지 증진을 위한 구심점 구실을 하여 왔다.

1942년 충남 공주군 의당면에서 농민의 아들로 8남매 중 다섯째로 태어나 서울로 상경, 막노동으로 자수성가하신 부모님 슬하에서 자랐으며, 전후 어려운 환경 속에서도 성실과 정직으로 살아오신 부모님과 형님의 영향으로 가난하지만 대학까지 졸업하게 되었다.

나는 서울의 중동고 독일어 교사 시절에 김종길 군을 만났다. 그런데 1963년 내가 중앙대 사회사업학과 교수로 부임하여 얼마 되지 않은 시기에 이미 중앙대 이공계열 물리학과에 입학하였으나 적성에 맞지 않아 방황하던 김 군을 만나게 되어 사회사업학과(후에 사회복지학과)로 오라고 하여 직접 가르치게 되었다. 지금은 모르겠지만 당시에는 받아들이는 학과장이 승인만 하면 전과가 가능했다.

지금도 기억하고 있지만 김 군의 노트 정리는 내가 대학 강당에 선 지 약 30여 년 간을 통하여 제일 잘 되어 있었다. 그래서 다음 학기부터는 김 군의 노트를 빌려서 강의를 한 기억이 난다.

김 군은 학부와 대학원(석사과정)을 마치고 사회복지사업에 투신하였는데, 1972년에 중앙사회복지관장으로 취임하여 빈곤문제 해결과 지역사회 복지와 사업운영에 따른 제반문제 해결을 위하여 사회복지 일선 현장에서 지역사회복지사업의 현장모형을 개발하고 발전시키며 본격적인 활동을 시작하였다.

1983년 12월 그동안의 중앙사회복지관 운영 경험을 바탕으로 서울시 지원과 정부 관계부처에 사회복지관 설립의 필요성을 강조하여 정부 보조금지원으로 조성된 최초의 종합사회복지관인 북부종합사회복지관을 설립하게 되었고, 지역사회복지관의 기능과 역할을 새롭게 하였으며 저소득 주민들의 문제와 욕구에 따라 무료진료, 취업, 부업교육, 취업알선, 어린이집, 아동기능교실, 기능훈련 등의 사업을 운영하여 전문성 있는 사회복지프로그램 개발과 모델을 제시하였고, 노태우 대통령 때 시행된 주택 200만 호 건설 사업 중 임대아파트단지 내 사회복지관설립의무화를 정책입안자들에게 적극 건의하여 오늘날 임대아파트 단지 내에 사회복지관이 들어설 수 있는 근거를 마련하였다.

2009년 현재 사회복지법인 한국봉사회는 3개의 종합사회복지관과 2곳의 지역자활센터, 1곳의 어린이집을 운영하고 있으며, 21세기 사회복지 선두주자로서 다변하는 사회환경을 연구 개발하여 전문적이고 체계적인 사업운영을 투명하게 함으로써 지역주민에게 꿈과 행복을 주는 통로가 되고 있다.

오늘날의 김종길 이사장이 있기까지는 정직과 성실로 살아오신 부모님과 형님의 영향이 컸던 것으로 생각한다.

제자들2 – 영남대 교수 이창기 군

소중하고 사랑스러운 많은 제자 중에서 이창기 군과의 만남을 결코 잊을 수가 없다. 이 군은 대학에 입학할 때부터 회갑이 지난 오늘까지 40여 년 동안 내 곁에서 연구 활동을 도운 학문의 조력자였고, 학문을 떠나서도 시종여일하게 끈끈한 정을 이어온 혈육 같은 제자다.

이 군을 처음 만난 것은 1969년 초 대학입학 면접고사장에서였다. 그날 나는 여러 명의 학생을 면접하였고, 또한 세월이 많이 흘러 기억이 선명하지는 않지만 고등학교 교복을 입은 앳된 얼굴로 마주 앉아서 '취직도 잘 안 되는데 왜 사회학과를 지원했느냐?'라는 나의 물음에 서슴없이 '계속 학문을 하겠다'라고 당당하게 응답하던 모습이 아직도 또렷하게 남아 있다.

이 군에 대해 보다 구체적으로 관심을 갖게 된 것은 입학하고도 한참 시간이 지난 뒤였다. 해마다 봄에 개최하던 문과대학 체육대회에서였다. 오전부터 진행된 경기에서 사회학과는 일찌감치 농구에서 우승을 확보하였고, 뒤이어 진행된 배구도 우승을 확정지었다. 오후 늦게 진행되는 릴레이에서 우승하면 우리 사회학과는 전 종목 우승이라는 쾌거를 이루게 된다. 학생들 행사에 좀처럼 참석하지 않던 나도 그날은 학과장으로 응원석에 자리를 잡았다.

그날의 릴레이는 흔히 보는 릴레이 경기와는 좀 다른 방식이었다. 1번 주자인 여학생이 50m를 달리고 이어서 세 주자가 각각 200m, 300m, 400m를 달리는 스웨덴식 릴레이였다. 이 군은 마지막 400m 주자로 출전하여 패색이 완연하던 경기를 극적으로 반전시켜 통쾌한 우승을 일궈냈다. 농구와 배구에 이어 릴레이까지 전 종목을 우승함으로써 사회학과는 종합 우승 상금까지 독차지하게 되었고, 그날 저녁 학생들은 학교 앞 중국집을 전세 내어 막걸리를 동이째 끌어안고 질펀한 축하파티를 열었다. 술을 전혀 마시지 못하는 나도 이날은 학생들의 막걸리 파티에 흔쾌히 참석하였다.

나는 이날 이창기 군에 대해서 강한 인상을 받았다. 수석으로 입학한 데다 체구가 가냘프고 안색마저 창백해서 꽁생원일 것으로 생각하였는데 릴레이에서 극적인 우승을 이끄는 모습을 보고 호기심이 생기지 않을 수가 없었다. 뒤에 알게 된 사실이지만 이 군은 중고등학교 시절 축구선수로 활동하였고 교내 체육대회에서 400m 달리기에서 여러 차례 우승한 경험이 있다고 하였다.

이튿날은 일요일이었지만 이 군을 연구실로 불러서 많은 얘기를 나누었다. 가정 사정, 사회학과 지망 동기, 사회학과나 사회학자에 대한 예비지식 등에 대해서 물어보고, 신입생에게는 어울리지 않을 저널리즘의 폐해와 학문의 어려움에 대해서도 얘기해 주었다. 한나절 내내 이런 얘기를 나누면서 이 군이 학문을 하겠다는 의지가 확고하다는 점을 확인하고 학문하는 제자로 키워보고 싶다는 욕심을 구체화하게 되었다.

체육대회를 마치고 첫 개별 면담이 있은 이후 나는 자주 이 군을 불러서 여러 가지 도움을 받았다. 주로 원고 정리와 자료 심부름이었다. 이 군은 성격이 차분하고 글씨도 정갈할 뿐만 아니라 한자 해독능력도 상당하여 복잡하고 한자가 많이 포함된 내 원고를 정서하는 데에는 적격이었다. 이 군의 원고 정서 작업은 이 군이 대학원을 마칠 때까지 계속되었고, 1970년대에 발표된 논문 대부분은 거의 이 군의 손을 거쳐 인쇄에 넘겨졌다.

연구 작업의 진행과정에서는 자질구레하게 심부름해야 할 일들도 적지 않다. 다른 대학에 있는 선생님들을 만나거나 연구기관을 찾아가서 자료를 빌려오거나 원고를 전해야 하는 일들이 비일비재하다. 이 군이 내 일을 거들면서 이러한 번거로운 심부름도 이 군이 도맡아하게 되었다. 서울 시내뿐만 아니라 지방까지 다녀왔다. 이렇게 이 군이 내 일을 돕는 기회가 늘어나자 아예 연구실 한쪽에 책상을 마련하고 이 군을 들어앉혔다. 하루종일 나와 함께 생활하는 개인 조교가 된 것이다.

처음으로 이 군을 현지조사에 데리고 간 것은 이 군이 대학 3학년이던 1971년 7월 초였다. 기말고사가 끝나고 여름방학이 시작되자 나는 경북 경산군에 있는 저수지의 수리집단을 조사하고자 이 군과 함께 길을 떠났다. 경산을 조사지로 선택한 것은 나의 고향이라 여러 가지 정보와 편의를 받기 쉬운 점도 있지만 전국에서 저수지가 가장 많은 지역이었기 때문이었다.

이 군을 현지조사에 데리고 간 것은 그동안 내 원고를 정서하면서 나의 연구 내용을 잘 알고 있었고, 농촌 출신인 데다 본가가 대구에 있었기 때문에 적임자라 생각했기 때문이었다. 현지조사를 직접 체험해

보는 것도 이 군이 앞으로 학문하는 데 큰 보탬이 되리라는 점도 고려하였다. 출발하기 며칠 전에 조사 내용, 예상 논문 목차, 그리고 수리집단에 관한 관련 자료 일체를 이 군에게 넘겨주고 숙독하도록 일러두었다. 조사 내용을 충분히 이해하고 있어야 현지에서 시행착오를 줄이고 조사의 효율을 극대화할 수 있기 때문이었다.

이 군은 현지조사가 처음이었지만 기대 이상으로 임무를 잘 수행해 주었다. 주민들과의 대화 내용을 정확하게 파악해서 기록해 주었다. 술을 전혀 못 마시는 나를 대신해서 주민들이 나에게 권하는 술잔까지 모두 처리해주기도 하였다. 들에 나가서 일하는 주민을 만나고자 7월 염천의 불볕더위를 무릅쓰고 산골짜기 비탈진 밭을 찾아가는 수고도 마다치 않았다.

다음 날 아침 나는 몸이 좋지 않았다. 전날 현지 주민들과 마신 몇 모금의 막걸리가 몸에 무리를 준 것 같았다. 찌는 듯한 더위에 현장을 다녀올 엄두가 나지 않았다. 나는 현지조사를 포기하고 이 군 혼자 보내기로 하였다. 현지조사에 처음 데리고 온 어린 제자를 혼자 보내기가 불안하기는 했지만 어제 하루 이 군이 하는 모습을 보고 잘 해낼 수 있으리라 믿었다. 그날 오후 늦게 조사를 마치고 돌아온 이 군의 조사 내용은 매우 충실하였다.

1971년 여름 방학 때 경산에서 수리집단을 조사한 후부터는 방학 때마다 이 군이 현지조사에 동행하게 되었다. 그해 겨울방학 때는 경주 인근의 유명한 양동마을과 안강읍 근계리를 조사하게 되었다. 이번 조사는 단일 주제가 아니라 반상관계, 지주소작관계, 권력구조, 농촌계층 등을 함께 다루는 복합조사였다. 조사의 내용이 복잡한 데다 양동은 전국적으로 소문난 반촌이라 더욱 조심스럽고 힘이 들었다. 게다가 현지 마을에는 숙박은 고사하고 간단하게 요기를 할 수 있는 식당도 없었다. 2~3km 떨어진 안강읍에 있는 몹시 낡고 허름한 여관에 숙박을 정하고 출퇴근을 하면서 조사를 진행했다.

양동에서도 3일 간 이 군과 같이 조사를 한 후 남은 작업을 맡기고 서울로 올라왔다. 여름방학 때의 경험도 있어서 충분히 할 수 있으리라 믿고 맡겼다. 반촌의 까다로운 인간관계 속에서도 이 군은 두 가문의 종손들과 문중 지도자뿐만 아니라 상민 출신의 개발위원, 정자의 고지기 부부, 양반에 비판적인 타성의 전직 교사 등 많은 사람을 만나서 인터뷰를 진행하고 가구별 조사표까지 완성해서 돌아왔다. 경상도 농촌의 반가에서 성장한 배경이 크게 도움이 되었던 것으로 보였다. 이러한 훈련이 나중에 이 군이 학문을 하는 데 큰 자산이 되었으리라 짐작된다.

이 군의 현지조사는 대학원에 입학하고도 계속되었다. 특히 1975년부터 진행된 제주도 친족 연구는 여러 차례의 현지조사를 이 군이 전담하다시피 하였다. 이때 수집한 가족유형, 상속제도, 혼인의례, 촌락내혼과 친족조직, 양자제도, 이혼과 재혼, 첩제도, 사후혼, 조상제사, 장례와 친족조직 등 제주도 가족제도의 전반에 걸친 자료들은 1979년에 출간된 저서 『제주도의 친족조직』에 수록되었다.

이때의 인연이 계기가 되어 이 군은 1980년에 제주대 사회학과 교수로 부임하여 3년 간 근무하기도 하였다. 제주대를 떠난 이후에도 이 군은 제주도 연구를 계속하여 『제주도의 인구와 가족』(영남대 출판부, 1999)을 상재하였다. 제주 문화와 제주 사람에 대한 이러한 지속적인 관심이 학계의 인정을 받아 이 군은 2009년에 2년 임기의 제주학회 회장에 선임되었다. 제자를 키운 학자의 보람이 이런 것이 아닌가 하여 흐뭇한 마음을 금할 수 없다.

내가 이창기 군을 아끼고 사랑하는 것은 나의 일을 오랫동안 도와

준 데 대한 고마움 때문만은 아니다. 시종일관 변함이 없는 그의 굳은 심지와 어려움 속에서도 늘 남을 배려하는 훈훈한 인간미가 그를 미워할 수 없게 만들었기 때문이다. 성격이 매우 급하고 제자들에게는 매우 엄격하였기 때문에 나와 함께 일을 한다는 것이 결코 쉬운 일이 아니었을 텐데도 이 군은 40년 세월을 변함없이 내 곁을 지켜주었다.

이 군은 학문에 대한 집념이 남다르다고 생각한다. 학문을 하겠다는 뜻을 세우고 대학에 입학하였지만 학업 도중에 가정 형편이 어려워져 학업을 계속할 수 없는 시련이 있었다. 온 식구가 생계를 걱정해야 하는 어려움 속에서 아르바이트를 하거나 친구 하숙집을 전전하면서도 결코 처음 뜻을 포기하지 않았다.

이 군의 학문에 대한 집념을 엿볼 수 있는 일화가 있다. 이 군이 대학 2학년 때 여러 차례 원고 정서를 도와준 답례로 이 군에게 내 저서 『한국가족연구』 재쇄본을 한 권 선물한 적이 있었다. 그런데 며칠 후 이 군은 이 책을 도난당하였다고 한다. 시중에서 구할 수 없는 귀중한 책을, 그것도 은사로부터 증정받은 책을 도난당한 것이 너무 안타까워 이 군은 청계천 헌책방과 안국동 고서점을 세 차례나 돌아서 결국 이 책을 되찾아왔다고 한다. 의지가 굳고 집념이 강한 성품의 일단을 엿볼 수 있는 일화로 생각한다. 이 책은 지금도 이 군의 서재 한가운데 꽂혀 있다고 한다.

이 군의 결혼식에 참석했을 때의 일을 나는 두고두고 잊지 못한다. 신부가 나까지 배려해서 결혼 예단으로 양복감 한 벌을 보냈을 뿐만 아니라 당일 식장에서는 혼주석에 따로 자리를 마련하여 우리 내외를 앉혔다. 부모의 예로 대하고자 하는 사려 깊은 배려로 생각하고 사양하지 못하였다.

이 군이 가끔 우리 집을 방문할 때면 기계와 연장을 다루는 데 매우 둔한 나를 대신해서 집안을 두루 점검해주기도 한다. 전구를 갈아 끼우거나 전기 콘센트를 수리해 주기도 하고 고장난 가구를 수선하기도 한다. 내가 실버타운으로 이사하던 날에는 허전해하는 내 마음을 읽고 멀리 대구에서 올라와 이사를 거들어 주기도 하였다. 새로 입주한 실버타운의 가구며 각종 설비를 꼼꼼히 점검해서 알뜰하게 손을 봐주었다. 먼 길을 떠난 아들이 돌아와 집안을 챙기듯 마음이 든든하고 흐뭇하였다. 이 군의 고명 아들인 석민 군도 아버지를 따라 사회학을 전공하고 있다. 나에게는 학문적으로나 인간적으로 손자가 되는 셈이라 내외가 함께 찾아오는 날에는 더욱 살가운 정을 느낀다.

이제 '석민이 아범'도 회갑을 지났다. 대학 신입생으로 만났는데 세월이 참 많이도 흘렀다. 그러나 아범 앞에는 아직도 해야 할 일들이 많이 남아 있으리라 생각한다. 쉼 없이 정진하여 더 많은 성취가 있기를 기원한다. 석민 군 또한 아버지의 뒤를 이어 훌륭한 사회학자로 성장하기를 축원한다.

제자들3 – 고려대 교수 안호용 군

안호용 군은 이창기 군의 뒤를 이어 원고의 정서와 교정, 자료 심부름, 현지조사 등의 일을 도맡아 해주었다. 특히 일지사에서 저서를 발간할 때는 교정과 색인 작업 등의 출판 관련 업무를 맡았는데, 일지사의 김유진 편집장은 안 군을 내 연구실 '제2대' 제자라고 불렀다. 이창기 군도 그랬지만, 나는 나의 학생들에게 내 '손때'가 묻기를 원했다. 도제식 교육이야말로 진정한 교육이라고 생각하는 것은 지금도 변함없다. 이런 의미에서 본다면 안 군은 나의 손때가 제대로 묻은 제자다.

1980년쯤으로 기억하는데, 나는 안 군을 어느 강의에서 '발견'하였다. 그날 수업은 나카네 지에(中根千枝)의『일본사회의 성격』을 읽고 요약·발표한 후 토론하는 형식이었는데, 단순한 요약을 넘어서 관련 참고문헌을 인용하고 나름의 비판까지 곁들여 발표하는 학생이 눈에 안 띌 리가 없었다. 나중에 알게 되었지만, 안 군은 가정 형편이 좋지 않았다. 부친을 일찍 여의고 편모슬하에서 공부했고, 처음에 지방의 모 대학에 합격했으나 형편이 좋지 않아 포기하였고, 고교 졸업 후 2년이 지나서 고려대에 입학하게 되었다고 한다. 입학 후에는 각종 아르바이트를 하여 등록금을 마련하였으나 이것도 어려워져서 1학년을 마친 후에는 군에 입대하였다고 한다. 그리고 내 눈에 띈 것은 군에서 제대한 후 3학년이 되었을 때이다.

이후 소소한 자료 복사 등의 심부름을 해주었고, 이내 이창기 군이 떠나 비어 있던 연구실 '조교 자리'로 들어오게 되었다. 당시에는 학교에서 배정해주는 연구조교가 따로 없었고, 교수가 개인적으로 학생을 연구실에 와서 공부하게 하는 것이 고작이었다. 안 군은 이때부터 내 연구실 문간에 놓인 '조교 자리'에 와서 공부하게 되었고, 내가 쓰는 논문을 정서하는 일부터 시작하여 자료를 정리하는 일을 배우게 했다.

나는 내 책의 서문에서 그 연구에 도움을 준 사람들에게 고마움을 표한 다음 자료정리 등을 도와준 학생들에게도 사의를 표하곤 했다. 지금 돌이켜보니 이창기 군의 이름은『한국농촌사회연구』(1975)와『제주도의 친족조직』(1979)에 보이고, 그 다음에 간행된『현대가족연구』(1982)부터는 안호용 군의 이름이 보인다.

『현대가족연구』에는 1968년에 '동족집단' 연구가 가장 이른 것이고, 1970년대에 수행된 관련 논문을 포함하여 1981년까지의 연구논문이 수록되었는데, 안 군은 이 가운데 후기의 연구 특히 가출, 미혼모, 이혼, 윤락여성 등의 연구를 도왔다. '이혼' 연구는 질문지를 사용한 표본 조사였으므로 안 군은 수집된 자료의 통계 처리를 도와주었다. 당시는 컴퓨터에 의한 통계 처리가 막 도입되던 시기여서 안 군이 통계 처리 과정을 배워가면서 어렵게 수행했던 기억이 난다. 나머지 가출, 미혼모, 윤락여성 연구는 내가 직접 조사를 한 것이 아니고, 기존의 연구보고들을 종합적으로 검토하는 성격이었기 때문에 자료를 종합하고 정리하는 훈련을 하기에 적합하였다. 1980년과 1981년은 안 군이 학부 3학년과 4학년 시절인데, 까다로운 나의 주문을 제법 잘 소화해냈던 것으로 기억한다.

그 이전에 안 군의 대학원 진학과 관련된 이야기를 좀 해야겠다. 1981년 가을에 진로에 대해 상담을 하였다. 나는 안 군에게 약혼자와 함께 오라고 하여 두 사람의 의견을 들었다. 안 군은 학업을 계속하고 싶지만 경제적인 여건이 좋지 않아 고민하고 있었다. 나는 안 군의 약혼자에게 두 사람이 결혼해서 안 군의 학업을 도와준다면 학자로서 성장할 수 있다고 말하고, 어렵겠지만 해볼 만하다고 말해 주었다. 이후 안 군은 1982년에 사회학과 대학원에 진학하였고, 그해 5월에 결혼하였다. 결혼식에는 이창기 군의 경우와 비슷하게 우리 부부를 초청했고, 우리는 기쁜 마음으로 초대에 응했다. 안 군은 학과 조교를 하여 장학금을 받기도 했으며, 여의치 않으면 내가 적극적으로 도왔다.

안 군은 대학원 석사과정에 다니면서 『한국가족제도사연구』(1983)를 간행할 때 원전대조·교정·색인 작성 등의 일을 맡아 주었다. 이후 박사 과정에 진학한 안 군은 『한국고대사회사방법론』(1987)과 『한국고대사회사연구』(1987) 간행 때도 후배들과 함께 교정과 색인 작업을 했다. 이러한 훈련을 착실하게 받은 결과 안 군은 『조선왕조실록』을 주 사료로 삼아서 조선전기의 사회사 분야 논문을 작성하여 1989년 2월에 박사학위를 받았다.

한편, 안 군이 박사과정에 있을 때인 1985~1988년 사이에 전북의 한 마을을 현지조사하여 1988년에 『한국농촌사회변동연구』로 묶어서 간행했는데, 이때 안 군은 이경형·송인하·김홍주 군 등과 함께 현지조사에 참여하고 자료를 정리하였으며, 저서의 간행 시에는 교정과 색인 작업 등을 도왔다. 이에 대해서는 뒤에서 김홍주 군에 대해 말할 때 다시 언급하겠다.

안 군은 1989년 2월에 박사학위를 받고 학교를 떠났고, 사실상 일본고대사 분야에 대해서는 훈련받지 못했지만 그 후에도 나의 일본고대사 연구에 작으나마 꾸준히 도움을 주었다. 『백제의 야마토왜와 일본화 과정』(1990), 『일본고대사연구비판』(1990), 『통일신라·발해와 일본의 관계』(1993), 『정창원 소장품과 통일신라』(1996) 등이 그것이다. 특히 『정창원 소장품과 통일신라』는 1996년 1월에 간행되었는데, 1995년 11월에 쓴 머리말에서 안호용 군에게 감사하다고 쓰지 않고 안호용 '교수'에게 감사하다고 쓸 수 있어서 매우 기뻤다. 안 군은 1995년 3월에 고려대 사회학과에 부임했던 것이다. 지금 생각해도 생각할수록 기쁘다. 이후에도 안 교수는 『고대한일불교관계사』(1998), 『고대한국과 일본열도』(2000), 『고대한일관계와 일본서기』(2001) 등을 간행할 때도 꾸준히 나를 도와주었다.

나는 내 연구 분야의 특성상 공동연구를 거의 하지 않았다. 따라서 공저 논문이 거의 없다. 그러나 예외적으로 안 군과 1편, 이창기 군과 1편의 공동논문이 있다. 이창기 군과의 공동논문은 고려대 민족문화연구소가 편찬한 『한국민속대관』(1980)에 수록한 「한국인의 친족생활」이라는 논문이다. 처음에는 단독논문이었으나, 이 책을 2000년에 『한국민속의 세계』로 개편하면서 제목을 『친족제도』로 바꾸어 수정 증보하는 과정에서 이 증보 작업을 이창기 교수가 담당하게 되어 공저로 수록하였던 것이다.

안 군과 공동작업한 논문은 1990년에 『한국사회사연구회논문집』 17호에 수록한 「신라 왕위계승의 계보인식과 정치세력 : 평화시의 정치세력이 왕위계승을 좌우할 수 있는가?」라는 논문이다. 여기는 내 기억에 남는 사람들 가운데 제자들에 관한 이야기를 하는 자리이지만, 이 논문에 대해서는 약간 상세히 설명할 필요가 있다. 나는 1983년에 「신라왕실의 왕위계승」(『역사학보』 98), 「신라왕실의 친족구조」(『동방학지』 35), 「신라왕실의 혼인제」(『한국사연구』 40) 등의 논문을 발표하였고 이후에도 이와 관련된 논문을 여러 편 발표하였다. 왕위계승과 관련하여 나는 신라에서 왕위를 계승한 사람은 아들, 딸, 친손, 외손, 사위 등 5종의 친족원에 한한다는 것을 밝힌 바 있다.

그런데 내가 왕위계승 또는 친족구조와 관련하여 '비단계'라고 말한 것을 오해하는 때도 있었고, 왕위계승에는 정치세력이 작용하는 것으로 혈연관계만으로 설명해서는 안 된다는 비판도 있었다. 이러한 상황에서 '평화시의 계승'에서 정치세력의 힘이 친족원리를 넘어서 작동할 수 있는가를 밝힐 필요가 있었고, 안 군이 '당대인의 계보인식'을 중심으로 하되, 직전 왕과의 계보가 아니라 몇 가지 확인 가능한 '계승 묶음'(예컨대 9~16대왕, 48~55대왕)을 추출하여 살펴보는 방법을 제안하였다. 나는 이러한 시각에서 분석한다면 이 문제에 대해 오해하거나 비판하는 사람들을 설득할 수 있겠다고 생각하여, 안 군이 이 부분의 분석을 담당하는 것으로 하여 공동작업을 한 것이다. 내 생각은 안 군이 이미 박사학위를 취득하였고, 또 공저를 발표함으로써 여러 사람에게 우리 관계를 알리고 싶기도 하였다. 그러나 이 논문이 발표된 후에 사학계에서는 아무 반응이 없었음을 밝혀둔다.

나는 1991년 8월에 정년퇴임을 했는데, 이때 서울대 이문웅 교수가 중심이 되어 정년퇴임기념논총을 만들어주었다. 이때도 안 군은 간행위원회 편집책임을 맡은 이문웅 교수를 도와 나의 연구연보를 정리해 주었고, 세종문화회관에서 열린 기념식 행사를 준비하고 원만히 진행되도록 힘써주었다. 나는 '행사'를 좋아하지 않아서, 내가 앞서서 행사를 열지는 않았다. 회갑을 그냥 넘기려다가 주위의 강압을 이기지 못하고 간단하게 치렀고, 지금 이야기한 정년퇴임 행사도 마지못해 했다. 그러나 한 가지 예외로 내가 자청해서 벌인 행사가 있었는데, 『일본고대사의 진실』(1998)이 간행되었을 때 이른바 '출판기념회'가 그것이다. 이 책은 내가 그동안 발표한 논문을 집대성한 연구서가 아니라 여러 연구 내용을 모아서 쉽게 풀어쓴 책이었기 때문에 이를 널리 알리고자 행사를 벌였던 것이다.

이때 행사의 주최는 고려대 사회학과와 한국사회사학회 명의를 빌렸으나, 실질적으로는 모든 일을 당시 고려대 교수가 되어 있던 안 군이 맡아 했다. 특히 행사의 사회를 보면서 "말로만 듣던 '위편삼절'을 실제로 보았다."라고 나를 추켜세웠던 일이 생각난다. 내가 일본고대사를 연구하면서 늘 보았던 이와나미쇼텐(岩波書店)판 『일본서기』의 표지 장정이 해져서 안 군이 다시 제본해준 일을 두고 말한 것이다. 또 『일본고대사의 진실』은 내가 쓴 것이 아니고 다른 사람이 쓴 책이라고 하여 청중을 잠시 놀라게 한 다음, 실제의 숨은 저자는 '사모님'이라고 말해서 아내가 워드프로세서로 정서해준 일에 간접적으로 감사를 표하는 센스를 보이기도 했다. 그러고 보니 정년 이후에는 내 원고를 정서해줄 학생이 없어서 애를 먹은 일이 새삼 생각난다. 정말 아무도 알아볼 수 없는 나의 악필 원고를 안 군은 척척 잘 읽어냈었다.

2007년부터는 그동안 발간된 책에 들어가지 못하고 여기저기 흩어져 있던 논문들을 묶어서 책으로 간행하는 일, 즉 마지막(?) 정리 작업을 했는데, 잘 진척되지 않고 있었다. 한국학중앙연구원의 김창겸 선생이 주선해서 경인문화사에서 출판하기로 했는데, 마침 2009년에 연구년을 맞아서 여유가 있었던 안 군이 이 일을 도맡아 주었다. 그 결과 2009년에는 『한국사회사의 탐구』와 『한국의 가족과 사회』, 두 권의 책이 간행되었고 2010년에는 『일본고대사의 진실』(수정증보판), 『고대한일관계사 연구 비판』, 『고대한일관계사 연구』 등이 간행될 수 있었다. 그 고마움을 무어라 말로 다 표현하기 어렵다.

이렇게 쓰다 보니, 안호용 군과는 내 연구와 관련된 일만 있었던 것 같은 인상을 줄지 모르겠다. 그러나 실제로는 연구 이외에도 안 군은 여러모로 나를 도와주었다. 연구와 관련된 일이야 나를 도와주면서 자기도 공부가 되니 그래도 괜찮겠지만, 그 밖의 일들은 정말로 모두 내가 신세만 지는 꼴이다. 명절 때마다 내가 쓸쓸할까 염려하여 부부가 함께 찾아오고, 어린 딸에게 꽃을 들려서 '할아버지 선생님'에게 인사시키고, 스승의 날을 챙기고, 나도 곧잘 잊고 지내는 내 생일까지 기억해주는 등, 일일이 열거하기 어려울 정도이다.

마지막으로 '대모산악회'에 대하여는 한마디 안 할 수가 없다. 안 군은 1998년 무렵에 일원동으로 이사를 왔는데 당시 내가 살던 집에서 아주 가까운 거리였다. 2주일에 한 번씩 안 군 가족, 이숭원 교수 가족, 우리 내외가 모두 대모산을 등반하고 함께 점심을 먹던 일이 그립다. 그때 나는 자의 반 타의 반으로 '대모산악회'의 회장이었다. 그때 그 어리고 귀엽던 안 군의 딸 예진 양이 영국에 교환학생으로 갔다 와서, 벌써 대학을 졸업했다고 하니 정말로 대견하다. 안 군의 가족 모두 행복하기를 바란다.

제자들4 – 원광대 교수 김흥주 군

1984년 2학기. 언제나 그러하듯 2학기 강의시간표엔 농촌사회학이 있었다. 지금은 퇴락한 한국의 농촌만큼이나 농촌사회학 교과목이 대학에서 사라지고 있지만, 당시만 해도 농촌과 농업 문제에 대한 학생들의 관심이 대단하여 80명 규모의 문과대학 강의실에 수강생들이 꽉 차 있었다.

농촌사회학은 전공과목이기에 중간고사 이전에는 강의를 했지만 이후에는 학생들의 발표수업으로 진행하였다. 하지만, 학부생들의 발표수업이기에 교재인 『한국농촌사회연구』(일지사, 1975) 내용을 요약하는 수준의 발표가 대부분이었다.

발표수업이 한창이던 11월 초순. 그날은 지주소작관계 실태에 대한 발표가 있던 날이었다. 농촌의 계층관계를 가장 잘 보여주는 주제이기에 교재 내용과 다르게 과거와 다른 최근의 농지 임대차에 대한 내용을 보강해주리라 생각하고 강의실에 들어갔다. 그러나 발표학생이 나누어준 발표자료를 본 순간 나는 눈이 휘둥그레졌다.

교재 내용과 별개로 전라북도의 한 마을에서 이루어지고 있었던 농지임대차 관계가 소상하게 조사되어 있었던 것이다. 그것도 단순히 실태파악만이 아니라 일제하의 종속적 지주소작 관계와는 다른 평등한 임대차 관계 특징을 현지조사 자료를 통해 검증하고 있었다. 내가 평소에 그렇게 강조하던 현지조사, 실태파악에 근거한 비교연구를 대학원생도 아닌 학부 2학년생이 시도하고 있었던 것이다.

더욱 놀라운 것은 학부생답지 않은 전문적이고 열정 어린 발표였다. 또랑또랑한 목소리로 80명 수강생을 휘어잡고 있었으며, 현지자료를 활용하여 자신 있게 농촌 현실과 문제를 학생들에게 알려주고 있었다. 그것은 다른 학생들의 학점용 발표와는 수준이 다른 전문가의 '특강'이라고 해도 무방할 정도였다.

그 발표 학생이 바로 지금은 원광대 사회복지학과 교수로 있는 김홍주 군이다. 학문에 대한 열정과 소신이 눈에 띄는 학생이었다.

김홍주 군과의 만남은 1975년『한국농촌사회연구』로 일단락을 맺은 농촌사회에 대한 연구 열정을 일깨워주었다. 1980년대 대규모 이농으로 말미암아 농촌사회의 구조가 어떻게 변동하고 있는지에 대한 관심이 증폭된 것이다. 하지만, 김 군은 당시 학부 2학년생이어서 연구 보조원으로 활용하기에는 부족한 부분이 너무 많았다.

무엇보다 현지조사와 자료정리 능력을 키우는 것이 우선이었다. 그래서 학부생으로는 파격적으로 연구실에 상주하게 하고, 당시 대학원생들에게 체계적인 교육을 받도록 하였다. 김 군은 수업 열정만큼이나 학문적 관심이나 농촌에 대한 애정이 뛰어난 학생이었다. 1년 후 김 군은 아주 훌륭한 연구보조원으로 성장해 있었다.

1985년 겨울. 오랫동안 구상한 농촌사회변동연구에 착수하였다. 내용은 가장 일반적인 농촌 마을에서 대규모 이농으로 말미암아 인구 구조가 변화함에 따라 가족, 친족, 조직, 계층, 생산관계 등이 어떻게 변화하고 있는가를 파악하는 것이었다. 현지조사 대상은 당연히 김 군의 고향 마을인 전라북도 임실군 삼계면 D부락이었다.

조사는 2년 동안이나 진행되었다. 방학이면 김 군을 비롯한 대학원생 3명이 마을에 상주하면서 자료를 수집하였으며, 학기 중에는 김 군이 수시로 오르내리면서 자료를 보완하였다. 그렇게 해서 발간된 연구서가『한국농촌사회변동연구』(일지사, 1987)였다.

해방 이후 1960년대 초반까지 초기 한국사회학의 주축을 이룬 것은 농촌사회학이었다. 유학파든 국내파든 대부분 사회학자가 농촌을 연구하였으며, 이를 통해 한국사회 고유의 특징을 파악하고자 하였다. 그러나 1960년대 중반 이후 농촌의 쇠락과 더불어 사회학자의 학문적 관심이 자연스럽게 근대, 도시, 산업 쪽으로 바뀌게 되면서 농촌사회학은 주변 학문으로 밀리게 되었다.

1980년대에는 진보학문의 등장으로 농촌사회학의 위치가 더욱 열악해졌다. 전공자는 줄어들고 교과목 편성도 어려울 지경이었다. 이런 상황에서 농촌사회학의 학문적 정체성을 확립하기 위한 진지한 시도가 바로 한국농촌사회학회를 설립하는 것이었다. 지금은 작고한 홍동식 교수와 서울대 명예교수인 김일철 교수가 주도하여 1990년 3월에 창립한 한국농촌사회학회에서 나는 영광스럽게도 초대 회장에 추대되었다.

1년 동안 회장직을 수행하면서 가장 기억에 남는 것은 학회지『농촌사회』의 창간이었다. 다음의 창간사는 당시 소회를 잘 보여주고 있다.

> 오늘날 농촌사회학이 설 땅을 상실하였거나 그 이론적 실천적 과제가 사라진 것은 아니다. 오히려 최근 농촌사회의 제반 문제가 점차 누적되어가고 있다는 일반의 인식이 고조되고 있어서 그만큼 농촌사회학적인 연구과제가 산적되고 있다. 따라서 철저히 '쟁이' 정신을 가진 농촌사회학자들의 내적 성찰과 노력이 그 어느 때보다도 필요한 시기임은 재론의 여지가 없을 것이다. -『농촌사회』, 창간호, 3쪽

김 군은 내가 초대 회장직을 수행할 때 총무간사를 맡아 초창기 학회의 궂은일을 도맡아 했다. 그래서 많은 교수가 '이사급' 간사라고 칭찬을 아끼지 않았다. 더 놀라운 것은 창간사의 '쟁이' 정신을 몸소 실천하려는 노력이었다. 1994년 통과된 박사학위 논문은 김 군의 '쟁이' 정신을 그대로 보여준 것이었다. 철저한 현지조사를 바탕으로 농촌가족

의 해체 과정을 역동적으로 추적한 논문은 그해 최고의 박사학위 논문으로 고려대 대학원 신문에 소개될 정도였다. 김 군은 지금도 한국농촌사회학회의 중진 연구자로 핵심적인 구실을 하고 있다.

김 군은 1994년 박사학위 취득 이후 오랫동안 학교에 자리를 잡지 못하였다. 호구지책으로 한국청년회의소에서 설립한 민간 연구기관에서 책임자로 자리를 잡고는 있었지만, 나의 마음 한편으로는 언제나 김 군이 학교에 전임으로 가지 못하는 것이 아쉬움으로 남아 있었다. 이러한 김 군에게 새로운 기회를 준 것은 사회학과가 아니라 사회복지학과였다. 박사학위 취득 이후 10년 만인 2005년에 원광대 사회복지학과에 자리를 잡은 것이다. 이러한 기회를 잡기까지 김 군의 연구 열정과 노력은 집요하다고 말할 정도였다.

비록 전공학과는 아니지만 대학으로의 진입은 김흥주 교수는 말할 것도 없고, 나에게도 감격 이상이었다. 전문 연구자로 거듭날 기회를 잡은 것이다. 김흥주 교수는 지금 새로운 도전을 하고 있다. 그동안의 전문적인 농촌사회 연구를 사회복지학에 접맥시키고자 하는 도전이다. 만날 때마다 김흥주 교수는 현실의 어려움보다 도전의 즐거움과 이에 대한 열정과 미래를 이야기한다. 농촌 '사회학' 연구자로서 포부를 이야기한다. 이러한 연구쟁이를 곁에서 지켜보는 것도 나의 또 다른 즐거움이다.

제자들5 - 진명여고 교사 지만수 군

지만수 군과의 만남은 1984년 학년 초 어느 날 지만수 군이 고대교우회 장학금을 신청하러 당시 학과장이던 내 연구실을 찾아옴으로써 시작되었다. 이 첫 만남을 시작으로 그 후 지만수 군은 내 연구실에 자주 들렀고 지금까지 좋은 인연을 맺고 있다. 두 번째 만남에서 나는 지만수 군이 어떤 학생인지 알게 되었고 관심을 두게 되었다. 그때 지만수 군은 학문하려면 어떻게 공부를 해야 하는지 물었다.

학문연구를 해보겠다는 학생이 나타나서 가르침을 구하기에 나는 기쁨과 관심을 갖고 학문연구 자세와 방식에 대해 몇 가지를 말해주었다. 첫째, 학문연구를 하는 사람은 돈이나 명예 등 다른 것들에 신경 쓰지 말고 오로지 공부에 몰두할 수 있어야 한다. 둘째, 내 연구실에 자주 들러 내가 어떻게 연구하는지 몸소 보고 배워라. 도제식 공부 방법이야말로 연구방법을 전수받는 최고의 방법이다. 셋째, 넓고 얕게가 아니라 좁고 깊게 공부하라. 자기 연구영역 밖의 것은 넓고 얕게 하되 전공 분야는 좁고 깊게 공부해야 한다는 것 등을 일러주었다. 그리고 지만수 군과 이런저런 대화를 통해 지만수 군이 다른 학생들과는 달리 좀 특수한 상황에서 대학에 진학했고 어려운 환경 속에서 열심히 공부하려고 하는 좀 특이한 학생이라는 것을 알고 상당히 강렬한 인상을 받았다.

지만수 군은 공업고등학교를 나와 대학 입시에 실패하고 군 복무 3년을 마친 후 다시 공부하여 고려대 사회학과에 들어온 학생이었다. 부모님은 전북 부안에서 농사를 짓고 서울에 있는 작은형 집 다락방에서 학원에 다니면서 열심히 공부하여 대학에 진학하였고, 대학 진학 후에는 사설 독서실에서 생활하면서 학교에 다니고 있었다. 학비를 스스로 벌면서 힘들게 공부하고 있었는데 지만수 군의 학비 마련 방식은 좀 특이하였다. 대학에서 학생회 주최로 개설되는 각종 어학특강 강좌의 하나로 영어 구문학 강좌를 개설하여 고려대 학생들에게 강의하여 학비를 벌고 있었다. 외부 유명 강사들이 하던 어학 강좌를 학생이 개설하여 동료 학생들에게 강의하는 것은 전례없는 일이었다. 영문과 학생도 아닌 사회학과 학생이 강의하는 것을 안 수강생들은 놀라움을 금치 못했다. 정규 교과는 아니었지만 아마 이후에도 학생이 과목을 개설하여 동료 학생이나 대학원생들을 대상으로 강의한 경우는 없을 것이다. 지만수 군은 힘들게 사회학과를 졸업하고 사범대학 영어교육과에 재입학하여 영어교육을 복수 전공하였다. 지만수 군은 영어의 효율적인 교수학습 방법에 많은 관심을 갖고 연구하고 있는데, 영어는 위치에 따라 의미가 달라지는 위치중심어이고 우리말은 토씨에 따라 의미가 달라지는 토씨중심어라고 한다. 그래서 우리말과 영어의 특성을 알고 공통점과 차이점을 비교 분석해서 공부하면 아주 효율적으로 영어의 근본 틀인 구조를 쉽게 터득할 수 있다고 한다. 독창적이고 상당히 효율적인 교수법인 것 같다.

지만수 군은 현재 진명여고 교사로 재직 중이다. 학급 학생들을 지도하는 기본 원칙은 '자율'이라고 한다. 교사의 제재를 최소화하고 학생들의 자율 범위를 최대화하는 것이다. 규칙이 많으면 학생들이 지키기 어려워질 뿐만 아니라 소홀해지기 쉬우므로 꼭 필요한 것만 요구하고 나머지는 자율적으로 하도록 하는 것이 효율적이란다.

그래서 자기 자신을 자신이 사랑하고 자신에 대해 자부를 하고 있어야 제대로 된 사람이라는 생각에서 이름표를 꼭 달도록 교육하고 있고, 학습 환경이 쾌적해야 학습 능률이 오를 것으로 생각해서 청소를 아주 깨끗이 시키고 주변 쓰레기를 책임지고 줍도록 하며, 선생님이 교실에 들어오면 곧바로 수업을 시작할 수 있도록 수업종이 울리면 바로 자리에 앉도록 지도하고, 다른 사람에게 피해를 주는 일이 없도록 교육한다는 것이다.

이러한 규칙을 지키도록 유도하는 방법의 하나는 양심법이라고 한다. 자신의 양심에 비추어 자신이 이러한 규칙을 제대로 지켰는지 점검함으로써 학생들 스스로 규칙을 지키도록 이끌어 나간다고 한다. 또 하나는 계속 규칙을 어기고 말썽을 부리는 학생은 자기가 행한 일을 자필로 쓰게 한 다음 부모님에게 보여드리고 부모님의 소견을 받아오도록 하여 부모님의 뜻에 따라 지도해 주는 방식이다.

요즘은 초등학생들도 대부분 휴대전화를 갖고 다니는데 지만수 선생은 휴대전화가 학생들의 학습활동에 아무 도움이 안 되고 오히려 방해만 된다고 판단하여 처음에는 휴대전화를 학교에 일체 가져오지 못하게 했다고 한다. 그런데 전면 금지에 대한 불만이 있는 학부모와 학생들의 의견을 반영하여 3년 전부터는 학교에 가지고 오는 것은 허용하되 학교에서의 사용은 일체 금하고 휴대전화 전원을 꺼서 사물함이나 가방 속에 집어넣어 두었다가 방과 후에 사용할 수 있도록 변경하여 시행하고 있다고 한다.

그런데 2008년 12월 5일자 「중앙일보」에 "일본 오사카부가 내년 3월부터 초·중학생들이 휴대전화를 갖고 등교하는 것을 금지하기로 했다. 고교생에 대해선 반입을 허용하되 교내 사용을 금지한다. 일본에선 학교장 재량으로 휴대전화 소지 등교를 금지하는 경우가 많지만, 광역 자치단체 교육위원회가 일괄적으로 이 같은 조치를 한 것은 처음이라고 일본 언론들이 4일 보도했다."라는 기사가 실린 것을 보았다. 오사카의 휴대전화 사용금지 결정보다 지만수 선생은 훨씬 앞선 교육을 한 것이다. 그리고 좌석 배정은 자율적으로 매일 자기가 앉고 싶은 자리에 앉도록 하고 있는데 공부를 열심히 하려는 학생은 일찍 와서 좋은 자리에 앉고 공부에 관심이 적은 학생들은 뒤쪽이나 구석자리에 앉는다고 한다. 공부에 관심이 없는 학생보다 공부에 열의가 있는 학생이 좋은 자리에 앉아서 공부하는 것이 전체적 관점에서 보았을 때 더 효율적이기 때문이라고 한다.

그리고 진명여고 뒤뜰에 텃밭을 일구어 10년째 가꾸고 있는데, 방과 후 틈틈이 시간을 내어 상추, 케일, 청경채, 적겨자, 비타민채, 치커리, 고추, 어성초 따위를 길러서 학생들에게 자연학습장을 제공하고 있단다. 소박하고 인간미 넘치는 성격이 이러한 것에도 관심을 두게 한 것 같다. 상담을 하러 온 학부모에게 유기농 상추를 한 봉지 따드리면 학교에 왔다가 이런 것을 얻어가는 특별한 경험을 한다고 아주 좋아하거나, 이 상추로 삼겹살 파티를 한 학생들이 입에서 살살 녹는 듯한 부드럽고 싱싱한 상추 맛을 못 잊을 것 같다고 좋아할 때 뿌듯하단다. 학교 뒤뜰의 공간을 활용하여 정서가 메마른 도회의 학생들에게 자연과 생명의 소중함을 일깨우는 데 조금이나마 도움이 될 수 있어 좋다고 한다. 그래서 그런지 지만수 선생은 늘 밝고 활기차고 순박해 보인다. 이러한 지만수 선생의 모습을 본 학생들이 지만수 선생에게 '자연인'이라는 별명을 붙여 주기도 하였다고 한다.

나는 지만수 군에게 옛날에 '질경이'라는 별명을 붙여준 적이 있다. 역경에도 굴하지 않고 꿋꿋하게 성실히 살아가던 지만수 군을 보고 시골 길가에서 지나다니는 사람들에게 무수히 짓밟혀도 끈질기게 일어서서 생명을 유지해 나가는 강인한 질경이가 떠올랐던 것이다. 이러한 지만수 선생은, 고난과 역경 속에서 학문에 미쳐 몰두하게 된 나의 일면과 상통하는 것 같아 나는 지만수 선생을 좋아한다.

고려대 안암산우회 사람들

나는 1965년부터 2004년까지 36년 간 고려대 산악회인 안암산우회가 주최하는 산행에 동참하여 내일을 위한 재충전을 하였으므로 아무래도 안암산우회 이야기를 해야겠다. 1968년부터의 지속적인 논문 발표는 거의 모두 여기서 단련된 체력이 뒷받침되었기에 가능했을 것이다. 회원들과 산을 오르내리면서 여러 시간 심신을 단련함과 동시에 산의 정기를 받은 것이 수십 년이 되었으니 적어도 끈기가 생기지 않을 수 없었을 것이다.

고려대는 격주 일요일마다 등산하는 그룹과 낚시하는 그룹의 두 그룹이 있다. 두 그룹 모두 1960년대 중반에 조직된 것으로 알고 있다. 이 두 그룹은 학내에 존재하는 바둑이나 그 밖의 오락 그룹과는 달리 각각 교수와 직원으로 구성되어 있어서 교수와 직원 간의 친목을 도모하는 데 적지 않은 공헌을 하고 있다. 특히 등산은 심신단련과 고난을 통한 친목의 덕목을 함양하고 있는 것으로 알려졌다.

아마 1968년이었을 것이다. 나는 두 그룹 가운데 어디에 가입할 것인지 약간 주저하고 있었다. 그러던 차에 산우회의 한 회원의 다음과 같은 한마디에 산우회에 가입하기로 마음을 굳혔다. 즉 낚시회는 보통 새벽 4시쯤 집을 떠나 집합장소에 나가므로 한두 달 후부터는 집 식구도 내다보지 않을 뿐만 아니라 아침밥을 먹지 못하는 일이 다반사이고 또 종일 한자리에 눌러앉아 몸을 움직이지 않고 낚시찌만 바라보기 때문에 운동이 거의 되지 않는다는 것이다.

그런데 당시 낚시회(나는 낚시회의 정식 명칭을 모르고 있다) 회원은 인산인해를 이루었다고 한다. 당시 총장이던 김상협 씨가 낚시회에 자주 참여하기 때문이라는 것이었다. 대학 사회도 일반 사회와 똑같다는 것을 그때 알았다. 김 총장이 낚시회를 떠나자 회원 수가 급감한 것은 물론이다. 교수들이 연구업적보다 보직에 더 관심 있는 것은 이런 현상에도 나타나 있다고 하겠다.

나는 산우회(안암산우회)의 회원이 되어 열심히 산행에 동참하려고 노력하였다. 그러나 처음에는 체력이 달려 상당기간 안암산우회에 나가지 않고 아내와 둘이서 근거리의 낮은 산을 타기도 하였다. 이리하여 기초체력을 어느 정도 다진 후에야 다시 안암산우회 등반에 합류하였다. 기초체력의 저하와 관련하여 기억나는 사건이 하나 있다. 산행지는 거의 평지 수준의 남한산성이었던 것으로 기억한다. 집에서 만들어 준 '주먹밥'을 뒤춤에 차고, 주로 논두렁을 일렬로 행진하는 무리에 끼어 행진하였으나 꽁무니의 주먹밥이 덜렁대어 보행에 여간 불편하지 않았다. 당시 나는 아직 배낭을 준비하지 않았었다. 옆에서 이 광경을 본 사학과의 강만길 교수가 나의 주먹밥을 받아서 자신의 배낭에 넣어주었다. 그때 나는 짐도 없이 맨손으로 보행하는데도 힘이 드는데 어떻게 남의 짐까지 받아서 보행할 수 있는가, 정말 체력이 대단하구나, 하고 감탄했었다.

　안암산우회 이야기를 하면 철학과의 박희성 교수님 이야기를 하지 않을 수 없다. 박 선생님은 한국인으로는 최초로 미국에서 서양철학으로 학위를 따신 분으로 알려져 있으며 백발이 성성한 안암산우회 최고 연장자이시다. 법과대학의 '재주꾼'이신 이항녕 교수님이 박 교수님의 별명을 '호메이니 옹'으로 붙인 후 안암산우회에서 이야기를 할 때는 보통 호메이니 옹이라 칭한다. 박희성 선생님은 안암산우회 내의 공식 직함이 없으면서도 안암산우회를 좌지우지한다고 하여 이항녕 교수님이 호메이니 옹이란 닉네임을 붙인 것이다. 호메이니 옹은 나도 좋아하신 것 같다. '호 옹'은 점심 때 종종 이 사람 저 사람의 집에서 싸온 점심 반찬을 기웃거리시는데 이 점이 그분의 매력으로 느껴졌다. 호 옹이 나의 점심 도시락 반찬이 당신 입맛에 맞는다고 하실 때는 즐겁기도 하였다.

　안암산우회는 대개는 당일치기로 서울 근교의 산행을 하지만 1년에 몇 번씩은 1박2일 코스로 남한의 유명한 산을 등반하기도 했다. 그러다 보니 남한의 유명한 산은 거의 모두 등정하게 되고, 이렇게 해를 거듭하고 보면 이름 있는 산을 여러 번 등산하게 된다. 그리고 몇 년마다 외국 원정도 가게 되는데 동남아, 일본, 중국의 산들을 등산하기도 한다. 그 가운데 가장 기억에 남는 산은 백두산과 대만의 옥산(玉山·新高山)이다. 대만의 옥산 등반은 1984년 12월에, 백두산 등반은 1991년에 행해졌던 것으로 기억하고 있다. 한중수교는 1992년에 이루어졌지만 그 1년 전인 1991년에 우리는 노태우 대통령의 오른팔이었던 박철언 씨의 도움으로 백두산 등반을 할 수 있었다.

1984년의 해발 4,000m인 대만의 옥산 등반은 나의 첫 외국 등반이었다. 그런데 유난히 추위를 타는 나에게 대만 여행은 꿈 같은 여행이었다. 혹한의 서울을 떠난 지 한두 시간 후 타이베이 국제공항을 빠져나온 나를 맞이한 첫 손님은 훨훨 나는 나비였다. 책 속이 아니라 실제로 이런 생생한 경험을 하니 꿈만 같았고, 지금도 그때의 일을 기억하고 있다.

또 같은 대학의 교수였으면서도 그전까지는 잘 알지도 못하였던 생물학과의 이영록 교수, 수학교육과의 심재웅 교수, 물리학과의 김종오 교수, 생물학과의 이석우 교수, 불문학과의 허문강 교수, 정치외교학과의 한승조 교수 등과도 우의를 돈독하게 하였는데, 이 또한 안암산우회가 나에게 준 선물의 하나라 하겠다.

1968년부터 2004년까지 36년 간 안암산우회의 등산에 동참하였다. 1991년에 정년을 맞이하였으니 정년 후 13년 동안 산행을 한 셈이다. 2004년 79세가 되던 해에 안암산우회와 작별하였는데, 그 5년 전에 안암산우회를 작별한 심리학과의 전용신 교수의 예를 따른 것이다. 80대 중반까지 논문을 쓸 수 있는 기초체력은 아마도 안암산우회에서 길러진 것이 아닌가 한다. 수십 년 동안 밥상만 받으면 하품을 하던 내가 수 시간 산속을 돌아다니다 먹은 점심 한 끼는 꿀맛 같았으니 이것만으로 체력이 유지되는 것 같았다.

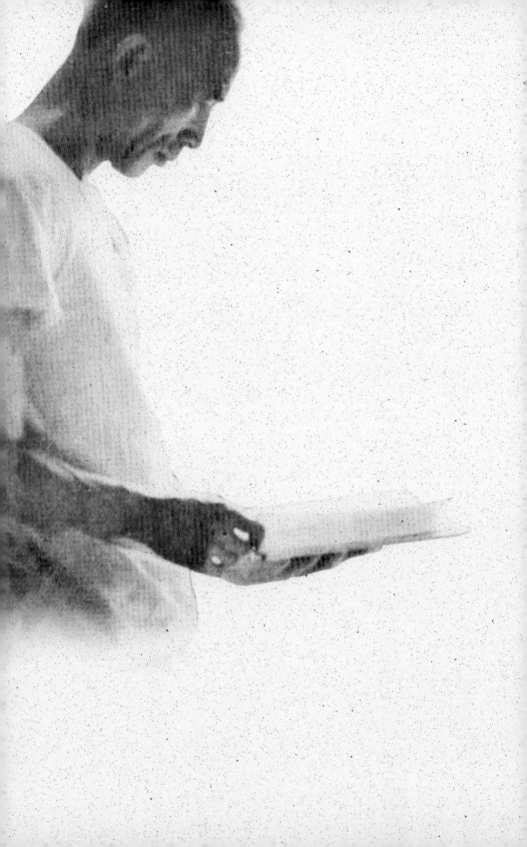

IV

역경의 행운1

사대주의와 편견으로 가득한 학계의 풍토

파렴치한 표절 교수 도이힐러와 한국 학계의 사대주의

나는 1966년부터 1983년까지 17년에 걸쳐 한국 가족제도에 대하여 연구한 23편의 논문을 모아 784쪽 분량의 『한국가족제도사연구』라는 저서를 1983년 일지사에서 간행한 바 있다.

그런데 난데없이 영국의 대학교수 마르티나 도이힐러(Martina Deuchler)가 나의 책을 송두리째 베껴 1992년 미국 하버드대학에서 『The Confucian Transformation of Korea(한국사회의 유교적 변환)』라는 책을 출판하였으므로 세계의 학계는 도이힐러를 한국가족제도사를 체계적으로 연구한 최초의 학자로 인식할 것이다. 그리고 독서를 잘하지 않는 국내의 사학계 인사들도 유사한 인식을 할 것이다.

나의 저서를 읽지 않고 도이힐러의 저서만 읽은 한국 사람은 한국가족사 연구는 한국인이 아니라 서구의 학자가 한 것이라고 단정하게 될 것이다. 그런데 실제로 그런 일이 일어났다.

도이힐러 씨는 내 책을 표절하여 출판한 저서로 1993년에는 '장지연상'을, 2001년에는 '용재학술상'을 수상하였다. 또 도이힐러의 책이 내 책을 표절한 줄도 모르고 번역한 동아대의 이훈상 교수조차도 그의 번역 책에서 "실제로 한국의 친족과 사회, 그리고 사상과의 관계에 대한 설득력 있는 담론들과 주요 연구 성과들은 주로 한국 밖의 연구자들에게서 나오는 것이 현실이다."라고 말함과 동시에 "연구의 지체가 가져온 또 다른 문제는 가족제도 등이 급격한 변동을 겪는 현재의 한국사회에서 한국사 연구자들이 더 이상 새로운 대안 담론을 만들어 가는 입장에 있지 않다는 사실에 있다. 그리하여 호주제의 폐지나 여아 낙태 등 여성 문제와 관련된 현실적인 사안에 있어서도 그 불합리성에 대한 역사적 근거 역시 주로 서구의 한국사 연구자들의 성과에 힘입었음을 상기하지 않을 수 없다(pp. 478~479)"고 주장하고 있다.

한편, 경북대 사학과의 권연웅 교수는 동아대의 이훈상 교수보다 한 술 더 떠서 폄훼할 정도로 나를 평하고 있다. 즉 권 교수는 2004년 2월 23일자 『교수신문』에서 다음과 같이 주장한다. 도이힐러 교수에 대하여는 "사료와 기왕의 연구에 대한 철저한 검증"을 수반한 "체계적인 연구 방법"을 하였다고 높게 평가하면서도, 국내 학자에 대하여는 예를 들어 가족제도 같은 주제에는 별로 관심이 없으며 소수 연구자가 관심이 있었지만 대개 단편적이고 체계적이지 못하였다고 평했다. 특히 나에 대해 언급하면서 그 연구는 "해방 직후에 김두헌이 간행한 『조선가족제도연구』의 수준을 크게 넘지 못했다."라고 평을 하였다. 권 교수도 앞에 언급한 나의 저서 『한국가족제도사연구』를 읽었다면 나의 저서에 대하여 이런 식의 사대주의적인 평은 하지 않았을 것이다.

한국 사학자들이 도이힐러의 저서가 최재석의 저서를 송두리째 표절한 것인 줄도 모르고 그의 저서를 극찬한 것은 국내 저서는 읽지도 않으면서도 서양 학자가 한국 학자보다 앞서 있다는 사대주의적인 인식에 기인하는 것이다. 자기 나라 학자의 연구물을 송두리째 베낀 외국인의 책을 최고의 저서로 인식함과 동시에 표절당한 자기 나라 학자를 폄훼까지는 하지 않더라도 격하시키는 나라가 세상에 한국 말고 또 어디에 있는가?

도이힐러가 어떻게 어떤 식으로 최재석의 저서를 표절하였는지에 대하여는 한국사회사학회의 『사회와 역사』 67호(2005)에 상세하게 언급되어 있으므로 여기서 재론하지 않기로 한다.

같은 결론을 내리고도 오히려 나를 비판한 서울대 이 모 교수

나는 『한국학보』 5호에서 「한국가족연구의 기본적 태도: 이광규 교수의 학문 태도 비판」이라는 제목으로 이광규 교수를 비판의 태도, 학술용어의 문제, 논리의 일관성, 기발표 자료의 이용, 남의 글과 자신의 글 등으로 나누어 비판한 바 있지만, 여기서는 지면 관계로 학술용어의 문제와 남의 글과 자신의 글, 두 항목에 대해서만 언급하고자 한다.

학술용어의 문제

이광규 교수는 자신이 전공한다고 자칭하는 사회인류학에 대하여는 전혀 이것을 문제 삼지 않고 다만 자기 연구 분야가 아닌 사회학과 사회학자에 대하여 시종 상식으로서는 생각할 수 없는 부당한 비평을 가해왔다. 그러나 그렇다고 해서 나도 그러한 종류의 비평을 가할 생각은 없고 또 사실 그러한 비평은 용납될 수 없다. 다만, 여기서 문제 삼고 싶은 것은 이광규 교수 개인의 학술용어 사용과 논리의 일관성 결여다. 이러한 것을 여기서 문제 삼는 것은 이러한 것(학술용어의 사용과 논리의 일관성 문제)이 나와 가족연구자에게 가해진 부당한 비평을 해명하는 데 관련이 되고 또 이런 비평을 한 사람 자신에게 도움이 되기 때문이다.

학문을 안다 모른다, 또는 옳고 그르다 하는 것 이전에 자기가 말하고자 하는 용어의 정의나 논리의 일관성은 있어야 할 것으로 안다. 이 교수는 '백골양자(白骨養子)', '수양자(收養子)', '시양자(侍養子)'에 대하여 한국학계에서 통용되는 것과는 다른 의미를 부여하고 있다. 만일 그러한 것이 가능하다 하더라도 그때에는 적어도 거기에 대한 설명이 있어야 하는 것이 상식이다. 또 이 교수는 외국의 사회적 역사적인 사실에서 연유된 개념인 '가독(家督)', '은거(隱居)', '교령권(敎令權)'과 같은 용어를 우리나라 사회에 기계적으로 적용시키려고 한다. 우선 백골양자부터 알아보자.

백골양자

백골양자(白骨養子)란 양자할 자가 없는 경우 부득이 사망한 소목 상당자(昭穆相當者)의 자(孫行者)로 하여금 계후케 하는데 이때 이 사망한 사람을 계후자(繼後者)로 간주하는 것이다(『조선제사상속법서설』, p. 613 ; pp. 617~618, 『관습조사보고서』, p. 323, 『이조의 재산상속법』, p.221).

그런데 이광규 교수는 "본관과 성은 알고 있으면서 어떤 사정으로 족보에 그 조상이 게재되어 있지 않은 경우 일족과 당사자가 이야기하여 당사자가 기억하고 있는 조상(보통 2, 3대)마다 묶어서 족보에 끊어져 있는 곳의 자손으로 연결하며 그 제사를 하는 자를 백골양자라 칭하고 있다."라고 하여 일반인이 사용하고 있는 것과는 다른 의미를 백골양자에 부여하고 있다.

수양자와 시양자

이광규 교수는 또 수양자(收養子)와 시양자(侍養子)에 대하여도 다음과 같이 말하여 일반이 사용하는 내용(예를 들면 박병호, 『한국법제사고』, 『한국의 법』; 김두헌, 『조선가족제도사연구』; 조선총독부, 『조선제사상속법서설』 등의 양자란 참조)과 달리하고 있다.

> 수양자는 3세 이전의 유아로서 고아(孤兒)나 기아(棄兒)로 그 부모를 모르는 자를 자기와 자기의 형제 가운데 양자할 자가 없을 때 이것을 양자로 하여 성을 주고 후계자로 한다(1973e: 36).
> 수양자는 가족을 계승하려는 목적이 아니라 양육 또는 의리에 의한 것이다(1975a: 255).
> 아들이 없어 가계를 계승시키지 못하는 사람이 가계를 계승하고자 타가의 사람을 양자로 맞이하는 것을 시양자라 한다(1975a: 255).

> 이상 한국의 양자제도를 다시 한 번 종합해보면 친부모·생부모가 아닌 사람을 부모로 하는 넓은 의미의 양자에 네 가지가 있다. 첫째 개구멍받이라 부르는 수양자가 있고, 둘째 장수를 위한 수양자가 있고, 셋째 봉사(奉祀)를 위한 시양자가 있고, 넷째 노후를 위한 데릴사위가 있다. 가족제도에서 양자라 하면 셋째 번에 열거한 시양자를 말한다. 시양자는 한정조건이 많아 좁은 범위의 친족 내에서 이루어지고 세대원리(世代原理)가 준수된다. 양자의 목적은 봉사가 제일이며 노후의 시종을 위하는 것이 제2의 목적이라 하겠다(1975a: 258).

위에 나타나 있는 바와 같이 수양자가 가계계승을 위한 양자라 하기도 하였다가 또 아니라고 하기도 하였다. 그것보다도 이성양자(異姓養

子)인 시양자와 가계계승을 하는 동종(동성동본)양자를 동일시하고 있는 것을 지적하고 싶다. 솔직히 말하면 동종양자를 몰라서 그러는 것인지 또는 시양자에 동종양자의 개념을 부가시키기 때문에 그러는 것인지 모르겠다.

가독

이 교수는 우리나라의 역사적 사회적 사실을 파악하는 데 외국의 역사적 사회적 사실을 실증하여 얻은 외국의 용어로 설명하고 있는데 그 대표적인 것이 '가독(家督)', '은거', '교령권' 등이다.

가독이라는 용어는 일본에서 중세부터 일반화된 용어이며 근세의 무사계급 이후부터는 적장자(嫡長子)가 호주의 지위 신분을 상속하고 동시에 가명(家名), 제사, 재산도 독점적으로 상속하게 되었는데 이것을 '가독상속(家督相續)'이라 하였다. 이 가독상속이란 용어는 재산의 상속과 지위의 계승이라는 두 가지 요소를 포함하는 것이라고 말하는 이도 있지만[나카네 지에(中根千枝) 『가족의 구조』, 1970, p. 103] 개인이 아닌 가(家)를 단위로 하는 상속이며 가장권(家長權)이 강대한 일본 가족제도의 한 요소를 이루고 있다. 이와 같이 일본의 역사적 사회적 사실을 실증하여 얻은 개념인 가독상속이란 용어를 우리나라 사회의 파악에 사용할 수는 없다. 외면적으로 어느 정도 유사하여도 사용할 수 없을 텐데 하물며 그 내용이 판이할 바에야 더욱 그러한 것이다. 나는 이미 이러한 점을 지적한 바 있다.(최재석, 「자연부락연구서설」, 『중대논문집』 8, 1963)

우선 가독이라는 용어는 우리말이 아니며 일본의 호주상속자는 가산(家産) 전부를 상속하는 데 대하여 우리나라는 가단위(家單位)의 상속의 면도 있지만 이러한 면은 약하고 개인상속의 면이 강하다. 이 점에 관하여 일본인 자신도 이미 일본의 가독상속이란 용어는 한국에서 사용하면 내용에 대하여 오해를 가져오기 때문에 적절하지 못하다고 하였다. 즉 "한국에 있어서는 제사상속이 상속 가운데 가장 중요한 위치를 차지하며 제사를 상속한 자가 동시에 호주의 지위를 상속하며 일본민법에서는 가독상속이 전재산상속주의를 택하는 데 대하여 한국의 호주상속은 재산에 대하여 분할상속주의를 택하기 때문에 일본 것과 한국 것을 동일시할 수 없다. 따라서 그 명칭에 대하여도 한국의 것을 가독상속이라는 명칭을 사용하면 내용에 대하여 오해를 야기할 염려가 없지 않거나"(조선총독부 중추원, 『민사관습휘집』, 1933, pp. 428~430) 또는 "일본법제(日本法制)에 있어서 가독상속 및 상속의 구별은 한국에 있어서의 상속을 파악하는 데 적절한 분류가 아니다"(조선총독부, 『관습조사보고서』, 1913, p. 344)라고 말하고 있는데 또 이 교수는 이 용어를 여러 차례 사용하고 있다(1968a: 2, 1973c: 25, 1974a: 43, 1975a: 239, 1973a: 56, 1973f: 59, 1973c: 249).

그런데 일본에서는 가독이라는 용어를 상속의 측면에서 주로 병용하고 있는 데 비하여 이광규 교수는 이것은

① 가산을 주관 처리하는 권리(이광규 교수의 표현 그대로 따르면 '가정내사물(家庭內事物)에 대한 가독권', 1968a: 2)

② 가족원을 지휘 감독하는 권리(1973e: 25, 1974a: 53)

③ 재산을 관할하고 가족원을 통솔하는 권리(1973f: 59, 1973c: 249)

④ 가족원을 지배 감독하는 권리나 가족원을 대표하고 가족원에 안식을 제공하는 권리와 재산을 관리하는 권리(1973a: 57)

⑤ 호주가 되는 권리(이광규 교수는 재산 가독권 제사권 등이 부에서 자로 상속 계승된다고 하였는데 이때의 가독권은 호주가 되는 권리를 말한 것이다. 1974b: 47)

등 여러 가지 의미로 사용하고 있다.

은거

이광규 교수는 가독제 이외에도 '은거(隱居)'라는 제도가 우리나라에 존재한다고 주장한다. 처음에는 우리나라에는 은거제도가 없다고 올바르게 말하다가(1969a) 그 후에 돌연히 교과서 등에 이것이 존재한다고 간략하게 언급하더니 최근에는 다시 이에 대해 독립된 논문으로 발표하게 된 것이다(1973d, 1973e, 1974a, 1975a, 1975b).

나는 '가독'과 마찬가지로 '은거'라는 용어를 사용해서는 올바른 이해에 도달할 수 없다고 생각한다. 그 이유는 다음과 같다.

① 처음 시도되는 용어라면 두 가지 상위(相違)한 실재에서 연유된 개념은 달라야 하기 때문에 용어도 달라야 할 것이다.
② 은거는 일본 용어이며 우리말 용어는 아니다.
③ 일본은 강력한 가장권이 요구되는 가단위(家單位)의 생활이었기 때문에 가장의 지위에 부적합한 자(노쇠 등), 다시 말하면 가족 구성원과 생활을 통할하고 감독할 수 없는 자가 생기면 필연적으로 가장을 교체하였다. 그러나 우리나라는 가장권도 일본만큼 강하지 않고 가단위라기보다는 세대, 연령에 비중을 두는 개인단위의 생활면도 강하기 때문에 가장의 교체를 할 기반이 없다.
④ 일본은 가장의 교체인 데 비하여 우리나라는 교체가 아니라 위임하는 데 불과하고 책임을 진 자는 대리하는 데 불과하다.

이 점에 관하여 "가독"과 마찬가지로 이미 여러 저서에서 일본 용어를 우리나라에서 사용하기를 좋아하는 일본인 자신도 다음과 같이 한국의 가장권 위임현상은 일본의 은거와 다르다고 지적하였던 것이다.

> 호주가 노년이 되거나 질병에 의하여 가정(家庭)을 집행할 수 없을 때
> 는 성장한 상속인에 가정을 위임하는 일이 있다. 이것을 보통 전가(傳
> 家)라 한다. 전가는 호주의 자유의사이며 연령 제한이 없으며 또 별
> 도로 관청에 신고하는 등의 절차는 요하지 않는다. 그러나 전가는 사
> 실상의 상속인으로 하여금 가정(家庭)의 일을 맡아서 하는 데 불과하
> 며 그 행위는 호주를 대리하는 것으로 간주하여, 전가로 말미암아 호
> 주의 교질(交迭)을 가져오지 않으므로 이것을 은거(隱居)라고 한정할
> 수는 없다(조선총독부, 『관습조사보고서』, 1913, p. 297; 나구모 고키
> 치(南雲幸吉), 『현행조선친족상속법류집』, 1935, pp. 111~112).

교령권

이광규 교수는 또 일본인[니이다 노보루(仁井田陞) 등]이 중국사회를 연구할
때 사용한 '교령권'이라는 용어에 대해 다음과 같은 내용을 포함시켜
우리나라 사회에 적용시키고 있는데 이것도 가독, 은거와 마찬가지로
삼가야 할 것이다.

> 교령권(敎令權)은 외부 손님을 접대함에 아들을 시켜 접대를 시킴으
> 로써 타가(他家)와의 관계를 교육하며 특히 제사를 통하여 도의교육
> 과 아울러 의례와 「집」의 내력, 그리고 장차 「집」을 이어가는 방법 등
> 을 직접간접으로 교육하고 지도한다(1975a: 178).
> 교령권이란 가족구성원을 지배하는 것으로 이에는 제지권(制止權), 결
> 정권, 교령권 등이 포함된다)1975a: 131).
> 가장은 가족 내의 질서를 유지하고 가족원의 외부행위에 대한 도의

적 책임을 지고 가족의 장래 발전을 위하여 가족구성원에 대한 교령권을 소유한다(1975a: 131).

여기서 '동족', '잠수가구(潛嫂家口)'에 대하여 한마디 해두고자 한다. 일본의 '동족'과 우리나라의 '동족'은 그 내용이 판이하여 그 명칭이 달라야 하지만 종래 모두 그렇게 사용했기 때문에 나도 그것을 따르기로 하였다. 동성동본집단, 씨족 등의 용어를 시도해 보고자 하였지만 학계의 동의를 얻을 것 같지 않아 종래부터 통용한 것을 따르기로 하였던 것이다. 그러나 '해녀'라는 용어는 아직 학계에서 '해녀'라는 용어를 사용한 논문이 적고 또 일반화되지 않았기 때문에 천시의 뜻이 내포된 일본 용어인 '해녀'라는 용어를 피하고 제주도 용어인 '잠수(潛嫂)'라는 용어를 학술용어로 사용하였다. 또 '가구(家口)'에 해당하는 일본어의 '세대(世帶)'라는 용어가 통용되고 있으나 그것에 못지않게 우리의 '가구'라는 용어가 사용되고 있기 때문에 나는 시종일관 '가구'를 사용하였던 것이다.

이 장의 마지막에 이광규 교수에게 꼭 한 가지 부탁하고 싶은 것이 있다. 이광규 교수는 모계(matrilineal)라 할 것을 모권(matriarchal)이라 하고(제목부터 그러하다) 부계(patrilineal)라 할 것을 부권(patriarchal)이라 하였는데(1968b) 이것도 꼭 수정하여야겠다. 이 논문이 인류학 국제대회에서 발표된 논문이고 또 그 논문 속에서 여러 번 사용된 용어이고 보면 인쇄 교정 과정의 착오라고 보기는 어렵다. 내가 고려시대의 자녀균분상속설을 주장하는 데 대하여 근거 없이 '가족구조를 모르는 이야기'라고 평한 바 있지만, 나는 모계와 모권의 구별도 모른다고 평하지 않고 이 교수에게 수정할 것을 권한다.

남의 글과 자신의 글

한상복 교수는 이미 2년 전에 "어떤 인류학자의 인류학 교과서는 저술의 기본적 윤리가 전혀 고려되지 않았으며 그 저서 대부분에 남의 책을 그대로 베껴놓고 그림과 사진까지 무단 전재하면서 본문에는 고사하고 서문에서조차 원저(原著)를 한마디도 밝히지 않은 것은 원서(原書)를 읽은 학생이나 독자들로 하여금 실소를 면치 못하게 할 뿐만 아니라 후학에 그릇된 본을 보여주는 수치가 아닐 수 없다. 개론서를 쓰면서 남의 책을 참고하지 않는 사람이 어디 있겠는가? 다만, 그것을 밝히는 것만으로도 저술의 기본 윤리를 충분히 지키는 것이라고 생각된다. 그렇지 못하였을 때 표절이 되는 것이다."라고 정확한 비판을 가한 일이 있다(한상복, 「한국문화인류학의 반성과 지향: 사회인류학분야」, 『문화인류학』 6집, 1974).

한 교수는 인류학 교과서에 대하여 언급하였지만 나는 교과서가 아니라 연구저서와 연구논문에 대하여 언급하고자 한다. 그러나 몇 사례만 들겠다. 지금까지 이광규 교수의 글은 적지 않은 부분이 그 전에 발표된 나 등의 글과 동일 내지 대동소이하다는 것을 지적한 바 있기 때문이다. 우선 나의 것과 관계되는 것부터 살펴보자.

이 교수는 여러 번 한국 가족의 유형을 부부가족, 직계가족, 확대가족으로 분류하였는데, 한 번도 이것이 나의 유형과 같다거나 또는 그것에 연유된다는 말을 하지 않았다(내 방계가족이라는 용어 대신 확대가족이라는 용어를 사용한 것만 다르다). 이 교수가 나의 가족유형론을 따라주는 것은 감사한 일이지만 이 교수의 가족에 관한 거의 모든 논문에서 되풀이되는 가족유형론에서 한 번도 그것을 밝히지 않고 있다. 또 분류기준이 다른 고황경, 양회수, 김택규 등 여러 교수의 유형론까지도 망라 서술하는 자리(1975a: 46; 52~54)에서도 나의 가족유형론과 이 교수 자신의 가족유형론과의 관계를 밝히지 않고 있다. 또 나의 가족유형론이 들어 있는 나의 저서 『한국가족연구』를 통계에만 역점을 둔 책이라고 그릇 비평하고 있다. 또 한국의 이상적 가족유형에 관한 종래의 이론을 비판하고 이에 관한 이 교수 자신의 가족유형론을 수립하려고 할 때(1973e: 14~15)에도 나의 것은 언급조차도 하지 않으니 아무리 좋게 해석하려고 해도 이 교수의 가족유형론은 나의 것을 표절한 것이라고 할 수밖에 없지 않겠는가?

또 이 교수는 한국가족의 구조를 설명하는 자리에서

한국은 가(家)의 계승 중 제사권이 가장 기본이고 가장권과 가산권(家産權)은 이에 부수되며, 일본에는 가장권이 제일의(第一義)이고, 제사권 가산권은 이에 부수되며, 중국의 경우는 가산권을 기초로 하고 가장권, 재산권이 이에 부수된다(1969a: 735).

라고 하였는데 이것은 이 교수가 통계적 자료에만 중점을 두었다고 비방한 나의 저서 내용과 전적으로 같은 것이다(최재석, 『한국가족연구』, 1966, p. 646).

또 이 교수는 "필자의 지금까지의 연구에 의하면 한국의 가족은 확대가족이 아니라 직계가족"(1973e: 14~15)이라든가, 한국가족을 "일시점에서 포착하여 통계적으로 분석하면 부부가족이 직계가족보다 다수인 것이 보통이다."(1973e: 20)라고 하였는데 이도 나의 연구결과에서 나온 견해이다. 즉 나의 조선중기와 후기의 호적조사와 현대의 전국적 규모의 가족조사에서 나온 것이다(이 교수가 몇 촌락의 조사에서 같은 결론에 도달했더라도 나의 것은 밝혀야 할 것이다). 또 "아키바(秋葉隆)는 두 남자의 변태적 동성애가 교환혼(交換婚)(누이바꿈혼)의 조건이라 하였지만, 두 남자의 동성애로 보는 것보다는 우정으로 보는 것이 타당하다."(1975a: 78) 등도 이미 그전에 내가 발표한 것이다(최재석, 『한국가족연구』, pp. 144~146, pp. 159~160; 최재석, 「한국가족제도사」, 『한국문화사대계』 IV, 1970).

다음에는 저명한 인류학자인 프란시스 슈(Francis Lang Kuang Hsu, 1909~1999) 교수와의 관계를 보자. 이 교수의 저서 『한국가족의 구조분석』의 결론 장의 제3절 「직계가족의 속성」에서 '구조', '속성', '내용', '관계'에 대하여는(pp. 301~306) 출처를 밝히면서 그 바로 뒤에 연결되는 '한·중·일 삼국의 속성'(pp. 306~309)에 대하여는 출처를 밝히지 않고 있다. 이것은 슈의 저서 『Clan, Caste and Club』(1963)의 일본어역 『비교문명론』(1971)의 11장 「일본의 친족의 본질」(여기서는 중국, 일본의 가족을 비교하고 있다)의 내용과 거의 같다(다른 곳이 있다면 어떤 것은 중국, 어떤 것은 일본의 가족과 같다는 식의 표현뿐이다). 그런데 이 책(일역본)은 이 교수가 잘 행하는 권말 참고문헌 목록에도 빠져 있다.

나카네 지에(中根千枝) 교수의 글과 대동소이한 것은 여러 곳에 광범하게 기술되어 있기 때문에 구체적으로 연구(?)해야 전체 윤곽을 파악할 수 있을 것 같다. 그래서 여기서는 한두 사례만 제시하겠다.

이 교수의 "그러니까 母로서의 여자가 중요하지 못한 것이며 '家'를 구성하는 父子라는 선에서 母나 女는 다 같이 주변성원(周邊成員)으로서 존재할 뿐이다"(1969a: 739)는 나카네 지에 교수의 논문(「'家'의 구조」, 도쿄대 공개강좌, 『家』, 1968, p. 20)의 내용과 같으며 또 이 교수의 "더구나 소가족 형태에서 남자인 가장이 가장권을 행사하기 전에 의논할 남자구성원이 없이 주부(主婦)와 의논하게 된다. 따라서 가장이 주부에게 의존하는 일이 물심양면으로 실제 강하다"(1969a: 738)는 역시 나카네 지에 교수의 위 논문(p. 21)과 내용이 같다. 이 교수의 사회학자를 비평하는 논문(1969a)의 결론 제일 마지막 글 "그러나 흥미로운 일의 하나는 가족이 가졌던 구조적 사고는 가족 내에서 모습을 감추면서 오히려 가족 밖으로 발산되어 사회집단의 구조 속에 잠입하고 있는 것이다. 그것은 혈연이 지연화(地緣化)된 데 다시 학연(學緣)을 더하였고 교회연(教會緣), 인연(姻緣)을 더하면서 사회제집단(社會諸集團)을 규합하고 그 집단의 구조에서 장유지서(長幼之序)가 선후배지서(先後輩之序)로 화(化)하고 있는 것은 서구화가 모색하려는 인간상(人間像)에 대해 정반대의 인간을 형성시키고 있는 것이다"(1969a: 742) 역시 나카네 지에 교수의 같은 논문(p. 26)과 내용이 일치한다.

그런데 이 교수의 글을 보면

ⓐ 거의 남의 글의 출처를 밝히지 않고 글을 쓴 경우(1975c─남의 글로 엮은 논문인데 본문 전체 가운데 두 구절만 출처를 밝혔다)

ⓑ 일부만 출처를 밝히고 나머지는 출처를 밝히지 않는 경우

이렇게 두 가지로 크게 나눌 수 있는데, 대부분은 후자의 경우이다 (대부분이기 때문에 일일이 근거를 대지 않겠다). 그런데 남의 용어나 표현을 약간 변형하여 사용하는 경우가 적지 않은데 이 경우 신조어를 사용할 때에도 이 신조어에 대해 충분한 근거와 설명이 뒤따라야 한다. 예를 들면 나카네 지에 교수의 '배경이 있는 것'(나카네 지에, 『가족의 구조』, p. 102)을 이 교수는 '배경개념'으로 바꾼다(1975a: 290). 또 나카네 지에 교수의 확대지향(擴大志向), 존속지향(存續志向)(상게서, p. 35)을 이 교수는 확산(擴散), 신장(伸張)이라는 용어로 바꾸어 가족 유형을 확산형직계가족, 신장형직계가족으로 구분하기도 한다(1975a: 266, 269, 295). 수직구조·삼각구조 위에 '혈연적'을 덧붙여 혈연적 수

직구조, 혈연적 삼각구조(1975a: 295)라 하기도 한다. 또 나의 균분상속(중국), 차등상속(한국), 장남단독상속(일본)을 이 교수는 균분주의, 장자우대불균등상속, 단독독점상속으로 바꾼다(1975a: 295).

끝으로 사족 같지만 논저 뒤에 참고문헌만 열거한다고 하여 본문의 글이 자기 글이 될 수 없다는 것을 말해둔다.

『제주도의 친족조직』에 대한 김한구 교수의 서평에 답함

나는 『한국학보』 20호에 「사회과학의 기초소양: 『제주도의 친족조직』에 대한 김한구 씨의 서평의 경우」라는 논고를 발표한 일이 있다. 여기서는 지면 관계로 그 가운데 '인류학의 기초소양'이라는 절만을 전재하고자 한다.

전반부에서는 김 교수의 비평에 대하여 답하였지만 여기서는 김 교수의 비평의 특징에 대하여 살펴보기로 한다. 사실은 이 내용에 대해 먼저 이야기하려고 하였으나 서평에 대하여 먼저 답하는 것이 순리인 것 같아서 그렇게 하였다. 김 교수의 평을 파악하는 데 직접적 간접적 관련이 있기 때문이다. 몇 가지 범주로 구분하여 간략하게 각각 몇 사례만 논하겠다.

내가 하지 않은 말을 했다고 한 사례

앞 장에서 언급한 바와 같이 나는 제주도의 친족조직을 한국문화 전체의 맥락 속에서 이해하려고 노력하였고 가능하면 육지농촌과 비교를 시도하였다. 이 시도는 동시적 비교방법(synchronic)에 속할망정 통시적 비교방법(diachronic)은 아니다. 그런데 김 교수는 내가 적용한 방법은 통시적이라고 규정하고 이것보다도 동시적 비교법(김 교수가 말하는 '동일시대적 비교문화방법')에 의해서 그가 제기했던 의문들이 해결될 수 있으리라고 말했다(김: 194). 나의 저서를 주의 깊게 읽은('인류학적 professionalism'으로 무장한) 사회과학자라면 김 교수의 규정이 근거 없는 것임을 알 것이다.

또 나는 졸저 12개 장 가운데 제4장과 그 밖의 11개장의 접근방법이 달라 즉 제4장 「잠수가족(潛嫂家族)의 권력구조」는 사회학적 방법에 의하여 접근한 것이고 나머지 11개 장 전부는 인류학적 방법에 의하여 조사(최:2)된 것이라고 말한 것뿐인데 김 교수는 나 자신이 나의 연구에 대해 자칭 인류학적 또는 사회인류학적이라고 강조 내지 자부하였다고 두 번씩이나(김: 182; 183) 말을 하여 독자를 오도하였다. "필자는 사회인류학자로서 (나에게) 매우 실망하였다."(김: 181~182; 괄호 안은 필자 추가)라고, 그것도 한 번이 아니라 두 번씩이나 쓰고 있으나, 과연 그렇게 자처하고 자부한 사람은 누구인가? 바로 김 교수 자신이다.

또 김 교수는 내가 제주도는 육지만큼 부계친과 모계친을 구별하지 않는다고 말한 것을 내가 제주도가 미국이나 유럽처럼 부계와 모계를 구별하지 않는 양계사회(兩系社會)를 지향하고 있다고 말한 것처럼(김: 193 우측하단) 허위의 사실을 말하였다. 학문적인 비평이나 토론에서 허위의 말을 하게 되면 이미 학문을 이야기할 자격이 없다.

외국학자가 하지 않은 말을 했다고 한 사례

김 교수는 A. L. 크로버(Kroeber)가 동일문화 내의 시대비교법을 inductive monistic approach라 하고 동일시대적 비교문화방법은 pluralistic diachronic approach라고 하였다고 하였으나(김: 194 3~11행) 김 교수가 밝힌 크로버의 책(An Anthropoiogist Looks at

History)의 그 부분(pp. 72~89)에는 그런 것에 대한 말도 없고 또 그런 용어를 사용하지도 않았다. 위의 말은 김 교수가 만든 용어이다. 크로버는 synchronic approach(동시적 연구)와 diachronic approach(통시적 연구) 둘로 크게 나누고 후자를 다시 monistic(일원적)과 pluralistic(다원적)의 둘로 나누었을 따름이다. monistic approach는 경험적이며 비교문화에 중점을 두는 방법이다. 이 예도 김 교수가 허위의 말을 한 사례이다.

인류학 기초용어도 모르고 평한 사례

앞의 내용과 관련 있는 것부터 이야기하겠다. 김 교수는 동일시대적 비교문화방법(나의 동시적 연구방법)을 크로버는 pluralistic diachronic approach(크로버는 이런 용어를 사용하지 않았다)라 하고, 래드클리프 브라운(Radcliffe-Brown)은 synchronic, cross-cultural approach라 한다고 하였는데, 이것은 김 교수의 무지에서 기인한다. 즉 사회과학도라면 누구나 거의 아는 diachronic(통시적)과 synchronic(동시적)을 김 교수는 모르는 것이다. 이 양자는 대치된 개념인데 김 교수는 같게 생각하여 '동일시대적 비교문화방법'을 한 번은 'diachronic'이라 하고, 한 번은 'synchronic'이라 한 것이다. 이런 점으로 볼 때 다음의 가족유형에 관한 기초상식의 결여와 더불어 김 교수가 인류학 기초용어도 모른다는 사실이 뚜렷해진다.

김 교수는 모계(matri-lineal)와 모처(matri-local)와 모권(matri-archal)의 구별도 못 하고 있다. 위의 -local은 장소를, -archal은 권위나 권력을, 그리고 -lineal은 계통(descent)을 의미한다. 장소와 계통은 엄연히 다르다(나도 1960년대 초까지는 김 교수처럼 구별할 줄 몰랐다). 그런데 김 교수는 matrilocal을 모계로, patrilocal을 부계지역으로 보고 있다(김: 188 좌측 중앙). matrilocal marriage는 모처혼(母處婚), matrilocal residence는 모처거주(母處居住)이다.

김 교수는 혈연가족(consanguineous family)을 "부계사회에서 부부가족의 성원과 남편의 모계친, 예로서 조모 또 혹은 증조모로 구성하고 있는 하나의 가족단위"(김: 185 좌측 중앙)라고 하였는데 남편의 모계친이 어찌 조모나 증조모가 될 수 있는가? 부계친과 모계친의 구별도 못 하고 있다. 또 김 교수가 사용한 혈연가족의 용어를 김 교수 이전에 처음 사용한 이(R. 린튼)가 있다면 그것과의 관련성을 분명히 밝혀야 될 것이 아닌가? R. 린튼은 conjugal family(부부가족, 결혼가족)와 consanguineous family(혈연가족) 둘로 나누지 않았던가. 김 교수는 또 결합가족(composite family)(학계에서는 복합가족이라 한다)의 개념도 모르고 있다. 김 교수는 이것을 "단순히 핵가족, 직계가족, 혈연가족 범주 외에 속하는 한 가족단위"라고 말하였다(김: 185 좌측중앙). 이러한 개념 규정은 무엇을 뜻하는지 알 수 없다. 김 교수는 나의 M2형(모와 자부부)을 결합가족의 예라고 하였는데(김: 185 좌측하단), 이렇게 되면 M2 형은 직계가족임이 명백하다. 그렇다면, 김 교수의 결합가족 개념규정은 직계가족 범주 외에 속하는 직계가족이라는 말이 된다. 이것이 무슨 뜻인지 알 수 없다. 또 김 교수가 말하는 직계가족, 혈연가족, 결합가족은 모두 각각 분류기준이 다른 가족유형임을 알아야 한다.

비평의 핵심적 주제에 대하여 전후 모순된 말을 하였다

김 교수가 비평을 가한 핵심적 주제는 핵가족과 부락내혼제에 관한 것이다. 그런데 김 교수는 한편에서는 핵가족을 시인하면서(김: 186~187) 다른 한편에서는 이것을 부인하고, 또 부락내혼제에 있어서도 한편에서는 이것을 인정해 놓고(김: 188~189) 다른 한편에서는 부인하고 있다. 무엇을 어떻게 하자는 것인지 나로서는 알 수 없다.

학자가 아니더라도 아는 사실을 부정한 사례

김 교수는 "육지에서도 흔히 결혼한 남성들이 자기들의 장모와 장인에게 경우에 따라 어머님 또 아버님이라고 부르는 것은 이미 주지의 사실이다"(김: 193 왼쪽 아래 끝과 오른쪽 위)라고 말하고 있다. 현재의 젊은이들은 그러한 호칭을 사용하고 있고 또 그러한 호칭을 사용하는 자의 비율은 증가하고 있지만 전통적 우리나라 농촌의 양반계층의 사람, 예를 들면 전형적인 양반 지역인 안동 지역의 60대 이상의 사람이 장모와 장인을 '어머니'와 '아버지'로 호칭하는 일은 결코 없다는 것은 누구나 다 아는 사실이다(안동 지역은 청장년도 장모, 장인을 어머니, 아버지라 호칭하지 않는다). 그런데 김 교수는 이러한 사실마저 부정하고 있다.

또 김 교수는 사위가 자기 처의 부모를 친부모처럼 부르는 것은 '부부동심일체(同心一體)'라는 의식 때문이라고 말하고 있다(김: 193 우측 중앙). 나의 설명을 '매우 비사회인류학적'이라고 한(김: 186) 김 교수의 인류학적 설명의 전형적인 예의 하나가 여기에 나타나 있다. 부부동심일체설을 받아들인다고 하자. 그렇다면, 이 지구상에 부부동심일체가 아닌 문화나 사회가 어디 존재하는가? 양자에 대한 호칭의 엄연한 차이의 존재는 부부동심일체가 아니기 때문에 생긴다는 말인가? 그보다도 부부동심일체의 개념은 무엇인가? 더 이상의 설명이 없어 알 수 없으나 글자 그대로라면 '한마음 한 몸'이 된다(이혼하면 두 마음 두 몸이 되겠다). 주위에서 흔히 사용하는 모호한 용어를 김 교수는 인류학적 설명의 무기로 사용한 것이다. 우리나라 학계를 어떻게 보고 있기에 이런 해괴한 설명을 하는 것인지 나로서는 알 수가 없다. 부계친(조부모)과 모계친(외조부모)에 대한 호칭이 같은 것은 양자를 동등하게 존경하고 부계 편중에 빠져 있지 않은 것을 의미하고, 구별하는 것은 양자를 차별하고 부계친 편중에 빠진 것을 의미한다. 마찬가지로 친부모와 처부모에 대한 호칭에 차이가 있는 것은 양자를 차별하고 친부모 편중에 빠져 있기 때문이다.

전에 나온 문헌을 읽지 않고 남을 평한 사례

김 교수는 현재까지 우리나라에서나 외국에서 본 주제와 관련 있는 가족, 친족에 관하여 쌓아올린 수준을 도외시하였을 뿐만 아니라 또 거기에 관한 문헌을 읽지 않고 평을 하였다. 몇 가지 예를 들어보자. 이미 언급한 바와 같이 이상적 가족유형과 현실적 가족유형, 제도분류의 기준 등에 관한 국내외의 연구문헌을 읽지 않았기 때문에 핵가족설과 부락내혼제에 대하여 이 점을 부정하였던 것이다. 또 김 교수가 미국이나 유럽에는 핵가족만 존재한다고 한 것(김: 185) 역시 기존 문헌을 읽지 않은 데 기인한다.

대가연(大家然)하며 학문과 거리가 먼 평을 하였다

이미 보아온 것처럼 가족이나 친족의 조직은 고사하고 그 유형의 개념마저도 모르면서 김 교수는 대가연하며 학문과 거리가 먼(다분히 감정적인) 다음과 같은 평을 가하고 있다.

> "사회인류학적인 견지에서 …… 최 교수의 이론적 측면과 자료의 정리, 그리고 그의 조사법을 검토하겠다." (김: 181~182)
> "필자는 사회문화인류학자로서 매우 실망하였다." (김: 182)

"매우 이해하기 곤란하며 동시에 유감스럽다." (김: 183)

"amateurism을 professionalism으로 행사하여 보려는 노력과 의도
는 좋았으나 동시에 그와 같은 시도는 최 교수에게 너무나 무리였다."
(김: 184)

"chart나 diagram을 현지조사 보고서에 포함시켰다 하여 우리는 사
회인류학적이라고 지칭할 필요도 없고 또 해서도 아니 된다." (김:
194~195)

"최 교수의 S부락의 친족조직연구는 어떤 사회인류학적인 이론체계와
방법론을 토대로 하여 원래 시행된 것이 아니다." (김: 183)

"매우 비사회인류학적이며 또 너무나 피상적이고 주관적이라고 본다."
(김: 186)

"너무나 단독적이고 또 비학구적이다." (김: 194) (독단적이라고 하여
야 할 것을 '단독적'이라고 한 것 같다)

"매우 모호하고 또 너무나 보편적이다." (김: 189) (상식적이라 해야 할
것을 '보편적'이라고 한 듯하다)

"결코 사회과학적인 진술 내지 이론으로 받아들이기에는 매우 곤란하
다고 느끼게 되었다." (김: 181)

"dilettante들의 사회학적 또는 인류학적 amateurism에서부터 온다."
(김: 195)

"사이비 사회학이나 인류학의 추구를 지양하여 올바른 학문의 분위기
와 질서가 바로 수립되어야 할 줄 안다." (김: 195)

위의 글에서 사회인류학의 대가인 김 교수가 내 연구를 검토하여 보
니 아마추어가 프로의 흉내를 냈기 때문에 나에게 무리한 연구가 되었
고 따라서 매우 비사회인류학적인 것으로 받아들일 수밖에 없다는 것

과 또 대가인 김 교수를 실망시켰고 유감스럽게 만들었다는 뜻을 말하였음을 알 수 있다. 또 김 교수는 나뿐만 아니고 우리나라 학계까지도 비학구적이며 '사이비사회학 내지 인류학'을 하여 질서를 파괴했기 때문에 바로잡아야 한다고 기고만장의 기염이다(김 교수는 'dilettante'가 아니라 'dilettante들'이라 하였기 때문에 나뿐만 아니라 학계도 지칭한 것은 명백하다).

외국 학자의 유명도를 빙자하여 자기비평의 정당성을 찾으려는 사례

김 교수의 비평 방법은 위에서 우리가 본 것(7개 항목) 이외에 대체로 다섯 가지로 구분된다. 하나는 외국학자의 이름을 빈번히 끄집어내는 것이고(거의 전부 관련이 없는 학자), 둘째는 '전후 모순이 많다', '아전인수'의 해석을 하였다는 식의 평을 여러 번 되풀이해서 강조한 것이고, 셋째는 참고문헌을 많이 나열하는 것이고, 넷째로는 사회조사를 한 후 서평을 썼다는 것이고, 다섯째는 내 저서 이외의 문제까지를 비평의 대상으로 삼은 것 등이다.

첫째는 방법론 논의에서 '유명한 미국 인류학자 Alfred. Lewis Kroeber 박사는'(김: 194) 또는 '세계적으로 알려진 영국 사회인류학자 A. R. Radcliffe-Brown 교수'(김: 194) 또는 "우리 학자들 간에 너무나 잘 알려진 Max Weber나 Robert Bellah의 말을 빌려 나는 이렇게 종결하고 싶다"(김: 187~188) 하는 식으로 외국학자의 유명도를 빙자하여 자기주장의 정확성을 찾으려고 하고 있다.

둘째는 이상적 가족유형과 현실적 가족유형을 알지 못하고 김 교수가 내가 전후 모순을 범했다고 평한 것이 그 대표적 예의 하나이다.

셋째는 본문과 문미 특히 문미에 많은 외국의 참고문헌을 나열하여(김: 195) 자기정당성의 근거를 찾으려 하였다. 거의 전부가 김 교수의 비평의 정당성을 뒷받침해 주는 것과는 관련이 없는 문헌들이다.

넷째로는 내가 조사한 마을에 김 교수가 직접 가서 조사를 해보니 그렇지 않더라고 하는 사회조사를 무기로 내세운 것이다. 그러나 나의 조사의 3분의 1에도 미치지 못하는 부분조사로 나의 전수조사를 비평한 것이다. 제주도 사람은 자기의 성은 모계친이 아니라 부계친에서 물려받고 있다는 것을 알고 있더라는 정도의 조사가 "chart나 diagram을 현지조사 보고서에 포함시켰다 하여 사회인류학이 될 수 없다."라고 나를 혹평한 김 교수(사회인류학자라고 자처하면서)의 현지조사보고의 한 내용임을 지적해둔다.

마지막으로 서평은 본래 대상이 된 책에 한정되는 것인데 김 교수의 비평은 내 책(제주도의 친족조직)에 국한하지 않고 나의 학문 전역까지 확대하여 '아마추어', '딜레탕트(dilettante)', '사이비' 또는 '비학구적'이라는 평으로 나를 몰아세우고 있다.

나는 제주도의 친족조직이라는 하나의 문화현상을 파악하고 이해하려고 노력하였다. 다시 말하면 한국문화 전체라는 맥락에서 제주도 친족조직의 위치를 파악하고 그것이 독특한 점이 있다면 왜 그런지를 설명하려고 노력하였다.

물론 나도 그 저서가 제주도 친족조직 연구의 완벽한 연구(어떤 연구도 완벽할 수는 없다), 즉 결정판이고 더 이상 연구할 필요는 없다는 생각은 추호도 한 적이 없다. 잘못된 점도 적지 않을 것이며 이런 점들은 나를 포함한 많은 사회학자에 의해 차후 수정 보완되어야 할 것이다. 잘했든 못했든 간에 제주도뿐만 아니라 한국사회를 대상으로 한 친족조직에 관한 단행본은 이 책이 최초가 아닌가 한다. 차후 더 좋고 더 설득력 있는 연구 업적이 나오는 대로 나의 연구가 자리를 비켜야 할 것은 당연한 학문적인 윤리에 속하는 문제이다.

그런데 인류학 기초용어도 모르고, 나나 외국학자가 하지도 않은 말을 했다고 하고, 또 비평의 핵심적인 대상(핵가족, 부락내혼제)에 대하여 한편에서는 시인하면서도 또 한편에서는 맹렬한 공격을 가한 김 교수가 도리어 나에 대해서는 비학구적이고 '사이비' 학문을 했다고 평하고 학계에 대해서는 딜레탕트(dilettante)들이 판을 친다고 개탄하였으니, 김 교수에게 또 무슨 이야기를 하겠는가?

신라 골품제에 관하여: 이종욱 씨에 답함

본고는 1988년 4월 『역사학보』 117집에 게재를 희망하여 역사학회에 제출하였으나 역사학회로부터 1988년 5월 24일에 반송되었다. 나에 대한 비판의 글을 게재한 잡지라면 의당 그에 대한 반론의 글을 실어 줄 줄 알았는데 그러하지를 않았다.

　　　　　　　－『한국사회사연구회 논문집』 11집(1988.12)에 실린 글임

[1]

이종욱 교수는 한국사학계 1984~1986의 고대편의 회고와 전망란을 담당하여 집필하였다(『역사학보』 116집, pp. 201~226). 그에 의하면 이 3년 동안에 "한국 고대사 연구의 발전에 이바지하고 또 많은 노력을 기울여 발표된 저서가 14책이나 되고, 또한 그동안 발표된 한국 고대사 관계의 논문도 300편 정도나 된다."라고 한다. 이러한 많은 저서·논문 중에서 특히 나의 논문 「신라의 골품제」(『동방학지』 53, 1986; 후에 『한국고대사회사연구』, 일지사, 1987의 pp. 376~425에 수록)에 대하여 많

은 관심이 있고 그의 전체 논고 분량(26면)의 약 5분의 1에 해당하는 5면이나 할애해 준 데 대하여 우선 사의를 표하고자 한다.

그러나 이종욱 교수의 상기 논고에 대한 비판은 나와의 견해 차이에서 나타난 문제라기보다는 사실과 전혀 다른 점이 있기 때문에 이 글을 쓰게 되었다. 나는 신라의 골품제를 고찰함에 있어 먼저 이 연구가 본격화되기 시작한 1920년대 전반에서 1986년까지 발표된 57편의 논저를 연대순으로 나열하고 그 내용을 ⓐ 사료의 가치, ⓑ 골품의 신분 구조, ⓒ 성골과 진골, ⓓ 골품과 두품제, ⓔ 골품의 기원, ⓕ 골품과 지연·관등과의 관계, ⓖ 골품의 성립 배경 등 8개 범주로 구분하여 정리하고 내 견해를 피력하였다.

이종욱 교수는 위의 8가지 범주에 대한 내 견해에 대하여는 비판을 하지 않고 다른 문제를 들고 나와 한국 고대사회사나 골품제 전반을 조망하려는 시각에서 글을 쓴 것이 아니라 거의 한 번도 증거를 제시하지 않은 채 '믿는다', '헤아린다'라는 등의 말로 증거의 제시가 있는 나의 논고를 비판하며 내가 '잘못'이라는 평가를 내리고 있다. 그의 7가지 항목의 비평을 보면, 이종욱 교수 자신이 하지 않은 일을 내가 잘못 보고 하였다고 한 것이 두 항목, 사료의 가치에 관한 것이 한 항목, 내가 과거의 논고를 부정적으로 보았다고 비판한 것이 한 항목이며, 신라의 왕위계승 원리와 부계혈연집단(씨족·리니지) 존재 여부 문제에 관한 것이 각각 한 항목으로 모두 7항목이다. (이종욱 교수는 이러한 순서로 비판 논리를 전개하지는 않았지만 내가 편의상 이처럼 정리한 것이다) 지금 여기에 대한 나의 견해를 하나씩 지적하여 보고자 한다.

[2]

1) 이종욱 교수는 다음과 같이 말한다.

이종욱이 성골의 실재를 부인하였다고 하였다. 그러나 이종욱은 분명히 성골의 실재를 인정하고 있다. 이는 최재석이 다른 사람의 논문을 잘못 이해하고 그것을 비판하는 예를 보여준다(pp. 218~219, 앞으로 『역사학보』 116집에서 인용한 문구는 면수만 기록하기로 한다).

수많은 논문을 정리할 때 다른 사람의 논문을 잘못 보는, 즉 A의 논문을 B의 논문으로 잘못 보는 수도 있다. 그러나 내가 다른 사람의 논문을 이종욱 교수의 논문으로 잘못 보고 이종욱 교수가 성골이 있다고도 하고 또 없다고도 하였다고 지적하였다 하더라도 이종욱 교수가 여전히 다른 곳에서 성골의 존재를 인정하지 않는 점(법흥왕 이전)은 같다고 하겠다.

그는 명백히 "성골은 법흥왕이 율령을 반포할 때 만들어졌으며 성골 집단의 성원은 진덕왕을 마지막으로 모두 소멸되었다"(이종욱, 「신라중고시대의 성골」, 『진단학보』 50, 1980, p. 32)고 주장하고 있다. 이 주장은 『삼국사기』, 『삼국유사』가 여러 곳에서 혁거세부터 28대 진덕여왕까지가 성골의 왕이라고 기록하고 있는 가운데 23대 법흥왕부터 28대 진덕여왕까지의 6대만을 성골로 인정하고 혁거세부터 22대 지증왕까지의 22대 570년 동안의 성골 존재를 인정하지 않는다는 견해이며, 이는 결국 『삼국사기』와 『삼국유사』의 기록 중 22대 지증왕 이전의 것을 조작으로 보는 견해이다.

이종욱 교수는 성골이 존재한다, 존재하지 않는다는 두 갈래의 주장을 하고 있으나 1대에서 22대까지는 성골의 존재를 인정하지 않고 23대에서 28대까지의 6대의 존재만을 인정함으로써 자신 주장의 역점은 부정론 쪽에 있다고 하겠다.

그러나 다음의 사례에서 분명히 확인할 수 있듯이 22대 법흥왕 이전에도 성골이 존재하였다.

- 己上中古聖骨 己下下古眞骨 (『삼국유사』 왕력1)
- 國人謂始祖赫居世至眞德二十八王 謂之聖骨 自武烈王至末王 謂之眞骨 (『삼국사기』 권5 진덕왕 8년 3월)
- 始祖朴赫居世居西干 卽位元年 從此至眞德 爲聖骨 (『삼국사기』 권29 연표 상)

이렇게 되면 이종욱 교수는 신라 17관등을 제정하였다는 유리왕 9년조의 기록(181쪽 4항에서 언급될 것이다)과 함께 도합 4종의 기록을 조작·추기(追記)로 보고 불신하는 것이 된다. 다른 조항은 몰라도 이 네 가지 기록은 역사적 사실로 믿어야 한다.

2) 이종욱 교수는 또 "한편, 최재석은 변태섭·이종욱이 6두품·5두품을 하나의 신분으로 보고 4두품·3두품·2두품·1두품을 다른 신분으로 보고 있다고 하였으나 변태섭·이종욱은 그런 주장을 한 적이 없다"(같은 곳, p. 226)고 말함과 동시에 "다른 사람의 논문을 옳게 이해하지 못하는 잘못을 저질렀다"(같은 곳, p. 226)고 지적하고 있다.

변태섭 교수는 그의 논고인 「신라 관등의 성격」(『역사교육』 1, 1956) 77면에서 "특히 4두품과 평민은 동등으로 취급되어 있다"고 말하였으며 이종욱 교수는 「남산신성비(南山新城碑)를 통하여 본 신라의 지방통치체계」(『역사학보』 64, 1974) 69면에서 "한편 골품에 따른 일상생활에 대한 규정을 보면 크게 진골과 6두품·5두품 그리고 4두품·평민의 셋으로 구분되었던 것을 알 수 있었다"고 명백히 말하였음에도 그러한 견해를 제시한 적이 없었다고 부인하고 있는 것이다.

3) 이종욱 교수는 내가 다음과 같이 그의 견해를 누락시켰다고 주장한다(그 견해는 누락시켜도 좋지만 나는 누락시키지 않고 언급하였다).

족강(族降)의 이유는 그가 주장하는 것 외에도 여러 가지가 있다. 그 중 일반적으로 종손에서 일정 범위 밖으로 방계화한 집단은 족강을 하였는데 그들은 거주지를 다른 곳으로 옮길 수밖에 없었다고 믿어진다(같은 곳, p. 215).

그러나 나는 다음과 같이 이종욱 교수의 견해를 누락시키지 않고 명백히 밝혔다. 즉 "이종욱 교수는 족강하여 6두품으로 되는 것은 종손에서 방계화된 자손이기 때문이라고 주장하기도 한다"(최재석, 「신라의 골품제」, 『동방학지』 53, 1986, p. 69).

지금까지의 세 가지 주장은 전혀 사실과 다른 것이었다. 한 번 정도의 어긋난 주장이라면 착오로 볼 수도 있지만 이것이 세 번 정도라면 고의성을 배제할 수 없을 것이다. 또 그는 내가 자기의 글을 잘못 이해하고 남을 비판했다고 도합 네 번이나 주장하였다. 사실과 다른 말을 이렇게 여러 번 하였을 뿐만 아니라 거기에다 또 짧은 지면에 무려 네 번이나 '잘못'이라는 용어를 사용하면서 나를 비판하였는데 이러한 태도는 학문과는 거리가 먼 것이다. 나는 아직 이러한 유의 평을 하는 것을 본 일이 없다. 그의 네 번에 걸친 '잘못'이라는 평을 적기한다.

① 이는 최재석이 다른 사람의 논문을 잘못 이해하고는 그것을 비판하는 예를 보여준다(p. 219).
② 이러한 내용을 최재석은 잘못 이해하고 있다(p. 220).
③ (최재석은) 기존 견해를 잘못 이해한 사실이 적지 않은 것도 알게

되었다(p. 221).

④ 다른 사람의 논문을 옳게 이해하지도 못하는 잘못을 저지르는 사태(p. 226).

4) 다음으로『삼국사기』유리왕 9년조 기사의 사료적 가치에 대한 나와 이종욱 교수의 견해를 알아보자. 이것은 유리왕 9년조의 기사에 대한 나와의 견해 차이일 수는 있으나 나의 이해 잘못은 아니다. 또 유리왕 9년의 기사가 사실이 아니라고 가정하더라도 내가 이 기사를 사실기사(事實記事)로 인정한다고 하여 나에게『삼국사기』초기 기록을 무비판적으로 이용하고 있다고 비판하는 것은 확대해석이자 논리의 비약이다. 증거를 제시하지 않은 채 추측으로 유리왕 9년조의 기사를 조작(추기)으로 보는 사람이 증거를 제시하고 그 유리왕 9년조의 기사는 역사적 사실이라고 말한 나의 견해를 '무비판적으로 사료를 이용한다'든가 또는 '잘못'이라고 평하는 것은 이미 학문을 떠난 평이다. 나를 평하고 싶었다면 내가 제시한 증거에 대하여 논했어야 했을 것이다. 그가 나에 대해 가한 비판은 다음과 같다.

A$_1$ 기록들을 전적으로 믿고 이용하고 있다(p. 217).

A$_2$ 유리왕 9년의 설관(設官) 기록을 모두 그대로 인정하고 그것을 근거로 주장된 골품제 성립에 대한 그의 견해는 처음부터 문제가 있음을 생각하기 어렵지 않다(p. 217).

A$_3$ 최재석은『삼국사기』의 초기 기록을 거의 무비판적으로 이용하고 있다(p. 222).

A$_4$ 유리왕 9년 17등(等)의 설관(設官)을 했다는 기록을 그대로 믿고 논리를 폈다(p. 222).

유리왕 9년의 기록은 ⓐ 6부 개명(六部改名), 사성(賜姓)에 관한 것과 ⓑ 17관등을 마련하였다는 것과 ⓒ 6부의 여자들을 두 패로 나누어 길쌈을 하게 하였다는 가배(嘉俳)에 관한 것이다. 그런데 나는 이미 골품과 관등이 밀접한 관계에 놓여 있는 이상 유리왕 9년의 17관등 제정 기사와 신라 초기의 구체적인 17관등과 인명(人名)의 존재는 골품제 존재를 증명하는 것이라고 다음과 같이 말한 바 있다.

> 첫째, 같은 해인 유리 9년의 17관등 제정 기사는 이 해에 골품이 제정되었다는 것을 강력히 시사해주는 것이라 하겠다. 지금까지 거의 모든 골품 연구자가 시인하고 있듯이 관등과 골품은 밀접한 관계에 놓여 있다. 신라 후기에는 골품의 등급과 17관등이 불가분의 관계와 상응하는 관계에 놓여 있지만 신라 초기나 법흥왕 대 이전은 골품과 관등이 불가분의 관계에 있지 않은 상태이고 또한 서로 상응하는 관계에 있지 않는 상태에서 관등이 수여·임명되었다고는 결코 생각할 수 없기 때문이다. 이렇게 볼 때 유리 9년의 17관등 제정 자체가 골품제의 제도화를 전제하지 않고서는 행해질 수 없는 것이다.
>
> 둘째, 유리왕 9년의 17관등 제도의 기사가 허위가 아니라는 것은 그 후에 계속되어 있는 구체적인 인명과 관등의 기사에 의해서도 증명된다. 구체적인 17관등과 인명은 바로 골품제의 존재를 증명하는 것이 될 것이다. 골품제의 기초 위에서만 구체적인 인물의 관등의 임명이 가능하기 때문이다(최재석, 「신라의 골품제」, pp. 83~85).

이종욱 교수는 법흥왕의 율령 반포 시에 성골·진골·6두품~1두품이 만들어졌다고 한다. 그러나 이 법흥왕 시의 율령의 내용을 알 수 없고 또 성골·진골에 관한 규정이 있는지도 알 수 없다. 따라서 구체적인 관직이나 관등이 신분에 따라 정해졌음을 인정하는 이상, 그리고 법흥왕 이전에 존재한 구체적인 관등과 그러한 관등을 가진 수많은 사람의 존재를 사실로 인정하는 이상 법흥왕 이전에 골품제가 존재하였다는 것을 인정하지 않을 수 없을 것이다.

그런데 이종욱 교수는 구체적인 증거도 제시하지 않고, 또한 법흥왕의 율령 내용도 모르면서 단지 추측으로만 유리왕 9년의 17관등의 기사는 일부만이 사실이고 나머지는 추기 또는 허구로 보고 있다. 유리왕 9년에 설관(設官)이 모두 이루어진 것이 아니라는 말은 설관의 일부는 후세의 추기(追記) 또는 조작이라는 것을 뜻한다. 그는 또한 증거의 제시도 없이 유리왕 9년에는 17관등의 "시초가 열렸다." 또는 유리왕 9년의 설관이 "모두 이루어진 것이 아니다."라고 다음과 같이 주장하고 있다.

> B₁ 유리왕 9년에 17등의 설관이 모두 되었다고는 보지 않으며 (중략) 유리왕 9년에는 그와 같은 설관의 시초가 열린 것으로 믿어진다 (p. 217).
>
> B₂ 유리왕 9년에 17등의 설관이 모두 이루어진 것도 아니고 당시 그것을 골품제와 연결시키기도 어렵다(p. 220).
>
> B₃ 신라 초기의 신분제는 (중략) 법흥왕이 율령을 반포할 때 골품제로 법제화되었다고 보아야 할 것이다(p. 220).

아무런 증거도 제시하지 않고 "설관의 시초가 열렸다." 또는 유리왕 9년에 "설관이 모두 이루어진 것은 아니다."라는 말만 해서는 올바른 역사 연구가 이루어질 수 없다. 유리왕 9년에 제정된 17관등이 모두 당시에 이루어진 것이 아니라고 한다면 구체적인 증거의 제시 속에 당시에 설관된 것은 무엇이고 후세에 추기, 또는 조작된 것은 무엇인지 또한 후세란 구체적으로 어느 시기를 의미하는지를 밝혀야만 할 것이다.

요컨대 나는 위에서 제시한 것처럼 구체적인 근거를 제시하고 유리왕 9년의 17관등의 설관에 대한 기사는 사실이라고 본 데 대하여 이종욱 교수는 내가 제시한 구체적인 증거 제시에 대해서 비판을 가해야 함에도 불구하고 여기에 대하여는 일언반구도 없이 단지 최재석은 『삼국사기』 초기 기록을 무비판적으로 이용하였다고 비판하며, 사료를 통한 구체적인 증거의 제시도 없이 다만 추측에 의해서 유리왕 9년의 기사가 일부만 사실이고 일부는 후세에 추기·조작된 것이라 단정한 뒤 이러한 그의 독단적인 주장만이 올바른 사료의 해석인 것처럼 사실을 오도하고 있다(이렇게 볼 때 강도의 차이는 있으나 이종욱 교수도 이병도·이기백·이기동처럼 『삼국사기』 초기 기록을 조작으로 몰고 가는 사람의 하나라고 할 수 있다).

이미 언급한 바와 같이 유리왕 9년의 기사는 ⓐ 6부(六部) 개명(改名)·사성(賜姓)에 관한 기록 ⓑ 17관등 설관에 관한 기록 ⓒ 가배(六部內女子分朋造黨績麻)에 관한 세 가지 기록으로 구성되어 있다. 이 가운데 이종욱 교수는 두 번째, 즉 ⓑ의 17관등 설관에 관한 기록이 조작되었다고 주장하고 있다.

그가 B_1 항목만이 조작되었다고 주장하더라도 이 주장은 문자 그대로 그 한 가지 항목만이 조작되었다는 것을 나타내는 것은 아니고 나머지 두 항목(B_2, B_3)의 기록도 조작되었을 가능성을 배제하는 것은 아니다. 이렇게 되면 이 주장은 유리왕 9년의 전체 기사가 조작되고 나아가서는 유리왕 대의 기사가, 그리고 더욱 나아가서는 신라시대의 초기 기록은 조작되었다는 주장과 통하게 된다. 다시 말하면 추측으로 유리왕 9년조의 기사를 조작으로 보는 견해는 『삼국사기』 초기 기록이 조작되었다는 의식이 없이는 나올 수 없다.

이리하여 그는 내가 유리왕 9년조의 기사를 증거를 제시하고 사실로 인정하여 글을 쓴 데 대하여『삼국사기』초기 기록을 무비판적으로(p. 222), 전적으로 믿고(p. 217), 기록을 그대로 믿고(p. 217; p. 222) 논리를 폈다고 평하고, 조작된『삼국사기』의 기록을 그대로 믿고 글을 썼으니 그 연구 결과가 어떤 것인가 하는가는 물어보지 않아도 자명한 것이 아니냐는 식으로 다음과 같이 비판의 결론을 내리고 있다.

> 그(최재석)는『삼국사기』초기 기록에 대한 비판 없이 그대로 인정하고 논리를 편 것도 보았다. 따라서 최재석의 견해가 한국고대사 연구에 어떠한 작용을 할 것인지는 쉽게 짐작할 수 있게 되었다(p. 221).

5) 이미 언급한 바와 같이 나는 전게 논문에서 지난 60년 동안에 발표된 총 57편의 골품제에 관한 논저를 8가지 범주로 구분하고 이것을 다시 각기 연대순으로 정리하고 나서 학자들의 견해가 어떻게 일치 또는 불일치하는가를 알아보았다. 그 과정에서 동일인의 것이라 하더라도 모순된 주장을 한 것이나 서로 다른 견해를 발표하고 있음을 알게 되었다. 물론 이러한 작업 속에 이종욱 교수의 견해도 포함되었다. 그의 견해를 여기서 다시 한 번 제시해 보자.

(가) 같은 신라인이고 그리고 더군다나 같은 범주에 속하는 신분이라면 같은 지위 계승의 원리가 작용하여야 함에도 이종욱 교수는 같은 범주의 신분이라도 그 계승 원리는 서로 다르다고 다음과 같이 말한다. 즉 6두품은 부계 계승 원리가 작용하고 4두품은 코그내틱(cognatic)의 원리가 작용하고 5두품은 그 중간 형태의 원리가 작용한

다고 하였다(이종욱, 「신라시대의 두품신분」, 『동아연구』 10, 1986, p. 61). 그리고 또 그는 6두품~4두품에도 족강(族降) 현상이 일어난다고 하였으니(이종욱, 상게 논문, p. 55), 이렇게 되면 족강 현상이 일어나는 순간에 부계 계승 원리가 다른 계승 원리(코그내틱 등)로 변한다는 것인데 지위 계승 원리는 족강 현상과는 달리 순간적으로 바뀔 수 있는 것이 아니고 오랜 시일을 두고 변하는 것이다. 또 그는 부계와 코그내틱의 중간 형태의 원리라 하였으나 그러한 중간형태의 계승원리는 어떠한 것인지 아직 듣지 못하였다.

(나) 그는 어떤 때는 6두품·5두품·4두품만을 두품 신분이라 하고 또 어떤 때는 6두품~1두품 모두를 두품 신분이라 하기도 한다. 더욱이 같은 논문에서 모순되는 두 가지 주장을 하니 그의 견해를 정리한다는 것은 많은 어려움이 있었다. 그의 주장을 정리하여 보면 다음과 같다.

C1 6두품·5두품·4두품으로 이루어진 두품 신분은 성골·진골의 골신분과 평인(백성)인 일반민의 중간에 위치한 신분 집단을 가리킨다(이종욱, 「신라시대의 두품신분」, p. 44).

C2 두품 신분은 신라 최고의 신분이었던 골신분(骨身分)과 일반민이었던 평인(백성) 신분 사이에서 위치하고 있던 중간 지배 신분층이었다(상게 논문, p. 44).

D1 당시 골품제는 성골·진골의 골품 신분과 6두품에서 1두품까지의 두품 신분으로 짜져 있다(상게 논문, p. 43).

D2 6두품에서 1두품까지가 두품 신분이다(이종욱, 「신라 골품제 연구의 동향」, 『한국 고대의 국가와 사회』, 1985, p. 203 및 p. 210).

(다) 이종욱 교수는 어느 때에는 6두품·5두품·4두품을 같은 신분

으로 보고 또 어떤 때는 6두품·5두품만을 같은 신분으로 보되 4두품을 떼어내어 평민과 같은 신분으로 본다. 그의 견해는 다음과 같다.

E₁ 6두품·5두품·4두품으로 이루어진 두품 신분은 성골·진골의 골 신분과 평인의 일반민 중간에 위치한 신분 집단이다(이종욱, 「신라 시대의 두품신분」, 1986, p. 86).

E₂ 골품에 따른 일상생활에 대한 규정을 보면 크게 진골과 6두품·5두품 그리고 4두품·평민의 셋으로 구분되었던 것을 알 수 있다(이종욱, 「남산신성비를 통해 본 신라의 지방 통치 체제」, 『역사학보』 64, 1974, p. 69).

(라) 이종욱 교수는 한편에서는 기원전 2세기에 신분제도가 생겨났다고 하면서(「신라 골품제 연구의 동향」 p. 214 및 p. 219) 또 한편으로는 법흥왕이 율령을 반포할 때 성골·진골·6두품~1두품이 만들어졌다고 주장한다(상게 논문, p. 214). 그렇게 되면 기원전 2세기부터 법흥왕 7년(A.D. 320년)까지 약 700년 동안은 신분제는 존재하되 성골·진골·두품 등은 존재하지 않았다는 결론에 이르게 된다. 설사 법흥왕 7년에 성골·진골 등의 신분이 법제화되었다고 주장하더라도 이 기간에 구체적인 관직·관등이 존재하고 있음을 고려한다면 700년 동안이나 법제화되지 않은 신분이 있었다는 것은 도저히 이해할 수 없다. 그의 주장은 다음과 같다.

F₁ 신라의 국가 형성 시기는 기원전 2세기 말이며 신분제도는 국가 형성 과정에서 생겨났다(이종욱, 「신라골품제 연구의 동향」의 p. 214 및 219).

F₂ 법흥왕이 율령을 반포할 때 성골·진골·6두품~1두품의 골품제가 만들어졌다(상게 논문, p. 214).

이처럼 골품제 연구의 문헌을 정리하는 과정에서 이종욱 교수의 논고 또한 정리되었는데 이를 이종욱 교수는 "부정적인 것에 더 많은 관심을 두었다", "기존 연구를 잘못 이해했다", "잘못을 저질렀다"는 등의 다음과 같은 비판을 나에게 가해 온 것이다.

G₁ 기존 연구 성과의 긍정적인 면을 밝히기보다는 그 부정에 더 많은 관심을 기울였다(p. 221).

G₂ 기존 견해를 잘못 이해한 사실이 적지 않은 것도 알게 되었다(p. 221).

G₃ 폐쇄적이고 부정적인 면만을 강조하였다(p. 226)

G₄ 앞에서 언급한 바와 같이 일부 연구자들처럼 기존 연구 성과의 비판에만 급급하여 옳은 대안을 제시하지도 못하거나, 다른 사람의 논문을 옳게 이해하지도 못하는 잘못을 저지르는 사태는 사라져야 할 것이다(p. 226).

6) 그는 이밖에 ⓐ 신라의 왕위계승; ⓑ 신라시대의 부계혈연집단(씨족·종족·리니지)의 존부 문제에 대해서도 이견을 제시하였다.

나는 이미 신라시대의 왕위계승에 대하여 논고를 발표한 바 있다. 이 논고는 신라의 평화적인 왕위계승의 원리에 대한 논고였다. 이에 관한 나의 논고를 진정으로 비판하고자 한다면 독립된 논문이나 좀 더 많은 지면을 할애하여야 할 것이며, 골품제 연구의 비판 논문에서 불과 몇 줄의 글로 그것도 그 용어가 의미하는 바도 분명치 않은 '표면적 현상',

'정상적인 상태가 아니다', '특수 상황'이라는 비판을 가하고 있다. 내가 여러 번 정상적인 왕위계승의 원리라고 강조한 사실에 대해 모호한 용어를 사용하여 독단적인 비판을 가한 이종욱 교수의 주장은 다음과 같다.

> H₁ 신라의 왕위계승이 자(子)·여(女)·서(婿)·친손(親孫)·외손(外孫)의 5종의 친족에 의해 이루어졌다는 그의 견해는 (중략) 일반적인 왕위계승 원리와는 동떨어진 표면적인 현상에 불과하다(p. 218).
>
> H₂ 신라의 왕위계승에 왕의 자(子) 이외에 여(女)·서(婿)·친손(親孫)·외손(外孫)이 계승하는 수가 있기는 하나 그것은 정상적인 상태에서 왕위계승이 이루어진 것이 아니다(p. 218).
>
> H₃ 따라서 그러한 특수한 현상을 일반화시켜 왕위계승의 원리로 볼 수도 없고, 나아가 친족구조의 원리 및 성골집단의 구성원으로 보는 견해는 처음부터 성립할 수 없다(p. 218).
>
> H₄ (최재석은) (중략) 왕위계승에 나타나는 표면적인 현상만을 가지고 왕위계승·친족집단·신분제도에 대한 견해를 발표한 것을 알 수 있었다(p. 221).

7) 나는 이미 두 개의 논문(「신라왕실의 친족 구조」, 「신라시대의 씨족·리니지의 존부 문제」)에서 22개의 증거를 제시하여 신라시대에는 부계 혈연 집단이 존재할 수 없다는 견해를 발표한 바 있다. 이에 대하여 이종욱 교수는 전항들에서 보여준 바처럼 골품제 연구의 비판 논문에서 구체적인 증거의 제시 없이 나의 두 편의 논고에 대해 단지 몇 줄의 글로 비판을 가하고 부계혈연집단이 존재했었다고 주장하고 있다. 나는 다음에서 이종욱 교수의 비판만 간략히 소개하고 신라의 왕위계

승과 신라시대의 씨족·리니지의 존부 문제에 대하여는 내가 제시한 각종 구체적인 증거와 그에 따른 결론에 관해 독립 논문의 형식으로 반론을 제기할 때까지 그 답을 미루어 두고자 한다.

I₁ 최재석은 신라시대에는 부계혈연집단(씨족·리니지·종족)이 존재하지 않고 직계·방계 사상도 없었다고 하였다. 이 같은 견해는 (중략) 성립될 수 없는 그만의 추측이다(p. 219)

I₂ 신라의 왕실·왕족 또는 지배 세력은 부계제의 씨족·가계(리니지) 조직을 갖고 있었다.

[3]

지금까지 보아온 바와 같이 이종욱 교수는 1984~1986년간 연구 성과를 정리하는 자리에서 한국 대사나 골품제 연구를 한층 발전시키려고 글을 쓴 것이 아니라 자기 개인의 연구 결과(1986년 말 현재 그는 골품제에 관하여 7편의 글을 썼다)에 비추어 상위하면 구체적 증거 없이 나의 논고를 비판하는 글을 썼다. 거기에다 자신이 분명히 한 말을 하지 않았다고 하거나 오히려 내가 지어내어 그러한 말을 하였다고 비판하기까지 하였다. 지난 1984년 『역사학보』 104집에서 1979~1983년 사이의 한국 사학계의 연구 성과에 대한 회고와 전망에서 고대사를 집필한 이기동 교수나 고려사의 연구 성과에 대한 집필을 담당한 김당택 교수가 나에게 가한 비판과 조금도 다를 바 없는 추론과 구체적 증거를 결한 독단적인 리뷰가 이종욱 교수에 의해서도 계속 발표되고 있으니 장차 우리나라 사학계의 건전한 발전이 우려된다. 이번 글을 계기로 학계의 건전한 연구 풍토가 정립되길 기원한다.

한국 고대사학자들과 이기동·노태돈 교수에게 다시 묻는다

약 150년 전부터 일본 고대사학자들은 거의 전부 고대 한국도 일본 (야마토왜)의 식민지였다고 주장하려고 『삼국사기』 초기 기록은 조작되었다고 주장하였다. 이러한 일본인들의 저의를 알아차리지 못한 우리나라의 고대사학자인 이병도, 이기백, 김철준, 이기동 등도 한결같이 『삼국사기』 초기 기록이 조작되었다고 주장하므로 나는 1985년에 『한국학보』 38호에 「삼국사기 초기 기록은 과연 조작되었는가」라는 논문을 발표하여 공개 질문을 하였다. 우리나라 고대사학자들도 『삼국사기』 초기 기록이 조작되었다고 주장할 뿐만 아니라 한 걸음 더 나아가 일본 사학자들의 한국고대사 왜곡을 '근대적 학문 비판', '문헌고증학적 연구', '근대적 학문적이자 엄격한 비판이며 철저한 비판'이라고 높게 평가하였다. 역사적 사실 여부를 연구해 보지도 않고 일본 사학자들의 주장을 따르고 칭찬하고 있으니 어처구니없는 일이다.

내가 그들의 학문에 대하여 비판을 가하였다면 의당 (나의 비판이 타당한지 부당한지) 대답이 있어야 할 텐데도 그로부터 25년이 지난 지금(2010)까지 아무런 응답이 없다. 이병도(1989년 작고), 이기백(2004년 작고), 김철준(1989년 작고) 교수는 나의 비판에 응답하지 않고 세상을 뜨고 말았지만 내 나이 이기동 교수보다 20세 정도 연상이니 내 사후가 아니라 생존 시에 나의 비판에 답을 주기 바란다. 내 생전에 침묵을 지키다가 사후에 이러쿵저러쿵해서는 안 될 것이다. 자기 학문에 대한 비판이 나왔으면 그것에 대해 인정을 하든 반박을 하든 자신의 견해를 밝히는 것이 학문하는 사람의 도리 아니겠는가?

다음은 이기동 교수가 여러 곳에 발표한 논문에서 『삼국사기』 초기 기록에 대한 그의 주장을 모은 것이다.

① 『삼국사기』 초기 기록의 조작, 불신설은 학계의 정설이다.

- 이기동, 「백제왕실 교대론에 대하여」, 『백제연구』 12, 1981.

② 『삼국사기』 신라본기의 초기 기록은 신화에서 역사로의 과도기를 다룬 것이 틀림없다.

- 이기백·이기동, 『한국사 강좌』, 1982, p. 143.

③ 신라 국가의 전 역사는 내물왕조(356~401)의 역사라고 볼 수 있다.

- 이기동, 「신라 골품제 사회와 화랑도」, 1980, p. 15.

④ 백제본기 기사에 어떤 입장을 취하던 간에 적어도 고이왕 이전 백제왕통 계보가 사실을 왜곡 또는 조작되었을 것이라는 혐의를 떨쳐버릴 수 없다.

- 이기동, 「백제왕실 교대론에 대하여」, 『백제연구』 12, 1981, p. 7.

⑤ 최재석은 '엄정한 사료비판을 가해야 마땅한 신라본기의 초기 기록'을 그대로 인정하고 있다.

- 이기동, 「고대(회고와 전망)」, 『역사학보』 104, 1984.

⑥ 근대사학의 방법으로 한국고대사 연구에 착수했던 쓰다 소키치, 이마니시 류 등의 일본사학자들은 문헌고증학의 연구방법에 입각하여 삼국사기에 대한 사료 비판을 가하였는데 그 결과 개루왕, 초고왕 이전의 백제본기 기사가 신빙성이 결여된 것으로 논단되어 그 사실성이 부인되고 말았다.

- 이기동, 앞의 논고

위의 이기동 교수의 주장에 근거하여 다음과 같이 공개 질문을 한다. 대답해 주기 바란다.

① 『삼국사기』 초기 기록의 조작설은 학계의 정설이라고 주장하였는

데 조작되었다는 근거를 제시함과 동시에 누가 조작되었다고 말하였는지도 밝혀주기 바란다. (강조 필자)

② 『삼국사기』 신라본기 초기 기록은 신화에서 역사로의 과도기를 다룬 것이 틀림없다고 주장하였는데 그렇게 단정한 근거를 밝혀주기 바란다.

③ 신라국가의 전 역사는 내물왕조(356~401)의 역사라고 하였는데 (신라는 내물왕부터 시작한다; 괄호 내용 필자) 그 증거를 제시하기 바란다.

④ 『삼국사기』 백제본기 기사에 어떤 입장을 취하더라도 고이왕(234~285) 이전의 백제왕의 계보는 왜곡 또는 조작되었다고 주장하였는데 고이왕 이전의 백제왕의 계보가 왜곡·조작되었다는 증거를 제시해주기 바란다.

⑤ 일본사학자 쓰다 소키치, 이마니시 류 등은 『삼국사기』 초기 기록이 조작되었을 뿐만 아니라 고대 한국은 일본의 식민지라고 주장하고 있는데 왜 초기 기록이 조작되었다는 전반부 주장만 받아들이고 고대 한국이 일본의 식민지였다는 후반부 주장에 대해서는 침묵만 지키고 있는가? 그 이유를 설명해주기 바란다.

⑥ 고대 한국이 일본의 식민지였다고 주장하는 일본인 쓰다 소키치, 이마니시 류 등을 역사를 과학적으로 연구한 학자, 즉 문헌고증학자라고 칭찬하였는데 그 증거를 제시해주기 바란다.

⑦ 한국 고대사를 전공한다고 하면서 고대 한국(고구려, 백제, 신라, 가야)에 대해 적지 않게 언급되어 있고 또한 고대 일본(야마토왜)이 한국(백제)의 직할 영토였다고 기록하고 있는 일본사서인 『일본서기』는 왜 전적으로 도외시하고 언급조차 하지 않는 것인지 그 이유를 설명해주기 바란다.

이상 7개 항목에 걸쳐서 행한 질문에 대하여 지면으로 공개적으로 답해주기 바란다.

솔직히 말하여 나는 한국 고대사학계의 불가사의에 대하여 놀라움을 금치 못하고 있다. 이병도부터 시작하여 이기백, 김철준 교수를 거쳐 이기동 교수에 이르기까지 우리나라 고대사학자들이 일본인들의 주장을 그대로 받아들여 『삼국사기』 초기 기록은 조작되었다고 법석을 떨어도 다른 우리나라 고대사학자들은 가타부타 말 한마디 하지 않고 침묵만 지킨 사실에 대해서 말이다. 우리나라 고대사학자들이 침묵만 지키는 것은 권위주의 위계질서가 엄존하여 스승이나 선배의 글을 비판할 수 없기 때문인지 아니면 이들 이외의 다른 고대사학자는 존재하지 않기 때문인지 나에게는 늘 불가사의로 보인다.

앞에서 구체적으로 지적한 바와 같이 이기동 교수는 『삼국사기』를 사실을 기록한 역사서로 인정하는 나를 비판하였을 뿐만 아니라 『삼국사기』 초기 기록이 조작되었다는 것이 '학계의 정설'이라고 주장하는 등 무려 여섯 번이나 『삼국사기』 초기 기록은 조작되었다고 주장하였으니 그가 학문적인 양식이 있다면 당연히 나의 두 번째 공개 질문에 답변해야 할 것이다.

이기동 교수가 읽었다는 쓰다 소키치, 이마니시 류의 저서를 포함하여 20명 가까운 일본 고대사학자들의 논저를 읽어보면 한결같이 『삼국사기』 초기 기록은 조작되었으며 고대 한국은 일본의 식민지였다는 역사 왜곡의 내용의 것이었다. 그런데 이기동 교수는 이러한 일본사학자들의 역사 왜곡을 '근대사학' '문헌고증학'이라고 높게 평가하고 있는데 그 근거를 제시해주기 바란다. 또 일본인 사학자들의 역사 왜곡 주장을 설사 읽었지 않았다 하더라도 일본인들의 식민사학을 받아들였다는 평을 면할 길은 없을 것이다.

그리고 서울대 국사학과의 고대사학자 노태돈 교수에게도 한마디 하겠다. 나의 7번째 한일관계사 연구서인 『고대한일관계와 일본서기』 출간을 소개한 기사(「동아일보」 2001년 5월 2일자)에 의하면 노태돈 교수는 이 기사를 작성한 김형찬 기자에게 "최 교수의 주장에는 인정하기 어려운 부분이 많다. 다만, 학계의 원로이기 때문에 직접적인 비판은 피하고 싶다."고 말했다고 한다.

우선 나의 저서를 읽어준 데 대하여는 감사를 표한다. 그러나 학계의 원로 운운하면서 '직접적' 비판을 피하겠다니, 그럴 필요 없다. 나를 정식으로, 직접적으로 비판해 주기 바란다. 만일 이 글을 보고도 비판하지 않는다면 먼저 한 말을 나를 폄훼하는 말로 받아들이겠다. 그리고 한국고대사를 연구한다는 사람이 한국고대사 내지 고대 한일관계사에 관한 기사가 가득 차 있는 『일본서기』를 연구사료로는커녕 거들떠보지도 않고 있는데 그 이유를 설명해 달라. 그리고 1백 수십 년 전부터 일본고대사학자 거의 전부가 달라붙어 고대 한국을 일본의 식민지였다고 주장하고 있는데, 여기에 대하여 시종 입을 다물고 침묵을 지키고 있는 이유도 설명해 달라. 고대사학자라면 여기에 대하여 한마디 정도의 논평은 있어야 하는 것 아닌가?

『일본서기』는 고대 한국(백제)이 일본을 장기간 경영하였다는 역사적 기사를 포함하여 한국의 고대사라고 할 정도로 한국고대사에 대하여 많이 서술되어 있는 데도 이러한 『일본서기』에 대하여 언급한 한국고대사는 아직 보지 못하였다. 한국 고대사학자들은 왜 『일본서기』에 대하여 침묵만을 지키고 있는지, 거기에 대한 설명도 있어야 할 것이다.

이기동 씨가 내가 『삼국사기』 초기 기록을 역사적 기록으로 인정하고 글을 쓴 데 대하여 사료비판을 가해야 할 『삼국사기』의 초기 기록을 그대로 인정하였다고 비판을 가하면서 신라의 역사는 내물왕조의 역사라고 주장한 해가 1980년이니, 그로부터 30여 년이 지난 오늘날에도 『삼국사기』 초기 기록은 조작되었다고 주장하고 있는지 대답해주길 바란다.

일본 사학자들은 단지 『삼국사기』가 조작되었다고만 주장하고 있는데 대하여 이기동 씨는 한 술 더 떠서 일본 사학자들의 역사 왜곡을 증거와 문헌에 근거하여 입증된 '문헌고증학'이라고 극찬하니 일본인들의 왜곡보다 훨씬 더 한국사를 왜곡한 사람이라고 말할 수 있겠다. 따라서 이기동 씨는 좋게 말하면 한국사 왜곡의 선구자 내지 스승이라고 할 수 있을 것이다. 이러한 실상도 모르고 그를 한국고대사 연구의 중진 내지 권위자로 대우하는 한국 학계의 앞날이 걱정된다.

비단 고대사학자뿐만 아니라 사학자들은 사료가 있는 곳은 어느 곳이나 마땅히 그곳을 찾아가야 하는 것으로 알고 있다. 『일본서기』는 일본의 고대사서이지만 고대 한국과 고대 한일관계사에 관한 기록이 적지 않게 기록되어 있다. 그렇다면, 의당 고대사학자들은 『일본서기』도 찾아보아야 한다. 그런데 한국 고대사학자들은 거의 전부 이 사료는 무시하고 우리의 사서인 『삼국사기』와 『삼국유사』 등에만 매달리고 있다. 그리고 그들이 매달린 『삼국사기』도 일본인들의 역사 왜곡을 그대로 받아들여 그 초기 기록은 전설이거나 조작되었다고 주장함과 동시에 그러한 비판을 한 나에 대하여 오히려 반격을 가하고 있다. 도대체 어떻게 하겠다는 말인가? 내가 하루빨리 신진 고대사학자의 출현을 고대하는 이유다.

일본 육군참모본부로부터 시작하여 100여 년 간 구로이타 가쓰미, 쓰다 소키치 등 거의 모든 일본 고대사학자들(약 30여 명)이 근거의 제시 없이 두 가지 허구의 주장을 하고 있다. 그 가운데 하나는 고대 한국은 일본의 식민지였다는 주장인데 한국 고대사학자들은 여기에 대하여는 침묵을 지키고 있고, 또 하나의 허구 주장인 『삼국사기』 초기 기록이 조작되었다는 주장에 대해서는 과학적인 역사관이라고 칭찬하고 있으니 내가 이 한국 고대사학자들에 대하여 책을 읽지 않는 무식꾼이라고 평하면 펄펄 뛸 테니 오히려 한국 고대사학자들을 '한국인의 가면을 쓴 일본인'이라고 평하는 것이 좋지 않을까 한다.

자기 분야의 책도 읽지 않고 교과서를 쓰는 나라, 대한민국

어떤 한 사전은 '교직(敎職)'은 학생을 가르치는 직무라고 설명하고 있다. 적어도 학생들을 가르치는 교직에 있는 사람은 자기 분야의 책을 읽어야 하며, 더욱이 교과서를 집필하는 사람은 그 분야의 책을 광범위하게 그리고 깊이 읽어야만 교과서 집필이 가능하다고 생각한다.

나는 지금까지 20여 년 간 고대 한일관계사 연구에 종사하여 『백제의 야마토왜와 일본화 과정』(1990)을 위시하여 고대 한일관계사에 관하여 2011년 현재까지 10여 권의 저서를 간행한 바 있으므로 한국의 중고등학교 국사 교과서에 고대 한일관계사가 어떻게 쓰여 있는지 그 내용에 대하여 지대한 관심과 호기심을 가져왔다.

중고등학교 교과서 편찬에 참여한 사람들은 집필자 연구진, 교육과학기술부, 국사편찬위원회, 국정도서편찬위원회 등 다섯 부서로 교과서 편찬에 관련된 부서는 모두 참여하였다고 볼 수 있다. 정부는 교과서의 내용을 더욱 정확하고 타당한 것으로 만들고자 교육과학기술부를 위시하여 관련 부서를 모두 동원한 것으로 보인다. 그렇다면, 이상의 다섯 부서가 참여하여 만든 중학교 국사 교과서의 고대 한일관계는 어떻게 서술되어 있는지 그 내용을 살펴보자.

"백제는 (중략) 왜와 외교관계를 맺고 고구려를 견제하였다. 이를 기반으로 백제는 황해를 건너 중국의 랴오시·산둥 지방과 일본의 규슈 지방에 진출하여 활동무대를 해외로 넓혔다."라고 되어 있다. 이해의 편의를 위해 위의 글을 정리하면 다음과 같이 될 것이다.

① 백제는 왜와 외교관계를 맺고 고구려를 견제하였다.
② 백제는 왜와 맺은 외교관계를 기반으로 중국에 진출하고 일본의 규슈 지방에 진출하였다.

그런데 백제와 왜가 외교관계를 맺고 고구려를 견제한 일은 없으며 또한 백제가 왜와 외교관계를 맺고 중국에 진출한 일도 없다. 또 백제가 6세기에 나라(奈良 : 오사카) 지방에 진출하여 야마토왜(大和倭)를 경영한 일은 있으나 왜와 외교관계를 맺고 일본의 규슈 지방에 진출한 일은 없다. 또 아무 설명 없이 불쑥 '왜'와 '일본'의 이름을 거론하고 있으나 왜를 지칭하는 지역이 다양하므로 막연하게 왜라고 한다면 어느 왜인지 알 수 없다. 그러므로 왜에 대하여 이야기할 때는 왜의 개념을 확실히 한 연후에 사용해야 한다. 그리고 또 백제가 '왜'와 외교관계를 맺고 '일본'의 규슈에 진출하였다고 하나 '왜'와 '일본'이 어떻게 다른지도 알 수 없다.

한국의 중고등학교 국사 교과서 편찬 담당 부서인 교육과학기술부, 국사편찬위원회, 국정도서편찬위원회, 집필자, 연구진 등 다섯 기관의 머리를 짜내 만든 교과서 내용이 역사적 사실이 아닐뿐더러 의미도 통하지 않는다. 교육과학기술부, 국사편찬위원회 등이 중심이 되어 만든 중학교 국사 교과서의 내용이 이럴 수가 있는가? 한국의 대충주의가 작용했다고 하더라도 이것은 너무 심하지 않은가?

그리고 곧 언급하겠지만 고대 한국과 일본의 관계를 한결같이 뚜렷이 밝힌『삼국사기』『일본서기』『구당서』『당서』등을 제쳐놓고 어째서 역사적 사실이 의심될 뿐더러 의미가 통하지 않는 위와 같은 내용의 기사를 중학교 교과서에 싣는가? 집필자에게 잘못이 있다고 한다면 연구진, 국사편찬위원회, 교육과학기술부는 무엇 때문에 존재하는가? 이러한 기구들은 집필자에 잘못이 있으면 이것을 바로잡기 위하여 존재하는 기구들이 아닌가?

교과서를 살펴보니 고대 한국과 일본의 관계를 서술하는 지면은 두세 줄 정도의 매우 한정된 지면이었다. 이렇게 매우 한정된 지면에 내용을 담으려면 신빙성이 없거나 적은 기사는 제외하고 아주 중요한 내용만 담아야 할 것이다.『삼국사기』에는 초기 왜(B.C. 50~A.D. 500)에 관하여 49회의 기사가 실려 있고, 중국 기록인『진서』에는 A.D. 220~265 사이에 왜국이 30회 등장하고 그 이전에는 100여 개의 '소왜국'이 존재했다고 기록하고 있다. 한정된 지면에『삼국사기』에 나오는 49회의 왜 이야기나『진서』에 나오는 소왜국 이야기를 할 수 없는 것 아닌가? 그렇다면 후에 '일본'으로 발전한 야마토왜(大和倭)와 한국(백제)의 관계를 집중적으로 서술하는 것이 바람직하다고 생각한다.

일본사서인『일본서기』는 조작과 은폐가 적지 않지만 6세기의 야마토왜는 백제의 무령왕·성왕·위덕왕의 3왕이 경영한 지역이었음을 서술하고 있다.『일본서기』는 야마토왜·일본의 역사서이다. 따라서 한정된 지면에서 고대 한일관계를 서술하려면 불명확한 한일관계보다는『일본서기』에 명기되어 있는 6세기 이후의 한일관계를 논하는 것이 가장 바람직하다고 하겠다. 다시 말하면『삼국사기』초기 기록의 왜,「광개토대왕비문」등에 나타나 있는 왜처럼 다양하고 모호한 왜보다는 후에 '일본'으로 발전하여 일본 열도를 통일한 '야마토왜'와 한국의 관계에 대하여 이야기하는 것이 좋을 것이다.

『일본서기』에는 6세기 한일관계가 잘 나타나 있지만, 『삼국사기』에는 9세기 초의 한일관계가 잘 나타나 있다. 고대사를 전공한 사람이라면 의당 우리의 고대 역사서인 『삼국사기』는 읽었어야 한다. 그렇게 했더라면 『삼국사기』에 실려 있는 다음과 같은 한국과 일본의 관계(A₁, A₂)는 알고 있었을 것이다. 즉 일본국왕이 신라왕에게 두 번에 걸쳐 황금 300냥과 고가의 비단인 명주를 다량으로 진상하였으니, 중학교 국사 교과서의 집필자는 당연히 이 사실을 반영했어야 했다.

> A₁ 804년 5월. 일본국이 사신을 보내 황금 300냥을 진상(進)하였다 (『삼국사기』 애장왕 5년 5월).
>
> A₂ 882년 8월. 일본국왕은 사신을 보내어 황금 300냥과 명주 10개를 진상하였다(『삼국사기』 헌강왕 8년 4월).

또 일본의 역사서인 『일본서기』는 다음과 같이 일본국왕(천황)이 백제의 왕족인 복신(福信)의 지시를 따라 백제를 도왔다고 기록하고 있다. 일본의 천황이 백제 왕족의 지시를 따라 백제를 도왔다면 이는 일본이 백제의 속국이었음을 나타내는 것이니 이 사실도 당연히 국사 교과서에 반영시켰어야 했다.

지금 여기에 관한 사료를 제시하면 B₁과 같다.

> B₁ 사이메이 6년(660) 12월 24일. 천황이 난파궁(難波宮)으로 행차하였다. 천황은 바로 복신(福信)이 말하는 뜻에 따라 쓰쿠시(筑紫)로 행차하여 구원군을 파견하려고 생각하여 우선 이곳으로 행차하여 여러 가지 군기(軍器)를 비축하였다(『일본서기』 사이메이 6년

12월 24일. 복신은 백제의 왕족이다).

그리고 교과서의 고대 한일관계사 집필을 담당한 사람이라면『삼국사기』『일본서기』이외에『구당서』『당서』도 당연히 읽었어야 하는 것이 아닌가? 이러한 역사서에는 고대 한일관계사에 관하여 적지 않게 기록되어 있기 때문이다. 그러한 역사서에는 백강구(白江口) 전투에서 항쟁한 왜군은 백제왕인 풍(豊)의 군대라는 것이 명기되어 있다. 왜군이 백제왕의 군대라는 것은 왜(야마토왜)가 백제가 경영한 영토임을 나타내는 것이다. 왜 중학교 국사 교과서 집필자는 한국과 일본의 관계를 명명백백하게 서술하고 있는 한국과 일본과 중국의 역사서를 보지 않는 것일까? 아무리 이해하려 해도 이해가 가지 않는다. 다음은 위에 적은 여러 종류의 역사서가 왜군이 백제왕 풍의 군대라는 것을 나타내는 기사이다.

    C₁ 왕(문무왕)은 김유신 등 28장군을 거느리고 당군(唐軍)과 연합하여 두릉윤성·주류성 등 여러 성을 공격하여 모두 항복을 받았다. (백제왕) 부여풍은 도주하고 왕자 충승·충지 등이 군대를 이끌고 와서 항복하였다(『삼국사기』문무왕 3년 5월).

    C₂ 유인궤(劉仁軌)가 (중략) 백강구에서 왜인(倭人)을 만나 네 번 싸워 모두 이기고 배 400척을 불태우니 연기와 화염이 하늘을 덮고 해수도 빨갛게 물들었다. 왕 부여풍이 도주하여 그 행방을 알지 못하는데 혹은 고구려로 갔다고도 한다. 그의 보검을 노획하였다. 왕자 부여충승·충지 등이 그의 군대와 왜인(왜군)을 거느리고 함께 항복하였다(『삼국사기』의자왕 20년).

    C₃ 유인궤는 백강구에서 부여풍의 군대를 만나 네 번 싸워 모두 승

리하고 풍의 선박 400척을 불태우니 적군이 크게 패하여 부여풍
은 도주하고 거짓(옛) 왕자 부여충승·충지 등은 사녀(士女)와 왜
중(倭衆 : 왜군)을 거느리고 항복을 하니 백제의 여러 성 등이 모
두 항복 귀순하였다(『구당서』 백제).

C4 유인궤는 백강구에서 왜병(倭兵)을 만나 네 번 싸우고 모두 승리
하고 그 선박 400척을 불태우니 연기와 화염이 하늘을 메우고 바
닷물을 모두 붉게 물들이니 적군은 크게 무너져 부여풍은 도주하
여 그의 보검을 노획하였다. 거짓왕자 부여충승과 충지 등은 사녀
와 왜중(왜군)과 탐라 군사를 거느리고 한꺼번에 항복하니 백제의
여러 성이 모두 귀순하였다(『구당서』 유인궤).

C5 유인궤는 (중략) 풍의 군대가 백강구에서 진을 치고 있었으나 네
번 싸워 모두 이기고 선박에 불을 놓아 400척을 불태우니 풍이
도주하였다. 그가 어디로 갔는지 소재를 알지 못한다. 거짓(옛) 왕
자 부여충승·충지가 백제 본토 군대와 왜인(왜군)을 거느리고 항
복하니 모든 성이 모두 항복하였다(『당서』 백제).

우리는 앞의 사료에서 백강구에서 항쟁한 왜인(C2, C5)과 왜중(C3,
C4)은 백제왕 풍의 군대였으며 전쟁에 패하여 풍이 도주한 후에는 백제
왕자 충승과 충지가 왜군을 통솔하였음을 알 수 있다.

일본 고대사학자들 가운데도 양심적인 학자가 있다. 예를 들면 이
시와타리 신이치로 씨는 대한민국 중학교 국사 교과서가 발행된 해인
2002년 3월보다 12년 전인 1990년에 『오진천황릉의 피장자는 누구인
가』, 2001년에 『백제에서 건너온 오진천황』 등의 저서를 간행한 바 있
다. 요점은 일본의 역사서인 『일본서기』에 근거하여 역대 일본천황은
한국 사람이며 고대 일본(야마토왜)은 고대 한국이 경영한 땅이었다는

점이다. 앞에 적은 여러 역사서를 읽지 않고 이시와타리의 저서나 본인의 저서를 조금이라도 읽었더라도 지금과 같은 내용의 교과서는 집필·간행하지 않았을 것이다.

위에 지적한 바와 같이 『삼국사기』만 읽었어도 고대 일본은 한국(신라)에 조공을 바친 나라임을 알 수 있고, 『일본서기』만 읽었어도 6세기는 백제의 무령왕·성왕·위덕왕의 3왕이 일본을 경영하였고 660년의 일본천황은 백제왕족의 지시를 따른 왕이었음을 알 수 있었을 것이다. 그리고 『삼국사기』『구당서』『당서』들을 읽었다면 백제왕자 충승과 충지 등이 일본 군대를 거느린 역사적 사실을 파악할 수 있었을 것이다.

요컨대 현재 사용하고 있는 중고교 국사 교과서의 고대 한일관계 서술은 모호하고 역사적 사실과 다르므로 시급히 다시 서술하여야 한다. 또 위의 여러 역사서에 나타나 있는 바와 같이 일본은 한국이 경영하던 땅이었음을 담아야 할 것이다. 일본 열도의 모든 지명이 한국의 지명이었다는 점 한 가지에 의해서도 이 사실은 증명된다고 하겠다.

V

역경의 행운2

상식을 벗어난 학계의 부조리

여기서는 내가 겪은 고통에 관한 것들을 적어본다. 이 고통은 1963 년부터 1991년까지 29년 간 계속된 것인데 대표적인 것만을 여기에 적는다.

과문한 탓인지는 모르나 한국에는 회고록이 많지 않은 것으로 알고 있다. 회고록에 저자가 경험한 사회적 부조리가 담겨 있다면 이것은 일종의 사회적 고발로 볼 수 있을 것이다. 각각 자기 분야의 사회적 부조리가 고발되는 사회는 조만간 그 분야의 사회적 부조리가 감소될 것이다. 따라서 그만큼 사회의 선진화가 촉진될 수도 있을 것으로 생각한다. 그런 의미에서도 나의 이야기가 한국 사회의 선진화에 일조할 것으로 기대한다.

"즉시 귀국하라" – 학과장 홍 씨의 월권1

1966년 9월부터 1967년 8월까지 1년 간 나는 하버드대학에서 객원교수 자격으로 연구할 기회를 얻었다. 물론 재직 대학인 고려대 총장의 허락으로 1년 간 고려대를 비워두고 그곳에 가서 연구할 수 있었다. 그런데 하버드에 체류한 지 4~5개월이 되던 달에 우리의 연구 프로그램 책임자인 펠젤(Pelzel) 교수가 연구의 필요상 6개월 또는 1년 간 더 체류하고 싶은 사람은 연장(Extension) 서류를 제출하라는 말을 하였다. 펠젤 교수는 그 연장 신청이 받아들여질지 안 받아들여질지가 불투명하기 때문에 재직 대학의 총장 동의서는 필요하지 않다고 부언하였다. 그래서 펠젤 교수 말대로 반년 정도 더 체류하고 싶다는 신청서를 제출하였더니 하버드대학에 간 지 6개월 정도 지난 1967년 1월 무렵에 연장 신청이 받아들여졌다는 소식을 들었다. 그곳에 간 지 얼마 후에 알았지만 1년 기간 체류의 조건으로 하버드에 간 사람이라도 반 년 정도 지나면 그곳 체류기간을 연장하기를 바라는 사람은 하버드대학 당국에 연장 서류를 제출하는 것이 관례였다.

펠젤 교수도 나의 6개월 체류 연장원이 받아들여졌다는 소식을 고려대 총장에게 통지한 것으로 알고 있으며 나도 이 사정을 사회학과장인 홍 교수에게 알리고 선처를 부탁했다. 내가 6개월 정도 연장 신청을 한 이유는 1년 동안 그곳 도서관에서 독서만 한다고 하여도 한계가 있으므로 귀국하여 두고두고 읽을 논문과 책을 미리 준비하자는 데 있었다. 다시 말하여 연장된 6개월 동안에 귀국하여 우리나라에서 읽을 논문과 책을 복사하려고 하였다. 그러나 논문은 약 100년 전에 나온 창간호부터 뒤질 것인지 아니면 1945년부터의 것을 뒤질 것인지도 좀 생각해야 할 것 같고, 지금 당장 긴요한 것만 복사할 것인지 아니면 덜 긴요한 것까지도 복사할 것인지 고민이었으며 또 앞으로 수 년 내지 10년 후까지 읽을 논문 저서도 복사할 것인지도 고민이었다. 나는 전에 우리나라에 있을 때 10년까지의 연구 계획을 세워 그 자료들이 고려대

도서관에 없으면 연세대 도서관이나 서울대 도서관에 간 일도 있었다. 때로는 국립 도서관을 찾기도 하였다.

우선 필요한 논문의 소재를 확인하고 도서관에서 찾아내어 그것을 빌리는 데 많은 시간이 소요될 뿐만 아니라 필요한 책이나 논문을 복사하는 데도 적지 않은 시간이 걸렸다. 책은 저작권 침해의 우려 때문에 복사업자는 내가 내민 책의 일부분만 복사해주고 다음 날 또 와서 일부만을 복사해가라는 것이어서 시간이 많이 소요되었다. 복사할 논문이나 책이 많은 경우는 여기에 걸리는 시간도 적지 않았다.

그러나 이러한 계획은 연장 계획의 차질로 모두 수포로 돌아갔다. 그동안 복사해두었던 많지 않은 논문과 저서의 복사본을 귀국할 때 우리나라로 가져와서 보관하다 2000년대 초에 '고려대 한국학도서관'에 기증하였지만 도서 취급 실무자의 인식 부족으로, 내가 기증한 5,000여 권의 책은 도서목록을 만들어 고스란히 보관하고 있지만 내가 복사한 논문과 저서는 흔적 없이 사라지고 말았다.

그런데 내가 하버드에 간 지 채 6개월도 지나지 않은 1967년 2월에 당장 귀국하라는 편지를 학과장 홍 교수로부터 받았으며, 이종우 총장으로부터도 곧 귀국하여 1967년 3월부터 시작하는 강의에 지장이 없도록 하라는 편지를 받았다. 애당초 1년 기한의 외국 체류 허가를 내주고 6개월 만에 귀국하여 강의하라는 것은 도대체 어디에서 기인하는 것일까?

그로부터 한두 달이 지난 후 이종우 총장이 예전에 보스턴에서 공부한 일이 있는 젊은 부인을 동반하여 미국 동부 지방을 여행하던 길에 하버드에 들렀다. 그는 나에게 사회학과장의 말만 믿고 6개월 만에 귀국하라는 편지를 보낸 것에 대하여 사과를 함과 동시에 1년을 채우고 귀국하라고 하였다.

홍 교수가 내게 하버드에 온 지 6개월밖에 되지 않았는데도 곧 귀국하라고 두 번씩이나 독촉했을 뿐만 아니라 총장실에 찾아가서 곧 귀국하라는 편지를 나에게 보내도록 분위기를 만든 것이다. 홍 교수는 학교 일에 지장을 가져올 정도의 외유를 한 교수를 총장이 권고사직을 시킨 일이 최근에 두 건이나 있었으며(나중에 안 일이지만 사실이 아니었다) 또한 내가 1년 더 비우게 되면 불가불 전임교수를 채용하게 되고 그렇게 되면 내가 불리한 처지에 처한다는, 말하자면 나에게 겁을 주는 내용의 편지를 보내왔다. 나는 그때 받은 홍 교수의 편지를 40여 년이 지난 오늘까지도 보관하고 있다. 홍 교수가 나에게 편지를 발송한 해는 1967년인데 편지에 적힌 일자는 1963이라고 씌어 있는 것에서도 그의 심리 상태를 짐작할 수 있다.

그가 보여준 일련의 행동은 정상적인 정신 상태에서는 있을 수 없는 것이다. 이러한 그의 행동은 내가 혹시 하버드에서 학위라도 받아오면 어떡하나 하는 조바심에서 나온 것이 아닐까 추측해 본다. 그 후 내가 부교수에서 교수로 승급할 때 그가 취한 태도로 보아 나의 추측이 사실일 가능성이 크다.

여분의 이야기일지 모르나 이종우 총장이 홍 교수의 이야기를 듣고 하버드의 펠젤 교수에게 나를 6개월 만에 귀국시키라는 공문을 보냈는데, 이 총장이 1년 간 외국 체류 허가를 내주고는 아무런 이유나 설명도 없이 6개월 만에 나를 귀국시키라는 편지를 보냈으니 하버드 당국은 이 일을 어떻게 생각하였겠는가? 이 총장은 홍 교수의 말만 듣다가 고려대 총장의 위신을 손상하고 나아가 고려대의 품위도 손상하지 않았겠는가?

홍 교수의 비합리적인 심리 상태를 보여주는 또 하나의 일화가 있다. 중앙대 김영모 교수의 총각 시절 일이다. 홍 교수와 나와 김영모 교수가 우연히 자리를 같이하게 되었다. 그런데 홍 교수가 사진 한 장을 꺼내 옆에 놓고는 김영모 교수에게 말을 꺼내었다. "내 누이와 결혼하면 고려대 전임을 시켜주겠다."라는 것이었다. 김 교수가 어떤 반응을 보일 것인가 궁금했다. 제3자인 나도 긴장을 하고 옆에서 손에 땀을 쥐고 바라보았다. 한참 침묵이 흘렀다. 결국, 김 교수는 홍 교수가 내민 사진을 들지 않고 자리에서 일어섰다. 나도 그제야 긴장이 풀렸다.

이 사건은 이것으로 끝이 났다. 싱겁다면 싱겁다고 할 수 있지만, 이런 데서도 홍 교수의 성격의 일면이 나타나 있다고 하겠다. 그리고 홍 교수의 상식을 초월한 이 제의에 고려대 사회조사연구소(217쪽에서 언급)의 경우처럼 '고려대 사회학과'도 개인의 소유물로 의식하고 있음을 볼 수 있다.

방학 중 공부를 조건으로 교수 진급? – 학과장 홍 씨의 월권2

나는 1968년 8월 말 부로 부교수에서 교수로 진급하였지만 그 진급은 세 번 만에 이루어졌다. 한 번은 학과장인 홍○직 교수(이하 홍 교수)가 불쑥 대학원장실로 가자고 하여 따라나섰다. 대학원장실로 나를 데려간 홍 교수는 채관석(蔡官錫) 대학원장에게 불쑥 최 교수가 사과하였다는 말을 하였다. 나는 홍 교수의 말에서 이미 그전에 나에 대해 대학원장에게 어떤 거짓말을 하였다는 것을 직감하였다. 추측하건대 전에 교수 진급에 두 번씩이나 탈락했을 때 내가 부당함을 홍 교수에게 말했던 것을 홍 교수가 말을 바꾸어 나 자신이 스스로 반성하였다고 채 대학원장에게 말한 것이다. 이렇게 볼 때 전에 두 번씩이나 교수가 되지 못한 것도 채 대학원장과 홍 교수 두 사람의 농간에 기인한 것임을 직감하였다.

원장이 교수의 진급에 간여한다는 것은 학교 규정에도 없다. 약 1,000명의 고대 교수의 진급에 대학원장이 일일이 간여한다는 것은 현실적으로 가능하지도 않고 상식에도 어긋나는 일이다. 그때 홍 교수와 채관석 대학원장의 관계는 직무상의 관계가 아닌 아주 특별한 사적인 일종의 사제 관계로 보였다. 당시 나는 대학원장과 학과장의 공적 관계라면 대학원 커리큘럼 정도를 의논하는 관계라고 생각하였다. 그런데 그 두 사람이 대학원의 커리큘럼과 같은 이야기는 하지 않고 나를 앞에 세워놓고 왜 나의 진급 문제를 논의하는지 의아했다. 내가 알기에는 당시 채 대학원장도 홍 교수도 그때까지 전문 학술지에 논문 한 편 발표하지 않은 것으로 알고 있는데, 그 두 사람이 내 앞에서 논문은 어떻게 써야 하는지 이야기를 한 다음 이번에 내가 제출한 논문은 좀 부실하지만 교수로 진급시켜줄 테니 방학 동안에 공부를 좀 더 해야 한다는 조건을 제시하였다.

그런데 정작 홍 교수는 그때까지 연구논문 한 편 발표하지 못하였을 뿐만 아니라 그 후 일생동안 그러하였다. 그러나 나는 그때까지 18편의 연구논문을 발표하였다. 교수 진급에 방학 기간에 공부를 더 해야 한다는 조건을 다는 것도 시쳇말로 웃기는 이야기다. 나중에 알고 보니 홍 교수가 서울대 사범대에 재학할 때 채관석 대학원장은 그 사범대 교수(은사)였다. 대학에서 영문학을 공부했다는 대학원장과 나와는 전공이 전혀 다른 홍 교수가 왜 나를 앞에 세워놓고 논문 쓰는 방법에 대하여 이야기하는 것인지 그 의문이 풀리지 않고 있다. 나와 전공이 다른 두 사람이 내 논문이 부실하다고 하여 두 번씩이나 탈락시키고 세 번 만에 조건부로 교수로 진급한 사례가 고려대학교 창립 이후에 있었는지 궁금하다. 홍 교수는 그때까지 아니 그 이후까지도 연구

논문 한 편 발표하지 못하였지만 나는 그때까지 18편의 연구논문을 전문지에 발표하였다. 그리고 참고로 나는 2012년(86세)까지 319편의 연구논문 외 50편의 준연구논문을 발표하였다.

그때 제출한 나의 논문은 「동족집단(동성동본집단)의 조직과 기능」으로 고대 민족문화연구소의 기관지인 『민족문화연구』 2집(1966)에 게재한 것이었다. 이 논문을 그 후에 나의 저서 『한국농촌사회연구』(1975)에 포함했는데 이것은 현지조사를 통하여 한국의 씨족(동성동본의 집단) 조직과 기능을 확인한 최초의 논고이다. 시종 '가치관'(한국인의 가치관 연구, 지식인의 가치관 연구 등)에 대해서만 글을 쓴 홍 교수가 학부에서 영문학을 공부한 대학원장과 결탁하여 한국사회 구조에 관한 나의 논문을 심사한다는 것은 적절하지 않은 정도를 넘어 부당한 것이다. 고려대 민족문화연구소의 기관지인 『민족문화연구』 2집에 게재할 때 전문가의 심사를 거쳐 게재한 논문을 비전공자인 홍 교수와 채 대학원장이 심사한다는 것은 한 편의 웃지 못할 희극인 동시에 언어도단이다. 나와 같은 과정을 거쳐서 교수로 진급한 것은 아마 고려대학교 역사상 처음이자 유일무이한 사례일 것이다.

교수 진급 예정자의 논문심사가 필요하다면 그 분야의 전공자에게 위촉하는 것이 마땅하거늘, 전공이 전혀 다르고 또한 한 편의 논문도 발표한 일이 없을 뿐만 아니라, 논문심사 적임자를 선정하고 위촉할 위치에 있는 사람이 그 자리에 있게 된 것을 기화로 자기 자신이 심사위원이 되어 근거 없이 두 번씩이나 탈락시키고, 그래도 부족하여 방학 때 공부해야 한다는 조건을 달아 부교수에서 교수로 진급시킨다는 판정(?)을 내린 사례는 고려대 역사는 물론이려니와 한국의 대학 역사상 처음 있는 일일 것이다. 이것이 내가 회고록을 쓰게 된 이유의 하나가 되었다.

전공도 없을 뿐만 아니라 논문 한 편 발표한 일이 없이 부교수가 되고, 교수가 되고, 학과장이 된 홍 씨가 전공을 갖고(한국사회사) 그때까지 18편의 논문을 학술지에 발표한 나를 논문의 질이 좋지 않다고 세 번씩이나 교수가 되지 못하도록 방해한 일은 일종의 희극이라 할 수밖에 없을 것이다. 그러나 이 희극으로 말미암아 나는 그 후 85세까지 3백 수십여 편의 논문을 발표할 수 있었다.

"폭력을 가하겠다" – 제자로부터의 봉변1

노○○ 군은 고려대 사회학과 출신으로 노기남 대주교의 종손자로 종교사회학에 관심이 있는 고려대 조치원 분교(현 세종 캠퍼스) 교수이다. 조치원 분교에 가게 된 것도 나와의 인연에 기인한 것이다. 더 자세히 말하면 이러하다. 조치원 분교에서 나에게 사회학과 전임교수 추천을 의뢰하였다. 그런데 때마침 옆에 있던 노 군이 이야기를 듣고 있다가 나에게는 알리지도 않고 조치원에 달려가서 전임이 된 것이다. 그런데 노 군은 학부 시절과 대학원 시절에 내 강의도 듣고 지도를 받은 학생이었다.

그런데 1980년대 초 불쑥 내 연구실을 찾아와, "한 번만 더 그런 짓하면 폭력을 가하겠다."라고 폭언을 한 뒤 나가버렸다. 학부와 대학원의 제자가 소위 은사를 찾아와서 폭력을 쓰겠다고 한 일찍이 듣지도 보지도 못한 전대미문의 일이 벌어진 것이다. 세상에 어떻게 이런 일이 일어날 수 있는가 하고 생각하는 중에, 내 연구실에 잘 오지도 않던 같은 과의 양○ 교수가 사색이 되어 찾아와서 노○○ 군으로부터 "한 번만 더 그런 짓하면 폭력을 가하겠다."라는 폭언을 들었다고 하였다.

며칠 전 학과 교수회의가 열렸는데 그때 홍 교수가 석사학위만 있는 사람도 대학원 강의를 하게 하자는 제안을 하자 양 교수가 반대 의사를 나타내고 나 또한 양 교수의 발언에 동의하여 홍 교수의 발의가 채택되지 않은 일이 있었다. 교수들끼리 의논한 학과 교수회의 내용이 노 군에게 전해져 그러한 전대미문의 사건이 벌어진 것이다. 홍 교수가 교수회의에서 논의된 강사 문제를 당사자인 노 군에게 전하여 이렇게 된 것이다.

"다시 시험 치르면 되지 않습니까?" – 제자로부터의 봉변2

김○○ 군은 서울대 화학과 출신인데 고려대 사회학과 출신으로서 미국에 유학한 사람이 없는 것을 미리 알고 고려대 홍 교수를 찾아가자 지도교수로 청하여 청강생 과정과 석사과정을 마친 후 곧바로 미국으로 건너가서 박사과정을 마쳤다. 그가 학위증을 아직 받지 않은 상태에서 귀국하여 석사 때의 지도교수를 찾아간 모양이다. 김 군의 지도교수였던 홍 교수가 교수회의에서 김 군을 교수 채용에 추천하기에 동의는 해주었지만 선례를 만들면 곤란하므로 학위증을 받은 후에 하여도 늦지 않다고 제의하여 그렇게 결정되었다. 이 학과 교수회의의 내용도 노○○ 군의 경우처럼 홍 교수가 김 군에게 귀띔해주었다. 김 군은 전임이 된 후부터 자기의 채용에 반대하지 않고 동의해준 데 대해 감사하기는커녕 학위 문제로 발령이 몇 달 지연된 것을 서운하게 여기고 이것을 마음에 담아둔 것 같다. 이후 같은 과의 임○○ 교수와 함께 홍 교수를 중심으로 3인방의 유대를 더욱 강하게 다졌으며 그 결과 나타난 것이 내 후임 문제였는데, 후임 문제의 논의는 고사하고 말조차 꺼내지 못하도록 하는 분위기를 만드는 데 일조를 했고 대학원 입시 채점 때에는 다음과 같이 나에게 봉변을 가하기까지 했다.

현재는 출판사를 경영하고 있는 윤○○ 군이 학부를 졸업하고 대학원 석사과정 입학 시험을 치를 때의 이야기다. 당시 대학원 사회학과의 입시 출제위원은 홍 교수와 나 두 사람이었다. 입학시험이 끝나고 며칠 후 채점장에 가보니 출제위원인 홍 교수가 아니라 김 군이 나와 있었다. 규정상 입시 채점 기간에 외국여행 예정자는 입시문제 출제를 하지 못하게 되어 있다. 그러나 홍 교수는 이 규정을 어기고 출제를 하고 외국으로 떠나고서 채점은 김 군에게 맡긴 것이다.

그래서 김 군에게 홍 교수가 출제하고 채점은 김 군이 하니 이런 일이 있을 수 있는가 하고 하였더니 눈을 똑바로 뜨고 "다시 시험을 치르면 되지 않습니까?"라고 대들었다. 지금 치른 시험을 무효화시키고 다시 시험을 치르면 되지 않느냐는 논리이다. 이것이 가능한 이야기인가? 이런 말은 동급생끼리의 농담으로도 꺼낼 수 없는 말이 아닌가? 어안이 벙벙하였다. 여기에 대하여 내가 더 무슨 이야기를 할 수 있겠는가?

김 군이 한 말은 아무리 이해하려고 노력해도 풀리지 않는 수수께끼였으며, 결국 '봉변'이라는 용어 이외의 다른 말로는 설명할 길이 없다. 봉변(逢變)은 논리 이전의 돌발적인 사건이기 때문에 홍 교수로부터 전폭적인 신임과 지지를 받고 있다는 생각에 김 군이 그러한 행동을 하였을 것으로 생각된다.

여하튼 이리하여 윤 군은 탈락하고 김 군과 홍 교수가 미는 여학생이 합격하였다. 도대체 내가 전생에 무슨 잘못을 하였기에 홍 교수의 제자인 노 군과 김 군에게까지도 이렇게 시달림과 고통을 받아야 할까 하는 생각도 들었다. 그런데 한 가지 놀라운 사실은 내가 정년퇴임을 하고 마지막으로 고려대 교정을 떠날 때 김 교수 혼자서 연구실을 나와 나를 전송하였다는 사실이다. 김 군은 무서운 사람으로 생각되었다. 그러한 그의 처신을 보고 나는 착잡한 생각이 들었다.

고려대 내의 사회조사연구소는 홍 씨의 사조직이었다

홍 교수는 1963년에 '사회조사연구소'를 설치하여 미국에서 막대한 연구자금을 받아 1967년에 『지식인과 근대화』와 이 책의 영문판 『The Intellectual and Modernization: A Study of Korean Attitudes』를 발행하고 나서 1968년 문을 닫아버리고 다음 해인 1969년부터 1970년까지 홍콩 중문대학 교환교수로 가버렸다. 그리고 귀국한 지 2년이 지난 1972년부터 1986년까지 아세아문제연구소 사회조사연구실장으로 있다가 1986년부터 1992년까지 아세아문제연구소 소장으로 있었는데, 소장으로 취임하자마자 자기 여식을 연구소의 회계 담당 사무원으로 임명하였다. 고려대에서 연구소장이 자기 여식을 회계 담당으로 임명한 것도 이것이 최초이자 유일한 사례일 것이다. 자신의 여식을 회계 담당 사무원으로 임명한 이후에 얼마 있다가 이 연구소가 거덜 났다는 소문이 무성하였지만 여기서는 언급하지 않겠다. 다만, 홍 씨가 가장 사랑하는 제자인 노○○ 군에게 1년 간 일을 시키고도 한 달치 월급만을 지급한 사례만 여기서 소개해 두고자 한다.

사회조사연구소는 시종 홍 교수 단독으로 운영하였으며 명칭은 사회조사에 관한 연구소이지만 '사회조사'에 대하여 연구한 일은 한 번도 없었다. 또 1968년 사회조사연구소의 문을 닫을 때도 연구임원(사회학과 교수)의 동의는 고사하고 사전에 한 마디 귀띔도 없이 혼자서 연구소 폐쇄 신고를 대학본부에 제출해버렸다. 아마도 고려대학교 내의 한 조직이 이처럼 사라진 것은 이것이 처음이자 마지막일 것이다. 더군다나 연구소장 단독으로 연구소의 문을 닫게 한 것은 고려대학교 역사상 이 일이 유일할 것이다. 연구소라면 고려대의 다른 연구소, 예를 들면 민족문화연구소나 아세아문제연구소처럼 편집주간, 편집위원 등을 두고 운영해야 하는데 사회조사연구소는 물론 그러한 기구도 없었고 또 정기적인 학술지나 연구서는 고사하고 연구연보 한번 간행한 일이 없었다. 또 앞에 거론되었던 노 군에게 1년 동안 일을 시키고도 한 달치 보수밖에 주지 않았다(노 군이 나에게 직접 한 말이다). 요컨대 5년 간 존속한 고려대학교 사회조사연구소는 홍 교수 개인의 사유물이었다고 해도 과언이 아니다. 그 근거를 제시하면 다음과 같다.

① 1963년 사회조사연구소를 설치하여 연구소 이름으로 외국(미국) 자금을 끌어들여 두 권의 책을 저술하여 책을 출판하였다는 명성을 얻었다.
② 연구소장직은 시종 홍 교수 혼자서 독점하였다.
③ 연구소 일지는 물론, 월보나 연보도 발간하지 않았다.
④ 1969년 홍콩의 모 대학 교환교수로 가기 전에 다른 교수를 소장으로 임명하지 않고 연구소 자체를 폐쇄하였다.
⑤ 1963년 비공식적인 연구원 한 사람을 채용하였으나 12개월 간 일을 시키고도 한 달치 월급만 주고 나머지는 홍 교수가 처리하였다.

총장의 허락을 받아 1년 간 미국에 체류할 채비를 하는 동료 교수에게 6개월 만에 귀국하라고 독촉하였을 뿐만 아니라 자기 자신은 한 편의 연구논문도 발표하지 못하면서 논문을 잘 못 쓴다고 세 번 만에, 그것도 방학 동안에 공부를 한다는 조건으로 부교수에서 교수로 진급케

한 모사를 꾸민 홍 교수가 만든 사회조사연구소는 위에 나타나 있는 바와 같이 완전히 홍 교수 개인의 사조직이었던 것이다.

사회조사연구소에 관한 기록을 일절 남겨놓지 않았기 때문에 현재 고려대의 어느 부서에서도 이 연구소의 설치·운영·폐지에 관한 기록이 없다. 말하자면 이 연구소는 유령처럼 나타났다가 유령처럼 사라진 셈이다.

고려대 임희섭 교수의 사실과 동떨어진 허구 주장

그런데 이 '사회조사연구소'에 대하여 같은 학과의 임희섭 교수는 1998년에 간행된 『한국사회』 창간호(본문 222~223쪽 참조)에서 전혀 사실과 다른 다음과 같은 주장을 하고 있다.

① '한국사회연구소'의 모태는 고려대학교 사회학과가 설립되었던 1963년에 이미 잉태되었다.

② 홍 교수가 학과 창설과 함께 '여론조사연구소'를 설립하였다.

③ 여론조사연구소(사회조사연구소)는 아세아문제연구소와 '합류'하여 아세아문제연구소 내의 '사회조사연구실'이 되었다.

④ 최재석 교수의 『한국가족연구』와 작고한 이순구 교수의 『막스 베버 연구』도 '한국사회개발연구'와 연결된 연구 활동의 성과이다.

임희섭 교수의 이러한 4가지 주장은 모두 사실과 다르다.

① 홍 교수가 설립한 것은 '사회조사연구소'이지 '여론조사연구소'가 아니다.

② '한국사회연구소'의 모태가 1963년에 설립한 '사회조사연구소'라는

주장도 사실이 아니다. 앞에서 언급한 바와 같이 홍 교수가 1963년에 설립한 '사회조사연구소'는 1968년에 문을 닫아버리고 1969년에 홍콩대학 교환교수로 가버렸으니 '사회조사연구소'가 '한국사회연구소'의 모태가 될 수 없다.

③ 또 '사회조사연구소'의 문을 닫은 지 4년 후이며 홍 교수가 홍콩에서 귀국한 지 2년 후인 1972년에 홍 교수가 '아세아문제연구소' 사회조사연구실의 실장이 되었으니 '사회조사연구소'와 '아세아문제연구소'가 '합류'하였다는 주장도 허구이다. '합류'는 두 개 이상의 조직이 하나가 되는 것을 말하는 것인데 홍 교수는 앞에서 언급한 바와 같이 1968년 '사회조사연구소'의 문을 닫은 지 4년 후인 1972년에 '아세아문제연구소'의 사회조사실장이 되었으니 임 교수의 주장은 사실일 수 없다. 이미 없어진 유령의 '사회조사연구소'와 현존하는 '아세아문제연구소'가 '합류'했다고는 할 수 없기 때문이다.

또 나의 『한국가족연구』 초판은 1966년 민중서관에서, 재판은 1982년 일지사에서 출간되었으며, 이순구 교수의 『막스 베버 연구』 초판은 1974년 한얼문고에서, 재판은 1989년 진명에서 출판되었으니 이러한 연구들이 홍 교수가 주동이 되어 1979년에 시작된 '한국사회개발연구'의 활동 성과라는 임 교수의 주장도 전혀 사실이 아니다. 왜 임 교수가 사실과 다른 이러한 주장들을 여러 번 하는 것인지 모를 일이다. 분명한 것은 임 교수가 사회학과 교수들의 모든 학문 활동이 홍 교수가 설립한 '사회조사연구소'나 홍 교수가 주동이 된 '한국사회개발연구'와 관련이 있는 것처럼 몰고 간다는 사실이다. 임 교수는 '사회조사연구소'와 '여론조사연구소'를 혼동하고 있는 것과 마찬가지로 '한국사회연구소' 창설 연도를 1996년이라고 하기도 하고 1986년이라고 하기도 했는데, 희망사항과 추측기사를 쓰다 보니, 즉 허구 주장을 하다 보니 이렇게 여러 번 착오를 범한 것 같다.

사회학과나 사회학과 교수들의 모든 학문 활동이 마치 홍 교수와 관련이 있는 것처럼 임 교수가 몰고 가고 있음이 드러나고 있다. 임 교수가 왜 사실과 다른 이러한 주장을 하는 것인지 그 저의를 알 수가 없다. 임 교수의 주장이 허구라는 것을 보여주고자 『한국사회』(1998) 발간사에 실린 임 교수의 글 전문을 다음 쪽에 제시해 두고자 한다.

또 나는 홍○직 교수가 고려대에 부임하기(1963) 이미 4년 전인 1959년부터 2011년까지 50여 년에 걸쳐 한국사회사와 고대 한일관계사 연구에 전념하여 총 319편의 연구논문을 발표해왔다. 따라서 나의 이런 연구 활동을 전공 분야가 없을 뿐 아니라 연구논문 한 편 없는 홍교수와 관련시키는 임희섭 교수의 주장은 한편의 희극이며 전적으로 허구이다. 임희섭 교수가 잡지 그것도 자기 자신이 개설한 『한국사회』 창간호 잡지 발간사에서 이와 같이 근거 없이 남을 헐뜯는 허구의 주장을, 그것도 한 번이 아니라 여러 번 해도 되는 것인지 모르겠다. 이렇게 되면 남을 헐뜯기 위하여 연구소 잡지를 만들었다고 비판하여도 반론을 제기할 수 없을 것이다. 나는 지금까지 남을 헐뜯는 기사를 실은 잡지 창간사를 아직까지 보지 못하였다. 아마도 전 세계에서 남을 비방하기 위하여 학술지를 내는 사례는 이것이 최초일 것이다.

내킨 김에 학과 운영에 대하여 한마디 부언하겠다. 종래의 학과 운영의 전횡을 막고자 내가 학과장일 때는 학과 조교를 과교수회에 참석시켜 그 내용을 일일이 문서화시켰으나 내가 학과장직을 떠나자 곧 조교 참석을 폐지하였으며 문서화된 과교수회 기록도 보관하지 않고 없애버렸다.

홍 교수와 임 교수 두 사람이 주동하여 사회학과 커리큘럼을 사회학 전공과 사회심리학 전공 둘로 나누고, 해외 학위를 가진 교수만이 사회심리학 강의를 할 수 있다고 주장하여 그렇게 하였고 또한 고려대 조치원 분교에 설치된 사회학과에도 출강하여 본교의 학부·대학원 강의까지 합쳐서 주 24시간 강의를 하였는데 이런 일은 오래가지 못했다. 이러다 보니 대학원생에게 강의는 하지 않고 숙제만 내는 일도 적지 않았다.

『한국사회』 창간호(1998) 발간사

사랑과 정성으로 잉태된 새 생명의 탄생은 언제나 감동적이다. 산고를 함께 겪은 사람들에게는 창조의 기쁨을 갖게 하고 그것을 지켜보는 사람들에게는 무한히 성장해 갈 새 생명의 앞날을 축복하고 싶은 마음을 갖게 하기 때문이다.

여기에 첫선을 보이는 『한국사회』 제1집은 고려대학교 한국사회연구소가 발간하는 전문학술지의 창간호이다. 한국사회연구소는 고려대학교 사회학과가 중심이 되어 오랜 준비 끝에 1996년 8월 22일에 창설된 연구소이다. 한국사회연구소는 급변하는 현대한국사회와 국제사회의 여러 현상을 거시적, 미시적 차원에서 분석함으로써 현대사회의 구조와 변동에 대한 설명과 전망을 제시하기 위한 각종 연구의 수행을 목적으로 창설되었다.

현재의 한국사회연구소가 창설된 것은 1986(1996?)년이지만, 연구소의 모태는 고려대학교 사회학과가 설립되었던 1963년에 이미 잉태되어 있었다. 고려대학교 사회학과 창설의 주역이었던 홍승직 교수(현재는 명예교수)는 학과 창설과 함께 여론조사연구소를 설립하여 당시로는 선구적인 전국적 규모의 사회조사 연구들을 수행하였기 때문이다. 그 대표적인 연구 결과가 『한국인의 가치관 연구』였다.

그 후 여론조사연구소는 포드재단의 연구기금에 힘입어 세계적인 연구소로 발전해 가고 있던 고려대학교 아세아문제연구소와 합류하여, 아세아문제연구소 내의 「사회조사연구실」로 그 연구 활동을 계속해 왔다. 그와 같은 연구 성과가 홍승직, 임희섭, 노길명, 김문조 등이 참여하여 매년 2권씩 발간해 온 30여 권의 『한국사회개발연구』 시리즈였으며, 최재석 교수(현 명예교수)의 『한국가족연구』와 작고한 이순구 교수(명예교수)의 『막스 베버 연구』도 그

퇴임 3년여 만에야 후임이 결정된 기적 같은 이야기

나와 거의 동년배인 국문학과의 정규복 교수는 이미 정년퇴임 1년 전에 같은 과 교수들이 후임 교수를 추천하라고 하여 그렇게 하였더니 퇴임 반 년 전에 자기가 추천한 사람을 임명하였다고 나에게 전해주었다. 그런데 나의 경우는 정년 전의 마지막 과교수회에 있어서도 임희섭, 김문조 교수는 물론이려니와 양춘 교수조차도 홍 교수의 뜻대로 나의

와 같은 연구 활동의 성과들이었다.

1990년대에 들어와 학과 교수가 크게 증가함에 따라 아세아문제연구소로부터 독립된 독자적인 연구소의 설립이 절실하게 되어 여러 해 동안의 준비 끝에 1996년에 한국사회연구소를 새롭게 설립하게 된 것이다. 그리하여 한국사회연구소는 새로운 모습으로 본격적인 연구 활동을 펼쳐 나가고 있는 가운데 전문학술지인 『한국사회』를 정기적으로 간행하기로 하고 이제 그 창간호를 발행하게 된 것이다.

『한국사회』 창간호는 지난해 연구소 창립 1주년을 기념하기 위해 개최하였던 심포지엄의 주제인 "21세기 한국사회의 쟁점"을 특집으로 하고 그 밖의 연구논문들을 함께 엮어 꾸몄다. 이와 같은 편집은 연구소의 연구 관심이 전통과 현대와 미래, 그리고 한국과 세계에 걸치는 폭넓은 연구를 통해 사회구조와 변동의 보편적 규칙의 발견을 지향하고 있음을 드러내려는 편집진의 의도가 잘 나타나고 있는 구성이라고 할 수 있다.

그러나 『한국사회』 창간호는 그 '출발'에 더 큰 의미가 있다는 점을 독자들에게 말하고 싶다. 출발점에서 첫걸음을 내딛는 사람에게는 가혹한 비판보다는 너그러운 격려가 더 필요하다고 생각되기 때문이다.

끝으로 『한국사회』 제1집에 게재된 논문들을 심사해준 심사위원들과 심사의견을 수용하여 흔쾌히 논문을 수정해준 저자들, 그리고 편집위원 여러분에게 깊은 감사를 드린다.

1998년 6월 30일
한국사회연구소
소장 임희섭

후임 교수 문제를 꺼내지 않았으며, 내가 그런 이야기를 꺼낼 수조차 없는 분위기를 만들었다. 분위기는 냉랭 그 자체였다. 그처럼 냉랭한 분위기를 접한 것은 그때가 처음이고 분위기 자체도 지금 생각해도 몸서리가 쳐질 정도이다.

1991년 정년퇴임을 할 때까지 나는 『한국가족제도사연구』(784면)를 위시하여 '한국사회사' 분야만 9권의 논문집을 간행하였는데 이 작업을 계승할 제자를 후임자로 지명하지 못하고 물러난다고 생각하니 형용할 수 없이 막막하고 울적한 감정에 사로잡혔다. 이런 감정이 언제까지 지속할지 알 수 없으나 아마 죽을 때까지 갈 것만 같다는 생각이 들었다. 솔직히 후사가 없어도 참을 수 있으나 학문의 후계자 없이는 도저히 참을 수 없을 것 같았다. 정년 후 3년이라는 세월이 흘렀으나 나의 후임자 문제는 거의 절망적이었다. '실의에 빠진다'는 것이 어떠한 것인가를 나이 70경에 이르러서야 처음으로 그 진정한 뜻을 알았으며 이런 일이 일어나지 않았다면 그 뜻도 모르고 생을 마쳤을 것이다.

이때 좀 과장되게 말하면 기적이라 할까? 천우신조라 할까? 홍일식 교수가 고려대 총장으로 부임하였다는 소식을 들었다. 홍일식 교수와는 앞에서 언급한 바와 같이 1973년부터 '민족문화연구소'의 편집위원, 운영위원으로 함께 일을 하였으며 그가 연구소장으로 취임한 후에도 편집위원으로 일하였으므로 그는 나의 학문적 열정으로 연구 업적뿐만 아니라 나의 성격이나 가정 사정까지 누구보다 잘 알고 있었다.

사회학과 교수 몇 사람에게 나의 후임 문제를 꺼내었더니 불가능한 줄 뻔히 알면서도 여전히 총장에게 미루었다. 그런데 퇴임한지 3년이 지난 어느 날 사회학과에서 신임 교수를 모집한다는 공고를 보게 되었다. 그래서 나는 홍일식 총장을 방문하기로 하고 며칠 후 총장실로 찾아가서 "서울대 사회학과는 내가 맡고 있던 '사회사'를 담당하고 있는 교수가 두 사람이나 되지만 고려대는 한 사람도 없다."라는 것을 말하였더니 홍 총장이 내가 길러낸 제자가 있느냐고 반문하였다. 그래서 내가 길러낸 제자가 한 사람 있기는 하다고 대답하였다. 그런데 사회학과에서는 여전히 내가 추천한 사람은 후보 명단에서 제외하고 있었다. 당시 나의 후임에 내가 추천하는 사람이 임명되는 것에 대하여 강한 거부감을 느끼고 있던 문과대학장 임희섭 씨와 홍일식 총장이 문과대학 각 과의 후보 교수를 면접하고 있었는데, 홍 총장은 "총장에게는 좋은 교수를 고를 권한이 있다. 최 교수와는 오랫동안 같이 일한 경험이 있고 최 교수는 후사도 없이 연구와 결혼한 사람"이라고 배석했던 문과대학장에게 말을 하였다고 얼마 후에 찾아간 나에게 홍 총장이 말을 하였다. 이렇게 하여 나의 후임 교수 채용은 내가 퇴임한 지 3년 몇 개월 뒤에 기적적으로 이루어졌다. 정말 꿈만 같은 이야기이다. 홍일식 총장의 결단으로 기적이 이루어진 셈이다.

학위논문 접수를 면전에서는 승낙하고 전화로는 거절한 서울대

1972년 무렵이었던 것으로 기억한다. 당시 서울대 이숭녕 대학원장을 찾아가서 서울대에서 학사 학위와 석사 학위를 받은 현직 고려대 교수이니 박사학위 논문을 제출할 수 있느냐고 문의하니 물론 그렇게 할 수 있다고 하였다. 지금은 고인이 되었지만 당시 서울대 사회학과장은 나의 대학 3년 선배인 이해영 교수였다. 그래서 그를 찾아가서 박사학위 논문을 제출해도 되냐고 문의하였더니 그렇게 하라고 하였다.

그런데 한 1주일 정도 지났을까? 그는 고영복(나의 대학 동기) 교수가 논문을 제출한다니 나의 논문은 심사할 수 없다는 내용의 말을 전화로 전해왔다. 순리대로 한다면 내가 고영복 교수보다 먼저 의사표시를 하였고 이해영 학과장도 내 논문을 접수하겠다고 하였으니 의당 내 논문을 먼저 접수해야 옳을 것이다. 설사 고영복 교수의 논문을 먼저 심사하고 난 뒤에 내 논문을 심사하여도 무방하다고 생각하였다. 나는 마음속으로는 내 논문은 일단 접수는 하되 탈락시킬 줄 알았는데 접수 자체를 거절한 것이다.

여하튼 내 학위 논문 접수를 거절하게 한 배경 인물은 서울대 사회학과 내에서 이해영 교수와 친한 같은 과의 이만갑 교수일 가능성이 크다. 이렇게 하여 나의 서울대 학위 논문은 접수도 되지 못하고 무산되고 말았다. 요컨대 이해영 교수와 같은 사회학과의 또 한 사람의 방해로 내 서울대 학위 논문은 유산된 것이다.

연구에 도움을 받고도 나를 부당하게 비판한 서울대 최 모 교수

최○기 교수와 나는 같은 대학 같은 학과 동기생이다. 하지만 그렇게 친한 사이는 아니었다. 그는 경북대 사회학과에 재직하고 있다가 서울대로 자리를 옮겼다. 최문환 씨가 서울대 총장 재직 시 학부만 졸업한 최○기 씨를 일약 서울대 교양학부장으로 임명한 것이다. 당시나 지금이나 상식적으로 생각할 수 없는 인사였다. 최 교수는 최문환 씨의 친족이었다.

그런데 어느 날 하루는 최 교수가 친한 사이도 아닌 나의 연구실로 불쑥 찾아와 서가를 뒤지더니 한국의 전통사회 연구에 필요한 서적 19권을 뽑아놓고 후일 빌려가겠다고 했다. 얼마 후 최 교수는 자기 밑에서 일하는 사무직원을 나에게 보내 책 19권을 가지고 갔다. 최 교수와 나는 비록 절친한 사이가 아니더라도 서로 아는 사이가 아닌가. 그렇다면, 상식적으로 생각하더라도 자기 집무실에 가만히 앉아서 사람을 시킬 것이 아니라 직접 찾아와서 이야기를 나누고 나서 책을 받아가는 것이 상식이 아니겠는가? 그것이 도리라고 생각한다. 또 빌려간 책을 보고 난 후에도 일체 감사하다는 말도 하지 않고 역시 부하 사무직원을 시켜 반납하였다. 나는 지금도 그때 최 교수가 빌려간 책이 19권이라는 것을 기억하고 있다. 그리고 나에게 빌려간 19권을 최 교수가 서울대 학위 논문 작성에 참고하였다면 감사의 표현은 않더라도 각주(footnote)에나마 언급이 있었어야 학문하는 사람의 도리 아니겠는가? 그러나 그는 그러지도 않았다. 이처럼 학위 논문을 쓸 때 나의 책 19권을 빌려가고도 여기에 대해 한마디도 언급하지 않던 최 교수가 서평 전문지인 『사회과학논평』 3호(1985)에 나의 주저인 『한국가족제도사연구』(일지사, 1983)에 대하여 14쪽에 걸친 장문의 서평을 게재하였다.

그의 서평에 대한 비판에 앞서 그의 서평의 특징을 살펴보면, 최 교수는 한 번이 아니라 두 번씩이나 증거의 제시 없이 "많은 학자들이 지적하고 있다."라고 주장하고 있는데 여기에는 나에 대한 비판이 자기의 편견이 아니라 보편타당한 것임을 나타내려는 저의가 숨어 있다고 하겠다.

최 교수는 부계혈연집단의 하나인 리니지(lineage)의 존재는 증명할 수는 없다고 하더라도 존재한다고 주장하였다. 즉 리니지의 존재를 입증할 수 없다는 것이 그 존재를 부인하는 논거는 되지 않는다(p. 96)고 주장하며 나의 신라시대의 부계혈연집단 비존재설을 비판하였는데 '증명할 수는 없지만 존재한다'고 주장하는 것은 이미 실증을 바탕으로 하는 학문은 될 수 없다.

최 교수는 또 신라시대부터 고려시대를 지나 조선후기에 이르기까지 부계혈연집단이 존재했다고 주장하며 나의 비존재설을 반박하고 있으나 그 주장을 뒷받침해주는 증거는 아무 데도 없다. ⓐ 조선중기 이전 즉 17세기 중엽 이전은 장기간의 서류부가혼(婿留婦家婚)으로 사위가 장기간(자녀가 장성할 때까지) 처가에서 생활하였으며, ⓑ 17세기 중엽 이전은 딸(사위)도 아들과 똑같은 분량의 재산 상속을 받았으며, ⓒ 17세기 중엽 이전은 조선후기와는 달리 외손(외손의 외손)도 동성자의 친손처럼 족보에 기록하였는데 이러한 사실들에 의해서도 17세기 중엽까지는 외손은 제외하고 친손만으로 집단을 구성할 사회적 기반이 결여되어 있음을 알 수 있다. 친손만으로 집단을 이루는 사회적 기반이 없는 곳에 친손들만의 집단이 존재할 수 없다.

친손들만의 집단인 씨족이나 리니지가 조성 유지되려면 조선 후기에 있어서처럼 위에 적은 ⓐⓑⓒ와는 다른 현상의 존재가 전제되어야 한다. 즉 서류부가(婿留婦家) 기간이 단축되어야 하고 또한 적어도 아들, 딸(사위) 간의 재산 상속에 차등이 있거나 또는 딸에게는 전적으로 재산도 주지 말아야 하며 또한 족보 기록에 외손은 제외되거나 사위 범위로만 한정되어야 할 것이다.

동성집단은 동성집단의 충원(充員)인 동성자의 입양(入養)에 의해서만 존립하는 것이다. 군대가 유지 존속되려면 그 충원인 입대(入隊)가 이루어져야 하듯이 동성집단이 존속하려면 반드시 동성자의 입양이 있어야 한다. 충원(입대)이 없는 곳에 군대가 존립할 수 없듯이 동성자의 입양이 없는 곳에 동성자의 집단인 리니지나 씨족이 존재할 수 없는 것은 물론이다. 최 교수는 이러한 단순한 사실이나 진리도 모르면서도 신라시대부터 조선중기까지도 동성자의 집단인 리니지와 씨족이 존재하였다고 나를 공격적으로 비판한 것이다. 최 교수가 나를 공격하려면 위와 같은 연구 성과나 논저를 읽고 그것에 관한 지식을 넓힌 뒤에 했어야 옳았을 것이다. 최 교수의 주장은 입대한 사람은 아무도 없는데 군대가 존재한다고 주장하는 논리와 같다고 하겠다.

또 최 교수는 내가 다른 곳에서 사용한 말 즉 "조선후기를 바라보는 눈으로 신라를 바라보았기 때문이다."(나의 책 p. 205)를 그대로 나에게 적용하여 나의 논리를 비판하였는데, 이는 감정을 개입시킨 서평이지 객관적인 서평이라고는 할 수 없을 것이다. 최 교수는 또 신라의 왕위계승이 부계 계승의 원리가 우위(최 교수는 우위 대신 '우월'하다는 용어를 사용하였다)에 있다는 나의 주장을 받아들이면서도(p. 44) 나의 주장이 전적으로 잘못이라고 나를 비판하였는데 이 또한 적절하고 사리에 맞는 서평이라고 할 수 없다. 또 최 교수는 신라 왕위계승의 원리에 관한 나의 견해에 대하여 "혼란을 느낀다", "모순적 표현에 더욱 당혹을 느낀다" 등의 표현을 사용하였는데, 이는 아주 부적절한 표현이다. 남으로부터 부당한 비판을 받았다면 모르되 그렇지 않고 최 교수가 먼저 부당하게 남을 비판하면서 어떻게 이러한 표현을 사용할 수 있단 말인가. 자신의 견해와 다르다고 하여 어찌 '혼란을 느낀다', '모순', '당혹' 등의 감정적인 언어를 사용할 수 있단 말인가.

진정으로 학문을 사랑한다면 자기가 먼저 남을 비판하면서 남을 헐뜯는 이러한 언어 사용은 하지 않았을 것이다. 요컨대 최 교수는 서평의 윤리성이나 서평의 요건도 갖추지 않고 부당한 서평을 써서 나를 비판하였다. 그러면 나의 저서 『한국가족제도사연구』에 대해서는 어떠한 평을 내리고 있는지 살펴보자. 그는 나의 저서 가운데 신라 사회의 특징, 오묘제(五廟制), 신라의 촌락문서에 대해서만 비판하고 있다.

신라 사회의 특징

먼저 1975년 학위 논문에서 주장한 신라사회의 특징과 나의 저서에 대한 서평에서 주장한 신라 사회의 특징을 비교해보기로 한다. 양자의 내용을 표로 제시하면 아래와 같이 될 것이다.

한 사회 안에 모계, 부계, 이중출자, 7세(七世)동일친족집단 내지 동고조(同高祖)집단 등 서로 이질적인 여러 제도가 존재한다는 주장(아래 표 참조)에 어안이 벙벙해진다. 이는 동화에서나 있을 수 있는 현상이다. 그러면 최 교수의 견해를 좀 더 살펴보자.

최 교수는 평소에는 그의 학위 논문에도 나타나 있는 바와 같이 신라 사회는 "부계가 아니다."라고 하면서 나를 비판할 때는 신라 사회는 '부계'라고 주장하였는데, 이는 최 교수가 엄청난 착각에 빠져 있거나 그렇지 않으면 진실을 가장한 허구의 주장을 통해 내가 연구한 내용에 잘못이 있는 것처럼 학계에 알리려는 의도가 개입된 것이라고 해석할 수 있다.

최 교수는 신라 사회의 특징에 대하여 다음과 같이 주장하고 있으나 모두 한결같이 근거 없는 주장들이다.

① 신라시대는 '모계주의'에서 '부계주의'로 변하였다고 주장하고 있다. 그러나 증거는 아무 데도 없다.

신라 사회에 대한 최홍기 교수의 견해

구분	신라	고려
학위논문(1975)	모계주의 → 부계주의(p. 23) 이중출자(double descent)(p. 23) 7세동일친족집단 → 동고조(同高祖)집단(p. 25)	양계(p. 62, 67) →
나의 저서에 대한 서평(1985)에서의 견해	부계상속(또는 부계원리가 보다 강함) 부계혈연집단	→

② 모계, 부계, 이중출자(double descent)의 세 가지 유형의 제도가 신라 사회에 공존했다고 주장하나 이 세 가지 제도는 서로 이질적인 것으로 공존할 수 없고 또한 실제로 신라 사회에 공존했다는 증거는 아무 데도 없다.

③ 신라시대에 칠세(七世)동일친족집단에서 동고조(同高祖)집단(5世 동일친족집단, 괄호내 필자)으로 변하였다고 주장하나 그러한 증거도 없다.

④ 학위 논문에서는 신라시대의 이중출자(double descent)가 고려시대에 이르자 양계(兩系)로 변했다고 하나 그런 증거도 없다. 그러한 증거는 『고려사』에도 『고려사절요』에도 『고려도경』에도 『묘지명』에도 나타나 있지 않다.

⑤ 신라시대에 부계혈연집단이 존재했으며 그것이 고려시대까지 이어졌다고 주장하나 그런 증거도 없다.

오묘제

다음에는 '오묘제(五廟制)'에 관한 최 교수의 주장을 살펴보자. 신라의 시조묘 제사는 왕위계승의 원리(비부계적)와 일치하고 오묘제 제사는 직계조상에 대한 제사만 거행하는데, 후자의 오묘제는 중국에서 들어와서 아직 신라 사회에 정착되지 못한 제도이다. 그런데 최 교수는 신라 사회는 부계사회라는 것을 주장하려고 비부계적인 시조묘 제사에 대하여는 일체 언급하지 않고 오묘제, 신궁제(神宮制)(신궁의 주신에 대해서는 여러 가지 견해가 있다)에 대해서만 언급하고 있는데, 이것은 자신의 주장을 강변하고자 사실을 왜곡한 것이다.

쇼소인 문서와 신라촌락문서

최 교수는 '쇼소인 문서'는 언제나 '선남후녀(先男後女)'의 순으로 기재되어 있으며 이것이 바로 신라 사회가 부계 또는 남계 우위의 현상이 일반적이었음을 나타내는 증거라고 주장하고 있다. 그러나 그의 주장은 전적으로 허구이다. 우선 문서의 명칭 자체부터가 사실이 아니다. 쇼소인에 소장된 한국관계 문서는 '쇼소인 문서'가 아니라 '신라촌락문서'이다. 그리고 그가 '신라촌락문서'에는 '선남후녀' 순으로 기재되어 있다는 주장을 하고 있으나 신라촌락문서 어디에도 그렇게 기록되어 있는 곳이 없다. 또 최 교수가 언급한 '쇼소인 문서'는 신라에 관한 문서가 아니라 고대 일본에 관한 문서이다. '쇼소인'에는 주로 나라시대의 고문서가 800권 가까이 소장되어 있는데 이를 보통 '쇼소인 문서'라고 부르는 것이다[도노 하루유키(東野治之), 『쇼소인(正倉院)』, 이와나미쇼텐(岩波書店), 1988, p. 150].

이상의 논의를 정리하면 다음과 같다.

① 최 교수는 서울대 학위논문에서는 신라 사회는 부계사회가 아니다(비부계사회)라고 주장하면서 비부계사회라고 주장하는 나를(최 교수가 인식하는 '비부계'와 내가 인식하는 '비부계' 사이에는 적지 않은 차이가 있다) 비판할 때는 신라 사회는 '부계사회'라고 주장하고 있다.

② 신라의 시조묘 제사는 왕위계승처럼 비부계적으로 계승되고, 중국에서 도입한 오묘제(五廟制)는 부계적으로 계승된다. 그러나 최 교수는 신라는 부계사회라는 것을 주장하기 위하여 비부계적인 시조묘 제사에 대해서는 일체 언급하지 않은 채 부계적인 오묘제 제사에 대해서만 언급하고 있다.

③ '쇼소인 문서'는 고대 일본에 관한 일본 문서라는 것도 모르고 신라에 관한 문서라고 주장하면서 나를 비판하고 있다.

④ 쇼소인 소재의 '신라촌락문서' 어디에도 선남후녀(先男後女) 순으로 기재된 곳이 없는데도 불구하고 선남후녀 순으로 기재되어 있으며 이것은 바로 신라가 부계 또는 남계 우위 사회였음을 나타낸다고 주장하고 있다.

지금까지 나에 대한 최 교수의 비판 태도와 그 내용을 알아보았지만 안쓰럽다는 말밖에 나오지 않는다. 최O기 교수가 그렇게도 나를 헐뜯은 나의 저서 『한국가족제도사연구』는 1994년 최 교수도 나도 다 같이 회원으로 있는 한국사회학회의 제1회 학술상 수상작이 되었다.

끝으로 『사회과학논평』 잡지를 발간하는 잡지사 당국에도 한마디 하고자 한다. 앞으로는 서평의 윤리나 서평의 요건도 갖추지 못한 사람에게는 서평을 부탁하지 말아야 할 것이다.

대한민국 학술원의 정체

제목은 '대한민국 학술원의 정체'로 되어 있지만 여기서는 학술원 내의 '제5분과'에 대하여 좀 이야기를 하고자 한다. 대한민국 학술원에는 여러 분과가 있는데 사회학 분야는 제5분과이다. 이제까지 한 편의 연구논문도 발표한 일이 없는 이O갑 씨가 꼭 같이 한 편의 연구논문도 발표한 일이 없는 홍O직 교수를 업고 남들보다 먼저 재빨리 일찍 대한민국 학술원에 입성하여 학술원 제5분과(사회학 분과) 위원의 자리를 독점하여 객관적이고 학술적인 업적보다는 자신들과의 사적인 친소관계에 의하여 제5분과의 나머지 3인의 위원을 임명토록 하였다. 이리하여 사회학 분야는 5인의 위원이 되었다. 전 세계에 학술원이 있는 나라가 몇 나라가 되었는지는 알 수 없으나 이런 식으로 학술원 위원에 선출(?)되는 나라는 아마도 대한민국이 유일할 것이다.

한국사회학회는 모두 네 번이나 '대한민국 학술원'으로부터 회원 후보 명단을 보내달라는 공문을 받고 네 번 모두 나를 추천하였다는 것을 나에게 전해주었다. 한 번도 아니고 네 번씩이나 추천하였지만 탈락하였다는 소식에 거기에는 석연치 않은 그 무엇이 있음을 직감하였다. 사정을 알아본 결과 '학술원 회원의 자격과 선출 절차'에 관한 규정에 나타나 있는 바와 같이 사회학 분야의 학술원 회원이며 '학술원 사회 분야'의 제5분과회의 의장인 이○갑 교수가 주동이 되어 회원을 선출한다는 것을 알게 되었다. 그래서 이 교수의 학문하는 태도와 이 교수와 나와의 개인적 관계 두 가지 측면에서 그 수수께끼를 풀어갈 수 있을 것 같다. 편의상 후자 즉 이 교수와의 개인적 관계부터 이야기하고자 한다.

① 1965년 9월에 열린 제 19회 국제가족세미나에서 나는 우리나라 대표로 「한·중·일 동양 3국의 전통적 가족의 비교」를 발표하였는데 그때 그 세미나에 참석한 이○갑 교수가 관련이 없는 제주도 가족의 예를 들어 나에게 질문을 던졌다. 당시까지 제주도 가족에 관한 보고서는 발표된 일이 없었으며 설사 있다고 하더라도 육지의 전통 가족과는 거리가 멀다. 나는 아직도 왜 그때 이 교수가 그러한 상식에 어긋난 질문을 하였는지 그 이유를 모르겠다.

② 1972년 무렵에 내가 직접 찾아간 당시 서울대 사회학과장이었던 이해영 교수가 내가 제출한 학위 논문을 수리하겠다고 약속해놓

고 약 1주일 후에 합리적인 이유 없이 내 논문을 접수할 수 없다는 전화를 걸어 왔는데 전후 사정으로 보아 여기에 이○갑 교수가 개입하였을 가능성을 배제할 수 없다.

③ 이○갑 교수는 4년에 걸친 한국사회학회의 반대에도 한 제자를 시켜 한국사회학회를 '한국사회과학협의회'의 하위조직으로 만들고 이 협의회의 이름으로 외부에서 연구비를 얻었으나 이 돈은 사회학회 비용으로 사용하지 않고 개인 비용으로 사용하여 내가 당시 사회학회장에게 공개서한을 보냈던 일이 있다. 이러한 사연 때문에 한국사회학회가 네 번이나 나를 학술원 회원으로 추천하였으나 그때마다 이를 묵살하고 다른 사람을 회원으로 임명한 것으로 추측된다.

④ 이○갑 교수는 내 저서의 명칭과 같은 명칭의 저서『한국농촌사회연구』라는 책을 1981년에 간행하였는데, 나는 이보다 6년 전인 1975년 1월 일지사에서 간행하였다. 즉, 이 교수가 나의 저서와 똑같은 제목의 저서를 간행하였다면 머리말이나 적어도 각주에서라도 먼저 나온 저서에 대한 언급은 있어야 하는 것이 상식이며 도리가 아니겠는가. 그러나 이 교수는 그렇게 하지 않았다.

그러면 이제 이○갑 교수의 학문하는 태도에 대해 말해 보겠다. 이 교수는 1960년대에 외부의 원조를 받아 간행한 저서『한국농촌의 사회구조』의 '조사목적'란에서는 한국농촌의 사회구조적 성격과 그 구조적 틀 안에서의 인간관계에 관한 기본적 사실을 발견하는 것이라고 하였지만 학술원에 제출한 '연구업적'란에서는 그 조사에서 공업화에 따른 농촌의 변화를 연구하였다고 하여 앞의 조사목적과 다르게 서술했다. 현지조사의 목적이 경우에 따라 다르게 서술된 것이다. 이 교수가 '대한민국 학술원'에 제출하여 그 학술원이 공식 기록으로 남긴 이 교수의 '주요저서'는 오른쪽 표와 같이 12종이다. 보통 '주요저서'라고 하면 주요하지 않은 저서도 집필하였다는 것을 뜻한다. 그런데 이 교수는 그가 간행한 모든 책, 예를 들면 수필집도 '주요저서'라고 학술원에 신고하고 있다.

12권의 '주요저서' 가운데 ⑦과 ⑧은 수필집이다. 그런데 ⑧은 외관상 책 제목만 보면 수필집 같지 않으나 차례나 내용을 보면 수필집임을 알 수 있다. 학문하는 사람이라면 수필집은 '주요저서'로 간주하지 않을 것이다. ③과 ④는 4인의 공저이고 ⑤는 16인의 글을, 그리고 ⑩은 28인의 발표 논문을 모은 것인데 이것도 다른 사람들이라면 주요저서라고 주장하지 않을 것이다. 12권의 저서 가운데 남은 저서는 ① ② ⑥ ⑨ ⑪ ⑫ 6권의 저서이다. 이 가운데 ②의『사회조사방법론』은 당시 대학원생인 김경동, 임희섭, 오갑환, 이근무, 한상복, 안계훈 등 6명이 분담 집필한 책이고, ⑥의『한국농촌사회의 구조와 변화』는 서울대 학위 논문인데 그 태반을 ①의『한국농촌의 사회구조』에서 그대로 가져와 중복게재하였다. ⑨의『한국농촌사회연구』는 이 교수의 글과 남의 글을 모은 것이다. 자신의 글인 경우에도『사상계』, 1965'의 예와 같이 모호하게 표현하고 있다.『사상계』는 월간지이므로 일 년에 12호가 나온다. 그런데『사상계』, 1965'라고 표현하고 있으니 1965년의 어느 호인지 알 수가 없다. 또『한국농촌가족의 연구』(1964)는 4인의 이름으로 간행된 저서인데 그것을 밝히지 않았으니 독자는 이○갑 교수의 단독 저서로 오해할 것이다.

남은 책은 ① ⑪ ⑫이다. 즉 12권의 저서 가운데 이 3권만 이 교수의 '주저'가 되는 셈이다. 수필이나 '공저'를 '주요저서'라고 하는 것은 학문하는 사람의 태도가 아니다. ⑫는 이 교수가 주로 국제회의에서 발

이○갑 교수의 주요 저서

저서명	발행처	발행연도
① 한국농촌의 사회구조	한국연구도서관	1960
② 사회조사방법론	진명출판사	1963
③ 한국농촌가족의 연구	서울대 출판부	1964
④ 한국농촌사회의 가족계획	연세대 출판부	1966
⑤ A City in Transition	Hollym Pub. Co.	1971
⑥ 한국농촌사회의 구조와 변화	서울대 출판부	1973
⑦ 학문의 여적(餘滴)	다락원	1980
⑧ 한국사회	다락원	1980
⑨ 한국농촌사회연구	다락원	1981
⑩ Toward a New Community Life	서울대 새마을운동종합연구소	1981
⑪ Sociology and Social Change in Korea	서울대 출판부	1982
⑫ 공업발전과 한국농촌	서울대 출판부	1984

표한 논문을 모은 것인데 이 가운데는 1970년 샌프란시스코에서 발표한 논문 "Development of Sociology in Korea"도 포함되어 있다. 나는 이미 이 논문을 비판한 글을 발표한 바 있으므로 다시 언급하지 않겠지만 한 가지 문제에 대해서만은 여기서 언급하고자 한다. 이 교수는 미국에서 1년 간 교환교수 생활을 마치고 귀국한 1956년을 한국사회학 발전의 획기적인 해로 삼고자 그 이전에 많은 사회학자의 노력 끝에 얻어진 연구 업적은 무시해버렸다는 것만 여기서 언급해두고자 한다. 이러한 이 교수의 일련의 행동양식이나 학문 태도로 보아 내가 네 번씩이나 학술원 회원이 되지 못한 이유를 알 수 있을 것 같았다.

여기서 이○갑 교수의 주선으로 학술원 회원이 된 홍 교수에 대해 한마디 해두는 것도 좋을 것 같다. 홍 교수는 1979년 이전과 1991년 이후에 글(논문, 보고서 등)을 발표한 일이 없으며, 단지 1979년부터 1991년까지 13년 동안은 외부에서 자금을 받은 4인의 공동 프로젝트에 참여하여 4인의 논문 아닌 논설문을 모아 책을 만든 것이 그의 전 생애의 업적이라 하겠다. 그러나 그는 총 13권의 책과 12편의 논문을 집필하였다고 주장하고 있다. 다시 말하여 홍 교수를 포함한 4인이 외부의 자금을 얻어 논문 아닌 논설문을 모아 13권의 책으로 간행하였는데, 홍 교수는 이 사실을 과장하여 오른쪽의 두 표에 나타나 있는 바와 같이 13권의 저서와 이와 별도로 12편의 논문(1편은 누락시켰음)을 발표한 것으로 하였다고 '대한민국학술원'에 신고하였다.

그런데 13권의 저서와 이와 별도로 발표하였다는 12편의 글은 바로 13권의 저서에 수록된 글이다. 홍 교수는 논문(논설문)과 저서가 같은 것이 아니라 별개의 것이라는 것을 주장하고자 증거로 제시한 표까지 감쪽같이 위장하였다. 즉 두 표를 비교해 보면 알 수 있듯이 발표연도를 제외하고 그 밖의 항목은 모두 논문과 저서가 별개의 것으로 보이도록 꾸몄다(두 표를 함께 보아주기 바란다. 1985년의 저서는 『사회개발연구』 제 14권으로, 논문 발표 학술지는 제 13권으로 되어 있는데, 이것은 홍 교수의 실수로 보인다).

참고로 전문학술지에 먼저 논문들을 발표하고 후에 이러한 논문들을 모아 논문집을 만들 때에는 일본의 경우처럼 논문과 저서를 발표하였다고 한다. 그러나 여러 사람의 글을 모아 이것을 책으로 묶었을 때는 글도 발표하고 이와 별도로 저서도 간행하였다고는 말할 수 없다. 공저만 저술하였다고 해야 할 것이다.

사회분과 교수들이 스스로 연구논문을 써서 전문학술지에 발표한

홍승직 교수가 저술하였다고 학술원에 신고한 저서

저서명	발행처	발행연도
① 한국사회개발연구 제1권(공저)	고려대 아세아문제연구소	1979
② 한국사회개발연구 제3권(공저)	〃	1980
③ 한국사회개발연구 제5권(공저)	〃	1981
④ 한국사회개발연구 제7권(공저)	〃	1982
⑤ 한국사회개발연구 제9권(공저)	〃	1983
⑥ 한국사회개발연구 제11권(공저)	〃	1984
⑦ 한국사회개발연구 제14권(공저)	〃	1985
⑧ 한국사회개발연구 제15권(공저)	〃	1986
⑨ 한국사회개발연구 제17권(공저)	〃	1987
⑩ 한국사회개발연구 제19권(공저)	〃	1988
⑪ 한국사회개발연구 제21권(공저)	〃	1989
⑫ 한국사회개발연구 제23권(공저)	〃	1990
⑬ 한국사회개발연구 제25권(공저)	〃	1991

홍승직 교수가 발표하였다고 학술원에 신고한 논문

논문명	발표 학술지명	Vol No	발행연도
① 인구와 사회개발	한국사회개발연구	1	1979
② 가족계획과 사회개발	〃	3	1980
③ 사회과학과 사회발전	〃	5	1981
④ 가치관과 사회개발	〃	7	1982
⑤ 문화 및 매스콤의 사회개발적 의미	〃	9	1983
⑥ 명치전후의 일본교육과 근대화	〃	11	1984
⑦ 일본인의 교육과 근대화	〃	13	1985
⑧ 한국의 교육체계 및 교육가치관의 변화	〃	15	1986
⑨ 한국교육정책의 변환: 대학교육을 중심으로	〃	17	1987
⑩ 급속한 산업화와 가치관	〃	21	1988
⑪ 산업화에 따른 한국인의 정체성의 변화	〃	23	1989
⑫ 바람직한 한국인의 정체성 모색	〃	25	1990

일은 드물며 외부의 돈을 받고서야 비로소 논문 아닌 논설문을 써서 저서화하는 일에 참여하는 일이 대부분이었다. 따라서 남의 돈이 없다면 이런 논설문도 발표하지 못하였을 것이다. 전공이 없는 사람이 쓴 13년 간 공저의 책이 가치가 있는 것이라고 가정하더라도 자비로 40여 년간 자신의 전공 분야에 몰두하여 이루어놓은 수많은 연구논문과 연구저서의 가치에 비하면 아무것도 아닐 것이다.

이○갑 교수도 13분야에 걸쳐 글을 썼지만 여기서는 홍○직 교수에 대해서만 언급하고자 한다. 앞의 표에 나타나 있는 바와 같이 홍○직 교수는 단시일 내에 한 분야가 아니라 한국의 모든 분야, 예를 들면 인구, 가족계획, 사회과학, 가치관, 문화, 매스컴, 한국의 교육제도, 한국의 교육정책, 한국인의 정체성 등 오만 분야에 걸쳐 글을 썼으니 상식적으로도 이해되지 않는 일이다. 그는 여기서 멈추지 않고 이웃나라인 일본의 교육과 메이지(明治) 전후 시기의 문제에까지 집필의 범위를 넓혔으니 놀라울 따름이다. 한국의 한 가지 분야에 대하여 글을 써도 힘이 들 텐데 단시일에 한국의 거의 모든 분야에 대하여 글을 썼으며 여기에 멈추지 않고 또 이웃나라 일본의 문제, 그것도 일본의 메이지 시대의 문제까지 손을 댔으니 이것은 남의 것을 무조건 기계적으로 베끼지 않고서는 불가능한 일이다.

몇 사람의 연구논문 아닌 글을 모아 책을 출판하였다고 한다면, 이 책은 몇 사람이 함께 쓴 책인 '공저'일 뿐이다. 그런데 만일 이것을 저서도 간행하고 이와 별도로 연구논문도 발표한 것이라고 주장한다면 이는 허구이며 일종의 정직하지 못한 태도이다. 대한민국 학술원, 특히 사회학 분야에는 연구논문이나 연구저서 하나 없는 사람은 학술원 회원이 되고 수십 년간 연구에 몰두하여 수백 편의 논문과 수십 권의 연구저서를 낸 사람은 회원이 될 수 없는 것이 현실이다.

학술원이 한국사회학회에서 네 번씩이나 추천한 나를 그때마다 탈락시켰는데, 그것을 떠나서, 대한민국 학술원의 명실상부한 권위를 세우려면 적어도 장기간 연구에 열중하여 그 결과 훌륭한 연구업적을 낸 사람만이 회원이 되어야 한다고 생각한다. 그래야만 외국에서도 우리나라의 학문 수준과 학술원의 권위를 인정할 것이다.

사회학계에서 뛰어난 업적을 쌓아올린 학자로서 우선 떠오르는 이는 중앙대 김영모 교수와 서울대 신용하(나중에 학술원 회원이 된 것으로 알고 있다) 교수이다.

김영모 교수는 1964년부터 2003년까지 40년 동안 연구에 전념하여 142권의 연구저서, 33권의 연구보고서, 10권의 편저와 170편의 연구논문을 간행하였으며, 신용하 교수는 2007년까지 40여 년 동안에 54권의 연구저서와 266편의 연구논문을 간행 발표하였으며 본인은 24권의 연구저서, 319편의 연구논문 그리고 50편의 준연구논문을 발표하였다.

3인의 연구 업적을 표로 제시하면 다음과 같다.

	신용하	김영모	최재석
연구저서	54권	142권	24권
연구보고서		33권	
편저		10권	
연구논문	266편	170편	319편
준연구논문			50편

수필집(2권)과 16인 또는 28인의 글을 모은 책을 주요 저서라고 주장하는 이○갑 교수와 전문학술지에 논문 한 편 발표하지 못한 홍○직 교수 등은 이 나라 대한민국 최고 학문의 전당인 '학술원'의 회원이 되고, 일생 동안 연구에 몰두하여 전문학술지에 각각 266편과 170편의

논문을 발표한 신용하, 김영모 교수, 그리고 지방 여러 대학에서 묵묵히 연구에 몰두하며 많은 업적을 쌓은 사회학자들은 회원이 되지 못하였으니 우리 사회의 부조리가 학술원에까지 이른 것 같아 안타깝다(신용하 교수는 나중에 추가로 학술원 회원이 된 것으로 알고 있다). 학술원 회원의 선출·임명 과정에 중대하고도 치명적인 결함이 있음을 보여주는 한 단면이라 할 수 있겠다. 이리하여 주위에는 학술원 무용론을 주장하는 사람도 있다. 생각하건대 우리나라에서 가장 후진성을 띤 부문이 대한민국 학술원이 아닌가 한다.

일본의 학사원(學士院)은 '학문연구에서 현저한 공적이 있는 학자를 대우하는 기관'이라는 규정대로 이를 실행해 오고 있다. 그러나 한국의 '학술원'은 외관상으로는 일본의 '학사원'을 모방하고 있지만 학술원 회원 선출에서는 일본과 전혀 다르다.

연구논문 한 편 없는 사람들(이○갑·홍○직)은 학술원 회원(사회학 분과)이 되고 일평생 연구에 몰두하여 수백 편의 논문을 발표하였을 뿐만 아니라 한국사회학회에서 유일하게 학술상을 수상한 사람은 학술원(사회학 분과) 회원이 되지 못한다. 수많은 연구업적(연구논문)이 있는 사람은 학술원 회원이 되지 못하고 연구논문 한 편 없는 사람은 학술원 회원이 될 수 있는 나라가 세계에서 대한민국 말고 또 어디에 존재하겠는가? 상식적으로 생각하면 본인이 사회학계(약 1,000명의 회원)에서 유일하게 학술상을 수상하였다면 의당 학술원 사회학 분야의 회원이 될 수 있을 것 같은데 실제는 그렇지 못하였다. 이○갑·홍○직 두 사람이 내가 학술원 회원이 되는 것을 막은 것, 이것이 한국학술원의 실상이다. 연구논문 한 편 없는 사람들이 작당하여 연구논문 많은 사람의 학술원 회원이 되는 것을 막는 나라가 한국이다. 이○갑 교수는 또 4년에 걸친 한국사회학회의 반대에도 불구하고 한 제자를 시켜 한국사회학회를 자신이 조직한 '한국사회과학협의회'의 하위조직을 만들고 자기 자신이 이 협의회의 우두머리가 되기도 하였다.

얼마 전 이·홍 두 사람은 거의 같은 시기에 세상을 떠났다. 세월의 무상함을 새삼 느낀다.

나는 학술원 회원은 되지 못하였지만 한국 사회학회에서 최다 논문 (319편)을 발표하였을 뿐만 아니라 이 학회에서 유일하게 학술상을 수상하였다는 긍지를 가지고 여생을 보내고자 한다.

수십 년 연구보다 학위서 한 장을 더 알아주는 한국 사회

나는 고대 한일관계사에 관한 한 논문을 고려대 내의 한 학술잡지에 투고하였다. 그런데 이 논문은 보통 있을 수 있는 수정이나 보완의 조건도 없이 단번에 게재 불가라는 판정을 받고 거부당했다. 내가 지금까지 수십 년 간 적지 않은 논문을 학술지에 발표한 바 있지만 이런 일은 처음이었다. 논문 심사자의 정체도 모르면서 단지 일본에서 학위를 취득하였다는 한 가지 이유만으로 내 논문을 그 심사자에게 심사를 의뢰하는 사람에게도 문제는 있지만 이 문제는 불문에 부치겠다. 그러나 논문 심사자라는 위치에 있음을 기화로 내 논문에 대한 심사평도 밝히지 않은 채 자기 마음에 들지 않는다고 게재 불가라는 판정을 내린 고려대 역사교육과 김현구 교수의 학문에 대하여는 이야기를 좀 해야 할 것 같다.

김현구 씨가 자신이 일본에서 취득한 학위논문의 취지와 맞지 않는다는 이유로 역사적 사료에 근거하여 공들여 쓴 내 논문을 거부한 처사는 학문의 세계에서는 있을 수 없는 일이다. 학문을 하는 사람이라면 학문에 대해 끝까지 겸손해야 하는데 그에게는 그러한 기색이 조금도 보이지 않았다. 내 논문에 대한 그의 학문적 태도를 파악하기 위해서도 그가 일본(와세다대학)에서 취득한 학위논문인 『야마토(大和) 정권의 대외관계 연구』에 대하여 살펴보는 게 좋을 것 같다. 그의 학위논문을 읽어보면 바로 알게 되겠지만 한 마디로 고대 한국은 일본의 식민지였다고 주장하고 있음을 알게 된다. 몇 가지 측면에서 그것을 살펴보면 다음과 같다.

김현구 씨의 학위논문 제목

김현구 씨의 학위논문 제목부터 살펴보자. 김현구 씨는 시종 한국과 일본의 관계에 대하여 이야기하면서 그 논문 제목은 한국이라는 국명은 쏙 빼버리고 "야마토(大和) 정권의 대외관계 연구"라고 한 데서 김현구 씨의 역사관이나 역사 서술의 핵심이 여실히 드러나 있다고 하겠다. 교섭 상대국의 국명이 제거된 '야마토 정권의 대외관계'라는 용어 속에는 그 이름조차 거명할 가치조차 없는 나라와 야마토 정권의 관계라는 의미가 내포되어 있으며, 그러한 나라가 바로 한국이라는 뜻이다. 다시 말하면 한국사는 일본사에 예속되어 있거나 한국사는 일본사의 일부분이라는 뜻을 논문 제목에 반영시킨 것이다. 이러한 저의가 숨어 있는 논문 제목을 일본으로 건너가기 전 일본어도 잘 모르는 시절의 김현구 씨가 상상이나 할 수 있었겠는가? 이렇게 볼 때 논문 제목은 한일 고대사를 왜곡한 전력이 있는 그 계통의 한 전문가의 지시에 따라 만들어졌음을 짐작할 수 있다.

기년의 표현

기년(紀年)의 사용에 대하여 알아보자. 두 나라 또는 세 나라의 관계

등의 국제 관계를 설명할 때는 보통 해당국의 기년과 서기(西紀) 등을 함께 사용하는 것이 상례이고 또한 이해를 돕는다. 그런데 김현구 씨는 한국 사신의 일본 왕래나 한일 관계를 이야기할 때 거의 언제나 일본의 기년 즉 일본국왕(천황) 연대로 설명하고 있다. 이런 점에서도 김현구 씨의 일본 중심의 역사관이 나타나 있다고 하겠다.

한국 사신의 표현

김현구 씨가 한국 사신을 어떻게 표현하고 있는지 살펴보자. 한국(백제)의 왕이 일본을 경영하려고 파견한 사인(使人)도 김현구 씨는 언제나 조공사(朝貢使)로 표현하고 있으며 『일본서기』 기사 가운데 사실을 기록한 기사(후술 참조)에 대하여는 언급하지 않은 채 왜곡기사인 '조공사' 기사만을 가지고 한국이 일본의 속국 내지 식민지였다는 주장을 하고 있다. 그리고 또 그는 다음과 같이 누가 보아도 조작 기사임이 분명한 기사, 예를 들면 고구려, 백제, 신라, 미마나(任那) 등 한반도의 여러 나라가 동시에 일본에 조공하였다는 『일본서기』 기사도 사실의 기사로 간주하고 있다. 참고로 그러한 기사를 『일본서기』에서 뽑아서 제시하면 246쪽 표와 같다.

한반도의 여러 나라가 동시에 일본에 조공사를 파견하였다는 동화 같은 기사는 얼핏 눈에 띄는 것만도 11사례나 되는데 이 가운데 두 나라가 동시에 조공하였다는 것이 5사례, 세 나라가 동시에 조공하였다는 것이 3사례, 그리고 네 나라가 동시에 조공하였다는 것이 2사례나 된다. 김현구 씨는 한반도의 한 나라가 일본에 조공사를 파견하였다는 기사는 물론, 위의 사례에 나타나 있는 것처럼 두 나라 또는 세 나라 심지어는 네 나라가 동시에 일본에 조공하였다는 기사까지도 역사적 사실의 기사로 인정하고 있다.

연대	동시에 일본에 조공하였다는 한반도의 여러 나라의 내용
① 진구 전기(神功前紀)(200)	고구려, 백제 (2국)
② 긴메이(欽明) 1년(540) 8월	고구려, 백제, 신라, 미마나 (4국)
③ 스이코(推古) 8년(600)	신라, 미마나 (2국)
④ 스이코 31년(623) 7월	신라, 미마나 (2국)
⑤ 조메이(舒明) 2년(630) 3월 1일	고구려, 백제 (2국)
⑥ 조메이(舒明) 10년(638)	백제, 신라, 미마나 (3국)
⑦ 야마토(大化) 1년(645) 7월 10일	고구려, 백제, 신라 (3국)
⑧ 야마토 2년(646) 2월	고구려, 백제, 신라, 미마나 (4국)
⑨ 야마토 3년(647) 1월 15일	고구려, 신라 (2국)
⑩ 사이메이(齊明) 1년(655)	고구려, 백제, 신라 (3국)
⑪ 사이메이 2년(656)	고구려, 백제, 신라 (3국)

한반도의 고구려, 백제, 신라, 미마나(任那) 등 여러 나라가 동시에 일본에 조공사를 파견하였다는 『일본서기』 기사.

일본이 백제가 경영한 땅임을 나타내는 『일본서기』 기사에 대한 태도

김현구 씨는 『일본서기』의 다음과 같은 역사적 사실을 나타내는 기사에 대하여는 시종 침묵을 지키고 그 이유도 설명하지 않고 있다.

① 일본국왕(왜왕)이 백제 사람이라는 것을 나타내는 『일본서기』의 비다쓰(敏達) 원년 기사와 조메이(舒明) 11~13년의 기사
② 일본국왕의 권력이 지방 호족의 권력보다도 약하다는 것을 나타내는 유랴쿠(雄略) 14년의 기사
③ 일본의 조선·항해 수준이 유치하여 신라의 도움으로 겨우 해외로 나갈 수 있었다는 것을 나타내는 사이메이(齊明) 3년의 기사

④ 백제왕이 백제 사람을 파견하여 일본을 경영하였다는 것을 나타내는 게이타이(繼體) 7년, 동 10년, 긴메이(欽明) 8년, 동 15년의 기사

⑤ 일본의 지명이 한국(백제)의 지명으로 되어 있음을 나타내는 비다쓰(敏達) 원년, 동 12년, 고교쿠(皇極) 원년, 조메이(舒明) 11년, 동 12년, 동 13년의 기사. 그리고 다른 사료에 의하면 일본 열도의 각급 취락, 교량, 사찰, 역, 산, 내(川), 해안, 저수지, 섬, 항구 등 모든 지명이 한국(백제, 신라, 고구려) 지명으로 되어 있다.

일본 열도의 모든 지명이 한국 지명으로 되어있다는 것은 한마디로 일본은 고대 한국인이 개척한 식민지였다는 것을 나타내주는 것이다. 그러나 김현구 씨는 이러한 고대 일본이 한국의 식민지임을 나타내는 기사에 대하여서는 침묵을 지키면서 논문 제목의 설정이나 기년(紀年) 표현 등에 있어서는 고대 한국이 일본의 식민지임을 나타내려고 하고 있음을 알게 된다.

고대 한국이 일본의 식민지라는 김 씨의 주장은 어디서 왔나?

나는 김현구 씨가 학위를 취득하려고 일본으로 건너가기 전에는 고대 한국이 일본의 식민지였다는 생각은 추호도 하지 않았을 것으로 생각한다. 그런데 그가 일본에 가서 취득한 학위논문에서 고대 한국이 일본의 식민지라고 주장하였다면 이는 지도교수의 영향으로밖에 달리 생각할 수 없을 것이다. 그렇다면, 당연히 김현구 씨의 학위논문의 지도교수의 학문적 태도에 대하여 살펴보지 않을 수 없을 것이다.

미즈노 유(水野祐)와 후쿠이 도시히코(福井俊彦) 등 두 사람의 일본인 지도교수는 김현구 씨의 학위논문을 지도하고 통과시키고 출판까지

주선해 주었는데 출판된 책자에 김현구 씨가 학위를 받고 한국으로 귀국하면 "일본 고대사를 올바르게 이해한 사람이 한국의 많은 사람에게 바른 교육을 시켜달라."는 당부의 서문을 써주었다.

그런데 특히 지도교수 가운데 한 사람인 미즈노는 실존 인물도 아닌 일본의 진구황후(神功皇后)가 한국(삼한)을 점령하였으며 서기 1세기부터 한국은 일본의 식민지였다는 동화 같은 역사 왜곡을 한 인물이다. 이렇게 볼 때 김현구 씨의 학위논문은 지도교수인 미즈노의 지시에 의하여 미즈노의 왜곡된 역사관을 옮긴 데 불과하다는 것을 알 수 있다. 일반론에 근거하여 말해도 학생은 지도교수의 지시나 영향을 받지 않을 수 없다. 김현구 씨가 사료에 근거하여 서술한 고대 한일관계에 관한 나의 논문 게재를 거부한 것은 학위를 마치고 한국에 귀국 후에도 자신의 왜곡된 역사관을 교육해달라는 지도교수의 지시에 따른 것임을 알 수 있다.

일본국왕이 백제 사람이라는 기사, 백제왕이 교기(翹岐) 등 백제왕자를 파견하여 일본을 경영한 기사, 일본의 지명이 한국의 지명에서 유래하였다는 기사, 일본의 조선·항해 수준이 유치하여 외국에 나갈 때는 한국의 도움을 요청하였다는 『일본서기』의 기사 등에 대하여 언급하지 않는 것도 김현구 씨의 뜻이라기보다도 고대 한국이 일본에 '조공사'를 파견한 일본의 식민지라고 주장한 일본인 지도교수의 영향임을 알 수 있다.

20대도 아니고 40~50대의 학자가, 한국이 일본의 속국 또는 식민지였다는 내용으로 박사학위를 취득하고 귀국하여 한국의 명문대학 교수가 되어 우수한 학생들을 가르치게 되었으니 한일 두 나라 관계에 대한 역사 인식이 왜곡되어 금후의 한국의 고대 한일관계사 또는 한국의 연구 발전이 저해되지 않을까 심히 염려된다. 또 김현구 교수의 역사 강의를 들은 학생들이 고대 한국이 일본의 식민지였다는 그의 역사의식을 배우게 된다고 생각을 하니 심히 염려스럽다.

요컨대 김현구 씨는 일본어도 잘 못하는 시절, 일본 와세다대학에 유학을 가서 거기서 서기 1세기부터 한국은 일본의 식민지였다는 '식민사관'에 철저한 일본인 지도교수 미즈노를 만나 장기간 그의 지도를 받고 한국사는 일본사의 일부분이라는 뜻을 나타내는 논문제목과 일본 기년을 사용하고 한국 사신을 언제나 일본에 대한 '조공사'로 표현하면서도, 일본이 한국의 식민지였다는 『일본서기』 기사는 무시하는 등 지도교수의 역사관과 동일한 역사관에서 쓴 학위논문을 제출하여 학위를 취득하였다. 그리고 책자화한 그의 논문에 써준 서문에서 한국이 일본의 식민지라는 역사 왜곡을 '올바른 역사', 그러한 왜곡된 역사를 학생들에게 가르치는 것을 '바른 교육'이라고 칭하면서 한국으로 귀국하면 그곳에서 왜곡된 역사를 가르치라고 한 지도교수 미즈노의 지시를 따르려고 김현구 씨는 나의 논문 게재를 거부하였음을 알 수 있다. 한국의 역사를 팔아서 학위를 얻은 김현구 씨의 소행을 구한말의 이완용 일파의 매국 행위에 비유하는 것은 지나친 비유일까? 다른 점이 있다고 한다면 한 사람은 정치를 한 것이고 다른 한 사람은 역사학을 공부하는 정도라고나 할까?

한 가지 분야만 연구해야 하나?

[사례1]

고대 일본은 6세기부터 7세기 중엽까지는 백제, 그 후부터는 신라의 경영 또는 지도 하에 있었기 때문에 그 시기의 한일관계의 파악 없이는 일본 고대미술사의 시대 구분도 거의 불가능하다. 그런데 종래 일본에서 행해진 일본 고대미술사의 시대 구분은 모두 고대 한일관계사를 무시한 채 행해진 것이었다.

우리나라도 일본의 시대 구분을 그대로 답습하였는데, 한 가지 예를 들면 국립박물관의 벽에 붙어 있는 일본 고대미술사의 시대 구분은 일본이 사용하고 있는 시대 구분 그대로였다.

나는 그것을 보고 여기서도 큰일 났구나 하는 생각이 들었다. 나는 그때까지 20년 가까이 고대 한일관계사에 관하여 100여 편의 논문을 발표한 바 있으므로 이를 기반으로 하여 「일본 고대미술사의 시대 구분과 한국」이라는 논문을 한국미술사학회에 제출하였으나 몇 달이 되어도 소식을 전해주지 않아 참다못해 한국미술사학회장에게 전화하였더니 그제야 편집회의를 하였는데 모두 부적절하다는 결론이 나와 게재하지 못하였다는 회답을 주었다. 그렇다 하더라도 몇 달 동안 나의 원고를 가지고 있을 것이 아니라 그러한 내용을 담아서 나에게 원고를 반송했어야 옳았을 것이다. 나의 전화 독촉이 있고서야 원고가 나에게 반송됐다. 나는 이 논고를 『한국학보』 89호(1997)에 발표하였는데 여기서 그 글의 맺는 말 일부를 제시해두고자 한다.

한국과의 관계를 무시한 일본고대사의 시대 구분은 역사적 사실을 외면한 허구일 뿐이다. 일본미술사의 시대 구분도 이와 동일하다. 다시 말하여 일본고대사는 한국고대사이며 동시에 고대 한일관계사라는 사실을 확인하지 않은 사람은 국적을 불문하고 일본 고대미술사의 시대 구분도 할 수 없다. 이러한 사실을 모르는 한국의 미술사학회는 내가 한국의 가족제도사(사회사)만 알고 있는 사람으로 인식한 탓인지 나의 「일본 고대미술사의 시대 구분과 한국」이라는 논문 게재를 거절하였던 것이다.

논문 내용을 보지 않고 학부 졸업시의 학과만을 고려하는 일은 우리 나라에만 있는 일이다. 미국이나 서구에서는 논문이나 저서의 질을 평가하기 때문에 전공이 두 개나 세 개가 되는 학자도 부지기수다.

[사례2]

나는 초기에 주로 한국의 가족, 친족에 대하여 조사 연구하여 그 결과를 다음과 같이 『진단학보』, 『역사학보』, 『한국사연구』 등 3종의 역사 관계 학술지에 발표하였다. 즉 『진단학보』에 8편, 『역사학보』에 5편, 『한국사연구』에 4편의 논문을 발표하였다.

『진단학보』에 실린 논고

1963, 「한국가족원의 범위」, 『진단학보』 24

1965, 「한국인의 가족의식의 변용」, 『진단학보』 26

1969, 「한국 농촌가족의 역할 구조」, 『진단학보』 32

1972, 「농촌의 반상관계와 그 변동과정」, 『진단학보』 34

1974, 「조선전기의 가족형태」, 『진단학보』 37

1975, 「도시 중류아파트 지역의 근린 관계」, 『진단학보』 40

1977, 「제주도의 이·재혼제도와 비유교적 전통」, 『진단학보』 43

1979, 「17세기 초의 동성혼」, 『진단학보』 46·47 합병호

『역사학보』에 실린 논고

1972, 「조선시대의 상속제에 관한 연구: 분재기의 분석에 의한 접근」, 『역사학보』 53·54 합집

1979, 「조선시대의 족보와 동족조직」, 『역사학보』 81

1980, 「조선시대의 양자제와 친족조직」(상·하), 『역사학보』 86~87

1982, 「고려시대의 친족조직」, 『역사학보』 94·95 합집

1983, 「신라 왕실의 왕위계승」, 『역사학보』 98

『한국사연구』에 실린 논고

1981, 「고려조에 있어서의 토지의 자녀균분상속」, 『한국사연구』 35

1983, 「신라 왕실의 혼인제」, 『한국사연구』 46

1984, 「고려시대 부모전(父母田)의 자녀균분상속제론」, 『한국사연구』 44

1986, 「신라시대의 시조의 개념」, 『한국사연구』 53

이러한 논문 가운데 특히 1972년 『역사학보』 53·54 합집호에 실린 조선시대의 상속제에 관한 연구는 획기적인 논문이라 할 수 있다. 이 논문은 분재기(分財記)를 분석하여 작성한 논문인데 17세기 전까지는 아들, 딸 차별 없이 균분상속하다가 그 후 점차로 아들 우대로 나가다 19세기 중기부터는 전적으로 장남 우대로 나아간다는 것을 밝힌 것인데 그 후의 한국사회는 이 연구 결과를 받아들이고 있다.

그런데 나의 한국의 가족이나 친족에 관한 논고를 받아준 위에 적은 역사관계 3학회는 고대 한일관계사에 관한 나의 논고는 전혀 받아주지 않았다. 역사관계 세 학회에서 4회에 걸쳐 나의 논문 게재를 거부하므로 나는 결국 일지사 김성재 사장이 자비로 경영하는 『한국학보』에 내 논문을 발표하였다. 김성재 사장은 나의 고대 한일관계사 논문 약 40편을 『한국학보』에 게재해 주었다.

내가 주로 힘을 쏟아 연구한 부분은 고대 한일관계사 분야였다. 일본인들의 선전으로 약 150년 전부터 고대 한국이 20세기 전반기처럼

일본의 식민지였다는 것이 세계의 정설로 굳어져 있었다. 그러나 사실은 정반대로 일본(야마토왜)이 한국의 식민지였다. 어떻게 보면 나의 견해가 우리나라 사학자들에게는 황당무계하게 느껴졌으므로 나의 논문을 받아들이지 않았을지도 모른다. 그래서 앞서 말한 대로 "고대 한국은 일본의 식민지였다."라는 주장을 바로잡고자 『Ancient Korea-Japan Relations and the Nihonshoki』라는 영문판 책을 영국의 바드웰 출판사에서 출판했던 것이다.

한국학중앙연구원으로부터 봉변당한 이야기

나는 늦게나마 라이샤워(Reischauer)의 저서 『The Japanese(일본인)』 속에 왜곡된 고대 한일관계사가 서술된 것을 알게 된 것을 다행으로 생각한다. 나는 지금까지 고대 한일관계사를 왜곡한 일본인 사학자 30여 명과 서구 학자로는 페놀로사(E. F. Fenollosa), 제켈(Dietrich Seckel), 홀(John Whitney Hall) 등 3인을 비판한 바 있는데 우연히도 라이샤워의 저서를 접하게 된 것이다.

세계에서 가장 영향력 있는 학자 가운데 한 사람인 라이샤워가 고대 한일관계사를 왜곡한 내용을 담은 저서를 간행하였다면 이는 보통 문제가 아니다. 고대 한일관계사를 왜곡한 내용도 담겨 있는 그의 저서 『The Japanese(일본인)』가 1977년에 간행되었으니 세계는 이미 그의 영향을 받아 고대 한국이 일본의 식민지였다고 인식하고 있을 것이다. 그가 고대 한일관계사를 왜곡하고 있는 것을 안 이상 하루라도 빨리 그에 대한 비판 논문을 영문으로 써서 세계에 알려야 하겠다는 생각을 하게 되었다. 이리하여 그에 대한 영문으로 된 비판 논문을 작성하여 한국학중앙연구원에 투고하였다.

나는 1990년부터 1996년까지 7회에 걸쳐 한국학중앙연구원의 전신인 한국정신문화연구원의 학술지인 『정신문화연구』에 고대 한일관계사에 관한 논문을 발표한 일이 있고 또한 4년 전인 2005년에 같은 연구원의 영문잡지(The Review of Korea Studies)에 영국의 대학교수 도이힐러(Deuchler)의 비판 논문을 게재한 바 있으므로 이번에도 아무 문제없이 논문 게재가 될 것으로 생각하였다. 그러나 뜻밖에 투고한 지 얼마 후 논문 심사자들로부터 영문 논문의 대본이 되는 국문으로 된 논문의 제출을 요청받았고 그 후 또 얼마 있다가 이해하기 어려운 이유로 논문이 반려되어 왔다.

세 사람의 심사자 중 한 사람은 내 논문을 이해하지 못하면서도 '대체로 적합'이라는 판정을 내렸으나, 나머지 두 사람으로부터는 가타부타의 판정 없이 불합격 처리되어 나의 영문 원고는 반송됐다. 한국학중앙연구원 내의 논문 심사를 관장하는 부서가 어디이며 또한 3인의 심사자를 임명하는 사람이 누구인지는 모르나 3인의 심사자로부터 받은 학문적 모욕은 내가 지난 수십 년 동안 고대 한일관계사 관련 논고 약 150편을 발표할 때도 당해보지 못한 것이었다. 논문 심사자는 해당 분야(고대 한일관계사)의 저서를 읽기는커녕 보지도 못하였을 뿐만 아니라 논문의 요지도 파악하지 못함과 동시에 어불성설의 용어를 만들어 사용한 사람들이라고 말할 수 있을 것 같다.

학문적 용어도 모르면서 어불성설의 용어를 사용하여 비판한 예

지금 이에 관한 사례를 제시하면 다음과 같다.

① 라이샤워가 보여주는 관점상의 문제가 어디에서 기인된 것인지

(중략) 등의 분석이 첨가 필수였다면 본 투고 글이 보다 더 객관적 거리를 확보할 수 있을 것으로 기대된다(2; 괄호 안의 숫자는 심사자 B의 글의 위치를 나타낸다).

② 라이샤워의 입장을 집중적으로 다루고 있는 본 투고는 그 기본적인 의의가 평가받을 만하다(3).

③ 논쟁점을 개진해나가는 방법론에 있어 보다 효과적인 전략적 접근이 요청된다고 보인다(4).

④ 서술 표현의 강도라든가 완급을 조절할 필요가 있다(4-1).

⑤ 가령 쇼토쿠태자(聖德太子)가 과연 역사적 인물인지 가공적 인물인지에 대해 본 투고는 다만 일본 학자의 주장을 근거로 제시하면서 쇼토쿠태자가 가공적 인물이라고 강력한 어조로 확신하고 있는데 이런 식의 접근은 본 투고문의 가상독자들(서구 연구자들)을 설득하기 어려울 것으로 예상된다(4-2).

편의상 먼저 ⑤의 쇼토쿠태자의 존부(存否)에 대하여 살펴본 연후에 심사자가 사용한 용어의 문제에 대하여 살펴보기로 한다. 일본의 거의 모든 사학자와는 달리 학구적인 한둘 정도의 일본인 학자는 쇼토쿠태자를 가공인물로 인식하고 있다. 나는 무턱대고 후자의 견해를 따른 것이 아니라 『일본서기』의 기사에 근거하여 후자의 주장이 사실에 가깝다는 견지에서 그 견해를 따른 것이다. 그런데 심사자는 일본 학자의 주장을 받아들였다고 지적하고 있다. 설사 내가 역사적 사실을 중시하는 일본 학자의 견해를 받아들였다고 하더라도 하등 문제될 것이 없다고 본다.

또 심사자는 쇼토쿠태자 가공설은 서구 학자들을 설득하기 어렵다고 주장하고 있으나 그러한 주장은 근거가 희박하다. 왜냐하면 『일본서기』는 쇼토쿠태자가 태어나자마자 말을 하였으며 태어난 지 만 1세가 되는 해에 전쟁에 출정하여 정적을 살해함과 동시에 이미 불교에 귀의하여 전쟁의 승리를 기원하였으며, 7세가 되는 해에는 일본의 모든 정치를 통괄하였다고 기록하고 있으니 서구 학자들이 쇼토쿠태자의 실존설을 믿을 리 없다. 과학적인 사고를 하는 서구 학자들이 이러한 동화 같은 쇼토쿠태자의 존재를 믿을 것이라고 주장하는 사람이 오히려 이해가 되지 않는다. 이렇게 볼 때 쇼토쿠태자에 관해서도 심사자의 주장은 근거가 없다.

그러면 용어 사용에 대해 알아보자. 이해의 편의를 얻고자 위의 ①~④의 심사평에서 심사자가 사용한 용어를 뽑아내어 제시하면 다음과 같다. 이러한 용어가 무슨 뜻인가? 내가 무식한 탓인지 알 수 없으나 이러한 용어를 이해하지 못하고 있다.

  A. 분석의 첨가   B. 객관적 거리

  C. 효과적인 전략적 접근 D. 완급의 조절

  E. 강력한 어조의 확신 F. 가상독자

내 논문은 단지 라이샤워가 저술한 『The Japanese(일본인)』라는 저서 속에 언급된 고대 한일관계사에만 초점을 맞추어 이것을 비판의 대상으로 삼은 것인데, 심사자는 뜻도 분명하지 않은 용어인 '분석의 첨가' '객관적 거리' '효과적인 전략적 접근' '완급의 조절' '강력한 어조의 확신' '가상독자' 등의 용어를 조어(造語)하여 마구 사용하면서 내 논문을 평하였으니 포복절도할 지경이다.

논문의 요지도 파악하지 못하면서 비판한 예

나는 앞에서 언급한 바와 같이 라이샤워가 일본의 고대사부터 현대사까지를 서술한 책인 『The Japanese(일본인)』 속에서 언급한 고대 한일관계사 분야만을 비판의 대상으로 삼은 것인데 논문심사자 C는 라이샤워의 전체 저술들을 종합비판하라고 주문하였으며 또한 라이샤워의 많은 저서 가운데 왜 이 저서를 비판하게 되었는지 그 판단기준을 제시하라 하니 도대체 무슨 말을 하고 있는지 알 수 없다. 라이샤워가 『The Japanese(일본인)』란 책 한 권을 썼는데 라이샤워의 '전체 저술들'은 무슨 말이며 또 나는 『The Japanese(일본인)』 속에 담겨 있는 고대 한일관계사만을 비판한 것인데 많은 저서 가운데 이 책을 비판 대상으로 삼은 이유를 대라고 하니 이 또한 무슨 뜻인가? 그리고 또 이 『The Japanese(일본인)』란 책이 라이샤워의 전형적인 입장을 대변할 수 있는지 설명하라고 하니 이 또한 무슨 말인가?

되풀이하거니와 나는 라이샤워의 저서 속에 나타난 고대 한일관계사 왜곡을 비판하였는데 심사자는 내게 라이샤워의 역사 왜곡보다 라이샤워의 관점을 연구하였다고 주장하니 대체 무슨 말을 하고 있는 건가? 어안이 벙벙할 뿐이다. 좋게 말하면 음주 후, 그것도 만취 상태에서 쓴 것이 아니고서는 이런 평을 쓸 수가 없을 것이다. 지금 이에 관한 심사자의 논평을 다음에 제시한다.

① 라이샤워의 일본 관련 전체 저술들을 종합적으로 비교분석했으면 더욱 설득력을 가질 수 있다(1; 괄호 속의 숫자는 심사자 C 자신이 붙인 글의 위치를 나타내는 번호이다).

② 대상으로 선택한 저술이 (중략) 라이샤워의 전형적인 입장을 대변하는 것일 수 있는지 그 판단 기준을 명확하게 지시하라(1).

③ 논문 타이틀로 보건대 본 투고의 연구 대상은 '역사 왜곡' 그 자체라기보다는 어디까지나 '라이샤워의 관점'이라고 보여진다(4).

또 되풀이하거니와 나는 라이샤워의 『The Japanese(일본인)』라는 저서에 서술된 왜곡된 고대 한일관계사를 비판한 것뿐인데 심사자는 전체 저술들에 대한 종합적 비판을 하라, 많은 저서 가운데 이 책을 비판 대상으로 삼은 이유를 대라, 라이샤워의 책(『The Japanese』)이 라이샤워의 전형적인 입장을 대변할 수 있는가를 설명하라고 하면서 나 최재석은 라이샤워의 '역사 왜곡'보다 라이샤워의 '관점'을 연구하고 있다고 비판하니 심사자가 만취 상태이거나 그렇지 않으면 약물 중독 등으로 자기 의사도 자유로이 표명할 수 없는 상태에서 횡설수설할 수밖에 없었다고 평한다면 지나친 말일까?

관련분야(고대한일관계사) 저서도 제대로 읽어보지 않고 비판한 예

먼저 심사자 A의 논평을 알아보자.

① 일본의 고분이 한반도로부터 세력 있는 이주민자의 무덤이라는 서술은 고고학적 근거 제시 없이 지나치게 단정적인 어조로 표현되어 있다(4~5).
② 요컨대 당시의 종교생활은 신도 대 불교의 대립으로 보기 어렵다는 말이다(5).
③ 라이샤워는 과연 아마테라스 여신을 역사적 인물로 인식할 만큼 무모한 학자인가 하는 의구심이 든다. (중략) 투고자가 너무 확대 해석하고 있는 것 같다(4-4).

심사자 A가 적어도 모리 고이치(森浩一)의 저서 가운데 한두 권 정도의 저서라도 읽었던들 ①과 같은 평은 하지 않았을 것이며, 또『일본서기』의 긴메이(欽明) 13년 10월조 기사만 보았더라도 ②와 같이 심사자 자신이 관련 분야의 독서도 하니 않았음을 자인하는 비판은 하지 않았을 것이다. 또 라이샤워의 책을 조금이라도 주의 깊게 읽었더라면 ③과 같은 무지한 반론은 하지 않았을 것이다.

지금까지 무려 여덟 번이나 논문 게재를 거부당하다

나는 나의 체험을 통하여 한국의 학회와 연구소가 올바른 기능을 발휘하고 있는지 이야기해 보고자 한다. 내가 논문 게재로 접촉한 학회는 역사학회, 한국사연구회, 진단학회, 한국미술사학회 등 네 곳이고, 연구소는 고려대의 한 연구소(일본연구소로 기억하고 있다)와 한국학중앙연구원 등 두 곳이다. 나는 논문을 제출한 바 있으나 앞에 적은 네 학회로부터 6회, 그리고 연구소로부터는 2회에 걸쳐 도합 8회나 논문 접수를 거절당한 일이 있다.

나는 1985년 「삼국사기 초기 기록은 과연 조작되었는가」라는 논고를『한국학보』38호에 발표하였다. 지금은 한국의 거의 모든 사학자들이 슬그머니 나의 주장을 받아들이고 있지만 당시의 역사 관계 학회와 사학자들은 거의 모두『삼국사기』가 조작되었다고 믿고 있었다. 『삼국사기』조작설을 주장하는 일본인 고대사학자들의 저의도 간파하지 못하고『삼국사기』조작설을 그대로 받아들인 한국 고대사학자들의 이름을 일일이 거명하였으니 그들의 심기가 불편하였을 것이다. 왜냐하면, 당시는『삼국사기』조작설이 정설로 되어 있었는데 사회학을 한다는 정체불

명의 최재석이 불쑥 『삼국사기』 초기 기록이 조작되었다는 증거가 없을
뿐만 아니라, 한국의 고대사학자들(이병도, 이기백, 이기동 등)이 일본
인 고대사학자들의 주장을 받아들여 『삼국사기』 초기 기록을 전서·조
작이라고 주장하고 있다고 주장했기 때문이다. 이로 말미암아 나는 그
후 역사학회·한국사연구회·진단학회·한국미술사학회 등 네 곳 학회에
서 무려 6회에 걸쳐 논문 게재를 거부당했는데, 그 가운데 한 번은 역
사학회로부터 학문과는 거리가 먼, 상식 이하의 대접을 받기도 하였다.
그 내용은 이러하다.

　　서강대 사학과의 이종욱 교수가 역사학회의 학술지인 『역사학보』에
신라의 골품제에 관한 나의 견해를 비판한 글을 실었다. 그래서 나는
그의 견해가 부당하다는 반론을 써서 『역사학보』에 게재하고자 역사학
회에 보냈다. 그러나 나의 글은 그대로 반송됐다. 역사학회가 그 기관
지인 『역사학보』에 나를 비판한 사람의 글을 실었다면, 학문의 발전을
위해서도 역사학회는 당연히 그에 대한 나의 반론도 게재해야 한다고
본다. 그래야만 학문이 발전할 것이다. 그러나 역사학회는 그러하지 않
았다. 이러고서야 어찌 역사학회가 학문의 발전을 도모할 수 있겠는가?
역사학회는 학문의 발전은커녕 학문의 후퇴를 조장하고 있다는 비판을
받아도 할 말이 없을 것이다. 역사학회는 논쟁을 통해서 학문이 발전한
다는 초보적인 상식도 모르는 것 같다. 그래서 나는 하는 수 없이 역
사학회가 거절한 논문인 「신라 골품제에 관하여: 이종욱 씨에 답함」이
라는 글을 1988년 『한국사회사연구회 논문집』 11호에 게재하였다(176
쪽 참조).

　　그 후 나는 「일본 고대미술사의 시대 구분과 한국」이라는 논고를 한
국미술사학회에 투고하였다. 일본고대사는 한국(백제)이 제배한 역사이
기 때문에 고대 한일관계사를 모르면 일본 고대미술사의 시대구분도

할 수 없다는 것이 나의 학문관이다. 나는 이 논문이 한국의 미술사 학계에도 적지 않은 공헌을 할 것이라고 믿었기 때문에 투고한 것이다. 그러나 당시의 한국미술사학회는 이 논문의 접수를 거부하였다. 투고한 지 시간이 많이 흘러도 가타부타 소식이 없기에 채근을 했더니 그제야 원고를 돌려주었다. 이 논문은 그 후 본인의 저서 『고대한일불교관계 사』(1988)에 실었다.

나는 또 고려대 교내잡지(일본학연구소 간행)에 고대 한일관계사에 관한 논문을 투고하였으나 그 논문의 게재 여부를 심사하는 고대 역 사교육과의 김현구 교수로부터 자신의 견해와 다르다는 이유로 역시 거부당하였다. 20여 년 간 고대 한일관계사를 연구한 사람보다 일본에 가서 수년 간 공부하고 겨우 학위논문 한 편을 쓴 사람을 더 우대하는 사회가 한국 사회임을 새삼스레 실감하였다. 나의 논문을 심사한 김현 구 씨는 고대 한일관계사를 일본사의 일부로 간주하여 쓴 논문으로 학 위를 받은 사람인데 책자화한 그 논문의 구체적인 내용은 별도의 글 에서 내가 비판한 바 있다(「고대 한·일관계사 연구: 김현구와 최재석의 비교」, 『민족문화논총』 29, 2004).

끝으로 2009년 말에 한국학중앙연구원에서 일어난 웃지못할 사건에 대해 한마디하고자 한다. 내가 이 연구원의 영문잡지(The Review of Korean Studies)에 투고한 라이샤워 비판 논문이 이유 없이 반려되었 다(이에 대해서는 앞에서 좀 더 상세히 언급하였다).

이렇게 볼 때 나는 무려 8회에 걸쳐 논문이 반려되는 수모를 겪은 일이 있다. 이런 일은 나로서 끝났으면 좋겠다. 이런 사정을 옆에서 지 켜본 집사람은 '늙어서까지 논문을 써대니 이런 일이 생긴다고 논문을 그만 쓰라고 빈정댄다.

VI

그리고, 못다 한 이야기

내가 그동안 한 세 가지 일에 대하여

논문이나 저서를 집필하는 일 이외에 그동안 내가 한 세 가지 일에 대하여 이야기할까 한다. 나는 1959년 내 나이 33세 때에 처음으로 연구논문을 학술지(『아세아연구』)에 발표하였으며, 36세(1962년)까지 4년 간 매년 한 편씩의 논문을 발표하였으나 37세부터는 매년 발표하는 논문의 수가 불어났다. 논문 발표는 중단 없이 이어졌으며 2010년까지 52년 간 지속하였다. 내가 연구한 분야는 초기에는 한국사회사, 그 후에는 고대 한일관계사로 옮겨갔으며 한국사회사에 관한 논고가 약 176편, 고대 한일관계사 분야가 약 150편으로 한국사회사 분야의 논고가 약간 많다.

나는 그동안 연구논문을 발표하면서 이와 별도로 한국사회사 분야에 관한 문헌목록을 작성하여 발표하였으며, 한국사회사 분야의 연구성과에 대하여 리뷰를 했고, 일본 고대사학자들을 개별적으로 비판하였다. 차례대로 알아보자.

문헌목록 조사 발표

나는 내가 연구한 분야의 문헌목록을 조사하여 발표하였는데 내용은 다음과 같다.

① 한국사회학 문헌목록(1945~1969)

② 한국가족 문헌목록(1900~1965)

③ 한국농촌 문헌목록(1900~1973)

④ 제주도 친족 문헌목록(1945~1978)

⑤ 고구려 오부(五部) 문헌목록(1894~1984)

⑥ 신라 6촌(六村)·6부(六部) 문헌목록(1927~1981)

⑦ 신라 골품제 문헌목록(1922~1986)

⑧ 신라 화랑 문헌목록(1928~1986)

위에 나타나 있는 바와 같이, 예를 들면 한국사회학 문헌목록은 1945년부터 1969년까지, 그리고 한국가족 문헌목록은 1900년부터 1965년까지 조사하여 발표하였다. 그러나 그 후 후속작업이 이루어지지 않아, 한국사회학 문헌은 1970년부터 2010년까지 40년 간 것이 조사·발표된 일이 없으며 한국가족 연구목록은 1966년부터 2010년까지 44년 간 것이 발표된 일이 없다. 그리고 한국농촌 문헌목록은 1974년부터 2010년까지 36년 간, 신라 골품제와 신라 화랑에 대하여는 다 같이 1987년부터 2010년까지 24년 간 그 문헌목록이 발표된 일이 없다. 단지 제주도 친족에 관한 문헌목록은 영남대 이창기 교수에 의하여 후속작업이 이루어졌을 뿐이다. 제주도 친족을 제외한 분야는 내가 발표한 이후의 목록은 발표된 바 없으므로 어떤 연구가 어느 정도 행해졌는지 알 길이 없다.

그런데 이러한 문헌조사는, 특히 1945년 광복 이전은 현물을 보기가 어려워 조사하기가 어렵다. 이 경우 나는 일본 도쿄에 있는 이름 있는 고서점인 잇세이도(一誠堂)의 도움을 받아 행하였다. 그 고서점은 1년에 한두 번씩 고서목록인 『잇세이도 고서목록』을 발간하고 있는데 이 목록이 여간 도움이 되지 않았다. 한국에 관한 도서라도 1945년 이전의 일문으로 된 것이라면 모두 취급하고 있으므로 이 목록을 활용하면 그 시기의 도서는 거의 빠짐없이 구하여 볼 수 있다. 이 자리를 빌려 그 고서점에 감사한 마음을 전한다. 나는 20~30년 간 이 도서목록을 활용해 왔다.

문헌목록을 조사하고 발표하는 일은 자기 자신을 위한다기보다는 함께 공부하는 동학자나 후진을 위한 작업이라 할 수 있겠다. 문헌목록 작성은 끊임없는 노력이 뒷받침되지 않으면 이루어질 수 없다. 거기에 대하여 거의 광적인 열의가 없으면 이루어질 수 없다고 생각한다. 내 경험으로 보아 문헌목록을 발표하지 않더라도 적어도 6개월마다 한 번 정도는 그 목록을 작성해두는 것이 좋을 것 같다. 그리고 문헌목록 작성은 당시는 완전하다고 생각되더라도 몇 달 후 살펴보면 또 빠진 것이 발견된다. 그러므로 긴 시간을 두고 두고두고 조사해야 한다. 나의 경험에 의하면 신라 골품제 연구 논문을 약 10년 가까이 조사하였는데도 그래도 빠진 논문이 있었다. 그러므로 긴 시간을 두고 끈기 있게 조사해야 한다. 교수들은 적어도 대학원 학생들에게는 이 훈련을 시켜야 한다고 생각한다.

그때까지 간행된 연구 성과의 평가

문헌목록의 작성과 발표도 중요하지만 그때까지 발표된 연구논문과 연구저서, 즉 그때까지 이루어놓은 연구 성과를 리뷰하는 일도 중요하다. 가령「화랑 연구의 성과와 전망」또는「골품 연구의 성과와 전망」등과 같은 논고가 발표되어야 한다. 이러한 논제는 적어도 20~30년에 한 번씩은 발표되는 것이 바람직하다고 본다. 이러한 논고가 발표되어야만 올바른 방향으로, 그리고 능률적으로 그 분야의 학문이 발전하리라 생각한다. 나는 1980년대 초까지 다음과 같이 7개 분야에 관한 연구 성과를 리뷰한 일이 있다. 그러나 1980년대 중반부터 지금까지는 고대 한일관계사 연구에 몰두한 탓으로, 지금까지 한국사회사 분야에 관한 문헌목록이나 연구 회고에 관하여 글을 쓸 여력을 갖지 못하였다. 지금 내가 그러한 작업을 하기에는 너무나 기력을 소진한 것 같다. 이 사업은 젊은 층에 의하여 계속되어야 한다고 생각한다.

① 1969,「계(契)집단 연구의 성과와 과제」,『김재원박사 회갑기념논총』
② 1970,「한국사회학의 회고와 전망」,『고대문화』 11.
③ 1970,「한국에 있어서의 농촌사회조사의 회고」,『사회조사방법론 심포지엄 보고서』
④ 1979,「1960·70년대의 사회학 연구태도의 반성」,『한국사회학』 13.
⑤ 1980,「조선시대 가족제도 연구의 회고」,『정신문화』 8.
⑥ 1981,「가족문화연구의 성과와 방향」,『가족문화연구의 성과와 방향』(한국정신문화연구원).
⑦ 1983,「한국의 가족과 친족:그 연구성과」,『한국학입문』(학술원).

앞에서 언급한 바와 같이 한국사회학 연구에 관한 문헌목록 작성이나 한국사회학이 이루어놓은 성과에 대한 리뷰는 계속 이어져야 한다고 생각한다.

일본 고대사학자들에 대한 개별적 비판

『일본서기』에는 왜곡·허구의 기사가 대단히 많지만 사실을 기록한 기사도 적지 않다. 예를 들어 일본의 지명이 한국 지명으로 되어 있는 기사, 일본 비다쓰(敏達) 천황이나 조메이(舒明) 천황이 '백제'(百濟)라는 지명을 가진 곳에 왕궁을 건립한 기사, 일본의 조선·항해 수준이 유치하여 중국은 물론 한국을 왕래할 때는 전적으로 신라의 도움을 받아서만 가능했다는 기사(사이메이 3년, 조메이 11년 9월), 그리고 일본 천황이 백제의 왕족인 복신(福信)의 지시에 따라 오사카에서 멀리 기타규슈(北九州)까지 달려가 백제 구원군을 위한 여러 가지 무기를 비축했다는 기사(사이메이 6년 12월) 등이 그것이다.

그러나 일본 고대사학자들은 사실을 기록한 『일본서기』는 물론이려니와 일본 군대가 백제의 군대라는 것을 명기한 『구당서(舊唐書)』『당서(唐書)』 등의 중국 기록조차 무시하고 오로지 자기들 멋대로 허구 주장을 되풀이하고 있다. 『일본서기』의 허구·왜곡의 정도도 심하지만 일본 고대사학자들의 왜곡·허구 주장은 『일본서기』의 그것과는 비교되지 않을 만큼 정도가 심하다. 그래서 일본인 사학자들을 개별적으로 비판하는 것이 필요하다.

나는 지금까지 약 30명의 일본 고대사학자를 비판한 바 있지만 여기서는 지면 관계로 내가 초기(1987~1989)에 발표한 5인의 허구 주장만 제시하고자 한다. 초기에 발표한 스에마쓰 야스카즈, 이마니시 류, 미시나 쇼에이, 이케우치 히로시, 오타 아키라 등 5인의 주장을 간략하게 살펴보겠다.

스에마쓰 야스카즈의 주장

① 신라의 내물왕(356~401)이 신라 최초의 왕이다.

② 신라 왕위계승(1~22대)은 조작이다.

이마니시 류의 주장

① 한국은 초기는 중국의 식민지였으나 삼국시대에 일본의 식민지가
되었다.

② 신라인은 중국인이었으나 후에 일본에 이주한 일본인이 되었다.

③ 백제 왕의 왕위계승이나 천도는 일본이 좌우하였다.

④ 『일본서기』 중심으로 한국사를 연구해야 한다.

⑤ 『삼국사기』 초기 기록은 조작되었다.

⑥ 내물왕이 신라 최초의 왕이다.

⑦ 신라 왕위계승(1~22대)은 조작이다.

⑧ 신라의 건국년은 조작이다.

미시나 쇼에이의 주장

① 신라의 화랑은 남방(대만 고사족)에서 전해내려왔다.

② 일본이 남한을 경영하였다.

이케우치 히로시의 주장

① 『삼국사기』 초기 기록은 조작되었다.

② 일본 장군이 신라를 정벌하였다.

③ 고대 한국은 일본의 식민지였다.

오타 아키라의 주장

① 『삼국사기』는 조작되었다.

② 『일본서기』의 기년·연대가 연장되었지만 역사적 진실을 포함하고
있다.

③ 한반도는 일본의 속국 또는 식민지였다.

위에 나타나 있는 바와 같이 일본인들의 한국사 왜곡은 상상을 초월할 만큼 정도가 심하다.

신라의 초대 왕부터 22대 왕까지의 왕위계승은 조작이고, 초기 한국은 중국의 식민지였으나 삼국시대부터는 일본의 식민지가 되었으며 또한 신라인은 처음에는 중국인이었으나 후에는 일본인이 되었다고 주장한다. 백제의 왕위계승이나 천도는 일본인이 결정하였으며 신라의 건국년은 조작이며 신라의 화랑은 남방에서 온 사람이며 일본은 남한을 경영하였으며 일본의 장군이 신라를 정벌하였다고 주장한다.

나는 일본인들의 이러한 주장을 보고 곧 일본인들이 고대 한일관계의 진실을 숨기고 있구나 하는 생각을 하게 되었고 그 후 그 연구에 몰두하게 되었다. 그 결과 과연 일본은 백제왕이 백제 관리들을 정기적으로 파견하여 경영하는 백제의 직할 영토라는 것을 알게 되었다. 이 진실을 숨기려고 일본인들은 그렇게 난리를 친 것이다.

고양이의 마음, 연구자의 조건

고양이를 기른 지 30여 년이 되지만 기르던 고양이가 가출하거나 병사하면 새로운 새끼 고양이를 구할 때까지 공백 기간이 생겨 실제로는 약 20년 동안 고양이를 기른 셈이다. 그동안의 경험에서 얻은 고양이의 세 가지 특성은 이러하다.

고양이의 첫 번째 특성은 무엇보다도 호기심이라 할 수 있을 것이다. 내가 신간이든 고서든 사들고 현관을 지나 서재에 들어와서 끈을 풀거나 봉투를 뜯으면 어디 있다가도 어김없이 찾아와서 연달아 냄새를 맡으며 내가 가지고 들어온 물건의 정체를 알기 위한 조용한(?) 탐색이 한참 동안 계속된다. 책뿐만 아니라 다른 어떤 물건을 사와도 마찬가지다. 바스락대는 소리라든가 계속 움직이는 것에 대해서도 가차 없는 호기심이 발동한다. 새벽 4시쯤에 살그머니 잠자리에서 빠져나와 서재에서 책을 뒤적이고 있으면 어김없이 나타나 현장을 확인하고는 자기 잠자리로 돌아간다.

고양이의 두 번째 특성은 자존(自尊)이라 하겠다. 고양이는 배가 고플 때나 마음이 내킬 때를 제외하고는 사람 옆에 오지 않는다. 하루 24시간 동안에 아마도 수십 분 정도만 사람 가까이에서 지내는 것이 아닌가 한다. 배가 고플 때 이외에는 사람이 아무리 불러도 바라다볼 뿐 절대로 움직이지 않는다. 자기가 오고 싶을 때만 사람 곁에 와서 머리를 사람에게 문지르며 관심을 나타내는 행동을 취한다. 이에 반해 강아지는 사람이 얼씬만 해도 부르기도 전에 달려오는 습성을 지니고 있다. 아주 판이하다. 또 강아지는 관심이 없어도 거의 습관적으로 꼬리를 흔들어 반가움을 나타낸다. 혼자 있게 내버려두지 않아 오히려 귀찮을 정도다. 고양이는 조용하고 차분한 데 비하여 강아지는 떠들썩하고 분주하다.

일반적으로 우리나라 사람들은 자존적인 고양이보다는 복종적이고 충복적인 강아지를 더 좋아한다. 강아지에게 없는 특성을 고양이가 가지고 있고 고양이에게 없는 특성을 강아지가 가진 점을 모르는 사람이 적지 않은 것 같다. 고양이에게 강아지의 특성을 요구하는 사람이 생각보다 많을 것이다. 그러나 나는 고양이가 자존을 지키는 특성이 있어서 강아지보다 고양이를 더 좋아한다.

고양이의 세 번째 특성은 고독을 즐긴다는 점일 것이다. 고양이는 자기가 내킬 때를 제외하고는 사람 곁에 오지 않을뿐더러 또한 홀로 있기를 매우 좋아하고 또 그것을 즐기는 것 같다. 사람 옆에서도 사람을 염두에 두지 않고 지그시 눈을 감고 오랜 시간을 보내기도 한다. 미풍이 불어 바람에 몸 털이 비스듬히 나부끼면서도 눈을 지그시 감고 앉아 있는 모습은 기품 있어 보인다. 이런 일은 강아지에게서는 볼 수 없다. 사람들과 어울리기를 그다지 좋아하지 않는 사람도 혼자 있기를 좋아하는 고양이보다는 사교적인 강아지를 좋아하는 것 같다. 호기심과 자존과 독거(獨居) 내지 고독을 요구하는 직업에 종사하는 사람은 고양이의 특성에 많은 암시를 받을 것이다. 비사교적인 성격의 소유자는 그 특성을 탓할 것이 아니라 오히려 그 점을 장점으로 인식해야 할 것이다. 그리고 사교적인 성격이 비능률적인 결과를 가져오고 비사교적인 성격일수록 오히려 장점이 되는 직업에 종사하였음을 고맙게 생각해야 할 것이다. 비사교적일수록 장점이 된다는 것을 일깨워준 '보리'에게 고마움을 느낀다.

고양이가 가지고 있는 호기심, 자존, 고독(비사교) 이 세 가지 덕목이 바로 연구자가 갖추어야 할 조건이라고 생각한다.

강의와 농담

나는 교양과목인 '문화인류학'을 담당한 일이 있다. 이 과목은 전교생을 대상으로 한 선택과목이었으나 수강생의 태반은 문과대 학생이었다. 학제가 바뀔 때까지 10년 가까이 담당했던 것 같은데, 수강생 수는 많을 때는 300명 가까이 되었다. 학생 수가 많다 보니 서관의 계단 강의실에서 마이크로 강의를 하게 되었다.

나는 수강 학생 수에 따라 강의 방법을 약간 달리해야 한다는 것을 터득하였다. 학생 수가 50, 60명 정도 이하일 때는 농담도 하지 않고 진지하게 강의를 하지만 수강생이 100명 이상에서 300명 정도일 때는 때때로 우스갯소리를 넣어야 학생의 주의를 끌어 강의를 끝까지 끌고 갈 수 있다. 이 경우 농담을 넣지 않고 시종 진지한 강의를 지속하면 강의에 귀를 기울이지 않고 잡담을 하는 학생이 점점 늘어나게 된다.

강의 순서도 교과서 순서대로 하지 않고 학생들의 흥미와 주목을 끌수 있는 대목부터 시작한다. 그리고 때에 따라 농담을 하되 그 농담도 강의 내용과 관련 있는 것이어야 한다. 내가 제일 먼저 강의한 대목은 내가 전공하고 있는 혼인, 가족, 친족에 관한 내용이었다.

이리하여 문화인류학 강의 첫 시간에 200~300명의 학생을 눈앞에 두고 "He is my brother."라는 문장을 칠판에 쓰고 이것을 해석할 수 있는 사람은 손을 들라고 마이크로 외친다. 그러나 학생들은 아무도 손을 들지 않고 웃기만 한다. 아무도 손을 들지 않으니 내가 학생에게 질문하겠다고 말하고 나서 학생의 좌석 가운뎃줄 맨 앞 학생부터 시작하여 그 줄 맨 뒤 학생까지 같은 질문을 한다. 다음은 맨 왼쪽 줄 가운데 학생부터 시작하여 맨 우측 가운데 학생까지 역시 같은 질문을 한다. 시간 관계상 전체 학생에게 질문할 수 없으므로 십자가 선상에 있는 학생들에게 질문을 던진 것이다. 그 결과 얻은 답은 다음과 같은 것이었다. 한결같이 "그는 나의 형제이다."였다.

그때 나는 이 대답의 점수는 100점 만점 중 많이 매겨도 20점 정도라고 외친다. 그리고 나는 다시 내 강의를 듣지 않은 사람은 영문학자라도 100점을 얻지 못한다고 너스레를 떤다. 학생들은 모두 의아하게 생각한다. 그때에 이르러서야 만점의 해석을 발표한다.

"He is my brother."의 'brother'는 단수이기 때문에 '형제'가 될 수

없다고 말하고, brother는 내가 남자일 경우는 형 아니면 동생이고 내가 여자일 때는 오빠 아니면 남동생으로 해석해야 만점이 된다고 설명하고 그런 의미를 내포한 것이 brother라고 말한다. 다시 말하면 "그는 나의 형, 동생, 오빠, 남동생 가운데 한 사람이다."라고 해야 옳은 답이 된다고 말한다. 영국이나 미국과는 달리 연령에 의해 자기보다 연상인가 아닌가에 따라 또 자기가 남성인가 여성인가에 따라 호칭이 달라진다고 설명을 보탠다. 그러면 학생들은 비로소 고개를 끄덕인다.

다음에 응용문제라고 말하며 "He is my uncle." "She is my aunt." 두 문장을 제시하며 회답을 구한다. 이 문제에 대해서도 올바른 대답을 한 학생은 거의 없었던 것으로 기억한다. 전자는 큰아버지, 작은아버지, 외삼촌 가운데 한 사람이고 후자는 고모 또는 이모이다. 큰어머니, 작은어머니는 모두 'aunt in law'이다.

하버드 경험

1966년부터 1967년까지 1년간 하버드에서 객원교수(Visiting Scholar)로 지내게 되었다. 도착한 다음날 바로 하버드-옌칭(Harvard-Yenching) 도서관에 들어가 보았다. 하버드는 중앙도서관(Widner)이 있고 학과별로 도서관이 설치되어 있다. 그런데 한·중·일 3국에 관한 도서는 나라마다 별도로 설치되어 있지 않고 하버드-옌칭 도서관에 소장되어 있었다. 물론 영문으로 된 도서와 그 나라(한·중·일) 말로 저술된 도서는 각각 별도로 소장되어 있다.

먼저 영문으로 된 우리나라와 관련된 도서를 찾아보니 꽂혀 있는 책의 폭이 20~30cm 정도에 불과했던 것으로 기억한다. 소장된 책의 분량이 중국과 일본보다 대단히 적은 데 놀랐거니와 그 내용과 질의 빈약함에 또한 놀랐다. 우리나라에 관한 책들은 19세기 말 선교사의 보고서와 한국전쟁에 관한 것이 전부였다. 한편, 중국과 일본에 관한 영문 책의 폭은 각각 수 미터에 이르렀던 것으로 기억한다. 내용도 연구결과가 축적되어 17세기 일본 정치, 18세기 일본 경제 등으로 되어 있었던 것으로 기억된다. 그래서 가만히 있어서는 안 되겠다는 생각을 하게 되었다. 귀국하면 먼저 나만이라도 한국가족, 한국사회사에 몰두하여 그것이 축적되면 영문판으로 내야 하겠다는 다짐을 하였다.

귀국 후 그 작업에 몰두하여 12권의 책을 저술하였지만 아직 영문판은 내지 못하고 있다(간행 예정인 영문 저서에 대해서는 아래에서 언급함). 세계가 잘못 아는 고대 한일관계 연구가 더 시급하다고 생각하여 그것부터 끝내고 한국사회사를 시작하기로 마음먹었다. 고대 한일관계에 관해서는 우리말로 10권의 저서를 간행하고 영문판인 『Ancient Korea-Japan Relations and the Nihonshoki』가 영국 바드웰 출판사에서 출판되었다.

하버드-옌칭 도서관은 동양어로 된 도서도 소장하고 있다. 내 기억으로는 그 당시 우리나라에 관한 책은 약 3만 권, 일본에 관한 책은 6만 권, 중국에 관한 책은 20만 권 정도였던 것으로 알고 있다. 하버드 도서관은 교과서는 구매하지 않고 연구 저서와 논문집, 원자료만 사들이는 것으로 알고 있다.

여기서 하버드의 객원교수 제도에 대해서 한마디 해두는 것이 좋을 것 같다. 이 제도는 매년 한국, 일본 등 두 나라에서 각각 3명씩의 학자를 초청하여 그곳에서 1년씩 연구하게 하는 것이었는데 그곳에서는 무엇을 연구해도 무방하다. 꼭 필요하면 1년 정도 연장할 수 있다. 1960년대에 우리나라는 경제적 사정으로 출국을 극도로 제한하였으며 왕복 비행기표와 그곳에서 생활하는 데 필요한 경제적 보장이 있어야 했다. 하버드에 도착하면 매월 300달러의 생활보조비를 받았다. 지금 같으면 300달러로는 턱없이 부족하지만 당시에는 그것으로 생활이 가능했다. 당시는 우리나라의 경제 여건상 왕복 비행기표와 외국 체류 생활비의 보증서가 없으면 외무부에서 여권 자체를 발급해주지 않던 시절이었다. 나는 이 여행이 최초의 외국여행이었으므로 비행기표에 '오픈(open)' 제도가 있다는 것을 처음 알았다.

그런데 한 가지 웃지 못할 일이 벌어졌다. 하버드에서 나에게 보낸 초청장으로 출국 수속을 밟을 때 이를 관장하는 정부의 한 부서에서 하버드의 초청장 외에 하버드 대학이 있는 지역의 '공증인'의 보증이 있어야 하니 그것을 가져와야 한다고 했다. 이 사실을 다시 하버드에게 알려 거기서 미 공증인의 보증서를 내주었다. 나중에 하버드에 도착하니 "한국정부는 하버드의 초청장보다 공증인의 증명을 더 신뢰하는구려."라고 농담을 걸어왔다. 나라의 체면은 고사하고 나 역시 어찌할 바를 몰랐다.

우리나라에서 파견할 세 사람의 교수는 다음과 같이 선발하였다. 이른바 3대 명문 대학을 위시하여 약 10개 대학이 하버드의 초청 후보 대학에 이미 들어 있었는데, 이 10개 대학의 총장이 각각 1명씩 추천하면 하버드에서 10명 중 3명을 선발한다. 주로 연구업적과 추천서를 근거로 선발한다고 한다. 나는 중앙대에 추천되어 미국으로 갔다. 중앙대에서는 내가 최초로 선발된 것인데 그때 나는 고려대로 옮기기로 내정되어 있었다. 이 사실을 안 중앙대가 나의 미국행이 불가능하다고 알려주어 나는 이 사실을 하버드에게 알리고 미국에 갈 수 없는지 문의하였더니 하버드는 대학을 옮겨도 무방하다고 알려주어 미국행이 가능하였다.

정년퇴임 직전 도서관장을 꿈꾼 적이 있었다

정년 직전에 우연하게도 대학 도서관장을 꿈꾼 일이 있었다. 1991년에 내가 고려대를 정년퇴임한 지 3년 후에 홍일식 교수가 고려대 총장으로 당선되었던 것으로 기억한다. 홍 총장은 전의 다른 총장들처럼 두 번의 실패를 딛고 내가 정년퇴임한 후 총장으로 당선된 것으로 알고 있다. 그런데 첫 번째와 두 번째 출마할 때 혼자서 출마 운동을 하기가 어색해서 그런지 민족문화연구소 시절부터 잘 아는 나를 연구실로 찾아와서 이른바 '수행원'이 되어주기를 청하여 함께 다녔다. 그 가운데서도 자연과학 계열의 대학을 돌아다녔던 기억이 난다. 나는 그때 홍일식 교수가 꼭 총장이 되기를 바랐는데 그 이유는 홍 교수가 총장이 되면 딱 1년만 고려대학교 중앙도서관장을 맡겨달라고 부탁할 생각이었기 때문이다.

나의 도서관 출입 사실로 비추어보아 나는 도서관을 가장 자주 이용하는 교수 가운데 한 사람일 것이다. 정년퇴임한 지 19년차인 2010년까지도 종종 고려대 중앙도서관을 찾았다. 그러나 분당으로 이사한 이후는 거리관계로 고려대 도서관보다 국립중앙도서관을 찾는 일이 더 많다. 고려대 재직 중에 발표한 문헌 목록만 해도 아홉 종류에 이른다. 그러던 중 내가 열람한 학술 잡지 가운데 창간호로부터 최신호까지 모두 갖추어진 것은 얼마 되지 않고 결호(缺號)가 적지 않음을 알게 되었다. 학술잡지에 결본이 없어야 가치가 있는 것은 말할 나위도 없다.

내가 보지 않은 중요한 학술잡지, 주로 미국, 영국, 독일, 일본에서 출간되는 인문·사회계 학술잡지를 들추어 보았더니 이것들도 마찬가지였다. 그래서 내가 도서관장이 되면 1년 이내에 그 결호들을 모두 구해놓고 싶었던 것이다. 이른바 '백넘버'를 구하기가 쉽지만은 않겠지만 구할 수 없을 때는 국내 다른 대학에서 복사해 오고 그것이 여의치 않으면 내가 십 수년 동안 이용했던 일본 도쿄의 간다 진보초(神田神保町)의 유명 고서점에 부탁할까도 생각하였다. 그래도 불가능하면 미국에 유학 가 있는 고려대 출신 학생에게 수고비를 좀 주고 부탁하면 가능하지 않을까도 생각하였다. 정년퇴임 전에 홍일식 교수가 총장이 되었으면 이 사업이 가능했을 것이라 생각하였다. 그러나 아쉽게도 이러한 꿈을 이루지 못했다.

백 수십 종의 복사물, 바람과 함께 사라지다

앞에서 하버드의 경험에 관하여 이야기한 바 있지만 여기서는 그곳 경험 가운데 복사에 대해서 이야기해 보고자 한다. 나는 우리나라의 학도가 선진 외국대학 도서관에 갔을 때에 할 일을 생각해본 일이 있다. 2, 3일 정도의 참관이라면 특별히 할 일이 없겠지만 6개월에서 1년 정도 체류한다면 귀국하여 앞으로 자기가 계획했던 연구에 관한 논저를 가능한 한 많이 복사해 오는 일이 가장 중요하다고 생각했다.

복사는 대개 논저를 도서관에서 빌려서 외부로 가지고 나와서 그곳의 복사 집에 부탁하는 것이 상례가 되어 있다. 그런데 논문은 복사 집에서 얼마든지 환영하였지만 도서는 책 한 권을 통째로 한꺼번에 복사해주지 않았다. 책 한 권을 몽땅 복사하는 것은 저작권을 침해하는 행위이기 때문이다. 그래서 오늘은 이 복사 집에서 책 일부를 복사하고 내일은 다른 복사 집에서 다른 부분을 복사하였다. 이렇게 일백 수십 종의 논저를 복사하여 귀국할 때 가져왔다.

그런데 2002년 2월 경에 집사람의 제의로 경기도 성남시 분당구에 있는, 요즘 말로 실버타운인 '서울 시니어스 타워'로 이사를 하였다. 이곳은 약 360명의 노인이 수용(?)되어 있는데 식비와 관리비를 내면 하루 세끼의 식사를 모두 식당에서 제공해주는 곳이다. 생활하는 공간은 아파트와 같았지만 공간이 그리 넓지 못하여 내가 소장하고 있던 5,000여 권의 책과 백 수십 종의 복사물을 진열할 수 없었다. 그래서 그곳으로 이사 가기 전년인가에 그 5,000여 권의 책과 백 수십 종의 복사물을 고려대 민족문화연구소에 기증하였다.

그런데 나중에 그곳에서 발간한 책 목록[용봉(龍峰) 최재석 교수 기증도서 목록]을 보니 책은 수록되어 있지만 미국에서 공들여 준비한 논문, 저서의 복사본은 수록되어 있지 않았다. 실무 담당자에게 물어보니 복사물은 본 일이 없다는 것이었다. 아마도 복사물의 중요성은 모르고 책의 중요성만 아는 실무자가 이사할 때 생기는 쓰레기와 함께 버린 것으로 짐작된다. 아깝기 짝이 없다. 복사물도 한 개로 단정하게 묶인 것이 아니라 여러 개로 그것도 난잡하게 묶여 있었으니 더욱 그 중요성을 몰랐을 것이다.

사료를 잘못 해석한 일이 한 번 있었다

사료 해석을 잘못한 일이 한 번 있었다. 통일신라와 일본 관계를 연구할 때(1992년)의 일이다. 『속일본후기』 조와(承和) 12년(845) 12월 5일에 대재부(大宰府)의 역마(驛馬)의 급보에 따르면 신라인이 강주(康州)의 첩(牒 : 국제문서) 2통을 가지고 본국으로 송환되는 일본인 표류자 50여 명을 데리고 왔다는 기사가 있다. 나는 당시 강주를 중국의 광동(廣東)으로 해석했으나 그 후에 살펴보니 강주는 한국의 진주(晉州)였다. 그 후 이것을 수정할 기회를 얻지 못하고 그대로 내버려두었으나 내내 마음에 걸려 여기서 그 해석이 잘못된 점을 공개해둔다.

과거(科擧)의 전통과 산업의 발전

결론부터 말하면 과거의 전통이 있는 나라는 산업이 발전할 수 없고 과거의 전통이 없는 나라는 산업이 발전한다는 것이다. 이것은 한국과 일본의 대비에 의해서도 나타난다고 하겠다.

일본은 이전 시대부터 과거시험이 없었고 한국은 과거시험이 고려 말에 중국에서 도입되었으나 조선 초·중기부터는 일반화되었다. 일본은 과거시험이 없다 보니 오로지 좋은 물품을 만드는 것이 출세의 길이고 부를 축적하는 길이기도 하였다. 따라서 가업(家業)을 계승하는 것이 더 좋은 상품을 만드는 길이었다. 이리하여 100년 넘게 가업을 계승하는 집이 부지기수였으며 한 예로 일본의 과자점인 모리나가의 밀크캐러멜도 100년을 훨씬 넘었으며 좋은 제품을 만들어 아직도 성업 중이다. 가업을 오랫동안 계승하게 되면 '긍지' '연구심' '책임'으로 이루어지는 직업의식이 생기며 또한 모든 직업이 고루 발전하게 된다. 이런 직업의식은 기술을 개발하고 다음 계승자에 계승하게 된다.

그러나 과거(科擧)를 최고의 가치로 인식하는 한국에서는 관직 이외의 모든 기술은 경시하게 된다. 과거시험이 일반화된 시기부터는 전부터 해 오던 가업은 소홀히하게 되고 오로지 과거시험에만 매달리게 된다. 이리하여 한국의 모든 산업은 제자리에 머물러 있거나 오히려 후퇴하게 된다. 이런 시기에 긍지·연구심·책임 등의 직업의식이 생길 리 만무하다. 이렇게 되면, 그 이전에는 그나마 이어져 왔던 산업기술도 퇴보

되지 않을 수 없다. 산업기술이 아니라 한시(漢詩)의 능력에 의해 관리를 뽑는 사회에서 각종 산업이 발달할 수 없을 것은 자명한 이치다. 따라서 이런 사회에서는 과거와 관련되지 않은 모든 분야의 산업은 자연히 대중주의가 일반화될 수밖에 없으며 산업기술의 혁신과 발전은 꿈도 꿀 수 없다.

다음의 8가지 사례는 한국에서만 볼 수 있고 일본에서는 보기 어려운 현상이다.

[사례1] 한국의 4성급 호텔과 일본의 등외 호텔인 나라의 유스호스텔(청소년회관)의 두 벽과 방바닥이 합치는 곳의 도배 상황을 살펴보았더니, 일본 청소년회관의 도배지는 1mm 정도의 겹치는 곳도, 떨어져 있는 곳도 없이 깨끗하게 잘 되어 있는 데 반하여 한국의 4성급 호텔의 그곳은 도배가 겹쳐져 있거나 또는 서로 떨어져 있었다.

[사례2] 비가 온 직후나 비가 적게 내릴 때의 대로 옆의 인도나 대로를 살펴보라. 그곳에는 작은 물웅덩이가 수없이 생겨 보행에 불편을 주고 있으나 일본에서는 그러한 일이 일어나지 않는다. 일본의 것은 경사가 한 면으로 고르게 되어 있는 데 대하여 한국의 것은 그렇지 않았다. 물이 잘 빠지게 하려고 만들어진 소형의 아치형 다리도 그러하였다.

[사례3] 집에 있는 TV가 고장이 나서 수리점에 전화하여 '전문기술자'를 불렀다. 그 전문기술자가 몇 시간을 걸려 TV를 고쳤으나 허탕이었다. 마침 집에 와 있던 대학의 한 제자가 화가 나서 원상태로 하고 돌아가라고 하였더니 그제야 TV의 화면이 나타났다. 이러고서도 그

는 TV 수리 전문가 행세를 하고 있다.

[사례4] 예전에 단독주택에 살고 있을 때의 일이다. 화장실 문의 개폐(開閉)가 잘되지 않아 전화로 기술자를 불렀더니 그 기술자는 아무런 도구도 없이 맨손으로 와서 집에 있는 부엌칼을 달라고 하였다.

[사례5] 한국의 실업고교는 독일과는 달리 몇 종류를 제외하고는 발전은 고사하고 대개 빈사 상태에 놓여 있다.

[사례6] 1980년 초 서울시가 직원들을 하수도 연구차 미국에 파견하였더니 거의 모두 학위 공부를 하려고 이탈하였다.

[사례7] 1980년대 신문에 의하면 한국의 이공계 대학생 36%는 고시 준비를 한 경험이 있다고 한다.

[사례8] 일본의 대학 연구소는 몇 년이 걸리더라도 그 분야의 전문인을 양성한 후에 연구소를 설치하지만 한국의 대학에서는 그 분야의 전문가가 없더라도 우선 연구소를 설치한다. 따라서 한국은 전문가 양성이 거의 불가능하다. 연구가 축적되지 않은 사람을 데리고 와서 연구소장으로 임명한다면 적어도 그 분야의 연구가 축적된 사람을 부소장 정도는 임명해야 하지 않겠는가? 한국의 대학이 수백 개이고 대학마다 한 개의 연구소가 있다고 가정하더라도 연구소는 수백 개에 이른다(실제는 대학마다 여러 개의 연구소가 있다). 그 연구소의 연구 성과를 보면 몇 개 대학을 제외하고는 거의 눈에 띄지 않는다.

위에 예시한 8개 사례는 모두 과거의 전통이 있는 한국에서만 일어난 현상이고 과거의 전통이 없는 일본에서는 일어날 수 없는 현상이다. 한국에 있어서도 과거의 전통이 없었던 시대인 삼국시대나 고려시대에는 결코 그러한 일이 일어나지 않았다. 통일신라시대, 백제시대에 융성했던 찬란한 불교미술품이 이것을 반증하고 있다. 과거와 관직이 한국인의 최고 가치가 되면서 과거=관직 이외의 모든 기술·직업을 경시하게 되었으며 자기 직업을 자손에게 물려주려고 하지 않았으며 대충주의가 사회의 풍조가 되었다. 한국인의 대충주의는 관직이 최고의 가치가 된 시기부터 나타난 것이다. 부모는 하는 수 없이 관직 이외의 직업에 종사한다 하더라도 자신의 자식에게는 과거를 보게 하고 관직을 갖게 하는 것이 이 나라의 부모 최고의 소망이었던 것이다. 따라서 이러한 가치관이 충만한 사회에서는 각종 산업이 발전할 수 없었으며 또한 '직업의식'이 생겨날 수밖에 없다.

직업의식에는 '긍지'와 '연구심'과 '책임'이 수반된다. 흔히들 우리 주위에서 '부실공사' '부실사업'이라는 소리가 들리지만 나는 당사자가 고의로 부실사업을 한 것이 아니라 당사자가 힘껏 노력한 결과가 그렇게 나타난 것으로 생각한다. 처음부터 고의로 부실사업을 한 것이 아니라 힘껏 노력한 결과로 도로에 물웅덩이가 생겨났고 방 도배에 겹치기가 생겨난 것이다.

여기에 반하여 과거의 전통이 없는 일본 사회는 그러한 부실사업이 좀처럼 생기지 않는다. 과거의 전통이 없다 보니 일본은 좋은 물품을 만드는 것이 성공과 출세의 길이었고 따라서 더 좋은 물품을 만들고자 대를 이어 그 일에 종사할 수밖에 없었던 것이다. 일본은 한 가족이 대를 이어 100년 이상 종사한 직업도 무수히 많다. 현재도 찬란하게 남아 있는 통일신라시대나 고려시대의 문화유산은 한국에 과거가 도입되기 이전 시대였기 때문에 가능했던 것이다. 그 시기는 현재의 일본처럼 각 분야에서의 대중주의가 생겨날 수 있는 기반이 없었던 것이다.

19세기 구미 선진문물 도입기 한일 지도자의 리더십 차이

일본의 정치지도자들은 이미 1860년에 앞선 서구 문물의 도입에 노력을 기울여 수십 명의 일본 관리를 여러 번 구미에 파견하였다. 메이지 정부 수립 후부터는 서구 문화 도입의 효과를 더욱 극대화하고자 일본인을 구미에 파견하는 것보다 서구의 각종 전문가 수백 명 또는 수천 명을 초청하여 일본인들이 이들의 지식과 기술을 배우게 하였으며 다 배우고 난 후는 그들을 자국으로 돌려보냈다. 이러한 정책은 서양 문물의 완전 도입에 매우 유효한 정책이라 할 수 있겠다.

일본의 이런 정책은 이미 메이지 정부 이전 에도 바쿠후(江戶幕府) 시대에 싹텄다. 1860년에 에도 바쿠후는 80명의 무사 관리를 미국에 파견하였으며 3년 뒤인 1863년에 조슈번(長州藩)은 5명의 젊은 무사를 영국에 밀파하였고 그 2년 뒤인 1865년에는 사쓰마번(薩摩藩)이 19명의 일본인을 외국에 파견하였는데 이때 벌써 서양식 군기, 조선소, 군사학교·외국어 학교 창설의 기운이 돌았다. 이러한 정책은 메이지 정부가 수립되면서 가일층 추진되었다.

1872~1873년 사이에 40명 이상의 인원으로 구성되는 이른바 이와쿠라(岩倉) 사절단이 미국·유럽에 파견되어 장문의 보고서가 작성되었는데 여기에는 일본의 후진성과 서양 학문의 필요성이 강조되어 외국인 고문이 조직적으로 고용되었다. 이리하여 1875년까지 500~600명의 외국인 전문가, 1890년까지는 무려 3,000명의 외국인 전문가 일본으

로 초청되었다. 이리하여 분야에 따라 다음과 같은 서양 전문가가 일본으로 왔다.

대학과 의학 학교 설립	—	독일 전문가 초청
헌법 기초	—	독일인 초청
대학에 사학과 창설	—	〃
농사 시험장	—	미국인 초청
전국 우편업무 설치	—	〃
홋카이도 개발 고문	—	〃
초등교육	—	〃
신외교술	—	〃
철도 개발	—	영국인 초청
전보	—	〃
공공토목	—	〃
해군	—	영국식 수용
육군	—	프랑스식 수용
프랑스 법전을 일본 관습에 접목		
서양미술	—	이탈리아 화가·조작자 초청

초청된 서구 전문가들은 모두 일본인 감독 하에 일본 행정기구 안에 두었으며 일본의 독자적 운영이 가능하면 외국인 고문은 당장 그만두게 하였다. 이리하여 일본은 1900년 무렵 이미 선진국 대열에 올라선 것이다.

그러나 이와 같은 시기인 조선후기부터 구한말에 이르는 사이에 한국에서는 이러한 조직적·체계적 선진문물의 도입은 이루어지지 않았으며 그러한 생각조차 하지 못하였다. 그 결과 1894~1895년 한반도에서의 청일전쟁, 1904~1905년 러일전쟁 이후에 일본이 한국에 어떻게 하였는지는 여기서 언급하지 않아도 독자 여러분은 잘 알 것이다. 그리고 거국적이고도 효과적인 서양문물 도입의 측면에서도 일본이 청일전쟁과 러일전쟁에서 승리하고 한국을 강점할 수 있었던 요인 일부를 알 수 있을 것이다.

한편, 조선은 어떻게 서양문물을 도입하였는가? 이 사정은 앞에서 본 일본의 경우와 판이하다. 한국에 와 있던 일본공사 오도리가 군대를 인솔하여 궁내에 쳐들어간 1894년 6월 이전 시기의 것을 살펴보자. 조선은 1881년 사찰단을 미국이나 유럽에 파견하지 않고 선진 서구를 배우려고 하는 일본에 파견한 것부터 일본과 다르다. 1881년 4월, 조선 정부는 일본 소위를 초청하여 군사훈련을 시켰으며 같은 해 8월에는 신식기계 학습을 위하여 유학생을 청국에 파견하였다. 그 후, 미국인을 초청하여 어학을 배웠으며 영국인 기사로 하여금 서울-부산간 전선 가설을 시켰다. 조선이 영국인으로부터 기술을 배워서 하지 않은 점도 일본과 다르다. 또 미국인을 초빙하여 내무 협변(協辯)으로 임명하였다. 1891년에 일본 어선이 제주도에 들어와서 한국인을 폭행한 일이 있었는데 이 사건도 당시 조선 정부의 리더십에 관한 문제라 하겠다. 조선 정부의 리더십이 어느 정도였기에 1891년 조선에 있는 일본 공사가 방곡령(防穀令)으로 입은 손해배상을 요구할 수 있단 말인가? 또 조선과 오도리 간의 조약 체결도 서울이 아니라 일본 도쿄에서 하는 것은 또 어찌된 일인가?

요컨대 당시 조선은 일본에 있어서처럼 주체적인 입장에 서서 선진 서구 문물 거의 전부를 동시에 능동적으로 수입하여 자신의 것으로 만들려는 의욕도 능력도 없었다.

제1회 한국사회학회 학술상 수상 유감

나는 1994년 12월 16일에 제1회 한국사회학회 학술상을 받았다. 학술상이라 하지만 지름 30cm 정도의 원형 상패이다. 그 속에 다음과 같은 글이 들어 있다.

선생님께서는 1958년 사회학 강의를 시작하신 이후 1991년 고려대학교 사회학과 교수로서 정년퇴임하실 때까지 평생을 사회학 연구와 교육에 헌신하셨습니다. 선생님께서는 지금까지 '한국가족제도사연구'를 비롯한 13권의 저서, 208편에 달하는 학술 논문과 65편의 준학술논문을 저술하셔서 한국가족과 농촌사회의 연구에 탁월한 업적을 남기셨습니다. 한국사회학회 회원들은 선생님의 변함없는 연구의 열정과 진지한 학문적 자세에 경의를 표하면서 이 상을 드려 그 업적을 기리는 바입니다.

1994년 12월 16일
한국사회학회 회장 신용하

그런데 학술상 시상을 결정할 때까지는 뒷이야기가 적지 않았다는 것을 수상 후에 듣게 되었다. 최재석 교수에게 상을 주면 앞으로 수상할 사람이 나오지 않을 테니 최 씨에게 상을 주면 안 된다느니, 또는 본래는 서울대 사회학과의 한 원로 교수에게 주기로 내정하고 학술상을 결정했으나 당시 학술부장이던 연세대 박영신 교수가 업적 위주로 결정해야지 원로가 무슨 상관이냐고 주장하여 나에게 주기로 했다는 이야기 등이다. 그리고 보니 한국사회학회 학술상을 받은 사람은 나한 사람뿐이고 그로부터 6년이 지난 2000년부터는 '우수논문상'을 시상하고 있다고『한국사회학회 50년사』가 전하고 있다.

총회가 끝나자 간단한 시상식이 있었다. 그런데 수상이 끝나자 5분 이내의 수상 소감을 말하라는 학회 측의 요청이 있었는데 도대체 5분 내에 무슨 말을 할 수 있겠는가!

강연 주제를 수상작인『한국가족제도사연구』로 잡더라도 이 저서가 800쪽 가까이 되므로 5분 내로 이야기한다는 것은 어려운 일이다. 나는 바보스럽게도 시일이 한참 지난 후에야 5분 내로 이야기하라는 것은 학회가 수상자로부터 연구 이야기를 듣고 싶어서가 아니라 주최자인 학회의 이른바 '요식행위'라는 것을 알게 되었다. 상을 받았으니 마땅히 그것에 대하여 몇 분 동안이나마 이야기(답례)가 있어야 한다는 논리이다. 연구나 학문에 대한 열의가 있는 학회라면 사전에 발표할 주제와 그 시간에 대하여 발표자와 상의했어야 하는 것 아닌가? 그리고 수상 작품에 대하여 이야기하라고 한다면 나는 그 저서의 연구계획, 자료수집, 연구방법, 연구 애로점, 연구성과 등에 대하여 이야기할 것이고, 그렇게 하려면 5분 이내로는 도저히 불가능하고 적어도 30~40분 정도의 시간이 필요하다고 생각한다.

나는 총회 측의 청을 거절할 수 없어서 5분 내로 이야기하였지만 지금 생각하여도 그때 무슨 말을 했는지 기억이 잘 나지 않는다.

그리고 참고로 앞에 제시된 바와 같이 1994년 현재 208편의 연구논문을 발표한 것으로 되어 있으나, 2010년 현재로는 326편의 연구논문을 발표하였음을 추기해 둔다.

수상(隨想) 5제

일본인에 대하여

미국의 인류학자 루스 베네딕트(Ruth Benedict)는 일본인의 성격을 '국화와 칼'에 비유한 것으로 알고 있다. 그러나 나는 일본인을 순수한 개인으로서의 일본인과 국가의 일원으로서의 일본인으로 구별하여 생각하는 것이 유효하지 않을까 한다. 그러나 실제로 이러한 구분은 어렵지만 이 구분은 일본인을 이해하는 데 도움을 줄 것으로 생각한다.

개인으로서의 일본인은 친절하고 예의가 바르고 공중도덕을 잘 지킨다. 공중 앞에서는 '휴대전화'도 잘 받지 않을 뿐만 아니라 설사 받는다 해도 주위 사람 눈에 띄지 않게 구석에 가서 조용히 받는다. 가정교육의 모토는 남에게 폐가 되지 않도록 행동하는 것이었다.

그러나 일본인이 국가를 의식할 때는 이와 판이한 행동을 한다. 기습공격을 잘하는 것이 그 일례일 것이다. 1894년 청일전쟁 때도, 10년 후인 1904년의 러일전쟁 때도, 그리고 1941년 태평양전쟁 때도 일본은 일방적인 기습공격으로 전쟁을 시작하였다. 물론 선전포고 전의 일이다. 1941년 경우는 일본이 하와이 진주만의 미국 태평양함대를 기습공격하여 거의 전부를 침몰시킨 지 약 50여 분 후에 미국에 대하여 선전포고를 한 것으로 알고 있다.

또 한국에서 수십만의 부녀자를 강제징집하여 일본 군대의 이른바 '위안부'로 삼은 것이나 731부대에서 중국인이나 러시아인을 다수 붙잡아 와서 '생체실험'을 한 것도 그 예일 것이다. 1910년 한국 강제 점령, 1937년으로부터 시작한 중국 침략 등도 모두 이런 유형의 행동이다.

20세기 전후 시기에 일본은 구미 선진국의 앞선 기술을 받아들임과 동시에 세계 열강의 대열에 끼게 되었다. 일본인들은 그들이 서양 문물을 받아들이기 전까지는 한국인들을 숭배하여 한국의 옷인 심의(深衣)를 입고 한국의 책을 읽는 것을 자랑으로 삼았으나, 서양 문물을 받아들인 후부터는 한국을 멸시하고 오히려 침략까지 하게 되었다. 이때 일본이 제일 놀란 것은 고대 일본이 그들이 무시하고 깔보고 있던 한국의 식민지였다는 사실이었다. 일본의 역사서인 『일본서기』도 6세기 초부터 백제왕이 백제 관리와 백제 장군들을 파견하여 일본을 경영하였다고 기록하고 있다. 그래서 그들은 그들의 역사 만들기와 문화유산 만들기에 혈안이 되었다.

『삼국사기』 초기 기록은 조작되었다고 주장함과 동시에 고대 한국은 일본의 식민지였다고 주장하고, 다른 한편으로는 일본열도에 현재까지 남아 있는 문화유산은 모두 일본인이 제작한 것이라고 주장하는 것이 그 예이다. 심지어 현재 나라의 쇼소인(正倉院)에 소장된 문화재도 모두 일본인이 제작하였다고 주장한다. 일본인들은 한국의 제반 수준이 일본보다 뒤떨어져 있는 것을 기화로 그렇게 강변하는 것이다. 현재 터키에 남아 있는 고대 로마제국의 유적·유물의 해석과는 판이하다. 터키인은 이러한 유적·유물을 터키인이 제작하였다고는 결코 주장하지 않는다.

또 하나의 예를 들겠다. 일본 나라의 호류지 유메도노(法隆寺夢殿)에는 관음상(觀音像)이 비장되어 있다. 이 불상은 무령왕의 손자인 위덕왕이 부왕인 성왕의 일본 통치를 기리고자 만든 것이라고 일본 기록(『성예초(聖譽抄)』)에도 나와 있다. 그러나 일본인은 일본인이 만든 것이라고 주장한다. 일본은 이 불상을 한반도 삼국을 통하여 북위(北魏)를 비롯한 중국 남북조 시대의 양식을 계승하여 일본인이 만들었다고 강변한다.

일왕(천황)이라면 깜빡 죽는 형용까지 하는 일본인들도 일왕의 발언 가운데 마음에 들지 않는 부분이 있으면 이를 전적으로 무시한다. 2001년 12월 24일자 『조선일보』(8면)는 다음과 같은 기사를 싣고 있다.

즉, 일본 간무(桓武) 천황의 생모가 백제 무령왕의 자손이며, 백제의 무령왕 때부터 일본은 백제 오경박사 등을 초빙하였는데 이것이 일본의 발전에 크게 기여하였다고 일왕 아키히토(明仁)가 이야기하였으나 일본 언론은 일왕의 이 말을 거의 보도하지 않았다고 한다. 일본 왕실에 한국의 피가 섞였다는 사실과 일본의 정치와 문화의 발전이 한국의 영향으로 이루어졌다는 일왕의 언급이 일본인들 마음에 들지 않았던 것으로 보인다.

그런데 일왕 아키히토가 한 이야기도 사실과는 거리가 있다. 일왕이 백제의 오경박사 등을 초청한 것이 아니라 백제왕이 백제의 오경박사 등 백제관리들을 일본에 파견하여 일본을 경영한 것이며 또 일본 왕실에 한국의 피가 섞인 정도가 아니라 일본의 초대왕 오진(應神)이 바로 백제에서 건너간 백제인이었다. 여기에 대하여는 일본의 사학자 이시와타리 신이치로가 2001년 『백제에서 건너간 일본천황(百濟から渡來した應神天皇)』이라는 책을 간행한 바 있다.

미국의 역사는 미국이 영국의 식민지였다는 사실부터 기술하고 있다. 일본 정부와 일본 국민이 일본인의 유전자와 한국인의 유전자가 같다는 사실을 인정하기 싫더라도, 일본 열도의 고지명이 모두 백제·고구려·신라·가야 등 한국의 고대 국가의 지명으로 되어 있다는 사실과 그들의 역사서인 『일본서기』에 기록되어 있는 사실, 즉 백제왕이 백제 장군과 백제관리들을 파견하여 일본을 경영하였다는 사실을 받아들일 때 비로소 일본은 진리를 사랑하는 민주 국가라고 말할 수 있을 것이다.

가정교육과 사회질서

인간은 사회적 동물이라고 한다. 우리말에도 "사람은 혼자서는 못한다."라는 말이 있다. 그러나 이 말의 깊은 뜻을 이해하는 사람은 많지 않은 것 같다.

과거 한국의 가정교육에서는 남자(아들)에게는 효도, 그리고 여자(딸)에게는 삼종지덕(三從之德)이 강조되었다. 이 효에는 원수를 갚는다는 뜻도 내포되어 있다. 20~30년 전 노상에서 본 일이다. 두 남자가 다투고 있었는데 한 남자는 키가 작은 데다 여윈 사람이었고 또 다른 남자는 장대하고 덩치가 커서 남이 보기에도 전자는 후자의 상대가 되지 못하였다. 그런데 난데없이 덩치 큰 남자의 아들(청년)이 나타나서 키작고 여윈 남자의 뒤에서 그 남자의 뒤통수를 치는 것이 아닌가. 효도교육이 빚어낸 한 토막의 비극이었다.

효는 상·하의 윤리이며 횡적 평등의 윤리는 아니다. 미국 아이들의 아버지에 대한 호칭에는 세 가지가 있다. 엄하고 접근하기 어려운 아버지는 파더(Father)라고 칭하고 어렵기도 하지만 그런대로 친한 아버지는 대드(Dad)라 칭한다. 그리고 마치 친구처럼 서로 뒹굴 수 있을 정도의 아버지에 대하여는 팝(Pop)이라고 칭한다고 한다. 그러나 과거의 우리나라는 아버지에 대하여는 미우나 고우나 '아버지'라는 호칭만 사용하였다. 근래에 와서 '아빠'라는 호칭을 사용하고 있다.

지금의 한국 자녀교육은 민주적으로 교육한다고 하나 내용을 들여다보면 방임 그 자체다. 자신이 바쁘다는 핑계로 처(자녀의 어머니)에게 일임하는 것이 일반화되어 있다. 자녀교육을 한다고 하지만 다른 사람에 대한 배려나 사회질서에 대하여는 거의 교육하지 않는다. 이 점은 가정교육도 거의 같다. 이리하여 엘리베이터를 타고 내리는 법도 익히지 못하고 있다. 엘리베이터는 먼저 내린 후에 타는 법인데 이것도 잘 지키지 못하고 있다. 어떤 공공건물의 엘리베이터 옆에는 그러한 쪽지가 붙어 있는데도 지키지 못하여 거의 언제나 그 앞이 혼잡한 것을 경험한다.

서양 여행 중에 경험한 일이다. 일단의 한국 관광객이 창구 앞에서 일렬로 줄을 서서 일을 보지 않고 한꺼번에 몰려들자, 창구에서 일을 보는 서양 여자가 당황하고 나중에는 화를 내면서 "라인 업!(Line up!)"이라고 소리치는 광경을 보고 내가 부끄러웠던 기억이 난다.

길거리에서 맞은편에서 오던 사람과 부딪쳐도 미안하다는 말 한마디 않는다. 공공 식당에서의 소란은 체질화되어 있다. 노상 방뇨는 많이 좋아졌다고는 하지만 여전히 종종 목격하는 현상이다.

자동차 운행 질서도 좋아졌다고는 하지만 아직도 무질서 자체다. '불법주차'는 생활화되어 있으며 '방어운전'은 한국에만 존재하는 용어이다. 분당 서울대병원 앞 대로 100~200m는 언제나 불법 주차장이 되어 있다. 간혹 당국이 견인하기도 하지만 그때뿐이다.

남을 배려하는 교육, 사회질서를 지키는 가정교육이 이루어지지 않으면 한국인 1인당 GNP가 3만 달러가 되면 무엇할 것이고, 4만 달러가 되면 무엇할 것인가? 지금이라도 늦지 않다. 부모들이 세계화 시대의 기준에 따라 사회의 일원으로서 사회질서를 지키는 가정교육을 한다면 한국도 문화 국가가 될 것이다.

칡넝쿨과 어린 소나무는 상생할 수 없는 것일까?

나는 우연히도 내가 사는 집에서 그다지 멀지 않은 곳에 자생하는 칡넝쿨을 만나게 되었는데 그 칡넝쿨에 얽힌 이야기를 하려고 한다. 칡넝쿨 이야기를 하려면 칡을 만날 때까지의 과정을 이야기하는 것이 순서일 것 같다.

나는 남부 서울에 있는 지하철역 일원역 근처의 한 아파트에서 약 5년 간 생활하다 그 집을 세 주고 7년 전 2월 경에 분당으로 이사를 왔다. 내가 입주한 '서울 시니어스 분당타워'는 분당 서울대병원과 국립장애인고용공단 바로 이웃에 있으며 약 360명이 입주해 있는, 말하자면 유료 양로원인 셈이다. 입주 자격은 60세 이상이 되어야 하며 현재 입주자의 평균 연령은 대략 70대 후반이지만 90세 이상의 고령자도 10명이 넘는다고 한다.

전체 360명 가운데 약 100명 정도는 자기 방에서 알아서 해결하고 나머지 약 260명 정도는 식당에서 식사한다. 식당은 매우 커서 학교의 작은 강당만 하다. 물론 나는 아내와 함께 식당에서 식사한다. 나이를 먹으면 밥하는 것이 싫어진다고 하는데, 왜 여기까지 와서 방만 빌리고 자기 방에서 각자 자취를 하는지 이해가 가지 않는다. 이 시니어스 타워 서쪽에는 남북으로 흐르는 탄천이 있고 북쪽 약 36Km 지점에서 한강과 합류한다고 한다.

시니어스 타워에서 탄천에 이르는 길은 두 갈래가 있는데 하나는 정문에서 큰길을 따라 장애인고용공단 정문 앞을 지나서 가는 길이고, 다른 하나는 식당 뒤 경사진 오솔길을 따라 내려가는 길이다. 이 오솔길을 약 200~300m만 내려가면 산책객이 끊이지 않는 탄천에 이른다. 이 길은 왼쪽은 큰 도토리나무가 촘촘히 들어선 산비탈이고 오른쪽은 비가 올 때만 물이 흐르는 작은 개울이다. 길을 따라가면, 개울 옆으로 칡넝쿨이 군데군데 얽혀 있다가 마지막에는 군락을 이룬 장소에 이른다. 나는 거의 매일 이 길로 탄천에 이르고 거기서 다시 약 500m 남쪽에 있는 '오리교 다리'까지 왕복길을 산책한다. 건강을 위한 일과의 하나인 셈이다.

그런데 칡넝쿨이 큰 나무에 올라간다면 칡넝쿨이 그 나무에 별다른 손상을 끼치지 않으니, 이른바 공생하게 되니 별문제가 없다. 그러나 칡 넝쿨이 작은 나무에 올라가 엉키면 문제는 심각해진다. 한쪽은 희망차게 뻗어오르지만 다른 한쪽은 고통과 죽음의 길로 달려가기 때문이다. 그래서 나는 이런 광경을 보면 공분마저 느껴 칡을 응징할 생각마저 든다.

하루는 평소에는 잘 가지 않는, 집에서 좀 더 떨어져 있는, 그러나 지형이 좀 꺼져 있는 텃밭을 갔더니 바로 그곳에 그전에 심어져 있는 모든 소나무가 나무마다 칡넝쿨이 휘감겨 말라 죽거나 보기에도 흉한 기형적인 모습을 하고 있었다. 나는 몹시 놀라고 분노마저 느꼈다. 좀 더 자세히 보니 약 20그루의 소나무 가운데 안에 있는 나무가 보이지 않을 정도로 칡넝쿨에 감긴 채 이미 말라죽은 나무가 3분의 1 정도가 되었고 칡넝쿨에 감겨 빈사 상태에 있는 것이 3분의 1, 그리고 칡의 무차별 공격을 받고 그 형태가 형편없게 일그러져 보기 흉하지만 그래도 살아가는 데 별 문제없어 보이는 나무가 3분의 1이나 되는 성싶었다.

그런데 더욱 놀란 것은 나무를 처음 심었을 때의 식수자의 정성어린 태도를 그곳에서 보았을 때였다. 어느 소나무이건 나무마다 그 밑동 둘레에는 나무를 심었을 당시의 것으로 보이는 삼각(三脚)의 나무 받침목이 아직도 튼튼하게 버티고 있었다. 이 모습에서 나는 식목자의 정성을 엿볼 수 있었다. 다시 말하면 식목자는 나무를 심을 당시는 정성을 다하였지만 나무를 심은 후에는 내팽개치고 조금도 나무를 돌보지 않았던 상황이 그 현장에 남아 있었던 것이다.

처음에 소나무를 심은 사람이 나무가 심어진 지역을 담당하는 공공기관 사람이 아니라면 어떤 다른 공공기관일 것이다. 이렇게 나무를 심어 놓은 채 돌보지 않고 팽개쳐 칡넝쿨 세상으로 만들 바에야 무엇 때문에 애당초 돈과 인력을 처들여 나무를 심었는가? 이런 일은 한국의 다른 공공기관에도 있을 것이다. 내가 분노를 느낀 것은 다른 나무를 해치는 칡넝쿨이 아니라 심은 소나무를 돌보지 않고 내팽개친 해당 공공기관이다.

나는 칡넝쿨로 감겨 이미 죽은 나무는 제외하고 나무를 휘감은 칡넝쿨은 모두 밑동을 잘랐다. 칡은 다년생 식물이어서 잎은 매년 낙엽이 지지만 그 줄기는 시들지 않고 오랫동안 자라나기 때문에 어떤 줄기는 엄지손가락보다도 더 굵은 것이 있어 '시설팀'에서 빌린 좁고 가는 톱으로는 잘라내기가 매우 힘들었다. 그리하여 하루 한 시간 반 정도씩 일을 하고도 이 일을 끝내는 데는 5일 정도 걸렸다. 칡 밑동을 자르는 일은 그다지 어렵지 않았지만 내 키보다 훨씬 큰 20그루 가까이 되는 소나무의 제일 윗가지까지 나선형으로 휘감고 뻗어 있는 넝쿨을, 그것도 사다리도 없이 자르는 것은 여간 힘이 들지 않았다. 칡 밑동만 자르면 되겠지만 그것만으로는 직성이 풀리지 않아서 소나무 꼭대기까지 뻗어 있는 넝쿨을 걷어내고 자르게 된 것이다. 사실 칡 밑동을 자르더라도 소나무를 휘감은 칡넝쿨이 시들고 말라 나무에서 떨어질 때까지는 칡넝쿨은 소나무에 적지 않은 손상을 주기 때문에 칡 밑동뿐만 아니라 칡넝쿨까지도 자르고, 자른 넝쿨도 모두 걷어내야 한다.

정신없이 일을 끝내고 보니 내 손잔등과 팔 등은 칡넝쿨로 여기저기 긁혀 상처투성이였다. 무모하게도 장갑을 끼지 않고 일을 시작한 것이다. 그러나 이러한 상처보다 기쁨이 훨씬 컸다. 과거 한국인이 한때 일을 잘못하여 35년 간이나 국가를 침탈당하였다가 1945년에 이르러서 겨우 광복했던 일이 상기되었다. 텃밭의 칡넝쿨을 응징하고 소나무의 광복이 이루어진 셈이다. 칡은 그 뿌리를 완전히 캐내지 않는 한 그 뿌리에서 다시 새 칡넝쿨이 자라나 옆에 있는 나무를 괴롭히거나 죽음에 이르게 한다.

한국의 고양이와 대만의 고양이

단독주택에 거주할 때, 약 30년 간 고양이 한 마리를 길렀다. 그 결과 고양이의 성격이 고독을 즐기고 비사교적이면서도 호기심이 많음을 알게 되어 이러한 성격이 연구자의 성격에 알맞다는 말을 한 것을 지금도 기억하고 있다.

그런데 여기서는 한국의 고양이와 대만의 고양이에 대하여 이야기를 해보고자 한다. 이 이야기는 정년 전의 것으로 고려대 산우회와 관련이 있는 이야기이다.

뼈까지 스며드는 한국의 추위도 피하고 산도 탈 겸 고려대 산악회인 '안암산우회'는 1980년대 한겨울에 대만으로 원정 간 일이 있었다. 그런데 몇 시간 전까지 추위에 떨던 나는 - 나는 남달리 추위를 탄다 - 그곳에서 나비가 날고 꽃이 피어 있는 것에도 놀랐지만 그와 별도로, 아니 그것 이상으로 사람 통행이 많은 도로 한 곳에서 10여 마리의 들고양이들이 편안하게 주위 사람의 눈치를 보지 않고 휴식을 취하고 있는 것에 더욱 놀랐다. 사람만 보면 도망치는 고양이가 있는 한국에서는 상상도 할 수 없는 광경이었다.

나중에 알게 되었지만 대만 사람들은 동물 특히 들고양이도 사랑한다는 이야기를 들었다. 그렇게 되면 한국 사람들은 들고양이를 싫어하고 미워하는 사람들이 아닌가 한다. 그렇지 않고서야 어떻게 들고양이를 위협하고 돌팔매질을 한단 말인가? 들고양이든 집고양이든 차별 없이 사랑하는 시대가 진정 한국에도 도래할 것인가?

매장문화의 선진화

2010년 2월 13일자 「중앙일보」는 연안차씨 후손들이 흩어진 선조의 산소를 한 묘역으로 모아 놓고 설날에 그곳에 모인다는 기사를 보내고 있다. 묘역은 산이 아니라 평지였으며 가로 30cm, 세로 20cm, 두께 10cm 가량의 검은 비석 120여 개(120여 조상의 비석)가 줄지어 있는 사진도 함께 전하고 있다. 문중 어른은 화장하면 조상을 두 번 죽이는 꼴이 된다고 반대했지만 이 사업을 주도한 60대 중반의 한 문중 사람이 문중 사람들을 설득하여 마침내 화장과 매장을 혼합한 방식으로 산이 아닌 평지에 묘를 설치하는 데 성공하였다고 한다. 이는 한국의 매장 문화 개혁의 획기적인 하나의 사건으로 볼 수 있겠다. 그러나 이것은 한국의 매장문화 개선의 획기적인 사건이 될 수 있지만 종착역이 될 수는 없다. 서구 사람들처럼 성(姓)에 관계없이 같은 지역사회의 사람이라면 누구에게든 개방된 묘지공원에 안장되었을 때 비로소 우리의 매장문화도 선진화되었다고 말할 수 있을 것이다.

조심성 없는 한 영한사전

1985년에 출간된 동아출판사의 New Concise English-Korean Dictionary는 inheritance와 retirement를 다음과 같이 해석하고 있다. 전자부터 살펴보자.

inheritance

사전은 이 용어를 1. 가독(家督)상속, 2. 상속재산으로 풀이하고 있다. 그런데 전자인 가독(家督)은 일본 용어로 우리나라에서는 사용하지 않는 용어이다. '가독'이나 '은거'라는 용어는 일본의 중세부터 일반화된 용어다. 가독이라는 용어는 일본의 중세부터 일반화된 용어이며 근세의 무사(사무라이) 계급 이후부터는 적장자(嫡長子)가 호주의 지위 신

분을 상속하고 동시에 가명(家名)·제사·재산도 독점적으로 상속하게
되었는데 이것을 '가독상속'이라고 하였다. '가독'도 '은거'도 일본의 역사
적 사회적 사실을 실증하여 얻은 일본의 용어이다.

가독(家督)이라는 용어는 한국어가 아니며 일본의 용어이다. 일본의
호주 상속은 가산(家産) 전부를 상속하는 데 대하여 한국은 그렇지 않
다. 한국의 장남은 부(父)의 재산 일부를 상속할 따름이다. 즉 한국에
있어서는 제사 상속이 상속 가운데 가장 중요한 위치를 차지하며 제사
를 상속한 자가 동시에 호주의 지위를 상속하며, 일본 민법에서는 가
독(家督)상속이 전 재산 상속주의를 택하는 데 대하여 한국의 호주 상
속은 재산에 대하여 분할 상속주의를 택하기 때문에 일본 것과 한국
것을 동일시할 수 없고 따라서 그 명칭에 대하여도 한국의 것을 가독
사속이라는 명칭을 사용하면 내용에 대하여 오해를 일으킬 염려가 없
지 않다고 『민사관습휘집(民事慣習彙集)』(조선총독부 중추원, 1933, pp.
428~430)에서 언급하고 있고 또 『관습조사보고서(慣習調査報告書)』(조
선총독부, 1913, p. 344)에서 "일본 법제에 있어서 가독상속 및 상속의
구별은 한국의 상속을 파악하는 데 적절한 분류가 아니다."라고 말하
고 있다.

retirement

또 같은 사전은 retirement를 '퇴거' '은퇴'에 이어 '은거(隱居)'를 뜻한
다고 설명하고 있다. 이 은거도 한국사회에 있는 제도가 아니라 일본사
회에 있는 제도이다. 따라서 이 용어도 일본의 용어이며 한국의 용어는
아니다. 일본은 강력한 가장권(家長權)이 요구되는 '가' 단위의 생활이었
기 때문에 가장의 지위에 부적합한 자(노쇠자 등), 다시 말하면 가족의
구성과 생활을 통괄하고 감독할 수 없는 자가 생기면 필연적으로 가장

을 교체하였다. 그러나 한국은 가 단위라기보다는 세대·연령에 비중을
두는 개인 단위의 생활을 하면서도 강하기 때문에 가장의 교체를 할
기반이 없다. 그래서 일본은 가장의 교체인 데 대하여 한국은 교체가
아니라 위임하는 데 불과하고 책임 맡은 자는 대리한 데 불과하다. 그
래서 『관습조사보고서』는 다음과 같이 설명하였다. "호주가 노년이 되
거나 또는 질병에 의하여 가정(家政)을 집행할 수 없을 때는 성장한 상
속인에 가정을 위임하는 일이 있다. 이것을 보통 전가(傳家)라 한다. 전
가는 호주의 자유의사이며 연령의 제한이 없으며 또 별도로 관청에 신
고하는 등의 절차는 필요하지 않다. 그러나 전가는 사실상의 상속인으
로 하여금 가정의 일을 맡아서 하는 데 불과하며 그 행위는 호주를 대
리하는 것으로 간주하여 전가 탓에 호주의 교질(交迭)를 가져오지 않
으므로 이것을 은거(隱居)라고 할 수 없다."라고 지적하고 있다.

사전에 가독상속, 은거라는 용어만은 제거하든가, 그렇지 않고 넣고
싶다면 이 용어는 일본 용어라는 것을 넣어주어야 할 것이다. 그래야
만 독자를 올바로 인도할 수 있을 것이다. 영한사전이므로 원칙적으로
는 일본 용어가 들어와서는 아니 될 것이다.

2010년에 발간한 『프라임 영한사전』 역시 inheritance을 "가독(家督)"
이라 해석하고 있다(p. 1318). 그리고 retirement도 역시 '은거(隱居)'를
뜻하기도 한다고 기록하고 있다.

연구하지 않고 간행한 한 국어사전

나는 1~2년 전부터 TV나 신문에 용어가 나오면 그것들이 내가 소지
하고 있는 국어사전(1977년 두산동아 간행)에 게재되어 있는가를 확인

하는 버릇이 생겼다. 분재(分財)는 순수한 우리말인데 이 용어는 지금은 우리의 것이 되어버린 일본의 용어인 '상속(相續)'과 유사한 말이다. 우리말 사전에 '분재'는 있지만 분재기가 없는 것도 이해하기 어렵다. '분재'와 동의어인 '분금(分衿)'이나 부모 없이 형제간에 재산을 분재하는 용어인 '화회(和會)'가 없는 것도 이해되지 않는다. 지금 2007년에 간행된 한 국어사전에서 빠진 용어 몇 종류를 제시하면 다음과 같다. 개정판에는 이런 용어들이 수록되었으면 좋겠다.

웬수(원수)

대항마(對抗馬)

원찰(願刹)

가랭이

분재기(分財記)

가복(加服)

풀뿌리 민주주의

마녀사냥(재판)

그루(나무의 단위)

화회(和會)

개차반

사타구니

인이 박이다

응사(鷹師)

싸가지 없다

상문(喪門)

거덜 나다

늑약

까꿍

작목반(作目班)

아자아자

분금(分衿)

국격(國格)

아름다운 우리말을 버리고 일본식 용어를 사용해도 되는가?

우리나라는 1945년 8월 15일에 일제로부터 광복이 되었으니 그로부터 어언 70년의 세월이 흘렀다. 광복 당시는 흥분과 환희로 그러한 심적 여유가 없었다고 하더라도 그로부터 근 70년이 흘렀으니 이제는 일제 강점기가 남겨놓은 일본식 일상용어를 앞으로 사용할 것인지 말 것인지 한 번쯤은 검토해봐야 할 때가 되지 않았겠는가? 여기서 그 몇 가지 주제에 대하여 살펴보고자 한다.

상가(喪家)를 방문하여 행하는 위로 인사말

돌아가신 사람(친지)의 집을 찾아가서 인사할 때 인사하는 사람을 '문상객(問喪客)' 또는 '상문객(喪問客)'이라 칭하고 그 행위를 '문상' 또는 '문상 간다' 또는 '상문' 또는 '상문 간다'라고 칭한다. 이 용어들은 예부터 전해오는 아름다운 우리말이다. 그런데 상갓집을 방문하는 '문상객'을 가득 태운 버스 앞 창문에 부착하는 용어를 보면 거의 전부 일본식 한자인 '謹弔(근조)'라는 용어이다. 또 지역 유지나 유명인사가 상갓집에 화환을 보낼 때도 역시 일본식 한자인 '謹弔'라는 글자가 들어간다.

식구와 가족

'식구(食口)'란 용어는 부모·자식·부부 등 혈연이나 혼인관계로 맺어져 생활을 함께 하는 사람들을 말한다. 그러나 일제강점기부터 '식구'라는 순수 우리말을 놔두고 일부 시골을 제외하고는 거의 모두 '가족(家族)'이라는 일본 용어를 사용하고 있다. 그리고 공식 용어도 '식구'라는 용어가 아니라 '가족'이라는 용어이다.

지금도 일부 시골에서는 '가족'이라는 용어보다도 '식구'라는 용어를 더 많이 사용하고 있지만 공식 용어는 '가족'이다. 장차는 예부터 내려온 우리 고유의 용어인 '식구'를 사용해야 되는 건 아닌가?

집터라는 호칭이 대지인가 부지인가?

내 나이 7세 때 가친이 돌아가신 뒤 아마 12살 무렵이었던 것으로 기억한다. 모친의 심부름으로 촌수가 아주 먼 친척집으로 '집터세' 즉 '대지세'를 받으러 갔던 기억이 지금도 난다. 그 촌수가 먼 친척의 가옥은 그 친척집의 소유였지만 친척집의 집터의 일부는 우리집 소유였다. 그래서 나는 벼 몇 되 되는 '대지세'를 받아가지고 온 기억이 지금도 생생하게 난다. 그런데 그 후 내가 접촉한 서울 사람들이나 분당 사람들은 '대지(垈地)'라고 칭하는 사람도 있었지만 '부지(敷地)'라고 칭하는 사람도 적지 않았다. '대지'는 순수 우리말이고 '부지(敷地)'라는 말은 일본에서 유래된 일본식 용어이다. 집터의 일본식 용어는 부지(敷地)이다. 부지는 본래 일본말 '시키치'인데, '시키치'는 한문인 敷地의 일본 발음에서 나왔다. 대지(垈地)라는 한국 고유의 용어를 놔두고 일본말 '시키치'의 한자인 敷地를 다시 한국 발음으로 부지라 칭하며 이것을 우리말 '대지' 대신 이제까지 사용해 왔던 것이다.

신년 인사말

묵은해를 보내고 새해 아침에 인사말을 할 때 당사자 면전에서는 '새해 복 많이 받으세요'라고 하면서 엽서나 광고 등에서 인사말을 할 때는 이 말을 놔두고 순일본말인 '근하신년(謹賀新年)'이라는 일본용어를 사용하는 사람이 대부분이다. 앞으로는 신년 인사말을 말할 때도 예부터 전해오는 우리말인 '새해 복 많이 받으세요'라는 용어를 사용해야 되는 것이 아닌가? 이 좋은 우리말을 놔두고 하필 '삼가 신년을 축하한다'의 뜻이 담긴 일본어인 근하신년(謹賀新年)이라는 용어를 쓸 필요가 어디 있겠는가?

일제 잔재를 없애자고 하면서 그리고 광복한 지 70년이 지났는데도 이 용어 사용은 예외란 말인가? 면전에서 사용하는 직접 용어를 신년 인사장에 사용하면 아니 된단 말인가? 반드시 한문 용어를 사용하고 싶다면 '새해 복 많이 받으세요'의 한자 역어인 '신년다복(新年多福)' 또는 '축신년다복(祝新年多福)'이라고 하면 되지 않겠는가? 여하튼 한국에서는 주체성 없거나 쓸개 없는 지도자가 적지 않다고 한다면 지나친 평인가?

부모의 재산을 자식들이 나누는 것에 대하여

일제 강점기 이전의 한국에서는 부모 재산을 자식이 나누는 용어가 약간 복잡하였다. 즉 부모 생시에 부모 재산을 자식들 간에 나누는 것을 분재(分財)라 하였으며 부모 사망 후 부모 재산을 자식들이 나누는 것을 화회(和會)라 하였다. 그러나 일제 강점기부터는 부모 사망에 관계없이 모두 상속(相續)이라 칭하게 되었다. 상속이라는 용어가 일반화되었으니 이 용어를 대신 우리나라 고유의 용어로 바꾼다고 한다면 이는 여간 어려운 일이 아닐 것이다. 그러나 지도자들은 이 일을 솔선수범하여야 할 것이다. 광복 직후에 하지 못했으니 말이다.

그 계통의 전문가라는 용어인 '맛수'에 대하여

우리나라는 오래전부터 음식점에서 음식을 준비하는 사람 가운데 일정 수준 이상의 기술을 가진 사람을 '맛수'라고 칭하여 왔다. 조선시대부터 직업에 상하존비(上下尊卑)가 생기어 그 결과 관리지상주의가 일반화되면서 관리 이외의 직업에 전문가가 생기는 일을 막아왔지만 그럼에도 불구하고 직업에 따라 전문가가 생겨났다. 그 예의 하나가 음식점의 '맛수'라는 전문가이다.

일제가 대한제국을 강점한 1910년부터 일본의 문화가 한국의 거의 모든 분야에 침투하여 그 결과 모든 분야에서 사용되는 용어도 일본 색 일색이 되었다. 그 대표적인 용어의 하나가 달인(達人)이다.

그런데 한국에서도 오래전부터 '도사(道士)'라는 용어를 사용해왔다. 이 말은 도(道)를 닦는 사람, 도교(道教)를 믿고 수행하는 사람을 지칭 하기도 하였지만 어떤 일에 능숙한 사람을 가리키는 말로도 사용해 온 것도 사실이다. 후자의 뜻이 전자의 뜻에 밀려 햇빛을 보지는 못하였지 만 일본말의 '달인'의 뜻이 담긴 것도 사실이다. 그리고 음식점의 '맛수' 라는 용어를 조명, 주목하여 이것을 일본어의 '달인'에 대응시켜 일상생 활에 사용하면 일반화가 가능할 것이다. 일본어를 수입하여 사용할 것 이 아니라 전부터 내려오는 우리말을 조명하여 이것을 일상생활에 사 용하면 가능할 것이다. 초기에는 좀 불편할지 모르나 이것이 일반화가 시도되고 시간이 흘러갈수록 일본어의 '달인'에 대신하여 사용할 수 있 는 좋은 우리말이 될 것이다. 종래 우리말이 있었더라도 새로 만들어서 라도 사용할 판인데 그와 유사한 우리말이 있으니 다행한 일이다.

혼인과 결혼

'혼인' '혼례' '혼례식'이라는 용어는 본래 우리 고유의 용어이며 '결혼' '결혼식'이라는 용어는 본래 일본의 용어이나 우리나라에 들어와서 우 리말이 된 것이다.

연령상으로 보아 '동갑내기 부부'보다 '처연상형부부'나 '남편연상형부 부'가 사람의 입에 잘 오르내리고 있는 것 같다. 조선시대부터 일제 강 점기에 이르는 시대에는 처연상형 부부가 많았던 것으로 알고 있다. 노 동력 획득과 남아선호의 시각에서 처연상형 부부가 시가(媤家)에서 선 호하는 결혼 형태였던 것이다. 나의 가친(아버지)은 내가 일곱 살 때 세 상을 떠났지만 예외는 아니었다. 어머니가 아버지보다 세 살인가 네 살인가 연상이었던 것으로 기억하고 있다.

나의 경험으로 보아 '처연상 부부'나 '남편연상 부부'보다도 훨씬 더 일상생활에서 중요한 기능을 하는 것은 아내가 처가에서 장녀로 태어났는가 또는 남편이 친가에서 막내로 태어났는가에 따라 장차 이 부부가 겪을 부부생활에 막대한 영향을 준다는 사실이다. 즉 '장녀'로 태어난 여자와 '막내'로 태어난 남자가 부부로 결합했을 때 그 후 부부생활에 적지 않은 어려움이 있다는 사실이다. 더욱이 장녀로 태어난 여자가 친정에서 십수년 이후에 동생을 보았을 때는 그 장녀는 이미 어머니의 역할을 경험했으며 막내로 태어난 남자는 여전히 아무것도 할 수 없는 어린이의 생리가 몸에 밴 상태인 것이다. 이런 남녀가 나중에 부부가 되면 어떻게 되겠는가? 독자 여러분은 상상해보시라.

구(狗)와 견(犬)

나는 14살 전후 시기에 고향에 있었다. 그때 나는 개(dog)는 한 문자로 구(狗)로 배워왔다. 70여 년 전 일이라 거의 잊었지만 다리 어딘가 아프면 구(狗) 자를 써서 허벅지에 붙인 것으로 기억하고 있다. 그런데 그 후 객지에 나와보니 구(狗)가 아니라 견(犬)으로 통용되고 있었다. 구(狗)는 종전부터 한국에서 통용되고 있는 한자이고 견(犬)은 주로 일본서 통용되는 한자이다. 구(狗)보다 견(犬)이 쉬운 글자이기도 하지만 이것도 일본서 통용되는 한자를 받아들인 결과가 아닐까 한다.

형제(兄弟)와 자매

내가 자라날 때까지 적어도 15세 때까지는 농촌에서는 자매(姉妹)라는 용어는 사용하지 않았던 것으로 안다. 누님 4인이 있었는데 모두 '형제' 또는 '우리 형제'라고 상호호칭하고 있는 것을 목격하였다. 아버지가 돌아가셨을 때 4인의 누님이 모여 우리 '형제'가 앞으로 어떻게 살 것인가 또는 앞으로 우리 형제가 긴밀히 연락하고 생활을 하자고 하는 것을 보았던 것이다. 결코 우리 '자매'라는 용어는 사용하지 않았던 것이다. 언제부터 '자매'라는 말을 사용하게 되었는지는 알 수 없으나 오늘날에도 '형제'라는 용어를 사용하는 사람이 대다수인 것 같다.

연세와 나이

한국에서는 연장자의 나이는 '연세'이므로 결코 '나이'라 칭하여서는 아니 된다. 나이는 동년배이거나 자기보다 나이가 어린 사람의 연령을 지칭할 때 사용하는 것이다. 서양 사람들이 한국의 제도를 배울 때 가장 어려워하는 것의 하나이다.

한국에서 연령에 대한 호칭은 아주 까다로운 문제이다. 상대방의 나이(age)가 자기보다 연상일 때는 그의 나이를 '연세'라고 칭하지만 그렇다고 하더라도 무조건 그런 것은 아니다. 자기 나이보다 연상이라 하더라도 자기 아버지 정도의 나이라면 그의 나이를 '연세'라 해도 좋지만 연상의 정도가 심하지 않으면 '연세'라 하지 않는다. 상대방의 연령을 '연세'라 할까 '나이'라 할까 아주 신경쓰이는 문제이다. '연세'라고 해야 할 것을 '나이'라 해도 실례가 되고 '나이'라 해야 할 것을 '연세'라 하여도 실례가 된다. 한국에서 장기간 생활을 해보아야 이 문제가 해결되는 것이다. 한국에서 생활한 지 오래되지 않은 서양 사람들은 이 문제에 고민이 많은 것으로 알고 있다. 그런데 역설적이게도 '연세'는 한자(年歲)에 유래되고 '나이'는 순수 우리말인 것이다.

역할과 기능에 대하여

한국에서는 종종 이 두 용어를 동일시하고 있는 것 같다. 많은 한국

사람들이 아니 대부분의 한국 사람들이 역할(role)과 기능(function)을 혼돈하거나 동일시하고 있다. 그리고 「기능」이라고 하여야 할 때도 거의 언제나 「역할」이라는 용어를 사용하고 있다. TV의 방송도 그 예외는 아닌 것 같다.

역할은 인간집단의 지위에 따른 상대관계에 의하여 학습·획득되는 행위를 말한다. 예를 들면 아버지의 역할·아들의 역할 등이 그 예이다. 이를 요약하면 역할은 인간의 행위에 관한 것이다. 그러나 기능은 인간이 아닌 사물의 능력이나 작용을 말한다. 예를 들어 기계가 고장이 났다면 이는 기능의 문제이지 역할의 문제는 아니다.

정년퇴임식

1991년 8월 말로 기억한다. 정년퇴임을 한다고 하니 왠지 허전하고 마음이 안정이 안 되어 퇴임식에 참석하기 전에 대학 구내를 한 바퀴 돌고 나니 그제야 마음이 좀 진정되는 것 같았다. 퇴임식은 소강당에서 행해졌는데 함께 퇴임하는 교수도 몇 사람이 되었으며 퇴임 교수가 있는 학과의 교수들도 대개 참석하였다. 가족이나 친지들도 적지 않게 참여한 것으로 안다.

내 차례가 되어 단상에 올라, 퇴임 후에는 퇴임 전보다 공부할 시간이 많으므로 좀 더 공부를 할 생각이라고 말하였더니 나를 잘 아는 교수들은 진지하게 나를 바라보았지만 그렇지 않은 많은 교수는 웃음을 터뜨렸다. 나중에 알게 된 사실이지만 공부하지 않는 교수들도 그렇게 말한다는 것이다. 그때도 솔직히 말하면 속마음은 좀 언짢았다. 교수 사회도 일반 사회처럼 자기중심적으로 생각하고 또 주위의 다른 사람은 아랑곳하지 않고 자기 생각을 함부로 내뱉는 행동을 취한다는 것을 다시금 확인하게 되었다. 이것도 일종의 후진성에 기인할 것이다.

참고로, 퇴임 후인 1991년 9월부터 지금까지 내가 발표한 연구논문은 약 130여 편이며 이 가운데 66세 때인 1992년부터 75세인 2001년까지 10년 동안 매년 평균 10편의 논문을 발표하였다. 130편의 논문은 나의 총 논문수 3백 수십여 편의 40%가 넘는 양이다.

국립중앙도서관 유감

지금까지 한국가족에 관한 논문을 영문으로 발표한 것이 10편정도 되므로, 이것들을 모으면 책 한 권이 될 것 같아, 한국에 관하여 영문 서적을 출판한 바 있다는 생면부지의 출판사에 전화를 걸었더니 30대로 보이는 사장이 친히 곧 내 집을 찾아와서 책을 내주겠다고 약속을 함과 동시에 내가 가진 8~9편의 논문을 가지고 가면서 집필 중인 두 편의 논문이 완성되는 대로 연락하면 받아가겠다는 약속을 하였다. 만나본 젊은 사장은 집문당 사장(임동규 씨)이었다. 돈이 되지 않는 책을 찍어주는 출판사가 한국에도 있구나 하는 생각이 들었다. 이런 출판사 사장은 수년 전에 작고한 일지사 김성재 사장 이후 처음이었다. 그리고 사장이라면 으레 자가용을 타고 다닐 줄 알았는데, 이번 젊은 사장은 지하철과 버스를 타고 업무를 보고 있어서 놀랐다.

그런데 내가 발표한 논문 가운데 내가 가지고 있지 않은 논문이 몇 편 있었다. 이 논문들은 「Asiatic Research Bulletin」, 「Journal of Social Sciences and Humanities」, 「Korea Journal」 등에 게재한 것이었다. 고려대 도서관에 가면 논문들을 쉽게 복사할 수 있겠지만 집에서 그곳까지의 거리가 멀 뿐만 아니라 교통수단도 마을버스 한 번과 지하철 세 번(분당선, 3호선, 6호선)을 갈아타야 하는 번거로움도 있어서 편도 소요시간이 두 시간 정도 걸린다. 반면에 서초동에 있는 국립중앙도서관은 집에서 한 시간쯤이면 갈 수 있으므로 국립중앙도서관을 찾아가기로 하였다.

9월 11일 집에서 점심을 먹고 지하철과 마을버스를 이용하여 국립중앙도서관을 찾았다. 그런데 우선 위풍당당한 도서관의 전체 모습에 감탄하였다. 이전에 1년 전까지 때때로 찾았던 도서관의 모습과는 많이 달랐기 때문이다. 그때는 도서관을 수리하느라 중앙 출입문의 출입이 금지되어 있었고 대신 도서관 건물 뒤편에 있는 조그만 문을 통하여 출입할 수 있었다. 다른 나라 국립도서관을 한 번도 가보지는 못하였지만 우리의 국립중앙도서관 건물과 앞마당 전체의 위용은 당당하게 보였다.

내가 국립중앙도서관에 가서 복사하려고 한 내 논문은 앞에서 언급한 「Asiatic Research Bulletin」, 「Journal of Social Sciences and Humanities」, 「Korea Journal」에 실린 각각 한 편의 논문과 「Korea Journal」에 실린 두 편의 논문이었다. 나는 과거에 내가 하던 것처럼 도서관 건물 출입구에서 국립중앙도서관 '정기이용증'을 제시하고 건물 안으로 들어가서, 다시 과거에 하던 것처럼 유리문을 열고 들어가 바로 우측에 자리 잡은 안내석의 여직원에게 내가 찾는 잡지명을 내밀었다. 직원은 한참 검색하더니 「Asiatic Research Bulletin」과 「Journal of Social Sciences and Humanities」 두 잡지는 국립중앙도서관에서 소장하고 있지 않으며, 「Korea Journal」은 1963년 것은 소장하고 있지 않으나 1977년 것은 소장하고 있지만 '보관용'으로 소장되어 있어서 이것을 보려면 3일 후인 9월 14일(화요일)에야 가능하다는 것이었다. 고려대를 가려면 두 시간이 소비되니 지리적으로 가까운 국립중앙도서관을 찾았으나 결국 아무 소득 없이 끝났다. 왕복 시간과 도서관 체류시간을 합하여 세 시간 반을 소비하였으나 아무 소득 없이 집으로 돌아왔다. 적어도 한국의 국립중앙도서관이라면 다른 것은 몰라도 한국에서 간행된 한국 관련 학술 서적이라면 그것이 국문으로 되었건 영문으로 되었건 간에 모두 갖추어 놓아야 하며, 그리고 또한 그것들은 언제든지 볼 수 있어야 한다고 생각한다.

위풍당당한 건물의 위용과는 달리 국립중앙도서관의 실제의 기능은 앞에서 예시한 바와 같이 말이 아니었다. 도서관의 기능의 측면에서 보아서도 한국의 선진화는 아직도 멀었다는 생각이 들었다. 도서관을 떠나면서 도서관의 건물이 낡았고 도서관 건물 앞에 넓은 뜰이 없더라도 도서관은 갖춰야 할 도서는 모두 갖춰야 하는 것이 아닌가 하고 혼자 생각하였다.

2010년, 난생처음으로 무료함을 느끼다

2010년 4월 현재 내 나이 85세(만 84세). 나는 지금까지 수십 년 전에 계획한 연구논문들(50년 간 매년 평균 6편)을 집필하는 데 여념이 없었으므로 나이를 의식하지 못하였다. 그런데 계획된 논문들을 완료한 2010년에 이르러서야 내가 나이를 먹었다는 것을 의식하게 되었다. 말하자면 2010년 4월 이전에는 연구가 계획대로 진척되는가에만 관심이 있었을 뿐 나이에는 전혀 관심이 없었다. 그 연구계획표는 내 책상 오른쪽 구석에 첨부해 놓고 수시로 보았다. 그러나 계획된 연구가 끝난 2010년에 이르러 내가 80대 중반의 고령자가 되었다는 것을 의식함과 동시에 할 일이 없는 나 자신을 발견하게 되었다. 그리고 앞으로 어떻게 살아가야 할지 적지 않게 걱정이 된다. 이러한 일을 사전에 알았더라면 80대 중반부터 90대까지의 연구계획도 사전에 계획표에 넣어 두어야 했을 것을 하는 후회도 생겼다.

2010년에 이르러 무료함을 느끼기 시작하였지만 또한 동시에 일종의 상실감도 느끼게 되었다. 2010년에는 그전까지 오랫동안 지속적으로 가졌던 논문 집필에 대한 강한 욕구도 사라졌으며 체력도 급속히 저하된 것 같다. 갑자기 노쇠하였다는 표현이 적합한 표현일지 모르겠다. 지난 50년 간 지속적으로 논문을 써 온 것이 꿈만 같이 느껴진다. 전에 계획하였던 논문의 집필이 끝났다면 다시 새롭게 탐구해야 할 주제를 찾아냄과 동시에 그 자료수집에 매진해야 할 텐데 그런 기력마저 쇠한 것 같다. 의욕상실과 기력쇠퇴가 이렇게 빨리 올 수 있는가? 85세가 나의 한계란 말인가?

부록

연구연보

1. 연구논문

연령	연도	논문 제목 및 게재지
33세	1959	신앙촌락의 연구, 『아세아연구』 2-1 (고대 아세아문제연구소)
34세	1960	동족집단의 결합범위, 『이대한국문화연구원논총』 창간호
35세	1961	한국가족의 크기, 『아세아연구』 4-2
36세	1962	한국가족의 유형, 『학술원논문집』(인문사회과학편) 3
37세	1963	한국가족원의 범위, 『진단학보』 24 (진단학회)
		한국농촌에 있어서의 친족의 범위(일본문), 『민족학연구』 27-3 (일본국)
		한국인의 친족호칭과 친족조직, 『아세아연구』 6-2
		자연부락연구서설, 『중대논문집』 8
38세	1964	한국가족의 전통적 가치의식, 『아세아연구』 7-2
		한국가족의 주기, 『김두헌박사화갑기념논문집』
		한국가족의 근대화 과정, 『이상백박사화갑기념논총』
		한 · 중 · 일 동양삼국의 동족비교, 『한국사회학』 1 (한국사회학회)
		현대사회에 있어서의 전근대적 가족의식, 『학술원논문집』(인문사회과학편) 4
		The Characteristics of Korean Society with Emphasis on Its Family System, *Asiatic Research Bulletin* 7-6
		Tasks for Korean Studies: Sociology, *Asiatic Research Bulletin* 8-2
39세	1965	한 · 중 · 일 삼국가족의 통계적 비교, 『아세아연구』 8-2
		한국인의 가족의식의 변용, 『진단학보』 28
40세	1966	동족집단의 조직과 기능, 『민족문화연구』 2 (고대 민족문화연구소)
42세	1968	동족 집단조직체의 형성에 관한 고찰: 온양방씨와 대구서씨를 중심으로, 『대동문화연구』 5 (성대 대동문화연구소)
43세	1969	계(契)집단연구의 성과와 과제, 『김재원박사화갑기념논총』
		한국고대가족에 있어서의 모계 부계의 문제, 『한국사회학』 4
		한국농촌가족의 기능, 『민족문화연구』 3
		한국의 친족집단과 유구(琉球)의 친족집단: 주로 그 유사점과 전파를

중심으로, 『고대논문집』 15

천민가족의 권력구조 연구를 위한 시론, 『이홍직박사회갑기념한국사학논총』

한국농촌가족의 권력구조, 『아세아여성연구』 8 (숙대 아세아여성문제연구소)

한국농촌가족의 역할구조, 『진단학보』 32

44세 1970 한국가족제도사, 『한국문화사대계』 4 (고대 민족문화연구소)

한국도시가족의 기능, 『아세아여성연구』 9

A Comparative Study on the Traditional Families in Korea, Japan, and China, R. Hill & R. Konig (eds), *Families in East and West,* Paris : Mautor

한국사회학의 회고와 전망, 『고대문화』 11

한국에 있어서의 농촌사회조사의 회고, 『사회조사방법론심포지엄보고서』 (고대)

45세 1971 한국도시가족의 역할구조: 서울시 가족을 중심으로, 『아세아연구』 14-1

조선후기 반촌(班村)에 있어서의 가족구성: 양좌동을 중심으로, 『석주선교수화갑기념민속학논총』

한국도시가족의 권력구조: 서울시 가족을 중심으로, 『아세아연구』 14-4

46세 1972 한국농촌수리(水利)집단에 관한 일고찰, 『인문논집』 17(고대)

한국사회의 윤리규범 문제, 『한국사상』 10 (한국사상연구회)

한국에 있어서의 공동체 연구의 전개, 『한국사회학』 7

조선시대의 상속제에 관한 연구: 분재기의 분석에 의한 접근, 『역사학보』 53・54 합집 (역사학회)

농촌의 반상(班常)관계와 그 변동과정, 『진단학보』 34

47세 1973 일제하의 지주소작관계 연구서설, 『정재각박사회갑기념논총』

한국농촌사회학에 있어서의 지역집단연구의 전개, 『인문논집』 18

해방 후의 지주 소작관계 연구서설, 『민족문화연구』 7

가족관계와 교육, 『한국교육목표의 탐색』(한국교육개발원)

한・중・일 동양삼국의 동족비교시론(試論)(일본문), 『기타노 세이이치(喜多野淸一)박사고희기념논문집』

48세 1974 한국농촌의 권력구조 연구, 『아세아연구』 17-1

자연부락에 있어서의 계층구조에 관한 고찰,『교육논총』1 (고대 교육

대학원)

조선전기의 가족형태,『진단학보』37

조선후기 도시가족의 형태와 구성: 대구호적을 중심으로,『인문논집』19

한국농촌에 있어서의 친족의 기능.『성백선교수화갑기념논총』

한국의 초기사회학: 구한말~해방,『한국사회학』9

한국 사회윤리와 그 사회적 배경,『한국인의 사상』(현대사상 제12권,

태극출판사)

49세 1975   도시 중류 아파트 가족의 친족관계,『인문논집』20

제주도 잠수(潛嫂)가족의 권력구조,『동양학』5 (단대 동양학연구소)

조선후기 상민의 가족형태: 곡성현 호적을 중심으로,『호남문화연구』7

(전남대 호남문화연구소)

한국도시지역의 분거(分居)부모·장남관계에 관한 연구,『민족문화연구』

9 (고대 민족문화연구소)

도시 중류 아파트지역의 근린관계,『진단학보』40

조선전기 가족제도와 동족부락,『한국사론』3 (국사편찬위원회)

고려시대의 가족제도,『한국사』5 (국사편찬위원회)

50세 1976   조선시대의 신분계급과 가족형태,『인문논집』21

고려후기 가족의 유형과 구성: 국보 131호 고려후기 호적문서 분석에

의한 접근,『한국학보』3

해방 30년의 한국사회학,『한국사회학』10

제주도의 장남가족: 제주도 동부의 한 주농종어(主農從漁) 부락의 사

례,『아세아연구』19-2

한국의 사회학(구한말~1975),『한국현대문화사대계』2 (고대 민족문화

연구소)

조선시대의 동족부락,『한국사』13

51세 1977   제주도의 부락내혼과 친족조직,『인문논집』22

1930년대의 한국사회학,『민족문화연구』12

제주도의 이·재혼제도와 비유교적 전통,『진단학보』43

제주도의 농촌가족의 현실적 유형,『농촌문제』2 (이대 농촌문제연구소)

제주도의 혼인의례와 그 사회적 의의: 동부지역의 삼달리를 중심으로, 『아세아여성연구』 16

52세 1978 제주도의 조상제사와 친족구조, 『행동과학연구』 3 (고대 행동과학연구소)

제주도의 사후혼, 『한국학보』 13

제주도의 첩제도, 『아세아여성연구』 13

제주도의 양자제도, 『인문논집』 23

제주도의 자생적 핵가족, 『세계의 문학』 10

53세 1979 17세기 초의 동성혼: 산음장적의 분석, 『진단학보』 46·47 합병호

조선시대의 족보와 동족조직, 『역사학보』 81

소년 비행과 가족유형, 『행동과학연구』 4 (고대 행동과학연구소)

1980년대의 한국사회학의 발전을 위하여: 1960, 70년대의 사회학 연구태도의 반성, 『한국사회학』 13

제주도의 장례와 친족조직, 『제주도의 친족조직』

제주도의 혼인생활, 『가족학논집』 1 (한국가족연구회)

54세 1980 조선시대의 양자제와 친족조직 (상, 하), 『역사학보』 86~87

현실적 가족유형의 변화: 1955년과 1975년의 비교, 『행동과학연구』 5 (고대 행동과학연구소)

가족원의 범위의 변화, 『행동과학연구』 5

조선시대 가족제도연구의 회고, 『정신문화』 8 (한국정신문화연구원)

55세 1981 가족해체와 아동의 가출, 『현대사회문제론』 (한국사회복지정책연구소)

가구구성의 변화, 『한국문화의 제문제』 (국제문화재단)

족보에 있어서의 파의 형성, 『민족문화』 7 (민족문화추진회)

미혼모의 문제, 『인문논집』 21

고려조에 있어서의 토지의 자녀균분상속, 『한국사연구』 35 (한국사연구회)

한국에 있어서의 윤락여성 연구의 전개, 『아세아여성연구』 20

산업화와 가족형태의 변화: 1955년과 1975년의 비교, 『한국학보』 24

한국무속신앙의 초기연구: 해방전의 무속문헌과 연구경향을 중심으로, 『행동과학연구』 6 (고대 행동과학연구소)

가족문화연구의 성과와 방향: 사회학 연구분야, 『가족문화연구의 성과와 방향』 (한국정신문화연구원)

56세 1982 한국가족의 해체에 관한 연구: 도시 가족의 이혼을 중심으로, 『복지사회의 본질과 구현』(한국정신문화연구원)

고려시대의 친족조직, 『역사학보』 94·95 합집

고려조의 상속제와 친족조직, 『동방학지』 31 (연대 국학연구원)

고려시대의 혼인제도, 『인문논집』 27

신라 통일기의 가족형태: 신라촌락문서의 분석, 『동방학지』 34 (연대 국학연구원)

출계와 출계집단, 『한국문화인류학』 14 (한국문화인류학회)

57세 1983 신라왕실의 왕위계승, 『역사학보』 98

신라왕실의 친족구조, 『동방학지』 35 (연대 국학연구원)

신라왕실의 혼인제, 『한국사연구』 40

조선시대의 유복친(有服親): 경국대전과 사례편람의 비교분석, 『사학연구』 36 (한국사학회)

한국도시 접대부의 연구: 서울시의 접대부를 중심으로, 『아세아여성연구』 22

조선시대의 문중의 형성, 『한국학보』 32

조선초기의 상(喪)·제(祭), 『규장각』 7 (서울대 도서관)

양변출계와 양변출계집단, 『한국문화인류학』 15

아파트지역의 주민구성과 근린관계: 서울 중류아파트를 중심으로, 『도시문제』 18-10

한국의 가족과 친족: 그 연구성과, 『한국학입문』 (학술원)

산업화와 문중조직: 경북 경산군 용성면 곡란동 『나암공문중(懶庵公門中)』의 사례, 『교육논총』 13 (고대 교육대학원)

58세 1984 Lineage Organization and Its Functions in Korea: A Case Study of Hadong Chong-ssi, *Journal of Social Sciences & Humanities* no. 59 (Korea Research Center)

고려시대 부모전(田)의 자녀균분상속재론, 『한국사연구』 44

고려시대의 상(喪)·제(祭), 『정재각박사고희기념동양학논총』

59세 1985 1940년대 전후의 농촌가족의 재산상속사례, 『이해영교수추념논문집』

17세기의 친족구조의 변화, 『제3회 국제학술회의 논문집』(한국정신문화연구원)

삼국사기 초기 기록은 과연 조작된 것인가: 소위 '문헌고증학'에 의한 삼국사기 비판의 정체,『한국학보』38

한국가족사에서의 서로 다른 두 원리에 대하여,『역사학보』106

한국 사회사연구와 사회맥락적 시각,『정신문화연구』25 (한국정신문화연구원)

신라시대 여자의 토지소유,『한국학보』40

고대사회의 혼인형태,『규장각』9

신라시대의 장법(葬法)과 상제(喪祭),『인문논집』30

사회사에서의 여(女)·서(壻)·외손(外孫)의 사회적 지위와 변화,『학술원논문집』(인문사회과학편) 24

촌락사회에서의 재산상속의 변화,『교육논총』15

60세　1986　신라의 시조묘(始祖廟)와 신궁(神宮)의 제사: 그 정치적·종교적 의미와 변화를 중심으로,『동방학지』50

한국사회사에서의 한 제도의 통시적 추구,『동방학지』51

스에마쓰 야스카즈(末松保和)의 신라상고사론 비판,『한국학보』43

신라시대의 시조(始祖)의 개념,『한국사연구』53

영국왕실의 왕위계승,『인문논집』31

신라의 육촌·육부,『동양학』16

백제의 왕위계승,『한국학보』45

고구려의 오부(五部),『한국사회사연구회논문집』4

촌락사회에서의 양자와 제사상속의 변화,『한국문화인류학』18

신라시대의 골품제,『동방학지』53

신라시대의 사회복지,『민족문화연구』19

한국의 전통가족의 특성,『현대사회와 가족』(아산사회복지사업재단)

조선중기 이전 가족에 있어서의 여자의 지위,『한국가정법률상담소 창립30주년 심포지엄』

61세　1987　신라시대의 사회변동,『한국사상사학』창간호

백제의 오부(五部)·오방(五方)연구 서설,『사학연구』39

미시나 쇼에이(三品彰英)의 한국고대사회·신화론 비판,『민족문화연구』20

신라의 성과 친족, 『신라사회의 신연구』 (신라문화제 학술발표회 논문집 8)

이마니시 류(今西龍)의 한국고대사론 비판, 『한국학보』 46

고대삼국의 왕호와 사회, 『김원룡박사정년퇴임기념논총』 II

고구려의 왕위계승, 『정신문화연구』 32

신라의 화랑과 화랑집단, 『민족문화논총』 8 (영남대 민족문화연구소)

신라시대의 씨족·리니지의 존부(存否) 문제, 『한국학보』 48

사회학과 인류학, 『한국고대사회사방법론』

부계혈연집단의 개념, 『한국고대사회사방법론』

고구려의 사회복지, 『한국고대사회사연구』

백제의 사회복지, 『한국고대사회사연구』

이촌(離村)과 농업생산활동의 변화, 『사회정책연구』 19

촌락사회에서의 혼인의 변화, 『아세아여성연구』 26

이촌(離村)과 친족의 변화: 한 촌락사회에서의 사례연구, 『한국사회학』 21집 여름호

한 촌락에서의 이촌(離村)인구와 입촌(入村)인구, 『인문사회과학논총』 2 (서울여대)

이촌(離村)과 소유농지의 변화, 『정신문화연구』 33

이촌(離村)과 문중조직의 변화: 전북 임실군의 한 자연부락의 사례연구, 『한국사회사연구회논문집』 8

농업생산성과 농가경제, 『인문논집』 32

자연부락의 성격과 그 변화, 『한국문화인류학』 19

이촌(離村)과 계(契)집단, 『교육논총』 16·17 합집

62세　1988　이촌(離村) 농지임대차관계의 변화: 한 비(非)평야촌의 사례, 『한국학보』 50

이촌(離村)과 농촌개발, 『김대환박사회갑기념논문집』

이촌(離村)과 가족, 『고영복교수화갑기념논총』

이촌(離村)과 농촌계층의 변화, 『한국학연구』 창간호 (고대)

일본고대천왕 원적고(原籍考): 원주민인가 또는 백제인인가, 『한국학보』 51

스에마쓰 야스카즈(末松保和)의 일본상대사론 비판, 『한국학보』 53

이케우치 히로시(池內宏)의 일본상고사론 비판, 『인문논집』 33

한국사회학 연구대상의 변화: 가족과 계층을 중심으로, 중앙대학교 개교70주년기념 학술심포지엄 발표요지(『한국근대학문의 성찰』)

신라 골품제에 관하여: 이종욱씨에 답함, 『한국사회사연구회논문집』 11

63세 1989 고대 일본으로 건너간 한민족과 일본 원주민의 수의 추정, 『동방학지』 61

일본원주민의 문화수준과 고대일본의 개척자, 『동양사학연구』 30

일본고대국가연구: 백제와 야마토왜(大和倭)와의 관계, 『한국학보』 55

오타 아키라(太田亮)의 일본고대사론비판, 『일본학』 8·9합집 (동국대 일본학연구소)

신라화랑의 사회사적 의의, 『신라문화학술발표회논문집』 10

일본고대사연구의 기본시각, 제1회 한민족학 학술발표회 발표요지

일본고대국가의 지배층의 원적(原籍), 『인문논집』 34

백제의 야마토왜(大和倭)와 고구려·신라와의 관계, 『한국학보』 57

백제인의 대규모 집단이주와 야마토왜(大和倭), 제3회 한민족학 학술발표회 발표요지

『신찬성씨록(新撰姓氏錄)』 비판, 『대구사학』 38

64세 1990 구로이타 가쓰미(黑板勝美)의 일본 고대사론 비판, 『정신문화연구』 38

백제의 야마토왜(大和倭)의 형성과 발전: 일본고대 국가의 성립과 발전, 『동방학지』 65

사카모토 다로(坂本太郎)외 3인의 『일본서기』 비판, 『한국전통문화연구』 6

신라 왕위계승의 계보인식과 정치세력: 평화시의 정치세력이 왕위계승을 좌우할 수 있는가?, 『한국사회사연구회논문집』 17

야마토왜(大和倭)와 중국과의 관계, 『일본연구』 5 (중앙대)

백제의 야마토왜(大和倭)의 「일본」으로의 변신과정, 『동방학지』 67

오늘날의 일본고대사연구비판: 에가미 나미오(江上波夫) 외 13인의 일본고대사연구비판, 『한국학보』 60

히라노 구니오(平野邦雄)의 일본고대정치과정 연구비판, 『일본고대사연구비판』

농촌여성의 사회·경제적 지위와 의식의 변화추세, 『농촌생활과학』 12-4 (농촌진흥청)

쓰다 소키치(津田左右吉)의 일본고대사론비판, 『민족문화연구』 23

65세 1991 조선시대의 가족과 친족제, 『한국의 사회와 문화』 16

발해와 일본과의 관계, 『한국학보』 63

통일신라와 일본과의 관계, 『정신문화연구』 43

한국고대의 가족제도 연구, 『국사관논총』 24

무령왕과 그 전후시대의 야마토왜(大和倭) 경영, 『한국학보』 65

한국내 일본연구지에서의 한국고대사 서술: 일인(日人)의 경우, 『박성수 교수화갑기념논총』

에가미 나미오(江上波夫)의 '기마민족설' 비판, 『학술문화교류세미나논 문집』 1

66세 1992 『일본서기(日本書紀)』의 변개(變改)유형과 변개연대고(變改年代考), 『한국 학보』 67

9세기의 재당신라조계(在唐新羅租界)의 존재와 신라조계의 일본·일본 인 보호: 당나라에서 전개된 한국과 일본과의 관계, 『동방학지』 75

일본열도의 고분군(古墳群)과 한일관계사, 『정신문화연구』 47

일본열도내의 여러 고대소왕국 연구 서설, 『대구사학』 43

임나(미마나·任那)왜곡사 비판: 지난 150년간의 대표적 일본사학자들 의 지명왜곡비정을 중심으로, 『겨레문화』 6

9세기 신라의 서부일본 진출: 일본 『육국사(六國史)』를 중심으로, 『한국 학보』 69

장보고와 그의 정치·군사집단 연구의 기본시각, 『장보고대사해양경영 사 제1회 국제학술심포지엄』

『육국사(六國史)』와 일본사학자들의 논리의 허구성, 『통일신라·발해와 일본의 관계』

67세 1993 임나(任那)의 위치·강역과 인접 5국과의 관계, 『아세아연구』 89

중국기록에 나타난 고대 한일관계, 『서정범교수정년퇴임기념논총』

스즈키 야스타미(鈴木靖民)의 통일신라·발해와 일본과의 관계사 연구 비판, 『정신문화연구』 50

통일신라의 일본정치지도, 『한국학보』 71

미시나 쇼에이(三品彰英)의 『일본서기』 연구 비판: 『일본서기 조선관계 기사고증(朝鮮關係記事考證)』(상)』을 중심으로, 『동방학지』 77·78·79 합집

발해에 대한 일본의 복속(服屬)과 당시 일본의 정치적·군사적 상황, 『발해사국제학술회의보고서』(고려대)

백제와 히고왜(肥後倭)와의 관계: 『일본서기』를 중심으로, 『일본학』 12

일본 정창원(正倉院) 소장 한약제를 통해 본 통일신라와 일본과의 관계, 『민족문화연구』 26

조선중기 가족·친족의 재구조화, 『한국의 사회와 문화』 21 (한국정신문화연구원)

정창원 소장품의 내용과 성격: 정창원 소장품 연구 서설, 『미술사학연구』 19·20 합집

일본 정창원 소장품 제작국 확인의 일차적 시각, 『한국학보』 73

가야사연구에서의 가야와 임나(任那)의 혼동, 『한국민족학연구』 1 (단국대학교)

조선·항해 수준의 시각에서 본 통일신라와 일본의 관계, 『중대민족발전연구원 창립 학술대회 보고서』(『민족통일 어제와 오늘』)

일본 정창원의 도자기와 그 제작국, 『겨레문화』 8

일본 동대사(東大寺) 정창원의 병풍과 그 제작국, 『한국학연구』 6

수출품을 통해 본 통일신라와 일본의 미술공예, 『민족문화논총』 15

일본 동대사(東大寺) 『헌물장(獻物帳)』을 통해 본 정창원 소장품의 제작국, 『한국학보』 75

일본 정창원의 염직(染織)과 그 제작국, 『동국논총』 33

일본 정창원의 대도(大刀)와 그 제작국, 『한국학보』 77

일본 정창원의 적칠문(赤漆文) 느티나무장(欌)과 그 제작국, 『신라문화』 10·11 합집

일본 정창원의 가면(假面) 기악(伎樂)에 대하여, 『일본연구』 9

정창원의 동경(銅鏡)과 그 제작국에 대하여: 평라전경(平螺鈿鏡)을 중심으로, 『민족문화연구』 27

조선초기 가족제도, 『한국사』 25 (국사편찬위원회)

화랑연구의 성과, 『화랑문화의 신연구』 (경상북도)

일본 정창원의 유리와 그 제작국, 『일본학지』 15 (계명대)

정창원 소장의 자(尺)와 그 제작국에 대하여, 『한국학보』 78

일본 정창원 소장 생활용구·음식기와 그 제작국, 『한일관계사연구』 3

색료를 통해 본 정창원 소장품의 제작국, 『한국색채학회논문집』 5

정창원의 악기와 그 제작국에 대하여, 『국악원논문집』 7

통일신라·일본의 관계와 일본이 신라로부터 구입한 물품, 『민족문화』 18

일본 정창원의 무기(武器)·무구(武具)와 그 제작국, 『군사』 31

동대사(東大寺) 정창원의 불교의식구(佛敎儀式具)와 그 제작국에 대하여,
『불교학보』 32

정창원의 목(木)·칠(漆) 공예품과 그 제작국, 『한국학보』 80

정창원의 칠피상자(漆皮箱子)와 그 제작국, 『문화재』 28

정창원의 서적·문구와 그 제작국에 대하여, 『정신문화연구』 60

조선조 가족제도, 『한국사회론』 (정창수 편)

호류지(法隆寺) 창건과 백제, 『박물관지』 2 (강원대)

70세　1996　8세기 일본의 불경 수입과 통일신라, 『한국학보』 83

사경(寫經)을 통해 본 8세기의 한·일 불교관계, 『아세아연구』 96

7세기 중국 파견 일본 사신·학문승과 신라, 『한국학보』 84

다무라 엔초(田村圓澄)의 고대 한일불교관계사 연구 비판, 『민족문화』 19

고대 한·일 불상관계 연구 비판: 마쓰바라(松原三郎)와 모리(毛利久)의
주장을 중심으로, 『한국학보』 85

6세기 백제 위덕왕의 대 야마토왜(大和倭) 불교정책과 법흥사(飛鳥寺)조
영, 『정신문화연구』 65

재일본 고대불사와 한국, 『겨레문화』 10

정창원의 금속공예품과 그 제작국, 『정창원 소장품과 통일신라』

당과 일본의 관계와 견당일본사신(遣唐日本使臣)이 당에서 가져온 물품,
『정창원 소장품과 통일신라』

출토된 통일신라 공예품과 정창원의 공예품, 『정창원 소장품과 통일신라』

문양을 통해 본 정창원 소장품의 제작국, 『정창원 소장품과 통일신라』

공예품기법 계승의 시각에서 본 정창원 소장품의 제작국, 『정창원 소장
품과 통일신라』

71세 1997 552년의 백제 성왕(聖王)의 야마토왜(大和倭) 불교포교에 대하여,『일본학지』17

법륭사 재건과 통일신라,『한국학보』86

「쇼토쿠타이시(聖德太子)」에 대한『일본서기』의 기사와 일본인 주장의 허구성에 대하여,『한국학보』87

재일본 고대금동불과 그 제작국,『한국학보』88

7세기 후반 한·일 불교관계와 그 역사적 배경,『민족문화논총』17

8·9세기의 한일 불교관계,『불교연구』14

일본고대미술사의 시대구분과 한국,『한국학보』89

8세기 동대사(東大寺) 조영과 통일신라,『한국학연구』9

쓰쿠시·다자이후(筑紫·大宰府)와 고대한국,『인문논집』42

백제의 야마토왜(大和倭)에서의 고구려승과 신라의 역할,『민족문화』20

72세 1998 663년 백강구 전쟁에 참전한 왜군의 성격과 신라와 당의 전후 대외정책,『한국학보』90

7~9세기 일본열도내의 신라방(新羅坊)에 대하여,『한국학보』91·92

7세기말 일본의 강역(疆域)에 대하여,『인문논집』43

신라송사(新羅送使)와 중국파견 일본사절에 대하여,『민족문화』21

672년 일본에서 일어난 임신(壬申)의 전쟁과 통일신라,『한국학보』93

일본의 왕도 후지와라쿄(藤原京)·헤이죠쿄(平城京) 조영과 통일신라,『정신문화연구』69

73세 1999 이른바『백제삼서(百濟三書)』와 야마토왜(大和倭)의 실제 지명,『박물관지』4·5 합집 (강원대 중앙박물관)

신라 문무대왕의 대당(對唐)·대일(對日) 정책,『한국학보』95

중국사서에 나타난 5세기 '왜오왕(倭五王)' 기사에 대하여,『아세아연구』102

『일본서기』에 나타난 고구려 기사에 대하여,『사학연구』58·59 합집

『일본서기』에 나타난 백제에 의한 야마토왜(大和倭) 경영 기사와 그 은폐 기사에 대하여,『한국학보』96

스즈키 히데오(鈴木英夫)의 고대 한일관계사 연구비판,『백제연구』29

『삼국사기』의 가야 기사와『일본서기』의 임나(任那)·가라(加羅) 기사에 대하여,『민족문화』22

백제 의자왕에 의한 소가노 이루카(蘇我入鹿) 부자 주살(誅殺)과 「다이카가이신(大化改新)」에 관한 『일본서기』의 기사에 대하여, 『민족문화논총』 20

『일본서기』에 나타난 야마토왜(大和倭) 관위제정 기사에 대하여, 『한국학보』 97

일본 천황의 실상을 전하는 『일본서기』의 기사에 대하여, 『대동문화연구』 35

『일본서기』에 나타난 백제왕 풍(豊)에 관한 기사에 대하여, 『백제연구』 30

고대 한국과 일본열도에 야마토왜(大和倭)의 식민지(둔창「屯倉」, 관가「官家」)를 설치했다는 『일본서기』 기사의 허구성에 대하여, 『민족문화연구』 32

74세 2000 『일본서기』에 나타난 신라 기사에 대하여, 『한국학보』 99

『삼국사기』 초기 기록에 나타난 왜(倭)에 대하여, 『한국학연구』 12 (고대한국학연구소)

『속일본기(續日本紀)』의 신라침공용 조선계획 기사의 허구성에 대하여, 『민족문화』 23

『일본서기』 편찬자의 한국과 중국 인식 수준, 『한국민족학연구』 8

75세 2001 21세기 한국고대사 연구의 기본문제: 한국고대사는 처음부터 다시 써야 한다, 『한국학보』 103

『일본서기』에 나타난 5세기초 대규모 백제인의 야마토왜(大和倭) 지방 이주 기사와 그 은폐 기사, 『고대한일관계와 일본서기』

『일본서기』에 나타난 야마토왜(大和倭)왕의 거처와 왕권에 관한 기사, 『고대한일관계와 일본서기』

『일본서기』에 나타난 야마토왜(大和倭)의 조선·항해 수준, 『고대한일관계와 일본서기』

663년 백강구(白江口) 전쟁 패전 후 백제에서 후퇴한 백제 장군들이 일본에서 방위산성을 구축한 기사, 『고대한일관계와 일본서기』

『일본서기』에 나타난 임신(壬申)의 전쟁과 오미(近江)측 사령관의 국적에 관한 기사, 『고대한일관계와 일본서기』

『일본서기』에 나타난 7세기 말(664~672년)의 당의 일본 진출에 관한 기사, 『고대한일관계와 일본서기』

『일본서기』에 나타난 '쇼토쿠타이시(聖德太子)'에 관한 기사, 『고대한일관계와 일본서기』

『일본서기』에 나타난 백제 위덕왕의 야마토왜(大和倭) 불교 경영 기사, 『고대한일관계와 일본서기』

『일본서기』에 나타난 야마토왜(大和倭) 군대 기사, 『고대한일관계와 일본서기』

『일본서기』에 나타난 야마토(大和)·가와치(河内) 지역의 마을 이름, 『고대한일관계와 일본서기』

76세 2002 스즈키 야스타미(鈴木靖民)의 고대 한일관계사 연구 비판, 『민족문화』25

6세기의 백제에 의한 야마토왜(大和倭) 경영과 호류지 유메도노(法隆寺夢殿)의 관음상: 백제 무령왕·성왕·위덕왕 삼대의 야마토왜(大和倭) 경영 재론, 『한국학보』109

77세 2003 1892년의 하야시 다이스케(林泰輔)의 『조선사』 비판: 고대 한일관계사를 중심으로, 『선사와 고대』18

고대한일관계사 연구의 기본 시각, 『한국학보』112

E. F. Fenollosa의 동양미술론 비판: 고대 한일관계사를 중심으로, 『미술사논단』16·17 합집 (한국미술연구소)

Dietrich Seckel의 불교미술론 비판: 고대 한·일 관계사를 중심으로, 『아세아연구』46-4

이노우에 히데오(井上秀雄)의 고대 한일관계사 연구비판, 『민족문화』26

78세 2004 고대 한·일관계사 연구: 김현구(金鉉球)와 최재석(崔在錫)의 비교, 『민족문화논총』29 (영남대 민족문화연구소)

79세 2005 M. Deuchler의 한국 사회사 연구 비판: 선행연구와 관련하여, 『사회와 역사』67

가야와 임나(任那)는 동일국인가?: 가야·임나 관계 재론, 『신라사학보』3

A Criticism of M. Deuchler's The Confucian Transformation of Korea with Reference to Preceding Studies, *The Review of Korean Studies* Vol. 8 No. 4

80세	2006	A Criticism of the History of Ancient Korea-Japan Relations As Described in Dietrich Seckel's The Art of Buddhism, 『박물관지』 13 (강원대학교)
81세	2007	1880년의 일본참모본부의 『황조병사(皇朝兵史)』 비판: 고대한일관계를 중심으로, 『민족문화연구』 46
		2007년 현재 일본 고교 일본사 교과서의 내용분석: 고대 한·일관계사를 중심으로, 『아세아연구』 50-2
83세	2009	A Criticism of John Whitney Hall's Study on Ancient Korea-Japan Relations, International Journal of Korean History Vol. 13
		이만갑 교수의 한국사회학서술 비판: San Francisco 국제회의발표문을 중심으로, 『한국의 가족과 사회』, 경인문화사
84세	2010	일본고대사의 시대구분과 한국, 『한국학논총』(국민대) 33
		다무라 엔초(田村圓澄)의 고대한일관계사연구 비판, 『민족문화』 35
		John W. Hall의 『일본사』에 나타난 고대한일관계사 비판, 『고대한일관계사연구 비판』, 경인문화사
		Period Division of Ancient History of Japan in Reference to Korea: An Introductory Study, 미발표
		Edwin O. Reischauer의 고대한일관계사 서술 비판, 『고대한일관계사연구 비판』, 경인문화사
85세	2011	A Criticism of Edwin O. Reischauerm's Pronouncements on Ancient Korea-Japan Relations, International Journal of Korean History Vol, 16 No. 1
86세	2012	현행(2011) 중고등학교 국사교과서의 고대한일관계사 서술은 사실을 반영하고 있는가? 『신라사학보』 24호

앞에 제시한 바와 같이 나는 지금까지 319편의 연구논문과 다음에 제시한 바와 같이 50편의 준연구논문을 발표하였다.

연구논문 계 319편

2. 준연구논문

연령	연도	논문 제목 및 게재지

32세 1958 언어생활을 통해 본 한국인,『사상계』1958년 2월호

37세 1963 Process of Changing in Korean Family Life, *Korea Journal* 3-10

38세 1964 Family Life in Korea, *Hemisphere* 8-9 (호주)

한국의 가족제도,『20세기 한국대관』(동아출판사)

39세 1965 농촌가족,『농촌사회학』(한국농촌사회연구회)

동족집단,『농촌사회학』(한국농촌사회연구회)

가족제도,『인물한국사』 II (박우사)

40세 1966 한국·중국·일본의 가족에 관한 비교연구(일본문),『제9회 국제가족연구 Seminar 보고서』(도쿄)

41세 1967 A Sociological Survey of Shindonae, *Transactions of Royal Asiatic Society Korea Branch* 43

42세 1968 「서평」지식인과 근대화 (홍승직),『한국사회학』 3

가족제도와 사회통합,『한국사회과학논문집』 8

43세 1969 일제하의 족보와 동족집단,『아세아연구』 12-4

유구(琉球)는 한국문화권이었다,『신도아』 5월호

한국문화와 유구(琉球)문화,『고대신문』 2면논문(1969.3.31)

45세 1971 전북도의 친족,『한국민속종합조사보고서』(전북편)

전북도의 가족,『한국민속종합조사보고서』(전북편)

46세 1972 「서평」한국사회학 (김영모 저),『창조』 6월호

47세 1973 한국가족제도의 변천,『대한가정학회지』 11-2

한국가족제도의 문제점,『교양』 10 (고대 교양학부)

동서양 가족제도의 장단점,『새가정』 216호

묘지제도와 국토개발,『정경연구』 99

Family Relations and Education in Korea, *Korea Journal* 13-3

부녀사업,『새마을운동』(서울신문사)

한국인의 가정생활,『대세계백과사전』 11 (사회편)(태극문화사)

48세 1974 가족제도의 변천,『한국문화론특강』(서울대학신문사)

변천하는 부자유친, 『여성중앙』 4월호

박사학위론, 『월간중앙』 1월호

49세 1975 Etude comparative sur la famille traditionnelle en Corée au Japon et en Chine, *Revue de Corée* 7-2 (UNESCO)

「서평」 이즈미 세이이치(泉靖一) 저: 제주도, 『한국문화인류학』 7

50세 1976 가족제도, 『한국의 사회』(한국문화시리즈6) (국제문화재단)

한국가족연구의 기본적 태도, 『한국학보』 5

가족제도와 사회발전, 『호남문화연구』 9 (전남대 호남문화연구소)

한국 가족은 어떻게 변화하고 있는가, 『체신』 3·4월호

51세 1977 한국가족제도의 변천, 『인구교육자료집』(문교부 인구교육본부)

Korea Family System, *Korea Journal* 17-5

53세 1979 The Families in Chejudo, *Journal of Social Sciences and Humanities* No. 50

54세 1980 한국인의 친족생활, 『한국민속대관』 1(사회구조 편)(고대 민족문화연구소)

사회과학의 기초소양: 『제주도의 친족조직』에 대한 김한구 씨의 서평의 경우, 『한국학보』 20

59세 1985 『한국가족제도사연구』에 관하여: 최홍기 교수에 답함, 『사회과학논평』 3 (사회과학연구협의회)

60세 1986 Family and Kinship Organization in Korea, *Introduction to Korean Studies* (학술원)

61세 1987 한국학기초사료선집(사회·민속 편), 『한국학자료대계: 고대편』(정신문화연구원)

한국의 친족집단과 류큐의 친족집단 (일문), 『류대사학』 15 (류큐대학 사학회)

62세 1988 농촌사회변동조사항목, 『한국농촌사회변동연구』(일지사)

"가족," 『한국민족문화대백과사전』 1 (한국정신문화연구원)

한국농촌의 사회변동, 『고대신문』 권두논문 (1988.11.14)

64세 1990 농촌사회의 구조적 변동과 문제점, 『느티나무』 6 (농협중앙회)

65세 1991 계획된 픽션 「임나일본부설」, 『한국논단』 1991년 6월호

"친족," 『한국민족문화대백과사전』 22 (한국정신문화연구원)

66세　1992　야마토왜(大和倭) 파견 백제왕자의 거처와 야마토왜(大和倭)왕의 거
　　　　　　　처,『고대한국문화의 일본전파』(민족사바로찾기국민회의)
74세　2000　「개정증보」친족제도,『한국 민속의 세계』1 (생활환경·사회생활 편)

준연구논문 계 50편

저서목록

A. 연구저서(한국사회사 분야)

① 『한국인의 사회적 성격』 (서울:민조사), 1965.5. (종서 186면)

　　　(수정3판 『한국인의 사회적 성격』 (서울:현음사), 1994.10. (횡서 212면)

② 『한국가족연구』 (서울:민중서관), 1966.7. (종서 706면)

　　　(개정 『한국가족연구』 (서울:일지사), 1982.3. (횡서「이하동일」582면)

③ 『한국농촌사회연구』 (서울:일지사), 1985.2 (634면)

④ 『제주도의 친족조직』 (서울:일지사), 1979.9 (342면)

⑤ 『현대가족연구』 (서울:일지사), 1982.11 (486면)

⑥ 『한국가족제도사연구』 (서울:일지사), 1983.9(784면)

⑦ 『한국고대사회사방법론』 (서울:일지사), 1987.5 (526면)

⑧ 『한국고대사회사연구』 (서울:일지사), 1987.11 (706면)

⑨ 『한국농촌사회변동연구』 (서울:일지사), 1988.8 (606면)

⑩ 『한국 초기사회학과 가족의 연구』 (서울:일지사), 2002.6 (369면)

⑪ 『한국사회사의 탐구』 (서울:경인문화사), 2009.10 (516면)

⑫ 『한국의 가족과 사회』 (서울:경인문화사), 2009.11 (424면)

⑬ 『Social Structure of Korea』 (서울:집문당), 2011.6 (267면)

B. 연구저서(고대 한일관계사 분야)

① 『백제의 야마토왜와 일본화과정』 (서울:일지사), 1990.8 (454면)

② 『일본고대사연구비판』 (서울:일지사), 1990.11 (362면)

③ 『통일신라·발해와 일본의 관계』 (서울:일지사), 1993.9 (626면)

④ 『정창원 소장품과 통일신라』 (서울:일지사), 1996.1 (645면)

⑤ 『고대한일불교관계사』 (서울:일지사), 1998.6 (545면)

⑥ 『고대한국과 일본열도』 (서울:일지사), 2000.3 (550면)

⑦ 『고대한일관계와 일본서기』 (서울:일지사, 2001.4 (446면)

⑧ 수정증보 『일본고대사의 진실』 (서울:경인문화사), 2010.12 (344면)

⑨ 『고대한일관계사 연구』 (서울:경인문화사), 2010.12 (300면)

⑩ 『Ancient Korea-Japan Relations and the Nihonshoki』 (Oxford: The Bardwell Press), 2011 (320면)

⑪ 『일본서기의 사실기사와 왜곡기사-고대한일관계를 중심으로』 (서울:집문당), 2012. 7 (468면)

C. 자료

① 『한국인의 사회적 성격(韓國人の社會的性格)』(일본어판), 이토 아비토(伊藤亞人) 시마 무쓰히코(嶋陸奧彦) 공역, 日本國, 東京:學生社, 1977.

② 『한국농어촌 사회연구(韓國農村社會研究)』(일본어판), 이토 아비토(伊藤亞人) 시마 무쓰히코(嶋陸奧彦) 공역, 日本國, 東京:學生社, 1979.

③ 「신라왕실의 친족구조」(일문), 『アジア公論』 12권 12호, 한국국제문화협회, 1983.

④ 「고려시대의 가족과 혼인」(1~2)(일문), 『アジア公論』 13권 2·4호, 1984.

⑤ 「고려시대의 가족과 혼인」(1~5)(일문), 『アジア公論』 13권 5~9호, 1984.

⑥ 「『삼국사기』의 초기 기록의 사료적 가치」(상, 하)(일문), 『アジア公論』 14권 8~9호, 1985.

⑦ 「이마니시 류(今西龍)의 한국고대사론비판」(일문), 『アジア公論』 16권 6호, 1987.

⑧ 「스에마쓰 야스카즈(末松保和)의 신라상고사 비판」(상, 하)(일문), 『アジア公論』 16권 9~10호, 1987.

⑨ 「미시나 쇼에이(三品彰英)의 한국고대 사회와 신화론 비판」(일문), 『アジア公論』 16-11, 1987.

⑩ 「제주도의 장송의례와 친족조직」(일문), 『환중국해의 민속과 문화』 제3권 조상제사, 1989.

D. 역서

『사회인류학』(서울:일지사), 1978.1 (368면)(John Beattie, Other Cultures: Aims, Methods and Achievements in Social Anthropology, 1968)

E. 개설서

① 『한국의 친족용어』(대우학술총서 자료집 1), (서울:민음사), 1988.8 (126면)

② 『일본 고대사의 진실』 (서울:일지사), 1998.8 (339면)

현지조사 일람표

조사기간	조사내용 및 조사결과 발표
1) 1955년 8월 8일~20일	종교집단 연구차 충남 논산군 두마면 신도내 현지조사(1차조사)
2) 1955년 9월 30일 ~10월 6일	동상 2차 조사: 상기 두 조사를 논문 「신앙촌락의 연구」(『아세아연구』 291, 1959)로 발표
3) 1957년 7월	농촌의 친족범위 연구차 충남 아산군 신창면 신달리 조사; 조사결과를 논문 「한국농촌에 있어서의 친족의 범위」 (『일본 민족학연구』 27-3, 1963)로 발표
4) 1958년 8월 3일~7일	동족집단의 결합범위 연구차 경북 문경군 문경면 고요리 조사; 조사결과를 논문 「동족집단의 결합범위」)(『이대 한국문화연구원논총』 1, 1960)로 발표
5) 1964년 6월 20일~24일	동족집단의 조직과 기능 연구차 경남 함양군 지곡면 개평리 조사
6) 1964년 6월 25일~26일	위와 같은 목적으로 충남 진천군 문백면 내구리 조사; 상기 두 조사결과를 논문 「동족집단의 조직과 기능」(『민족문화연구』 2, 1966)으로 발표
7) 1968년 12월 ~1969년 1월	류큐문화와 한국문화와의 비교연구차 류큐(오키나와) 나하 일대 현지조사(자비); 조사결과를 논문 「한국의 친족집단과 유구의 친족집단: 주로 그 유사점과 전파를 중심으로」(『고대논문집』 15, 1969)로 발표
8) 1969년 7월~ 8월	친족과 가족조사차 전북 일대 (이리시 남중동, 장수군 산서면 오산리, 동면 하월리, 무주군 무풍면 현내리, 동군 운천면 소천리) 조사; 조사결과를 논문 「전북도의 친족」과 「전북도의 가족」(『한국민속종합조사보고서』 전북편, 1971)으로 발표
9) 1970년 12월~ 1971년 1월	분재기 수집조사차 경남 합천군 초계면 상대리, 경북 월성군 강동면 양동리, 의성군 산운면 산운동, 안동군 임하면 천전동, 동군 서후면 금계동 조사; 조사결과를 논문 「조선시대의 상속제에 관한 일연구: 분재기의 분석에 의한 접근」(『역사학보 53 · 54 합집, 1972)으로 발표

10) 1971년 7월	저수지 수리집단 연구차 경북 경산군 남천면 금곡동 부락 조사; 조사 결과를 논문「한국농촌수리집단에 관한 일고찰」(『인문논집』 17, 1972)로 발표
11) 1971년 12월	농촌의 반상관계와 권력구조 연구차 경북 월성군 강동면 양동리 및 동군 안강읍 근계리 조사; 조사결과의 일부를 논문「농촌에 있어서의 반상관계와 그 변동과정」(『진단학보』 34, 1972)으로 발표
12) 1972년 7월	농촌의 권력구조 조사차 강원도 원성군 지정면 양현리 이구 경장부락, 동군 부론면 노림리 1·2구, 경기도 여주군 북내면 신접리 조사; 위의 조사 일부와 본 조사 결과를 논문「한국농촌의 권력구조 연구」(『아세아연구』 17-1, 1974)로 발표
13) 1973년 7월	보(洑)수리집단 조사차 강원도 횡성군 공근면 수백리 조사; 조사결과를 논문「한국농촌수리집단에 관한 일고찰」(『인문논집』 17, 1972)로 발표
14) 1973년 8월	자연부락에 있어서의 계층의식 및 계층구조 조사차 충남 청양군 대치면 상갑리 조사; 조사결과를 논문「자연부락에 있어서의 계층구조에 관한 고찰」(『교육논총』 1, 1974)로 발표
15) 1975년 5월~6월	제주도의 가족과 친족 조사차 제주도 남제주군 성산면 삼달리 조사
16) 1975년 12월~ 1976년 1월; 1976년 4월	동상 2~3차 조사; 상기 양 조사결과를 논문「제주도 잠수가족의 권력구조」(『동양학』 5, 1975) 외 11편의 논문으로 발표하고 논문집『제주도의 친족조직』(일지사, 1979)으로 발표
17) 1978년 2월	임란 전의 문화류씨(文化柳氏) 족보인 가정보(1592) 조사차 경북 안동시, 영주읍, 예안 조사
18) 1978년 5월	문화류씨 기사보(1689, 갑자보(1864) 조사차 충남 당진군 고대면 당진포리 3구 조사; 상기 양 조사결과를 논문「조선시대의 족보와 동족조직」(『역사학보』 81, 1979)으로 발표
19) 1985년 7월	농촌변동 조사차 전북 임실군 삼계면 두월리 조사
20) 1986년 1월~2월	동상 2차 조사; 상기 두 조사결과를 논문「촌락사회에서의 재산상속의 변화」(『교육논총』 15, 1985) 외 14편의 논문으로 발표하고 논문집『한국농촌사회변동연구』(일지사, 1988)로 집성

21) 1992년 10월~11월	일본국 나라박물관에서 전시되는 정창원 소장품 관찰
22) 1993년 10월~11월	동상 2차 조사
23) 1994년 10월~11월	동상 3차 조사; 상기 조사결과를 논문 「일본 정창원 소장품 제작국 확인의 일차적 시각」(『한국학보』 73, 1993) 외 18편의 논문으로 발표하고 논문집 『정창원 소장품과 통일신라』(일지사, 1996)로 집성

조사연구비를 외부기관에 신청한다고 하더라도 반드시 조사비를 지급받게 된다는 보장이 없으며 또 외부로부터 조사비를 받는다 하더라도 그 과정이 길기 때문에 내가 조사하고자 하는 시기에 조사할 수 없다. 그래서 부담은 되지만 내가 원하는 시기에 조사를 하기 위하여 자비로 조사하기로 하였다. 이리하여 내가 지금까지 행한 23회의 현지조사는 모두 자비로 이루어졌다.

논저 발표와 매스컴의 보도

그동안 나의 연구 활동에 관한 언론 보도 내용은 다음과 같다. 이외에도 보도된 사례가 더 있겠지만 다음에 제시하는 것은 내가 알게 된 것에 한한다.

매체명	보도일자	내용
조선	1969.1.19	琉球는 한국의 문화권, 고려말 이민 후손들은 이름에 '麗' 자 쓰고 [고대 최재석 연구교수 귀국]
중앙	1975.3.3	"농촌의 자치조직 거의 소멸" 최재석 교수 『한국농촌사회연구』에서
중앙	1975.8.29	"해녀가족에도 여권우위는 없다" 최재석 교수, 제주의 80가정 조사 (「제주도 잠수가족의 권력구조」)
중앙	1975.12.22	장남은 대부분 부모와 동거 희망 최재석 교수(고대) 「분거분모·장남관계」 조사
중앙	1976.4.14	"국보 『이태조 호적원본』은 이성계의 호적이 아니다" (한국사연구회 월례발표회, 최재석 「이성계 호적연구를 통해 본 한국가족」 발표)
중앙	1979.9.19	『제주도의 친족조직』 펴낸 최재석 교수의 연구내용 근거 없는 모권·여성우위설… 철저한 핵가족 형태 육지보다 가혹한 생활 여건·여다남소로 농사일 등에 부녀자의 참여도 높을 뿐
중앙	1980.2.20	학계: 사회과학, 80년대를 이끌어갈 사람들 (최재석의 "80년대에 반성·시정되어야 할 부정적 학계풍토" 소개)
중앙	1981.6.16	"윤락녀 절반이 국교 졸업… 가족 수는 보통보다 월등히 많아" (사회학대회 발표논문 「한국에 있어서의 윤락여성연구의 전개」 소개)
조선	1985.3.8	「삼국사기 논쟁 재연」 '초기 기록' 불신은 일 학계 조작, 국내 학자들이 비판없이 수용, 사료가치 재해명 작업 앞서야 [고대 최재석교수 연구 논문발표 계기]
조선	1986.6.18	"일 학자 末松은 한국사 왜곡 주역" 광복 직후에도 날조 논문으로 학위, "신라 내물왕 이전은 전설" 운운 연구토대 삼은 국내학자 반성을 [고대 최재석 교수 『한국학보』에 논문]

조선	1986.11.19	조선후기까지 가족간 평등 철저, 균분상속… 동성·근친혼 성행 [고대 최재석 교수 주장]
조선	1986.5.9	고려대 최재석 교수, 「하성학술상」 받아
경향	1987.3.21	일 학자 今西 龍의 왜곡 한국사관, 국내학자 그대로 수용
조선	1987.3.26	"일 今西 龍의 「왜곡 古代史」 학계 일부서 무비판 수용" 삼국사기 불신론 주장… '문헌사학'으로 미화 [고대 최재석 교수 주장]
조선	1987.5.19	고대 최재석 교수, 고대사 왜곡 비판 논문집(『한국고대사회사방법론』 출간)
조선	1987.11.27	김정배, 「서평」 최재석 지음, 『한국고대사회사연구』: 三國時代相 새 시각으로 투영
한국	1987.11.28	三國史記 초기 기록은 사실: 일학자들이 과학적 근거 없이 왜곡·날조
한국 경제	1987.11.29	한국고대사회사 집념의 천착 보람: 삼국사기 초기 기록 조작설 부당
조선	1988.6.4	일 天皇의 原籍은 어디인가?: 『古事記』의 '향한국'을 바르게 해석하면 '한국인' 명백, 『일본서기』에 기내 백제땅에 천황이 왕궁 축조 기록
동아	1988.7.2	젊은층 친족호칭 너무 모른다: 『한국의 친족용어』 출판
한국	1988.7.19	조선 중기 이후의 용어 정리: 『친족용어』 출간
서울	1989.8.8	일본 渡來人은 거의가 百濟 사람
한국 경제	1989.8.15	고대 日人 90%가 한국사람: 東京大 埴原和郎 주장 반박
국민	1989.9.21	日 고대국가 大和倭 百濟가 세우고 경영
중앙	1990.3.15. 재산상속	"출가딸도 18세기까지 균등분배" 보물지정 광산김씨·상산김씨 분재기에 기록 (최재석, 조선 상속연구 소개)
조선	1990.9.19	최재석 교수, 일의 '임나론' 역사 왜곡 반박 "가야—任那는 한민족 왕국" 일 학자 연구서 20여 권 분석논문 발표 "기마민족설, 백제 지배 희석음모"

한국 경제	1990.9.26	大和倭는 백제의 직할영토
중앙	1990.10.7	사료의 고증으로 밝혀낸 「한국고대사」의 진실 『백제의 대화왜와 일본화과정』
한국	1990.10.9	문화전파론적 韓日고대사 비판: 백제인 渡日 大和倭 경영
조선	1990.11.28	『日本書紀』 16세기에 조작: 大和倭, 8세기까지 한국어 사용
중앙	1990.12.9	일 대표적 사학자 21명의 연구 비판 최재석 저, 『일본고대사연구비판』
한국	1991.6.21	발해, 무력으로 日 복속 조공받아
조선	1992.1.11	"倭 舒明–天智 천황 百濟人" 백제 이름 딴 川·宮 등 근거, 일 47개 지역에 우리 옛 지명 남아 『일본서기』 분석 최재석 박사 주장
조선	1992.11.17	장보고, 해상 장악 군인–정치가로 조명, 완도서 5국 심포지엄 최재석 고려대 명예교수 「장보고대사 연구의 기본시각」 발표
문화	1992.12.11	9세기 중엽 日에 신라 租界 있었다
조선	1992.12.12	「고대 한국문화 일 전파」 한·일 학술회의 "단군 신화 倭 英彦山–熊野 상륙"
서울	1992.12.16	日 지배 위해 백제왕자 파견
문화	1993.8.24	日 王室 한약 신라서 전해: 大黃·人蔘 들여와 東大寺 正倉院 보관
중앙	1995.8.11	"역사왜곡 청산이 진정한 克日의 길" [인터뷰] 10년째 한·일고대사 연구 최재석 고대 명예교수
동아	1995.12.26	일 正倉院 유물 상당수 신라서 제작
조선	1996.1.19	한반도 문화 '일본전파' 물증 잡는다: 일본 정창원 소장품 통일신라서 만든 것 '증명' 최재석 교수 『정창원 소장품과 통일신라』 발간
세계	1996.1.22	일 왕실 재산 正倉院 소장품 통일신라서 만들어졌다
경향	1996.1.22	유물 일본제 주장 허구, 대부분 통일신라서 제작

한국	1996.1.22	일 왕실 보물창고 正倉院 유물 日·唐 아닌 통일신라가 만든 것
한국 경제	1996.1.23	日 東大寺 正倉院 유물 상당수 통일신라 제작
조선	1997.9.20	"신라, 日의 對唐 교류 중개했다" 일 사신·승려들 울산 상륙… 신라 배로 중국까지 조선·항해술 뒤져 바닷길 직행 못해 최재석 교수 『일본서기』 근거로 주장
불교	1997.1.14	신라 僧 주석서 일 불교발전의 토대
조선	1997.10.9	가장 한국적인 사회학자 최재석·신용하·박영신씨: 미 사회학저널서 윤정로 교수 주장
주간 불교	1998.2.24	7세기 후반 일본 불교는 신라의 영향
문화	1998.7.13	왕성한 학구열: 진홍섭(한국불교미술), 최재석(고대한일불교사), 불교 서적 출간
조선	1998.9.24	"韓日고대사 진실 널리 알리고 싶어 집필" 최재석 교수, 13년 연구 모은 개설서 『일본고대사의 진실』
조선	2000.4.12	[학술신간] 최재석 고려대 명예교수, 『고대한국과 일본열도』
조선	2000.11.24	나를 바꾼 知의 순간(15) 최재석 가족사 몰두 중 일 역사 왜곡 '충격' 의문 파헤치려 한·일 고대사 연구 '일 삼국사기 조작설' 반박, '백제의 일본경영' 확인
한겨레	2001.4.3	고대 일본은 백제의 식민지
동아	2001.5.2	한일관계사 7번째 연구서 펴낸 최재석 교수 『고대한일관계와 일본서기』
세계	2001.6.13	최재석 고려대 명예교수 『한국학보』에 논문: 한국고대사 다시 써야 한다
조선	2001.12.25	"4세기 말의 일왕 應神도 백제계" '일왕은 백제 후예' 국내 학자들 주장
조선	2005.2.1	최재석 교수-차범석 씨, 3·1문화상 학술상 수상

관견(管見)에 들어온 나의 고대 한일관계 연구에 대한 한국 사학계의 반응

『세계일보』 2000년 3월 23일. 이름을 밝히지 않은 한 사학자의 비판:
일본고대사를 전공하는 국내 한 중견 대학교수(이름 밝히지 않음)는 최재석 교수의
한일고대사연구는 "옛날에 이미 일본에서도 다 깨진 이론을 갖고 비판하고 있으므
로 참조할 대목이 없다."고 까지 혹평함.

『동아일보』 2001년 5월 2일. 서울대 노태돈 교수의 비판:
서울대 국사학과 노태돈 교수는 "최 교수의 주장(『고대한일관계와 일본서기』)에는
인정하기 어려운 부분이 많다. 다만 학계의 원로이기 때문에 직접적 비판은 피하고
싶다."고 평함.

수상

① 1967년, 『한국가족연구』(민중서관, 1966)로 서울시문화상(인문과학부) 수상
② 1970년, 『한국가족연구』(민중서관, 1966)로 한국일보 출판문화상 저작상 수상
③ 1990년, 『한국농촌사회연구』(일지사, 1975), 『한국농촌사회 변동연구』(일지사, 1988)로 제1회 농촌문화상 저작상(농협중앙회) 수상
④ 1994년, 『한국가족제도사연구』(일지사, 1983)로 제1회 한국사회학회 학술상 수상
⑤ 2005년, 『고대한일관계와 일본서기』(일지사, 2001)로 제46회 3·1문화상(인문사회과학부) 수상

초판 1쇄 펴낸 날   2015. 3. 19
초판 2쇄 펴낸 날   2015. 4. 2

지은이   최재석
발행인   양진호
발행처   도서출판 |만권당|

등 록   2014년 6월 27일(제2014-000189호)
주 소   (121-894) 서울시 마포구 양화로 56 동양한강트레벨 718호
전 화   (02) 338-5951~2
팩 스   (02) 338-5953
이메일   mangwonbooks@hanmail.net

ISBN   979-11-953264-2-6 (03810)

이 도서의 국립중앙도서관 출판예정도서목록(CIP)은 서지정보유통지원시스템 홈페이
지(http://seoji.nl.go.kr)와 국가자료공동목록시스템(http://www.nl.go.kr/kolisnet)
에서 이용하실 수 있습니다.(CIP제어번호: CIP2015004642)